ro
ro
ro

Sofie Cramer

All deine Zeilen

Roman

Rowohlt Taschenbuch Verlag

Originalausgabe
Veröffentlicht im Rowohlt Taschenbuch Verlag,
Reinbek bei Hamburg, April 2014

Umschlaggestaltung any.way, Cathrin Günther
(Abbildung: Mark Owen/Trevillion Images;
plainpicture/Mike Schaefer; thinkstockphotos.de;
Meinrad Riedo/imagebroker/vario images)
Satz aus der Arno Pro, InDesign,
bei Pinkuin Satz und Datentechnik, Berlin
Druck und Bindung CPI books GmbH, Leck
Printed in Germany
ISBN 978 3 499 26752 9

Für Stefan, den Mann,
den ich immer wieder heiraten würde

Marie

«Das wird die schönste Hochzeitstorte, die das Alte Land je gesehen hat!»

Immer und immer wieder hallte dieser alberne Satz in Maries Kopf nach. Dabei war es schon etliche Monate her, dass ihre Großmutter Anneliese ihn mit der für sie typischen Selbstironie ausgesprochen hatte. Gleich nachdem Marie ihr erzählt hatte, dass Maximilian Bergmann ihr einen Antrag gemacht hatte. Statt sie zu beglückwünschen, stellte ihre Oma eine Bedingung.

Wenn sie schon nicht besonders angetan war von ihrem zukünftigen Schwiegerenkel und noch viel weniger von der «pseudoadeligen Sippe», in die Marie einheiraten würde, so bestand sie darauf, wenigstens die Hochzeitstorte beisteuern zu dürfen.

Marie erinnerte sich noch sehr genau, wie sie innerlich zusammengezuckt war, aber ihre Bedenken zu überspielen versucht hatte. Sie hatte nämlich an ihre baldige Schwiegermutter Constanze denken müssen und daran, dass diese gerne alles an sich riss. Sie würde sicher wenig begeistert sein, wenn sie erfuhr, dass ausgerechnet bei einem der Höhepunkte der Feier – dem Anschneiden der Hochzeitstorte gegen Mitternacht, gleich nach dem großen Feuerwerk – Oma Anneliese und deren Backkünste im Mittelpunkt stehen würden.

Doch jetzt erschienen Marie all diese Animositäten schrecklich banal. Heute war der Tag, an dem ihre über alles geliebte Oma für immer die Augen geschlossen hatte. Trotz ihres mit 86 Jahren hohen Alters hatte es keine Anzeichen für ein labiles Herz gegeben. Und doch war es stehengeblieben, ausgerechnet heute, am Tag von Maries Verlobungsfeier.

Paul

Das Telefon klingelte. Paul blickte auf. Er musste eine ganze Weile auf das linierte, noch immer unbeschriebene Blatt vor ihm auf dem Schreibtisch gestarrt haben. Seine Augen brannten, und sein Genick schmerzte. Sosehr er sich auch bemühte, kein einziges Wort fand den Weg aufs Papier.

Nach dem zehnten Klingeln verstummte das Telefon endlich. Paul machte sich nicht einmal die Mühe, auf dem Display nachzusehen, wer angerufen hatte. Seine Tochter Leonie würde eher auf seinem Handy anrufen, trotzdem verspürte er den Anflug eines schlechten Gewissens. Unwillkürlich drängte sich ihm die Frage auf, ob er ein guter Vater war.

Vor gar nicht allzu langer Zeit, als sie noch eine richtige Familie gewesen waren, hatte sich Paul diese Frage nie gestellt. Doch heute verfolgte sie ihn wie lästiger Zigarettenrauch, den man nach einer Party nicht loswird.

Paul erhob sich mit einem Stöhnen, um sich aus der Küche den dritten Becher Kaffee des Tages zu holen. Dort stand noch immer das Frühstück von heute Morgen. Inken hatte es gehasst, wenn er die Milch nicht sofort dahin zurückbeförderte, wo sie hingehörte, nämlich in den Kühlschrank. Dass sie nun schon seit ein paar Stunden nutzlos auf dem Küchentresen gestanden hatte, war jetzt sogar ihm unangenehm. Er goss einen großen Schluck in seinen Kaffee und bemerkte, dass sie flockte. Angewidert schüttete er den Inhalt der Tasse in den Ausguss des Waschbeckens, wo sich das dreckige Geschirr von gestern und vorgestern stapelte.

Als er eine neue Packung Milch aus dem Kühlschrank nehmen wollte, musste er feststellen, dass keine mehr da war.

«Idiot!», zischte er.

Wenn Leonie morgen erneut Appetit auf ihre labberigen Cornflakes hatte, brauchte sie frische Milch. Nun musste er also noch einkaufen gehen, obwohl er ausgerechnet heute niemandem hatte begegnen wollen auf dieser kleinen Insel. Auf Amrum kannte jeder jeden, zumindest vom Sehen.

Ob er Leonie bitten sollte? Vielleicht konnte sie nach der Schule kurz beim Supermarkt vorbeigehen und …

Aber nein! Paul schüttelte den Kopf. Heute musste er so gut funktionieren, wie er konnte, und stark sein für seine Tochter. Schließlich hatte nicht nur er genau vor einem Jahr seine Frau, sondern Leonie auch ihre Mama für immer verloren.

Marie

Marie schreckte hoch und blickte auf die Uhr. Es war bereits früher Abend. Sie lag schon seit Stunden auf dem Bett im Gästezimmer des riesigen Hauses ihrer Schwiegereltern und vermochte nicht zu sagen, ob sie geschlafen oder bloß wie gelähmt ihren Gedanken nachgehangen hatte.

Ein Klopfen holte sie zurück in die brutale Realität. Obwohl sie nicht antwortete, öffnete sich die Tür, und Marie hoffte, dass es nicht ihre Schwiegermutter in spe war.

Vergeblich. Mit betretenem Gesichtsausdruck trat Constanze zu Marie ans Bett und sagte: «Wir essen in zehn Minuten. Wenn du dich noch frisch machen möchtest ...?»

Was wie eine Frage formuliert war, kam eher einem Befehl gleich. Doch Marie war außer Stande, ihm zu gehorchen, und schwieg.

Mit hochgezogenen Augenbrauen wartete Constanze auf eine Reaktion, doch Marie blieb reglos im Kingsize-Bett liegen und blickte mit ihren verweinten Augen in Richtung Fenster, von wo aus man einen imposanten Blick auf den Elbstrand von Blankenese hatte. Der Frühling stand vor der Tür, die Dämmerung war noch nicht in Sicht.

Dennoch bekam Marie Angst vor der Dunkelheit der ersten Nacht und noch mehr vor dem Aufwachen am nächsten Morgen, an dem sich der Verlust ihrer Oma sicher noch schlimmer anfühlen würde. Denn so viel wusste Marie noch. Mit Trauer kannte sie sich aus. Als sie neun Jahre alt gewesen war, hatte sie ihre Mutter Vera verloren. Obwohl ihr Unfalltod für alle ein monströser Schreck gewesen war, der Marie bis in die Grundfesten ihres Herzens erschüttert hatte, konnte sie sich noch gut daran erinnern, dass es ihr in den ersten Wochen danach mit jedem Tag noch schlechter ergangen war. Und das, obwohl sie stets dachte, es konnte gar nicht mehr schlimmer kommen. Immer mehr Erinnerungen an ihre Mutter und Gedanken an all die Anlässe, an denen sie ihr fehlen würde, waren ihr im Kopf herumgespukt. Das nächste Weihnachtsfest, der nächste Geburtstag, die nächste Erkältung. Alles, auch den quälenden Schulalltag, hatte sie von da an allein mit ihrem Vater durchstehen müssen. Und fast auf den Tag genau, 25 Jahre später, war das Gefühl des Schmerzes und der Ohnmacht wieder da. Maries Oma war für immer aus ihrem Leben verschwunden, die Frau, die stets versucht hatte, den Verlust ihrer Mutter so gut es ging aufzufangen.

Constanze ließ sich von Maries Schweigen nicht beeindrucken. «Du solltest eine Kleinigkeit essen! Das wird dir guttun. Und bevor wir all die Köstlichkeiten wegwerfen ... »

Marie ließ diese Bemerkung seltsam unberührt. Sie hatte sie zwar gehört, aber die Worte kamen nicht wirklich bei ihr an. Beinahe erschrocken über ihre eigene Stimme, hörte sie sich plötzlich fragen: «Wo ist Max?»

«Maximilian hat sich um das Nötigste gekümmert. Ein freundlicher Herr vom Bestattungsunternehmen war bereits hier.»

«Das heißt, sie ist nicht mehr da», flüsterte Marie.

Constanze überging diese Äußerung und beugte sich hinunter, um die Tagesdecke aufzuheben, die Marie einfach auf den flauschigen Teppichboden geschleudert hatte. Constanze schlug die Decke aus weißem Kaschmir aus, legte sie sauber gefaltet ans Fußende und sagte: «Maximilian wartet unten auf dich.»

Dann setzte sie sich aufs Bett, seufzte einmal tief und strich Marie eine ihrer dunkelblonden Strähnen aus dem Gesicht. Irritiert blickte sie auf. Es war ungewohnt, ihrer Schwiegermutter, oder genauer gesagt, ihrer zukünftigen Schwiegermutter, so nahe zu sein. Zwar begrüßten sie sich stets mit einer kleinen Umarmung und zwei angedeuteten Küssen auf die rechte und linke Wange. Doch diese Geste fühlte sich anders an. Vertrauter, als es ihrem Verhältnis entsprach.

Es war wohl Constanzes Art, ihr Mitgefühl zum Ausdruck zu bringen, dachte Marie. Sie ärgerte sich insgeheim, dass sie sich gegenüber Max nicht hatte durchsetzen können, nachdem Dr. Martin, ein befreundeter Arzt aus der Nachbarschaft, den Tod Annelieses bestätigt hatte. Eigentlich wollte Marie auf der Stelle nach Hause, in ihre gemeinsame Wohnung in der Hamburger Innenstadt, fahren. Doch Max hatte gemeint, sie solle sich erst mal nach oben zurückziehen und sich ausruhen.

Und nun musste Marie sich mit ihm und seinen Eltern an den Tisch setzen, obwohl ihr weder nach Essen noch nach Reden zumute war.

«Ich komme in zwei Minuten nach», versprach sie leise.

Constanze nickte zufrieden und verließ das Zimmer.

Marie atmete tief ein und hielt die Luft an. Constanzes schweres Parfüm hing im Raum. Ein Duft, der den Druck in ihrem Kopf noch verstärkte. Marie schloss ihre verquollenen, grünblauen Augen, weil sich ihr unendlich viele Fragen aufdrängten, auf die sie keine befriedigende Antwort fand.

Wie konnte das sein? Wie konnte ihre Oma einfach so gehen, ganz plötzlich, an diesem so besonderen Tag? Sie war das einzige Mitglied ihrer weit verstreuten Familie gewesen, das an der Verlobungsfeier hatte teilnehmen sollen. Ihr Vater war wie so oft im Ausland auf Geschäftsreise unterwegs und ihren Tanten, Onkeln und Cousinen hatte sie nicht zumuten wollen, gleich zwei Mal, zur Verlobungsfeier und zur Hochzeit, aus dem ganzen Land anreisen zu müssen. Schließlich sollte der große Tag schon Ende Juni, in zwölf Wochen, stattfinden. Dabei hatte Marie eigentlich keinen großen Wert auf eine Verlobungsfeier gelegt. Und auch Max war anfangs nicht begeistert gewesen, als seine Eltern anboten, eine solche ausrichten zu wollen. Marie hatte den Verdacht, Constanze und Konrad Bergmann ging es bloß darum, ihrem Ruf alle Ehre zu machen und den Erwartungen ihres Umfeldes Genüge zu tun, eine standesgemäße Feier auszurichten, wie es sich für eine Juristenfamilie gehörte, die schon in dritter Generation eine stadtbekannte Kanzlei betrieb.

Umso wichtiger war Marie die Anwesenheit ihrer Oma gewesen, als emotionale Unterstützung. Doch dann war alles anders gekommen. Maries Augen füllten sich erneut mit Tränen.

Sie hatte sich schon immer bestens mit Anneliese verstanden. Das bedeutete nicht, dass sie nicht auch gestritten hatten. Im Gegenteil. Ihre Oma war eine sehr geradlinige und ehrliche Frau gewesen, die nur schwer mit ihrer Meinung hinterm Berg halten konnte. Selten war sie einverstanden mit der Auswahl ihrer Freunde. Und auch als Marie Anneliese und Max miteinander bekannt gemacht hatte, war ihr sofort klar gewesen, dass ihre Oma kaum ein gutes Haar an ihm lassen würde.

Plötzlich musste Marie schmunzeln. Anneliese war zwar

keine Zynikerin gewesen, hatte aber stets einen Sinn für subtilen Humor gehabt. Im Grunde genommen passte ein solcher Abgang zu ihr. Vielleicht wollte sie ein Zeichen setzen, dachte Marie und schüttelte den Kopf über diesen absurden Gedanken. Doch die heutigen Ereignisse waren tatsächlich nach dem perfekten Timing eines Drehbuchs abgelaufen. Max' Vater hatte sich bereits erhoben, um die Gäste an der langen Tafel – seine große Familie und eben jene wichtigen Kollegen und Freunde aus dem Lionsclub – zu begrüßen. Nur der Platz der Großmutter der Braut war leer geblieben. Konrad hatte seine Ungeduld nicht verbergen können. Er bat Max, nach Anneliese zu suchen. Beim Empfang in der großen Eingangshalle der Villa war sie noch sehr präsent gewesen und hatte jeden Gast mit kräftigem Händedruck und leichtem Argwohn begrüßt. Danach aber war sie plötzlich unauffindbar gewesen.

Also gab Constanze ihrem Mann mit einem Blick zu verstehen, dass sie nicht länger warten sollten. Das hatte Marie genauestens beobachtet und war augenblicklich aufgesprungen, um selbst nach ihrer Oma zu sehen. Marie nahm an, dass sie auf die Toilette gegangen war, um vor dem Essen noch einmal den Lippenstift neu aufzutragen, der so wundervoll zu dem eleganten, bordeauxfarbenen Kostüm passte, das sie eigens zusammen für diesen Tag ausgesucht hatten. Doch wie sich herausstellte, war Anneliese gar nicht so weit gekommen. Marie fand sie im Kaminzimmer, in sich zusammengesunken auf einem der großen, schwarzen Ledersessel.

Dann war alles ganz schnell gegangen. Marie hatte um Hilfe gerufen, in Panik, weil sie kein Lebenszeichen hatte feststellen können. Obwohl Annelieses Gesicht ganz warm gewesen war und weich, wie immer, hatte Dr. Martin kurz darauf bestätigt, was alle längst befürchtet hatten. Anneliese war tot, vermutlich einem Herzinfarkt oder einem Schlaganfall erlegen.

Marie seufzte tief und blickte sich noch einmal um, ehe sie aus dem Bett stieg. Sie mochte diesen leblosen Raum mit seiner lindgrünen Tapete nicht. Überhaupt war die Atmosphäre hier im Haus meist unterkühlt. Ob es an der endlosen Anzahl an Räumen lag oder an der Einrichtung mit all den antiken Möbeln und den schweren Teppichen, konnte sie nicht sagen. Sie wusste nur, dass sie sich hier nie richtig wohlgefühlt hatte.

Marie schaute nun an sich hinunter, strich ihre dunkelblaue Seidenbluse glatt und fuhr sich durchs halblange Haar, um es wenigstens notdürftig zu richten. Da sie das Zimmer so ordentlich wie möglich hinterlassen wollte, schüttelte sie die Bettdecke auf, zog die Tagesdecke sorgfältig wieder darüber und strich sie glatt. Dann raffte sie eilig sämtliche benutzte Taschentücher zusammen, die glücklicherweise auf der Seite des Bodens lagen, die Constanze nicht hatte sehen können. Sie atmete noch einmal tief durch und ging schließlich auf wackeligen Beinen nach unten.

Paul

Als Paul auf den Tante-Emma-Laden am Ortsausgang von Norddorf zuging, der eigentlich «Tante-Hilda-Laden» hätte heißen müssen, weil Hilda Lindholm dort seit Jahrzehnten Lebensmittel und Souvenirs verkaufte, traf er auf eine große Gruppe älterer Herrschaften. Dass es sich um Touristen handeln musste, war nicht schwer zu erkennen: Sie stellten allesamt ihre Leihfahrräder vor dem Eingang ab, und einige von ihnen waren mit Rucksäcken und Kameras ausgestattet. Paul war erleichtert. Vermutlich hatte Hilda mit dem Andrang alle Hände voll zu tun und somit keine Chance, ihn in eines dieser Gespräche zu verwickeln, die er so unerträglich fand. Wie eine Spinne lauerte Hilda ihren Kunden auf, wobei ihr Einheimische natürlich die willkommeneren Opfer waren, wussten sie doch oft Neuigkeiten oder Inseltratsch zu berichten, den sie nur allzu gerne weitertrug.

Eigentlich wäre Paul lieber in seinen alten Volvo gestiegen, um im Nachbarort einen Großeinkauf zu machen. Doch dann hätte er noch mehr Zeit vertrödelt. Als selbständiger Bau-Ingenieur arbeitete er zurzeit für einen landwirtschaftlichen Betrieb auf dem Festland, und ihm brannte ein Entwurf unter den Nägeln, den er schon vor einer Woche hätte fertig stellen müssen.

Also musste er in den sauren Apfel beißen und bei Hilda das Nötigste besorgen. Nicht nur die Milch war ausgegangen, auch der Mirácoli-Vorrat war bedenklich geschrumpft. Und natürlich konnte es nicht schaden, wenn Leonie auch mal wieder frisches Obst mit zur Schule nahm.

Als Paul den Laden betrat, war Hilda tatsächlich mit der langen Schlange an der Kasse beschäftigt, sodass sie zunächst nicht auf ihn aufmerksam wurde. Nach kurzem Überlegen deponierte Paul ein paar Konserven, die obligatorischen Nudeln und ein bisschen Grünzeug im Einkaufskorb. Doch als er die Kasse erreichte, musste er feststellen, dass der Rentnertrupp genauso schnell wieder verschwunden war, wie er gekommen war.

Außer ihm selbst war nur noch ein älteres Paar im Laden, das vor der Frischetheke miteinander tuschelte.

«Dich habe ich ja eine Ewigkeit nicht gesehen!», rief Hilda hocherfreut durch den ganzen Laden, und das, obwohl Paul direkt vor ihr stand. Sie musterte ihn über den Rand ihrer altmodischen Brille, deren neongelbe Kette so gar nicht mit ihrer dunkelrot gemusterten Bluse harmonierte.

«Hallo, Hilda!», grüßte er knapp und warf einen flüchtigen Blick auf seine Uhr, in der Hoffnung, sie würde diese Geste richtig zu deuten wissen.

«Jetzt ist es schon ein Jahr her, was?», sagte Hilda mit einem unüberhörbaren Seufzer.

Wie er das hasste!

Ja, seine Frau Inken war gestorben, und das viel zu früh. Doch es war ihm ganz und gar nicht recht, dass er seitdem als größter emotionaler Pflegefall der Insel galt und die Leute offenbar sehr genau beobachteten, wie er sich als alleinerziehender Vater schlug.

«Wie geht es Leonie?», fragte Hilda auch sogleich und tippte die Preise in ihre antiquierte Ladenkasse.

Paul seufzte. Für einen kurzen Moment überkam ihn die Versuchung, einfach mal die Klappe zu halten. Einfach nichts zu sagen. So tun, als wäre seine Stimme weg oder als sei er über Nacht taub, stumm oder unsichtbar geworden. Eilig stopfte er seine Einkäufe in einen alten, an den Henkeln zerschlissenen Stoffbeutel. Doch Hilda ließ nicht locker.

«Ich habe sie gestern mit dem Lütten von Monika gesehen. Süß, wie die beiden zusammen spielen», plauderte sie weiter drauflos.

Nun hielt Paul die Luft an und presste seine Lippen zusammen. Wieder einmal unternahm die Alte einen derart plumpen Versuch, ihn mit ihrer Nichte zu verkuppeln. Monika und ihr nervtötender Sohn Robin, der seine schrille Stimme von seiner Großtante geerbt hatte, wohnten in derselben Straße wie Leonie und er. Robins Vater hatte die Familie vor ein paar Jahren verlassen und war eines Tages einfach von der Insel verschwunden.

Eine durchaus verlockende Vorstellung, wie Paul fand, als er nun in Hildas neugieriges Gesicht blickte und am liebsten ebenfalls davongelaufen wäre.

«Was macht das?», fragte Paul, um die Sache etwas zu beschleunigen.

Doch Hilda stieß nur die Hände in ihre ausladenden Hüften.

«Du siehst nicht besonders gut aus, mein Junge! Wann warst du denn das letzte Mal aus?»

Paul stöhnte auf.

«Glaub mir, das ist das Letzte, woran ich momentan denke! Du weißt doch, wenn man selbständig ist, hat man eigentlich nie Feierabend und kaum Freizeit», bemühte er sich um eine höfliche Antwort.

Hilda nahm die Brille von der Nase und musterte ihn eindringlich. Paul hielt ihr einen Zwanziger hin.

Hilda schüttelte stumm den Kopf und gab ein paar Münzen Wechselgeld heraus.

Aus dem Augenwinkel sah Paul, wie sich das ältere Pärchen von der Frischetheke näherte. Das war die Gelegenheit zu entkommen.

«Einen schönen Tag noch!»

«Schick Leonie vorbei! Sie darf sich was Süßes abholen», rief Hilda ihm hinterher. Paul nickte und lächelte sie durchaus dankbar an, ehe er zügig aus dem Laden verschwand.

Als er endlich ins Freie trat, richtete sich sein Blick gen Himmel, wo keine einzige Wolke zu sehen war. Seltsam, dachte er. Schon letztes Jahr war der Tag ungewöhnlich sommerlich gewesen für Anfang April. Das Wetter passte zu Inken und ihrem Gemüt. Wenigstens ein Gedanke, den er aufschreiben konnte. Sie hatte es ihm immer wieder gepredigt, auch noch, als längst klar war, dass ihr zarter Körper keine Chance gegen die Metastasen haben würde: «Du musst dir alles von der Seele schreiben!»

Inken war nie müde geworden, Paul daran zu erinnern, wie wichtig es war, seinen Schmerz zu verarbeiten.

Auch wenn er insgeheim wusste, dass sie recht gehabt hatte, war es ihm unmöglich, etwas Sinnvolles zu Papier zu bringen. Mit Zahlen und Bauzeichnungen kannte er sich aus. Aber Buchstaben und Worte waren seiner Frau vorbehalten gewesen. Als Lehrerin für Deutsch und Englisch hatte sie nicht nur Schüler zum freien Dichten ermuntert. Auch sie selbst hatte es geliebt, Gedichte zu schreiben, für die Paul sich eigentlich nie besonders interessiert hatte.

Heute bereute er, Inken nie gesagt zu haben, wie sehr er sie für ihre Gabe bewunderte. Doch fiel es ihm noch immer unendlich schwer, in der Sammlung zu blättern, die sie Leonie hinterlassen hatte.

«Vielleicht freut Leonie sich darüber. Aber gib ihr die Gedichte erst, wenn sie sie auch versteht!», hatte sie eines Tages zu ihm gesagt, mit stets bemüht heiterer Stimme. Doch Paul wusste sehr genau, dass Inken der Gedanke, ihre Tochter nicht aufwachsen sehen zu dürfen, längst das Herz gebrochen hatte.

Marie

Die Tage bis zu Annelieses Trauerfeier waren wie im Rausch vergangen. Während Marie tagsüber viel geschlafen und sich ansonsten mit Trash-TV am Nachmittag über Wasser gehalten hatte, lag sie in den quälenden Nächten stets lange wach und starrte in die Dunkelheit. Irgendwann an diesem sehr frühen Morgen der Beerdigung musste sie aber doch eingeschlafen sein. Denn Max' Wecker hatte sie aus einem tiefen Traum gerissen.

Marie konnte sich nicht an Einzelheiten erinnern. Aber das Gefühl, mit dem sie aufgewacht war, beherrschte sie jetzt am Frühstückstisch noch immer. Es war zwar voller Traurigkeit, aber eher melancholisch als schmerzhaft. Jedenfalls nicht so schmerzhaft wie der Kummer, mit dem sie sich in den letzten Tagen aus dem Bett gequält hatte.

«Komm, Schatz, wenigstens eine Hälfte!», befahl Max und hielt ihr einen Korb mit Brötchen hin, die er nach seiner morgendlichen Joggingrunde um die Alster besorgt hatte.

Maries Magen war nur noch ein schmerzender Klumpen. Und sie konnte sich heute noch weniger vorstellen, einen Bissen zu probieren, als an den vergangenen Tagen.

Die Trauerfeier sollte am Nachmittag stattfinden, mit Beisetzung auf dem Ohlsdorfer Friedhof und anschließendem Kaffeetrinken im Café Lehmann, dem Stammlokal ihrer Oma. Sicher hatte Max recht. Sie musste etwas essen, wenn sie den Tag überstehen wollte.

Bestimmt hatte sie inzwischen ein paar Kilos verloren. Unter anderen Umständen hätte Marie sich darüber gefreut. Schließlich wollte sie in ihrem Designerbrautkleid eine gute Figur machen. Doch all das war ihr jetzt ziemlich gleichgültig. Sie umklammerte den heißen Kaffeebecher, den Max ihr reichte, fest mit beiden Händen und blickte nachdenklich aus dem Fenster. Erst als er seinen Stuhl geräuschvoll über die Marmorfliesen schob, um sich direkt vor ihr zu platzieren, sah Marie auf.

«Ich weiß, du hast sehr an ihr gehangen. Aber wenn man dich so sieht, könnte man meinen, es ist das Schlimmste, was passieren kann, dass eine 90-Jährige stirbt.»

Seine Augen funkelten wie immer gut gelaunt, als er sein markantes Kinn auf die Hände stützte und sie musterte.

«Mitte achtzig!», empörte sich Marie, winkte aber sogleich ab.

«Ich weiß ja, dass dir nicht viel an ihr lag.»

Marie bemühte sich mit einem gequälten Lächeln darum, ihre spitzen Worte etwas zu entschärfen. Es gab nämlich eigentlich gar keinen Grund, auf Max herumzuhacken. Wenn sie ihm eines nicht vorwerfen konnte, dann, dass er sich nicht gut genug um sie kümmerte. Er hatte seinen Vater gebeten, sie bis auf weiteres von ihren Aufgaben in der Kanzlei zu entbinden, und zudem alle Formalitäten rund um die Beisetzung geregelt. Dafür war Marie ihm unendlich dankbar, auch wenn sie nur stumm und staunend danebensitzen konnte, wenn Max am Telefon professionell und emotionslos über Dinge sprach, die sie selbst zutiefst erschütterten: ob es ein normales Begräbnis oder eine Urnenbeisetzung geben sollte, welche Kleidung und Schuhe Anneliese tragen, aus welchem Holz der Sarg beschaffen sein sollte, welche Gäste zur Trauerfeier eingeladen werden würden und ob es eine testamentarische Verfügung darüber gab, wie das Ganze vonstattengehen sollte.

Obwohl ihre Großmutter nie ein Problem damit gehabt hatte, über den Tod zu sprechen, hatte sie keinerlei Wünsche geäußert oder Vorkehrungen getroffen. Das Einzige, worauf Marie sich mit Gewissheit berufen konnte, war ihre Vorliebe für warmen Apfelkuchen mit einer fein-säuerlichen Apfelsorte, den sie gern mit einer Prise Zimt in der Sahne aß.

Auch wenn es Marie, im Vergleich zur Tragweite der Entscheidungen, die den Rest der Beisetzung betrafen, etwas lächerlich erschien, hatte sie darauf bestanden, wenigstens den anschließenden Empfang zu organisieren. Marie war persönlich bei Frau Lehmann, der Inhaberin des Cafés, erschienen, um ihr vom Tod der Großmutter zu berichten. Wie erwartet, war auch diese zutiefst betroffen und vergoss ein paar Tränchen, derer sie sich nicht schämte, auch nicht, als sie das Gespräch kurz unterbrechen musste, um die Bestellung neu eingetroffener Gäste entgegenzunehmen.

Jeden Sonntagnachmittag hatte sich Anneliese mit ihren beiden Freundinnen Gertrud Biermann und Lotte Schwarz in ihrem Stammcafé getroffen, und das seit über 15 Jahren. Und so war es für Frau Lehmann eine Selbstverständlichkeit, für die Trauergemeinde eine Feier auszurichten, die ihrer Oma würdig war – inklusive Kuchen mit Äpfeln aus dem Alten Land, die Anneliese für unübertrefflich gehalten hatte. Schließlich war sie dort, vor den Toren Hamburgs, aufgewachsen und bis zuletzt jedes Frühjahr mit ihren Freundinnen mit der Fähre über die Elbe zur Apfelblüte gefahren.

Das war auch der Grund, warum sie dafür plädiert hatte,

dass Marie und Max ihre Hochzeit dort feiern sollten, in einem alten Landgasthof. Doch da hatte Anneliese die Rechnung ohne Constanze gemacht, die ein Sternelokal auf dem Blankeneser Süllberg für die einzig adäquate Location hielt und diese Entscheidung auch nicht zur Diskussion stellte.

Marie blickte Max traurig an. «Aber ich habe doch jetzt niemanden mehr», flüsterte sie nachdenklich und nahm einen Schluck Kaffee.

«Und was ist mit mir, dem Mann deiner Träume?!», beschwerte er sich mit gespielter Empörung. Er lächelte verschmitzt, was Marie augenblicklich erleichterte. Denn was sie gesagt hatte, war tatsächlich etwas gedankenlos gewesen. Natürlich war Max für sie da. In den vergangenen Tagen, in denen sie sich kaum verlorener hätte fühlen können, war er ihr so nah gewesen wie niemals zuvor. Und er war auch sonst immer an ihrer Seite gewesen, zum Beispiel, als sie vor lauter Prüfungsangst vor dem ersten Staatsexamen über der Kloschüssel gehangen hatte. Er war es gewesen, der mitten in der Nacht Tabletten zur Beruhigung organisiert hatte. Er war bei ihr gewesen, als ihr Mischlingshund Socke von einem Auto angefahren und wenige Stunden später eingeschläfert werden musste. Und als ihr Vater das Elternhaus verkauft hatte, ohne sie vorher darüber zu informieren.

Doch obwohl Max nun schon seit über fünf Jahren an ihrer Seite und – von mal mehr, mal weniger nervigen Macken abgesehen – tatsächlich ein Mann fürs Leben, nein, *der* Mann fürs Leben war, konnte er ihre Oma natürlich nicht ersetzen.

Anneliese war stets die Erste gewesen, die Marie anrief, wenn es etwas wirklich Wichtiges zu berichten gab. Etwas, das eben nur Frauen verstanden. Außerdem war ihre Oma eine gute Shoppingbegleiterin gewesen. Ihre Direktheit war zwar nicht immer ganz einfach zu ertragen gewesen, etwa wenn sie kleine Fettröllchen an Maries Taille anmahnte, die sich bei der Anprobe eines Pullis abzeichneten, weil die Angorawolle auftrug.

Marie musste schlucken. Unweigerlich musste sie wieder daran denken, dass sie eigentlich nächste Woche mit Anneliese zur Anprobe ihres Brautkleides hatte gehen wollen. Natürlich war ihre Oma auch dabei gewesen, als sie es gemeinsam mit ihrer Freundin Anika ausgesucht hatte. Die drei hatten sich die Zeit in dem einladenden Brautmodensalon mit Prosecco und Erdbeeren versüßt. Wie gut, dass die Verkäuferin sich überaus freundlich bereit erklärt hatte, ein paar Fotos von der Braut, der Braut-Oma und der Trauzeugin zu machen. Das mussten die letzten Schnappschüsse von Anneliese sein, schoss es Marie in den Sinn. Wie elektrisiert sprang sie auf und rannte in den Flur.

«Du solltest wirklich was frühstücken!», rief Max ihr hinterher.

Doch Marie ignorierte seinen Kommentar, lief ans andere Ende der großen Wohnung zum Arbeitszimmer, wo die Digitalkamera im aufgeklappten Sekretär lag. Sie schnappte sich das Gerät und eilte mit klopfendem Herzen zurück in die Küche. Dort setzte sie sich wieder an den quadratischen Glastisch und schaltete die Kamera ungeduldig ein. Sie starrte auf das Display und klickte sich aufgewühlt durch die Bilder.

Und sogleich wurde Marie warm ums Herz, als sie schließlich in die so vertrauten haselnussbraunen Augen ihrer Oma sah, die von etlichen Lachfältchen umgeben waren. Trotz ihrer fast schneeweißen Haare, die sie kurz geschnitten und stets gut frisiert trug, hatte sie immer eine tolle, fast jugendliche Ausstrahlung gehabt.

«Dein schöner Mund kann ja doch noch lächeln», sagte Max mit sanfter Stimme und rückte etwas näher an Marie heran.

«Was hast du da?», fragte er und deutete auf die Kamera.

«Das sind die letzten Bilder von ihr», antwortete Marie, ohne ihren Blick abzuwenden. Sie betrachtete einen der Schnappschüsse etwas genauer, weil Anneliese darauf sehr vergnügt aussah. Wahrscheinlich hatte sie gerade einen ihrer lockeren Sprüche losgelassen. Denn auch Anika und sie selbst lachten auf dem Bild herzhaft. Leider konnte sich Marie nicht mehr erinnern, warum. Sie wusste nur, wie beschwingt sie gewesen waren, als sie sich alle überraschend schnell auf ein Kleid geeinigt hatten. Auch die Verkäuferin, die altersmäßig etwa zwischen ihrer Oma und ihr gelegen haben dürfte, war ganz und gar hingerissen gewesen von ihrer Wahl.

«Guck mal, typisch Anneliese, was?»

Marie schob Max die Kamera rüber.

Doch der schreckte plötzlich zurück.

«Das darf ich doch gar nicht sehen!», beschwerte er sich eilig und wendete sich ab.

Marie blickte ihn verwirrt an.

«Es bringt doch Unglück, wenn der Mann das Kleid vor der Hochzeit sieht!», erklärte er, und Marie konnte nicht einschätzen, ob er es ernst meinte oder wieder einmal versuchte, mit einem Scherz eine Situation zu überspielen, die ihm unangenehm war.

Denn darin war er Weltmeister! Natürlich konnte auch er traurig sein, etwa wenn der HSV wieder einmal ein Heimspiel gegen Werder Bremen verlor. Aber bei zwischenmenschlichen Angelegenheiten konnte Max sämtliche Emotionen wie auf Knopfdruck ausschalten, was ihm in seinem Beruf als Anwalt für Handels- und Gesellschaftsrecht sehr zugutekam.

«Seit wann hast du denn romantische Anwandlungen?», fragte Marie und sah Max verwundert an. Beinahe freute sie sich über seine Worte. Denn bislang war er das «Projekt Hochzeit» genauso nüchtern angegangen wie eine Verhandlung vor Gericht. Bei der Bestellung des Aufgebotes und Zusammenstellung sämtlicher Urkunden und Verträge mit Dienstleistern blühte er regelrecht auf, wohingegen er nur allzu gerne auf seine Mutter verwies, wenn Marie ihn bei der Auswahl von Einladungskarten, Blumenschmuck oder Musik um Hilfe bat.

«Ich bin total romantisch!», protestierte er nun mit einem Grinsen.

«Seit wann das denn, bitte schön?»

Marie verkreuzte ihre Arme und war gespannt auf Max' Antwort. Wenn es einen Menschen gab, der sich schwertat mit Romantik, dann er.

«Bislang hast du es geschafft, noch jedes Happy End zu zerstören!»

«Was hat denn Romantik mit deinen Kitsch-Filmen zu tun?», konterte Max und griff nach seinem Käsebrötchen.

«Schon vergessen, was du für einen Antrag bekommen hast?», nuschelte er, nachdem er beherzt abgebissen hatte.

Der Antrag! Der war in der Tat romantisch gewesen, sah man davon ab, welche Vorgeschichte Max' Heldentat hatte.

«Wenn dein Vater nicht gewesen wäre, würde ich immer noch darauf warten», entgegnete Marie und erhob sich, um sich Max' Brötchen zu schnappen. Ehe er protestieren konnte, biss sie einen kleinen Happen ab.

«Das wirst du mir noch vorhalten, wenn wir alt und grau sind!», sagte Max und wandte sich wieder dem Sportteil seiner Zeitung zu. Marie wollte noch etwas einwenden. Etwa, dass sie sehr wohl einen Grund hatte, ihm Vorhaltungen wegen des Heiratsantrags zu machen. Diesen hatte er zwar durchaus stilvoll eingefädelt, während eines Essens bei ihrem Stammitaliener zwei Straßen weiter. Doch den wahren Grund für den Zeitpunkt ihrer Verlobung erfuhr Marie erst einen Tag später. Wie sich herausstellte, hatte kurz zuvor ein Vater-Sohn-Gespräch stattgefunden, in dem Konrad Bergmann seinem Sprössling in Aussicht gestellt hatte, ihm die Wirtschaftskanzlei zu überschreiben, sobald er den Grundstein für eine eigene Familie legen würde.

Zunächst hatte Marie sich wahnsinnig über die Überraschung mit Ring und Rose gefreut. Doch als sie beide Max' Eltern tags darauf von der Neuigkeit berichteten, sprach Constanze einen vermeintlich wohlwollenden Toast aus, in dem sie die wahren Gründe für das Timing ihres Sohnes offenbarte.

Marie hätte es eigentlich wissen müssen. Schließlich hatte Max es bis dahin nicht besonders eilig gehabt mit dem Heiraten. Und wann immer Marie eine Andeutung in diese Richtung unternahm, weil sie sich sehr gewünscht hatte, noch vor ihrem 35. Geburtstag zu heiraten, hatte er sie mit einer flapsigen Bemerkung vertröstet.

Natürlich unternahm Max alles, um Marie davon zu überzeugen, dass er auch ohne das ausgelobte Geschenk seines Vaters um ihre Hand angehalten hätte. Und auch wenn Marie ihm vertraute und der Fauxpas schnell verziehen war, hinterließ er doch einen unangenehmen Beigeschmack. Der romantische Antrag hatte etwas von seinem Zauber verloren.

Doch heute, dem Tag der Beerdigung ihrer Oma, erschien ihr all das unwichtig.

Müde betrachtete sie Max' attraktives Gesicht im Profil. Die Stoppeln auf seinem noch unrasierten Kinn waren viel dunkler als seine blonden Haare, die er in seiner Freizeit meistens unter einer Baseballkappe verbarg. Aber auch im Anzug machte er eine tolle Figur. Irgendwie empfand sie es als tröstlich, dass sie an einen Mann geraten war, der mit beiden Beinen fest auf dem Boden stand und stets auf alles eine Antwort wusste.

Marie stellte ihren Kaffee ab und beschloss, duschen zu gehen. Das war längst überfällig und würde ihr sicher guttun.

Paul

«Das sind die Falschen!», schimpfte Leonie und schaute ihren Vater vorwurfsvoll aus ihren großen blauen Augen an.

«Wieso? Das ist Mirácoli!»

Paul schüttelte seufzend den Kopf und ließ die dampfenden Nudeln in einem Sieb abtropfen, ehe er sie auf zwei Suppenteller verteilte.

Leonie setzte sich an ihren Platz auf der Eckbank am Küchentisch und stützte enttäuscht ihr Kinn in die Hand.

«Das sind aber keine Spaghetti!»

«Nimm die Ellenbogen vom Tisch!», ermahnte Paul seine Tochter. Jetzt dämmerte ihm, wo das Problem lag.

«Du magst keine Makkaroni?»

Mit Bedauern blickte er auf die Nudeln vor Leonies Nase.

«Schmecken Nudeln denn nicht alle gleich?», fragte er schließlich zerknirscht.

Leonies enttäuschter Blick traf ihn mitten ins Herz.

«Spaghetti bringen viel mehr Spaß!», antwortete Leonie mit einer Ernsthaftigkeit, der Paul nichts entgegensetzen konnte.

Er nahm den Topf mit der Tomatensoße vom Herd, ließ sich auf seinen Stuhl gegenüber von Leonie fallen und hielt inne.

Nach kurzem Überlegen sprang er auf und sagte: «Komm, du kleiner, schimpfender Rohrspatz! Wie gehen aus. Heute darfst du alles essen, was du willst!»

Als Paul sich spät am Abend auf seiner Seite des Bettes ausstreckte, seufzte er tief. Er hatte diese lang gefürchtete Woche um Inkens Todestag mehr oder weniger erfolgreich hinter sich gebracht. Lediglich als Leonie und er am Grab standen, hatten ihm die Worte gefehlt. Es gab einfach nichts Tröstliches zu sagen, was nicht banal geklungen oder alles nur noch schlimmer gemacht hätte.

Und so hatte seine Tochter bitterliche Tränen in die Taschentücher geweint, die Paul in einem lichten Moment als nur sehr selten vorausschauender Vater in seiner Hosentasche mit auf die Radtour genommen hatte. Erst als sie in dem touristischen Örtchen Nebel im Inselcafé eine riesige Portion Spaghetti-Eis bestellt hatten, hellte sich Leonies Miene für einen Moment auf. Und als die Inhaberin Frau Petersen ihr dazu eine heiße Tasse Schokolade spendierte, konnte Leonie schon wieder das niedliche Lächeln hervorzaubern, das Paul jedes Mal bis ins Mark traf, weil sie ihrer Mutter dann so unfassbar ähnlich sah.

Alles in allem konnte Paul zufrieden mit sich sein. Zwar hatte er seine Schwiegermutter nicht zurückgerufen. Und das, obwohl sie schon zwei Mal auf den Anrufbeantworter gesprochen hatte, um sich zu beschweren, dass sie nicht alle drei gemeinsam auf den Friedhof gegangen waren. Doch jetzt war er müde und schüttelte jeden beißenden Gedanken an Christa beiseite. Er konnte es ihr sowieso nicht recht machen. Zumindest gab sie ihm immer das Gefühl, dass er alles falsch machte, als Vater und früher auch als Ehemann. Dabei war er es gewesen, der es geschafft hatte, Inken auf der Insel zu halten. Und das war durchaus eine Herausforderung gewesen.

Ihr cholerischer Vater und ihre dominante Mutter hatten sie

schon zu Teenagerzeiten aus dem Haus getrieben, bis sie eines Tages auf der Hochzeit gemeinsamer Schulfreunde Paul traf und nur eineinhalb Jahre später von Kiel nach Amrum zurückkehrte. Alles hatte sich gefügt, nachdem sie eine Anstellung als Lehrerin gefunden hatte und zu Paul, in sein Elternhaus, gezogen war. Und doch hatte Inken immer Fernweh gehabt. Regelmäßig musste sie sich etwas Abstand vom Inselleben gönnen – etwa mit einer Shoppingtour in Hamburg oder Besuchen bei Freundinnen, die es unvorstellbar fanden, so abgeschieden vom Rest der Welt zu versauern.

Obwohl Paul diese Sehnsucht auszubrechen genauso gut kannte, hatte es immer wieder Streit deswegen gegeben. Während die Rastlosigkeit, die Inken umtrieb, in ihr den Wunsch verstärkte, sich auf dem Festland ein neues Leben aufzubauen, lastete Pauls Verantwortungsgefühl für seinen Vater immer schwerer auf seinen Schultern. Der war inzwischen an Demenz erkrankt und in ein Pflegeheim in Wittdün gezogen. Er hatte die Insel nie verlassen wollen, und er wollte auch seine letzte Ruhe dort finden. Paul konnte es nicht übers Herz bringen, ihm den Rücken zu kehren, so wie es seine Mutter vor vielen Jahren getan hatte.

Morgen Vormittag stand der obligatorische Wochenendbesuch bei seinem Vater an. Vorher würde er Christa zurückrufen, vielleicht konnte sie sich währenddessen um Leonie kümmern.

Paul rieb sich die brennenden Augen und atmete schwer durch. Wie viele Jahre würde ihn das Datum des Todestages und der Beerdigung wohl verfolgen? Wie lange würde es dauern, bis er nicht mehr zurückblicken und ständig in Gedanken zurückverfolgen würde, was genau sich zur Stunde ereignet hatte an jenem Frühlingstag, als Inken frühmorgens in seinen Armen eingeschlafen war? Oder wie sich diese lähmenden Tage danach angefühlt hatten und erst recht die Nächte in den Wochen nach der Beisetzung, als für alle anderen der Alltag zurückgekehrt war, nur für ihn nicht?

Reglos blickte Paul zur anderen Seite des Metallbettes, die mit einer ganzen Schar Teddys und Puppen übersät war, weil Leonie jedes Mal einen neuen Mitbewohner anschleppte, wann immer sie zu ihm unter die Decke kroch. Am liebsten hätte er das breite Ehebett gegen ein kleineres ausgetauscht, um sich nicht so verloren vorzukommen. Doch dann wären die Kuscheleinheiten mit seiner Tochter samstag- und sonntagmorgens womöglich ausgefallen. Leonie war mit ihren sieben Jahren längst kein Fliegengewicht mehr, das genügend Platz auf Papas Bauch fand und ruhig vor sich hin schlummerte wie in ihren ersten Lebensmonaten. Wenn Leonie bei Paul im Bett schlief, wühlte sie sich meist von einem Ende zum anderen und wachte mit weit von sich gestreckten Armen und Beinen und ohne Decke auf.

Paul richtete sich auf und sah sich im Schlafzimmer um. Es war seltsam. Denn obwohl dies der Raum war, an dem er die größte Nähe zu seiner Frau fühlte, konnte er es hier am besten aushalten. Alle anderen Zimmer, die Küche, das Bad, das Wohnzimmer mit dem Kachelofen, die Terrasse und vor allem Leonies Zimmer beherbergten Erinnerungen, die Paul immer wieder vollkommen aus der Fassung brachten. Etwa, wenn er Inkens Lieblingsbecher im Schrank entdeckte, aus weißer Emaille, der mit seinen hellgrünen Punkten die unbeschwerte Lebensfreude versprühte, die Paul längst verloren hatte. Oder aber, wenn er Inkens flauschigen Bademantel im

Bad hängen sah. Dann hatte er automatisch die Momente vor Augen, in denen sie sich frisch geduscht an ihn kuschelte, um ihn vom Schreibtisch wegzulocken. Auch die blau-weiß gestreifte Schürze, die hinter der Küchentür hing, löste in Paul einen geradezu unerträglichen Schmerz aus, weil sie ihm vor Augen führte, wie sehr er die Zeit des Tages vermisste, in der Inken das Essen für die Familie zubereitete, was ihm stets das Gefühl gegeben hatte, umsorgt und geliebt zu werden. Ein Gefühl, das durch nichts zu ersetzen war.

Hier im Schlafzimmer war Inken auf ganz andere Art und Weise präsent. Trotz einiger Souvenirs aus der Vergangenheit, wie etwa dem Familienfoto auf seinem Nachttisch, fühlte er hier eine Nähe, die ihm guttat. Womöglich war das die Atmosphäre des Raumes, dachte Paul. Es war die gleiche wie in Inkens Arbeitszimmer im ersten Stock des geräumigen Friesenhauses. Doch lauerten dort so viele Erinnerungsstücke, die es ihm wiederum sehr schwer machten, öfter mal hineinzugehen. Vielleicht würde er es eines Tages übers Herz bringen, sich von allem Ballast zu trennen.

Paul griff nach seinem Kissen, schüttelte es auf und vergrub seinen schweren Kopf darin. Er würde auch in dieser Nacht nicht leicht in den Schlaf finden. Besonders in dieser Nacht nicht. Stattdessen starrte er an die weiße Holzdecke und ertappte sich bei dem Gedanken daran, dass vieles in seinem Leben einfacher wäre, hätten Inken und er kein Kind bekommen. Vielleicht hätte er dann den Mut gehabt, seinen Vater im Stich zu lassen, um irgendwo neu anzufangen. In Norwegen wurde ja immer qualifiziertes Fachpersonal gesucht. Dort wäre es sicher einfacher, nach vorne zu schauen, dachte er. Schließlich wurde er hier tagtäglich mit quälenden Erinnerungen konfrontiert, nicht nur im Haus, sondern auch im Ort und überhaupt auf der ganzen Insel. Erst recht beim Anblick seiner Tochter, die ihrer Mutter immer ähnlicher wurde.

Aber Amrum war nicht nur seine, sondern auch Leonies Heimat. Und auch wenn es Paul innerlich zu zerreißen drohte, wann immer er seine Tochter beobachtete, wie sie leise mit ihrer Mami sprach und sie anflehte, doch zurückzukommen und sie nie wieder allein zu lassen, war ihm andererseits bewusst, dass Leonie der einzige Grund war, warum er überhaupt noch aufstand an jedem neuen Morgen.

Sie war alles, was er noch hatte.

Marie

Na, endlich!», zischte Marie, als das Taxi mit ihrem Vater vor der kleinen Kapelle hielt, in der die Beerdigung stattfinden sollte. Als Rainer Wiedmann seine Tochter entdeckte, breitete sich ein Lächeln auf seinem Gesicht aus. Marie ging ihm schnellen Schrittes entgegen und freute sich, dass er sie zur Begrüßung inniger umarmte als sonst.

«Ich hatte schon Angst, du schaffst es nicht rechtzeitig», nuschelte Marie in seine Schulter. Sie bemerkte sein neues, herberes Aftershave und wunderte sich im selben Moment darüber, dass ihr etwas so Banales auffiel. Wahrscheinlich hätte Rainer für diesen aufdringlichen Duft von Anneliese direkt eine Rüge bekommen. Sein dunkler Anzug dagegen saß wie immer tadellos. Als Geschäftsführer einer international aufgestellten Großreederei gehörten Schlips und Kragen für ihn zum Alltag. Marie konnte sich gar nicht erinnern, wann sie ihren Vater zuletzt in Freizeitkleidung gesehen hatte. Vielleicht war es am Weihnachtsmorgen gewesen, als sie Rainer in seinem Apartment in der Hafencity zum Gänseessen bei Anneliese abgeholt hatte.

Er und seine Schwiegermutter waren sich nie grün gewesen und hatten bei vielen Begegnungen ihre Meinungsverschiedenheiten ausgefochten. Vor gar nicht allzu langer Zeit, nach einem üppigen Grünkohlessen bei ihrer Oma und ein paar Gläschen von Annelieses Lieblingsobstler, hatte Marie ihr entlockt, dass sie damals ganz und gar nicht mit der Partnerwahl ihrer Tochter einverstanden gewesen war. Doch bevor Marie die Gründe für Annelieses Vorbehalte hatte erfahren können, hatte diese abgewinkt und Maries Fragen im Keim erstickt.

«Wie geht es dir?», fragte Rainer und blickte seine Tochter warmherzig an.

Marie zuckte mit den Schultern und versuchte ein Lächeln. Eigentlich brauchte sie gar nicht zu antworten. Ihr Vater wusste auch ohne große Worte, wie es in ihr aussah. Obwohl sie nie wirklich darüber gesprochen hatten, war auch Rainer bewusst, wie viel Anneliese Marie bedeutet hatte, vor allem seit Veras Tod. Natürlich konnte eine Oma keine Mutter ersetzen. Aber als alleinerziehender Vater hatte Rainer immer auf Annelieses Unterstützung zählen können und war ihr trotz aller Animositäten sehr dankbar dafür.

Während sie gemeinsam auf die Kapelle zugingen, dachte Marie daran, was für ein aufopferungsvoller Mensch Anneliese gewesen war.

Bereits wenige Tage nach Veras tödlichem Unfall, bei dem ein LKW-Fahrer sie übersehen und ihren Wagen von der Straße abgedrängt hatte, hatte Anneliese ihren Mann Heinrich dazu überredet, das Haus im Alten Land zu verkaufen und in die Stadt zu ziehen, um immer in der Nähe ihrer Enkelin sein zu können.

Erst Jahre später, als Heinrich längst altersschwach geworden war, erwähnte Anneliese Marie gegenüber, was sie wegen des Umzugs ins nördliche Hamburg auszustehen hatte. Nicht etwa, weil sie das beschauliche Landleben vermisste – für Marie hatte sie das alte, reetgedeckte Bauernhaus mit Obstgarten gerne aufgegeben –, sondern weil Heinrich ihr wegen dieses Schritts regelmäßig Vorhaltungen machte. Er konnte sich nur schwer umstellen. Alle wussten, dass er ein vergrämter Stinkstiefel war, auch wenn es nie jemand laut ausgesprochen hatte. Nichts konnte man ihm recht machen. Und als er vor gut zehn Jahren nach einer Magenoperation nicht mehr aus der Narkose aufgewacht war, war Marie nicht einmal besonders betroffen gewesen.

Anneliese war nie müde geworden zu betonen, dass ihr Mann kein leichtes Schicksal gehabt hatte. Im Krieg war er an der Ostfront schwer verwundet worden und erst im Herbst 1946 aus der Gefangenschaft nach Hamburg zurückgekehrt.

Dennoch war es für Marie ein tröstlicher Gedanke, dass ihre Oma, die sich stets für ihre Lieben aufgeopfert hatte, die letzten Jahre als Witwe so gut es ging genossen hatte. Sie hatte sich einen schönen Lebensabend so sehr verdient, nachdem sie ihre Tochter verloren, Marie mit großgezogen und jahrelang die Nörgeleien ihres Mannes ertragen hatte. Und all das, ohne sich jemals darüber zu beklagen. Dafür war sie viel zu stolz gewesen. Und viel stärker, als es ihre zierliche Figur vermuten ließ. Sie war wirklich stets erhobenen Hauptes durchs Leben gegangen.

Wenige Augenblicke später saß Marie in der ersten Reihe der kleinen Kapelle und sah mit von Tränen verschleiertem Blick auf die vielen wunderschönen Blumengebinde. Sie war zwar unendlich traurig, aber auch stolz und dankbar, als Pastor Melchert in seiner Rede für Anneliese so persönliche Worte fand.

Marie musterte den dunklen Sarg, der mit weißen Lilien geschmückt war, die Anneliese ebenso wie Mohnblumen und apricotfarbene Rosen sehr gemocht hatte. Diese hatte Marie auch für den Kranz ausgewählt, den eine große weiße Schleife zierte. Auf der linken Seite stand *In Liebe und Dankbarkeit* und auf dem rechten Band *Deine Marie* geschrieben. Diese Geste war ihr so wichtig gewesen, dass sie nicht zugelassen hatte, sich auch sie von Constanze aus der Hand nehmen zu lassen. Zwar hatte Marie nur mit halbem Ohr mitbekommen, wie Max am Telefon darüber mit seiner Mutter gesprochen hatte. Doch hatte sie schnell begriffen, dass ihre Schwiegermutter es lieber gesehen hätte, wenn Max und Marie wie in der Zeitungsanzeige gemeinsam ihre Trauer bekundet hätten. Während Max diese Sache gänzlich egal war, bestand Constanze darauf, im Gegenzug wenigstens einen eigenen Kranz beizusteuern, der mit *Familie Bergmann* beschriftet und fast doppelt so groß war wie der von Marie.

Dabei hatte es Max' Vater nicht einmal geschafft, seine Frau zur Trauerfeier zu begleiten. Seine Termine waren angeblich unaufschiebbar und das, obwohl Rainer bei dieser traurigen Gelegenheit eigentlich die zukünftigen Schwiegereltern seiner Tochter hätte kennenlernen sollen.

Umso aufgesetzter erschien Marie Constanzes Begrüßung, als sie direkt nach der Beisetzung auf ihren Vater zutänzelte.

«Sie müssen Herr Wiedmann sein. Die Ähnlichkeit zu Ihrer hübschen Tochter ist frappierend!», flötete sie ihn an.

«Freut mich», antwortete Rainer knapp und reichte ihr die Hand.

Wie immer gab Constanze eine überaus attraktive Erscheinung ab. Sogar in einem schlichten, schwarzen Kostüm sah sie umwerfend aus und war bis ins letzte Detail perfekt zurechtgemacht. Ihren kinnlangen, blonden Pagenkopf zierte ein kleiner, anthrazitfarbener Hut, der das vollkommene Bild abrundete.

Und dann gesellte sich auch schon Maries Onkel Johann

mit seiner merkwürdigen Frau und den beiden noch seltsameren Cousinen zu ihnen, zu denen Marie nie einen rechten Draht entwickelt hatte. Aber sie war gut genug erzogen worden, ihre Familie mit Max und seiner Mutter offiziell miteinander bekannt zu machen. Marie fand es seltsam, dass ihre Cousinen nur mit ihren Handys beschäftigt waren, während ihr Onkel sich krampfhaft bemühte, ein Gespräch über das Hamburger Wetter zu beginnen. Der Nieselregen verwandelte sich allmählich in richtigen Regen. Und somit lösten sich die Grüppchen auf dem Parkplatz auch schon auf und verteilten sich auf die Autos. Etwa die Hälfte der gut fünfzig Leute, die zum Trauergottesdienst gekommen war, folgte Maries Familie in Annelieses Stammcafé.

Dort wurden sie herzlich von Frau Lehmann begrüßt. Obwohl der Gastraum mit seinen Holzverkleidungen längst in die Jahre gekommen war und eine Modernisierung vertragen konnte, war es ein Platz zum Wohlfühlen. Frau Lehmann hatte eine lange Tafel für die Gäste vorbereitet und diese liebevoll mit blassblauem Geschirr und weißen Servietten sowie kleinen Liliensträußen eingedeckt. Auch drei Platten Apfelkuchen standen bereit, was Marie einen schmerzhaften Stich versetzte und trotzdem beruhigend wirkte.

«Mein Mädchen, wir werden unsere Anneliese vermissen», hörte Marie eine leise Stimme dicht hinter sich.

Sie drehte sich um und blickte in die glasigen Augen von Frau Biermann. Mit ihren rötlich gefärbten, hochgesteckten Haaren sah sie gepflegt aus wie immer. Doch ihr schwarzes Kostüm war schon in die Jahre gekommen und etwas zu weit für ihre inzwischen sehr zarte Statur. Ohne ein weiteres Wort schloss sie Marie in ihre dünnen Arme.

Auch Frau Schwarz, die ebenfalls einen kleinen dunklen Hut trug, kam auf sie zu. Sie war etwas zurückhaltender und drückte Marie nur kurz fest am Arm. Aber ihre dunklen, von tiefen Falten umrandeten Augen blickten sie warm an, als sie tief seufzte und sagte: «Das war eine sehr schöne Ansprache von Pastor Melchert.»

Frau Biermann pflichtete ihr bei, und Marie lud sie beide ein, doch neben ihr Platz zu nehmen. Sie mochte die alten Damen sehr und hörte nur allzu gern Anekdoten über vergangene Zeiten. Doch heute konnte Marie dem Gespräch kaum folgen. Alles rauschte wie in einem Film an ihr vorbei. Ab und an sah sie zu ihrem Vater und Constanze rüber. Es machte sie etwas nervös, dass sie eine Zeitlang nur aus der Ferne beobachten konnte, wie ihre Schwiegermutter sich in Rainers Gegenwart gebärdete. Während sie und Max in eine Unterhaltung mit Annelieses Vermieterin Frau Schöneborn verwickelt waren, sah Marie aus dem Augenwinkel, dass Constanze munter auf ihren Vater einredete und dabei scheinbar vertraulich ihre Hand auf seinem Arm ablegte.

Nur mit halbem Ohr hörte Marie, dass Max und Frau Schöneborn über Annelieses Wohnung sprachen.

«Melden Sie sich jederzeit, wenn Sie einen zweiten Schlüssel brauchen», erklärte Frau Schöneborn.

«Danke, das wird nicht nötig sein! Die Kündigung lassen wir Ihnen in den nächsten Tagen zukommen», sagte Max.

An die Auflösung der Wohnung, die lange Jahre ein Ort der Geborgenheit und Zuflucht für sie gewesen war, mochte Marie noch gar nicht denken. Obwohl sie eigentlich froh darüber war, dass Max dorthin gefahren war, um Annelieses Garderobe für ihre letzte Reise zu holen, und auch darüber, dass er sich um sämtliche Formalien kümmerte, stieß es ihr im selben Moment sauer auf. Denn selbst an einem Tag wie diesem konnte er offenbar an nichts anderes denken als an Einschreiben und Kündigungsfristen.

Umso dankbarer war Marie, als Frau Schöneborns Ehemann nach etwa einer Stunde darauf drängte, die Runde am Ende der Tafel allmählich aufzulösen. Marie und Max verabschiedeten die ausnahmslos älteren Leute und gingen zum anderen Ende des Tisches, wo sich Constanze und Rainer noch immer angeregt unterhielten.

«Man könnte meinen, ihr seid alte Bekannte, so wie ihr drauflosplaudert», sagte Marie mit einem Schmunzeln, als sie an den Tisch trat. Sie konnte am Gesichtsausdruck ihres Vaters ablesen, dass er sich nicht besonders wohl fühlte. Sogleich nutzte er die Gelegenheit, um sich zu erheben und demonstrativ auf die Uhr zu sehen.

«Sag nicht, du willst schon gehen?!», entfuhr es Marie.

«Von wollen kann keine Rede sein. Aber ich muss zu einer Telefonkonferenz mit Rotterdam, die meinetwegen extra verschoben wurde», erklärte Rainer. Als er die Enttäuschung in Maries Augen sah, griff er nach ihrer Hand.

«Lass uns am Wochenende was essen gehen!», schlug er vor. Doch Marie winkte ab. Es war schon zu oft etwas dazwischengekommen, wenn sie beide verabredet gewesen waren.

«Das können wir ja spontan sehen», entgegnete sie, bemüht, nicht erneut in Tränen auszubrechen. Am liebsten hätte sie sich in die Arme ihres Vaters geworfen und nie mehr losgelassen. Warum nur kam sie sich auf einmal so klein vor?

Rainer reichte Max und Constanze zum Abschied die Hand.

«Es hat mich gefreut», sagte er mit seinem einstudierten Lächeln. Marie gab ihm mit einem verschmitzten Blick zu verstehen, dass sie ihn durchschaute. Seine Worte mochten höflich klingen, kamen aber keineswegs von Herzen.

«Wir sehen uns auf der Hochzeit», freute sich Constanze in einem Singsang, der an Maries Nerven zerrte. Sie hielt Rainers Hand fest und tätschelte sie mit ihrer anderen, als sie ergänzte: «Das wird ein wunderbarer Tag werden.»

Marie hielt für einen Moment die Luft an. Schon bald würden sie alle eine große Familie sein. Was ein Anlass zur Freude sein sollte, fühlte sich plötzlich beklemmend an. Eigentlich hatte Marie gar keinen handfesten Grund, sich über ihre Schwiegermutter zu beschweren. Trotzdem empfand sie die Begegnungen und Gespräche mit ihr meist als belastend. Und wann immer sie versuchte, mit Max darüber zu sprechen, winkte er ab und bat darum, sie sollten die Frauenthemen unter sich ausmachen. Dabei ging es gar nicht immer nur um Blumenschmuck für die Hochzeitsfeier oder die Gestaltung der Einladungskarten. Schon vor der Planung ihres großen Tages hatte Marie sich von Constanze häufig gemaßregelt oder bevormundet gefühlt. Immer hatte sie zu allem eine Meinung, die sie auch unmittelbar vorbringen musste.

Marie sah ihrem Vater so lange nach, bis er sich an der langen Tafel entlang zur Tür geschlängelt hatte und das Café verließ.

«Was haltet ihr zwei Hübschen davon, wenn ich euch jetzt zum Essen einlade?», fragte Constanze und breitete mit einer großen Geste ihre Arme aus.

Maries Blick fiel auf das unbenutzte Gedeck, das an Constanzes Platz stand. Sie hatte keinen Bissen gegessen.

«Ich sollte besser bis zum Schluss bleiben», entgegnete Marie schließlich und deutete auf die letzten Gäste. Sie bemühte sich um einen freundlichen Ton.

Constanze winkte ab.

«Meinst du nicht, die Runde löst sich gleich ohnehin auf?», fragte sie nun und griff bereits nach ihrer schwarzen Schlangenlederhandtasche.

Marie sah Max hilfesuchend an. Doch der zuckte nur ungerührt mit den Schultern und sagte: «Ich könnte einen Happen vertragen. Und du solltest auch endlich mal was Richtiges essen!»

Marie sah hinüber zu Frau Schwarz und Frau Biermann, die in eine Unterhaltung mit Frau Lehmann vertieft waren.

«Wir können auch schon vorgehen, und du kommst nach, Marie!», schlug Constanze vor, die langsam ungeduldig wurde. Marie seufzte. Wenn sie Max später darauf ansprechen würde, würde er abstreiten, dass seine Mutter sich durchgesetzt hatte, das wusste sie.

«Okay. Ihr geht zu Enrico, nehme ich an?», fragte Marie mit monotoner Stimme.

Max nickte und drückte ihr einen Kuss auf die Wange. Dann folgte er seiner Mutter in Richtung Ausgang, und Marie verschwand zur Toilette, um einen Moment allein zu sein. Sie wählte die äußere Kabine und klappte den Klodeckel hinunter, um sich zu setzen. Sie war froh, sich für einen kurzen Moment die unbequemen Schuhe abstreifen zu können. Die einzigen Schuhe, die zu ihrem dunkelgrauen, knielangen Kleid passten, waren ausgerechnet ihre Highheels, die sie nur sehr selten trug, zum Beispiel wenn Max sie ausführte. Eine passende schwarze Handtasche besaß sie nicht, jedenfalls keine, die ihr gefiel, weswegen sie sich in letzter Sekunde dazu entschlossen hatte, Annelieses zu nehmen. Sie hatte diese Tasche aus glattem Leder schon immer gemocht, weil sie zeitlos schön war und durch ihre klare Form und die kurzen Tragehenkel an den Stil von Audrey Hepburn erinnerte. Anneliese hatte die Tasche fast täglich benutzt.

Marie schüttelte den Kopf und schmunzelte, als sie die Handtasche auf ihrem Schoß betrachtete. Ihr schossen die merkwürdigsten Fragen durch den Kopf. Ob sich wohl jemals eine Frau gewünscht hatte, eines Tages zusammen mit ihrer Louis-Vuitton- oder einer anderen Designertasche bestattet zu werden? Ob Anneliese etwas dagegen hätte, das Marie ihre Lieblingstasche einfach behielt?

Schon seit der tragischen Verlobungsfeier hatte sie im Flur gestanden, und Marie hatte stets einen großen Bogen um sie gemacht, weil sie es irgendwie unheimlich und auch indiskret fand hineinzusehen.

Kurz bevor sie aufgebrochen waren, hatte sie es doch endlich geschafft, Annelieses persönliche Dinge herauszunehmen. Auch wenn sie in der Eile nur das Portemonnaie und ein paar Kosmetikutensilien zur Seite gelegt hatte, wie sie typisch waren für den Inhalt einer Frauentasche, hatte sie dennoch das Gefühl, in die Privatsphäre ihrer Oma einzudringen. Aber als sie während der Trauerfeier Annelieses Taschentuch mit den Initialen A. W. herausgefischt hatte, war es ihr so vorgekommen, als wollte ihre Oma sie trösten. Sie wusste nicht, ob sie es sich eingebildet hatte. Aber in der Kapelle hatte sie beim leisen Schnäuzen ins Tuch den zarten Duft von Maiglöckchen wahrgenommen, so als haftete Annelieses Lieblingsparfüm daran.

Erneut öffnete Marie die kleine, silberfarbene Schnalle,

mit der die Tasche verschlossen wurde. Sie griff nach dem Taschentuch und schnupperte daran. Tatsächlich duftete es genauso wie die weiche Haut ihrer Oma. Marie musste schlucken. Sie legte es sorgfältig zurück und beschloss, es immer bei sich zu tragen. Ganz bestimmt würden wieder Tage kommen, an denen sie Annelieses Nähe gebrauchen konnte.

Gerade als sie die Tasche wieder verschließen und sich erheben wollte, entdeckte Marie an der vorderen Innenseite einen Reißverschluss. Sie zögerte, doch die Neugier überwog. Marie öffnete die Innentasche und zog eine kleine, schwarze Brieftasche hervor.

Ein Geräusch ließ sie aufschrecken. Jemand war zur Tür hereingekommen und machte es sich mit einem leisen Seufzer auf der Toilette nebenan bequem. Bemüht leise klappte Marie das kleine Ledermäppchen auf. Sie fand mehrere Kassenzettel, einen Abholschein für die Reinigung und ein Foto darin. Es zeigte ihren Opa, allerdings in so jungen Jahren, dass sie ihn kaum wiedererkannte. Er stand an einem Bootsanleger. War das Bild im Hamburger Hafen aufgenommen worden?

Wie romantisch, dachte Marie. Obwohl Anneliese es nicht leicht gehabt hatte mit Heinrich, war ihre Liebe offenbar so groß, dass sie sein Porträt immer bei sich getragen hatte. Und nun waren sie wieder vereint.

Als nebenan die Klospülung getätigt wurde, packte sie die Sachen eilig wieder zusammen. Dabei rutschte ihr das Foto heraus und segelte zu Boden. Sofort hob Marie es auf und stutzte. Denn auf der Rückseite konnte sie einen Schriftzug erkennen, der sie irritierte: *In Liebe, P.*

Sie steckte das Foto wieder weg und drückte nun selbst den Spülknopf, um ein paar Sekunden zu gewinnen, in denen ihre

Kabinennachbarin hoffentlich vor ihr den Waschraum verlassen würde. Als sie hörte, wie die Person nach dem Händewaschen zurück in den langen Flur zum Gastraum getreten war, kam Marie aus ihrem Refugium hervor. Sie stellte die Tasche auf dem Rand des Waschbeckens ab, um sich Wasser über die Hände laufen zu lassen. Marie war verwirrt. Warum stand ein falscher Buchstabe auf dem Foto? Doch vielleicht hatte sie in der dunklen Kabine nicht richtig hingesehen und das H fälschlich als ein P entziffert. Oder aber, ihr Opa hatte einen Kosenamen, von dem sie gar nichts wusste.

Als Marie aufsah, fiel ihr Blick im Spiegel auf ihre verquollenen Augen. Selbst wenn sie versuchen würde, mit etwas Make-up davon abzulenken, wie viele Tränen sie heute schon vergossen hatte, kam es ihr falsch vor, Constanzes Einladung zu folgen. Doch sie hatte schon Max' mahnende Stimme im Ohr, dass es nichts bringen würde, sich zu Hause allein einzuigeln. Also gab sie sich einen Ruck und atmete tief durch. Irgendwie würde sie es schon schaffen, diesen düsteren Tag hinter sich zu bringen.

Paul

Wie gut, dass Christa sich bereit erklärt hatte, Leonie übers Wochenende zu sich zu holen, dachte Paul, als er das wenig einladende Portal am Eingang des Seniorenheims «Waldesruh» betrat. Sofort stieg ihm dieser abschreckend markante Duft in die Nase, wahrscheinlich der Geruch alter Menschen, der sich mit dem Dampf der Großküche vermischte.

Am befremdlichsten fand Paul, dass einige der Bewohner kaum älter als 60 Jahre zu sein schienen. Zumindest von Frau Lorenz, der Zimmernachbarin seines Vaters, wusste er, dass sie im vergangenen Sommer ihren 65. Geburtstag gefeiert hatte und schon ein paar Jahre in diesem rot geklinkerten Sterbegefängnis wohnte. Wenn sie nicht so viel reden würde, hätte Frau Lorenz seinem Vater sicher gefallen. Sie kleidete sich auffallend hübsch, und auch ihr Make-up und ihre braun gefärbten Haare waren stets tadellos gepflegt. Sie gehörte zu den wenigen glücklichen Bewohnern, die noch nicht auf das gehetzte Pflegepersonal angewiesen waren. Paul vermutete, dass der Tod ihres Mannes Anlass gewesen war, das gemeinsame Haus auf dem Festland aufzugeben und sich auf der Insel in einem betreuten Heim einzumieten. Die Umstände, unter denen Herr Lorenz durch einen zu spät entdeckten Schlaganfall verstorben war, kannte Paul mittlerweile in- und auswendig. Kaum eine Begegnung, bei der Frau Lorenz nicht anfing, davon zu erzählen. Das war wahrscheinlich ein Grund, warum sein Vater so tat, als wäre er taub und stumm. Sicher, sein fortgeschrittenes Alter von inzwischen 82 Jahren war auch nicht unschuldig daran, dass er sich mittlerweile aus jeglichen gesellschaftlichen Aktivitäten zurückgezogen hatte.

Doch Paul Hansen senior war generell kein Freund von Geschwätz und großen Worten. Er las nach wie vor die Tageszeitung und historische Sachbücher. Doch die Kommunikation mit anderen beschränkte sich auf das Nötigste. So galt er bei allen Bewohnern als Griesgram, den man besser in Ruhe ließ, ganz so wie er es am liebsten hatte.

Nicht einmal Leonie schaffte es mehr, ihm ein Lächeln auf die Lippen zu zaubern, sodass Paul wirklich froh war, dass sie bei Christa war und ihr die schlechte Laune seines alten Herrn heute erspart blieb.

«Tag, Vater!», rief Paul, als er nach kurzem Klopfen das stickige Zimmer betrat.

«Kannst du nicht anklopfen?», wurde Paul begrüßt.

«Hab ich doch!», entgegnete er und winkte ab. Es hatte keinen Sinn. Schon lange hatten sie beide keine vernünftige Unterhaltung mehr geführt.

«Wann hast du das letzte Mal gelüftet?», fragte Paul und trat, ohne eine Antwort abzuwarten, ans Fenster. Mit einem kräftigen Ruck zog er die vergilbten Gardinen links und rechts zur Seite und öffnete beide Fenster so weit wie möglich. Er musterte seinen Vater und schüttelte traurig den Kopf. Offenbar legte sein Vater keinen Wert mehr darauf, sich ordentlich zu kleiden. Er trug lediglich ein weißes, schlichtes Unterhemd zu seiner dunkelgrauen Cordhose, die gestreifte Hosenträger auf seinen mittlerweile sehr schmalen Hüften hielten.

«Der Winter ist vorbei. Es gibt keinen Grund, sich hier

drinnen zu verstecken», sagte Paul mit vorwurfsvollem Unterton.

«Warum schreist du so?», empörte sich sein Vater und sah endlich von seinem Sudoku auf.

Paul reichte ihm den naturfarbenen Stoffbeutel, den er mitgebracht hatte.

Argwöhnisch sah sein Vater hinein und holte die Mitbringsel hervor – ein in Alufolie verpacktes Stück Kuchen von Christa, zwei ausgelesene Magazine und ein Bild mit einem Regenbogen, das Leonie für ihn gemalt hatte.

Er betrachtete es einen Moment lang und legte es ohne Kommentar auf seinem ungemachten Bett ab. Dann schwiegen sie sich eine ganze Zeitlang an.

Als sein Vater sich wieder seinem Rätsel widmen wollte, fragte Paul ihn, ob er den Kuchen nicht essen wolle.

Doch Paul senior zuckte nur mit den Schultern und fuhr sich durch sein schütteres, graues Haar.

Paul seufzte und sagte: «Dann hole ich uns mal einen Kaffee!»

Als er in den großen, dunkelrot gekachelten Flur mit seinen schmalen Fenstern trat und die Tür hinter sich schloss, hielt er betroffen inne.

Was ist das für ein Leben?, fragte er sich. Doch das Mitleid, das er anfänglich empfunden hatte, als es keine andere Lösung mehr gegeben hatte als das Pflegeheim, war mit der Zeit immer mehr der Wut gewichen. Er fand es unerträglich, wenn sein Vater so abweisend war. Was hatte er ihm nicht schon alles angeboten? Eine Reise ans Mittelmeer oder in die Berge. Oder wenigstens ein Trip nach Sylt oder nach Hamburg. Nicht mal einen neuen Fernsehsessel wollte er haben, obwohl sein Apartment lediglich mit einer kleinen Essecke, einem Bett und einem Tisch ausgestattet war. Und auch das Weihnachtsfest wollte er lieber allein verbringen. Es war hoffnungslos, und manchmal ertappte sich Paul bei dem Wunsch, diese Pflichtbesuche mögen bald ein Ende haben.

Marie

Das ist ein Traum, du siehst echt hammermäßig aus!», schwärmte Anika und musterte ihre Freundin entzückt.

Marie ließ sich von der Verkäuferin vorsichtig aus der riesigen Umkleidekabine und auf das Podest führen, das mitten im Showroom des Brautmodensalons stand. Dort drehte Marie sich einmal langsam im Kreis und betrachtete sich ungläubig in der großen Spiegelwand.

«Das kann unmöglich ich sein!», befand sie und sah Anika etwas verlegen an. Diese erhob sich von einem der mit dunkelrotem Samt bezogenen Sessel, die für Trauzeuginnen und anderes Begleitpersonal bereitstanden.

Anika griff nach Maries Hand. «Glaub mir, das bist du! Die hübscheste Braut *ever*!»

Als sich ihre Blicke im Spiegel trafen und Marie einen extra dämlichen Gesichtsausdruck aufsetzte, mussten sie gleichzeitig losprusten. Sie hatten den gleichen Humor und auch den gleichen Geschmack. Doch vom Typ her konnte Anika kaum gegensätzlicher sein mit ihren fast schwarzen Haaren, den blauen Augen und einem auffallend schlanken, durchtrainierten Körper, den sie gerne in Vintage-Mode steckte.

«Ich muss auch sagen, das Kleid ist wie für Sie gemacht!», pflichtete die Verkäuferin Anika bei und zupfte hier und da am Saum herum, wo der cremefarbene Satin noch nicht nach ihrem Geschmack fiel. Dann verschwand sie geschäftig in

Richtung des Lagers mit der Bemerkung, passenden Schmuck heraussuchen zu wollen.

Marie schüttelte den Kopf.

«Mal ehrlich, 2000 Euro für ein paar Stunden verkleiden. Das ist doch Wahnsinn, oder?»

«Aber ihr habt es doch! Wo ist das Problem?», fragte Anika, ohne ihren Blick von der Schleppe zu nehmen, die mit zahllosen Strass-Steinen verziert war.

«*Ich* habe es nicht! Max hat es», empörte sich Marie über Anikas unnachahmlichen Pragmatismus und musste gleichzeitig schmunzeln. Ihre Freundin hatte immer schon einen nüchternen Blick auf alles gehabt, was mit Liebe und Romantik zu tun hatte.

«Irgendwann wird der Tag kommen, an dem ich morgens aufwache und mir klarwird, dass ich das Leben meiner Schwiegermutter führe!»

Marie seufzte und betrachtete mit leichtem Befremden den Carmenausschnitt, der ihre Brüste ungewohnt voluminös erscheinen ließ.

Anika grinste und entgegnete: «Was ist so schlimm daran, auf Kosten eines erfolgreichen Anwalts zu leben und den lieben langen Tag nichts anderes zu tun, als Rosen zu schneiden und Cocktailpartys zu organisieren?»

Marie wurde schlecht, und sie verzog ihre Mundwinkel.

«Lass dir das Kleid doch von Schwiegermama sponsern!», ergänzte Anika und zuckte mit den Achseln, so als würde sie sagen wollen, dass Marie etwas mehr Egoismus und Interesse an Materiellem gut zu Gesicht stehen würden.

Marie wurde nachdenklich. Eigentlich hatte ihre Oma angekündigt, ihr das Brautkleid schenken zu wollen. Das hätte sie natürlich unter keinen Umständen angenommen. Schließlich konnte sie sich kaum vorstellen, dass Anneliese viel Erspartes besaß, bei der mageren Witwenrente, die sie bezogen hatte. Und doch hätte sie sich sehr darüber gefreut, wenn ihre Großmutter einen symbolischen Beitrag zu ihrem Outfit beigetragen hätte. Vielleicht etwas Altes oder Geliehenes. Doch dafür war es jetzt zu spät. Marie schluckte und bemühte sich, ihre aufkeimende Trauer so gut es ging zu unterdrücken.

Als die Verkäuferin mit ein paar Schachteln zurückkehrte, setzte Marie ein Lächeln auf und tat so, als wäre der ganze Firlefanz, den sie zur Probe anlegen sollte, tatsächlich von Bedeutung. Doch am Ende entschied sie sich gegen weitere Accessoires wie Schleier oder Fascinator und versprach der netten Dame, eventuell Schmuck aussuchen zu wollen, wenn sie das Kleid beim nächsten Termin abholen würde.

Anschließend lud sie Anika zum Dank für all ihre unermüdlichen Dienste zum leckersten Latte macchiato der Stadt ein. Ihre Freundin hatte es wahrlich nicht leicht mit ihr gehabt. Jede andere Braut wäre überglücklich über Anikas Enthusiasmus gewesen. Doch Marie hatte die Begeisterung ihrer Trauzeugin von Beginn an nicht teilen können, erst recht nicht seit Annelieses Tod.

Anika redete von nichts anderem mehr als davon, wie glamourös die Feier werden würde und ob wohl prominente Gäste anwesend und entsprechende Fotos in der Zeitung zu sehen sein würden.

Das fehlte Marie gerade noch, dass ihre Schwiegereltern nichts Besseres zu tun hatten, als die Vermählung ihres einzigen Kindes an die große Glocke zu hängen. Es war schon seltsam genug, dass Marie eine nicht unerhebliche Zahl der

Gäste nur vom Namen her kannte. Das betraf sowohl die Familie von Constanze, die aus Baden-Württemberg stammte, als auch Juristenkollegen von Konrad, die angeblich verstimmt reagiert hätten, wenn sie nicht eingeladen worden wären. Wäre es nach Marie und Max gegangen, hätte eine überschaubare Feier mit fünfzig Personen vollkommen ausgereicht. Doch Max' Eltern hatten den Kreis der Auserwählten schneller erweitert, als sie bis drei zählen konnten. Nachdem Konrad stolz darauf herumgeritten war, schon bald einen offiziellen Nachfolger seiner Kanzlei verkünden zu können, und Constanze wie beseelt die Vorbereitungen zur Feier an sich gerissen hatte, trauten sich Max und Marie gar nicht mehr, den beiden zu widersprechen.

Genau genommen war die ganze Hochzeit von vorne bis hinten das Gegenteil von dem, was Marie sich als junges Mädchen einmal erträumt hatte – mit Pferden am Strand oder einem Picknick im Obstgarten. Und so beschloss sie, das Ganze irgendwie über sich ergehen zu lassen und sich auf die Flitterwochen in einem Schweizer Luxusresort in den Alpen zu freuen und auf die Zeit, wenn alles vorbei war und sie und Max ihre neue Zweisamkeit allein genießen konnten, ohne irgendwelche Vorschriften oder «gut gemeinte Tipps aus Erfahrung».

Marie mochte sich gar nicht ausmalen, was alles auf sie zukommen würde, wenn sie einmal Mutter werden und Constanze zur Großmutter machen würde.

«Auf die zukünftige Frau Bergmann!»

Anika hielt freudig ihr Kaffeeglas in die Höhe, um mit Marie anzustoßen.

Marie hob skeptisch ihre Augenbrauen.

«Jetzt freu dich mal!», befahl ihre Freundin und begann genüsslich, den Karamellschaum zu löffeln.

«Ich werde mich nie an diesen Namen gewöhnen», entgegnete Marie und nickte der Bedienung freundlich zu, als sie die zwei georderten Cupcakes an den Tisch brachte.

«Also ich finde, es gibt wirklich schlimmere Namen», befand Anika und biss in die Haube aus rosa schimmernder Creme, die kunstvoll auf dem Vanilletörtchen drapiert war.

«Aber kaum schlimmere Familien!», sagte Marie und grinste etwas verlegen. Denn sofort meldete sich das schlechte Gewissen. Eigentlich hatte sie sich fest vorgenommen, gelassener mit den Macken ihrer Schwiegereltern umzugehen, jetzt, da sie bald auch offiziell mit ihnen verwandt sein würde. Und eigentlich hatte sie sie auch oft verteidigt, wenn Anneliese zu einer ihrer Schimpftiraden über «hochnäsige Leute, die mit ihrem Geld nichts Gescheites anzufangen wissen» angesetzt hatte.

Schließlich war man nicht automatisch ein schlechter Mensch, wenn man Geld hatte. Und nur weil die Bergmanns in der Garage zwei Luxuswagen und im Garten einen Pool hatten, hieß dies ja nicht, dass sie sich nicht trotzdem für Bedürftige einsetzten. Soweit Marie richtig informiert war, engagierten ihre Schwiegereltern sich nicht nur im Lions-Club, sondern spendeten auch regelmäßig bei Wohltätigkeitsveranstaltungen und für Stiftungen.

«Sag mal, kann es sein, dass du kalte Füße kriegst?», stichelte Anika amüsiert.

«Quatsch!», empörte sich Marie sofort. Sie biss in ihr Schokotörtchen und verzog das Gesicht. Es war viel zu süß für ihren Geschmack.

Noch immer sah ihre Freundin sie eindringlich an.

«Das mit der Hochzeit ist bloß wie mit diesem Kuchen», erklärte Marie, als sie den Bissen mit einem Schluck Kaffee heruntergespült hatte, «eigentlich supertoll, aber zu viel Zuckerguss und Schnickschnack.»

Anika lehnte sich auf ihrem Lounge-Sessel zurück und verschränkte die Arme. Ihr süffisantes Grinsen zeigte, dass sie Marie kein Wort glaubte.

«Niemand zwingt dich, den Kuchen zu essen», stichelte sie weiter, «wenn du die Hochzeit nicht willst, dann lass es doch!»

Marie stockte der Atem. Natürlich wollte sie heiraten! So lange hatte sie sich erträumt, endlich ihren Platz im Leben zu finden und einen Mann, der zu ihr gehörte.

«Ich liebe Max, und ich will ihn heiraten. Aber die Feier steht mir trotzdem bevor, vor allem jetzt …»

Marie senkte ihren Blick.

Anika rutschte näher an ihre Freundin heran und nahm ihre Hand. Nach einer längeren Pause fragte sie: «Meinst du, deiner Oma wäre es lieber gewesen, die Hochzeit platzenzulassen?»

Marie holte tief Luft. Sie wusste nicht, was sie darauf antworten sollte.

«Sie sitzt jetzt bestimmt auf einer Wolke und wettert gegen deinen Zukünftigen, weiß aber insgeheim, dass er dich sehr glücklich macht. Und darauf kommt es schließlich an, oder nicht?»

Marie schaute auf und lächelte. Das war eine schöne Vorstellung.

«Außerdem ist es doch ganz normal, so kurz vor einer Hochzeit Bammel zu haben», ergänzte Anika einfühlsam.

«Du musst es ja wissen», witzelte Marie.

«Ha, ha!», beschwerte sich Anika über diesen berechtigten Einwand. Schließlich hatte sie es bislang zu keiner Beziehung gebracht, die über die Verliebtheitsphase hinausgegangen wäre.

«Das wird schön, du wirst sehen! Wir kippen uns einfach Unmengen Kaviar und Champagner in die Birne und lästern, was das Zeug hält. Und in ein paar Wochen blickst du auf deinen großen Tag mit einem seligen Lächeln zurück!»

Anika hatte recht. Wenn sie die Umstände nicht ändern konnte, sollte sie einfach das Beste draus machen und die besondere Zeit, die vor ihr lag, so gut es ging genießen. Marie seufzte und biss erneut in ihren Cupcake.

Paul

Schnaufend ließ Paul sich auf eine Bank fallen. Mit 41 war Joggen kein Spaziergang mehr, dachte er. Kaum zu glauben, dass er für seine Runde am Kniepsand, an der Westküste der Insel, gut zehn Minuten länger brauchte als letztes Jahr. Überhaupt war er sich nicht mehr sicher, ob Laufen ihm noch immer so guttat. Früher war er joggen gegangen, um den Kopf frei zu kriegen. Doch wenn er heute am breiten Strand entlanglief, dicht am Wasser, wo der Sand fest genug war, begleiteten ihn seine quälenden Gedanken Schritt für Schritt.

Auch wenn er sich fest vornahm, sich ganz auf seinen Atemrhythmus zu konzentrieren, sah er vor seinem geistigen Auge immer und immer wieder die gleichen Bilder und hatte die immer und immer gleichen Wörter im Kopf: Tumor, Sorge, Krebs, Panik, Operation, Angst, Hoffnung, Ohnmacht, Schock, Verzweiflung, Trostlosigkeit, Schmerz, Trauer.

Vielleicht hatte seine Schwiegermutter recht, so ungern er es auch zugab. Die Zeit heilte tatsächlich nicht alle Wunden. Jedenfalls fühlte es sich für Paul nicht so an, als wäre es mit der Zeit leichter geworden. Sicher, Leonie und er hatten sich im Alltag einigermaßen arrangiert und kamen im Großen und Ganzen gut zurecht. Aber in Wahrheit versuchte Paul durch routinierte Geschäftigkeit bloß über seine Sprachlosigkeit und Hilflosigkeit hinwegzutäuschen.

Und auch wenn er nicht gerade hochbegabt war in Sachen Empathie, spürte er deutlich, wie sorgenvoll Christa ihn und

Leonie beobachtete. Doch mit ihr reden konnte Paul trotzdem nicht. Ihre esoterische Ader hatte ihn schon immer rasend gemacht. Und wenn sie ungefragt darüber dozierte, dass der Schmerz sich immer wieder einen Weg bahnen würde, wenn man ihn nach einem traumatischen Ereignis verdrängte, wollte er ihr am liebsten den Hals umdrehen.

Vielleicht sollte er mal wieder Kontakt zu seinen alten Kumpels aufnehmen. Mit Peter und Carsten hatte er sich jahrelang zum Angeln und einmal die Woche in einer kleinen Kneipe zum Kartenspielen getroffen. Doch als Inken durch ihre Krankheit immer mehr eingeschränkt war, hatte Paul den Kontakt allmählich einschlafen lassen. Auch die Ablenkungsversuche nach der Beerdigung hatte er ignoriert und alle Bemühungen seiner Freunde ins Leere laufen lassen, weil er einfach keine Lust hatte, sich unters Inselvolk zu mischen.

Immer lauerte irgendwo ein bekanntes Gesicht, das ihn mitleidig ansah, sobald er aus seiner Deckung hervorkam. Am schlimmsten waren für Paul die Elternabende. In der Schule war Inken bei allen Eltern beliebt gewesen, und als ehemalige Lehrerin war sie noch immer überall präsent. Geradezu unerträglich waren die Mütter von Leonies Klassenkameraden, die anfangs unangemeldet vor der Tür standen und Paul mit ihren Kuchen, Aufläufen und Hilfsangeboten etwas Gutes tun wollten. Und jedes Mal, wenn er ihnen die Tür vor der Nase zugeschlagen hatte, war ihm noch einsamer zumute gewesen als ohnehin schon.

Wenn er nicht so enden wollte wie sein Vater, musste sich etwas ändern. So viel stand fest.

Marie

Maries Herz raste. Sie kam sich vor wie damals als kleines Mädchen, als sie heimlich in den Schränken ihrer Eltern gestöbert hatte, um nach Weihnachts- oder Geburtstagsgeschenken zu suchen.

Als sie Annelieses Wohnung im ersten Stock des Hauses betrat, stieg ihr als Erstes der vertraute Geruch in die Nase. Alles roch noch nach Anneliese, alles stand an seinem Platz, so wie immer. Fast glaubte Marie, gleich würde ihre gut gelaunte Oma aus der Küche kommen und ihr ein Stück selbstgebackenen Kuchen anbieten.

Unzählige Male war Marie freitagnachmittags vorbeigekommen, um ihre Oma zu besuchen. Dann duftete die Wohnung nach frisch aufgebrühtem Kaffee, und auf dem Esstisch standen längst zwei Teller und Tassen bereit sowie Milch in einer Karaffe und geschlagene Sahne. Anneliese liebte ihre Kaffeepause, und Marie meinte zu wissen, dass sie diese nicht einen Tag im Jahr ausgelassen hatte.

Marie blieb am Türrahmen zum Wohnzimmer stehen. Diese fiese, kalte Stille, die sich über die Wohnung gelegt hatte, war schrecklich und machte ihr schmerzlich bewusst, wie sehr Anneliese ihr fehlte. Sie ließ ihren Blick schweifen. Auf dem kleinen Holztischchen neben dem alten, dunkelgrünen Sofa lag noch immer die Fernsehzeitung. Marie trat näher, nahm sie zur Hand und entdeckte, dass eine Ratgeber- und eine Schlagersendung angekreuzt waren. Neugierig blätterte Marie zurück, um nachzusehen, ob es noch weitere Hinweise darauf gab, was ihre Oma an den letzten Tagen ihres Lebens im Fernsehen gesehen hatte.

Marie musste schmunzeln, als sie sah, dass nicht nur eine Arztserie und ein Reisemagazin zum Thema Nordsee, sondern auch eine Sendung übers Backen markiert waren.

Ob sie selber eines Tages eine Oma wäre, die ihre Enkel im Sommer mit Obstkuchen, im Winter mit Sahnetorten und zu Weihnachten mit Plätzchen verwöhnen würde? Wahrscheinlich hatte es keinen einzigen Besuch in dieser Wohnung gegeben, bei dem Marie nicht ein Stück Selbstgebackenes hatte essen oder wenigstens einpacken und mit nach Hause nehmen müssen.

Marie legte die Fernsehzeitschrift zurück auf den Tisch und ließ ihren Blick über die langen Bücherreihen schweifen, die sich jeweils quer über die komplette Schrankwand aus Eichenholz erstreckten. Klassiker standen zwischen Kochbüchern und die Fotoalben neben Reiseführern und Kitschromanen. Auch wenn ihre Oma es ungern zugegeben hätte, hatte sie durchaus eine Vorliebe für rührselige Geschichten gehabt. Auch die Sonntagabend-Schmonzette im Zweiten war ihr heilig gewesen, weshalb Marie es stets vermieden hatte, um diese Zeit anzurufen.

Marie trat ans Regal und zog, ohne zu zögern, ein Album hervor. Unzählige Male hatte sie es als Kind und Teenager zur Hand genommen, um sich die heile Familienwelt ihrer Mutter anzusehen. Es war in einen leicht vergilbten Stoff eingebunden und zeigte Fotos aus Veras Kindheit und Jugend. Und Marie hatte es geliebt, wenn Anneliese sich zu ihr gesetzt und zu jeder aufgeschlagenen Seite immer neue Anekdoten geliefert hatte. So erfuhr sie, dass ihre Mutter mit ihrem Bruder und ihren Eltern häufig in die Berge zum Wandern gefahren war und deswegen erst spät Fahrrad fahren und Schwimmen gelernt hatte. Durch diese Geschichten hatte Marie sich ihrer Mutter nahe gefühlt, und sie hatte sich jedes noch so kleine Detail gemerkt und Anneliese stets damit verblüfft.

Beklommen schlug Marie die ersten Seiten auf. Nun war alles zu spät. Anneliese war gestorben und mit ihr auch all ihre Geschichten und Erinnerungen.

Der erste Schwarz-Weiß-Schnappschuss, den Anneliese in ihrer perfekt geformten Handschrift mit *Heilig Abend '56* betitelt hatte, zeigte Vera voller Stolz auf einem Schaukelpferd. Daneben stand ihr vier Jahre älterer Bruder Johann mit einem griesgrämigen Gesichtsausdruck, obwohl er – wie Marie sich durch die Erzählungen ihrer Oma erinnerte – eine Eisenbahn aus Holz zu Weihnachten geschenkt bekommen hatte. Auch viele der anderen Bilder zeugten davon, dass Vera ein fröhliches Kind gewesen war, während Johann das Naturell seines Vaters geerbt und nur selten gelacht hatte.

Es waren schon einige Jahre vergangen, seit sie das Fotoalbum das letzte Mal in den Händen gehalten hatte. In dieser Zeit hatte sich so viel Gutes in ihrem Leben ereignet. Sie hatte ihr erstes Staatsexamen geschafft, obwohl sie immer wieder Krisen durchlitten und sich gefragt hatte, ob das Jurastudium wirklich das Richtige für sie war. Eigentlich wollte Marie nach dem Abitur eine Ausbildung machen oder ins Ausland gehen. Doch da sie nicht recht wusste, welchen Weg sie einschlagen sollte, ließ sie sich von ihrem Vater ermuntern, erst einmal ein Studium zu beginnen, auf das sie später aufbauen konnte. Zwar hatte Maries Herz nie für Paragraphen geschlagen. Doch hatte sie einen ausgeprägten Sinn für Gerechtigkeit, wie ihr auch Anneliese des Öfteren bescheinigt hatte. Und so schrieb sie sich für Jura an der Hamburger Uni ein, wo sie schließlich Max auf einer Party kennenlernte. Schon nach einem Jahr war sie aus ihrer chaotischen Studenten-WG aus- und glücklich zu Max in seine Wohnung in Alsternähe eingezogen, die seine Eltern anlässlich seines Assessorexamens erworben hatten. Er war Marie vier Semester voraus gewesen und nie müde geworden, sie zum Durchhalten anzuhalten. Und heute war Marie heilfroh darüber, wie sich alles gefügt hatte. Durch eine eigentlich halbherzige Entscheidung hatte sie nicht nur den Mann fürs Leben, sondern auch ein Zuhause und einen sicheren Job als angehende Anwältin in der Kanzlei ihrer neuen Familie gefunden.

Vielleicht bin ich doch ein Glückskind, dachte Marie, als sie das Album mit einem zufriedenen Lächeln auf ihrem Schoß ablegte. Sicher, sie hätte gerne noch viele Weihnachtsfeste, Geburtstage und Kaffeetrinken mit Anneliese erlebt und sie zur Urgroßmutter gemacht. Aber Marie wollte nicht klagen. Sie hatte ihrer Oma so viel zu verdanken, und es war ein versöhnlicher Gedanke, dass sie ausgerechnet jetzt, da sie Marie in guten Händen wusste, gegangen war.

Als es an der Tür klingelte, schrak Marie auf, so tief war sie in Gedanken versunken gewesen. Das musste Max sein. Er hatte versprochen, sie hier nach der Arbeit mit dem Auto abzuholen, damit sie die wichtigsten Aktenordner mit Versicherungsunterlagen mitnehmen konnten.

«Mist!», schimpfte Marie, als ihr beim Aufstehen das Album aus der Hand glitt. In der Hektik waren ein paar lose Fotos herausgefallen. Wahrscheinlich hatten sich im Laufe der

Zeit ein paar Fotoecken gelöst. Sie bückte sich, um die Bilder aufzusammeln. Dann schnappte sie sich den Wäschekorb aus dem Badezimmer und legte eilig hinein, was er tragen konnte: das Album, einen alten Schuhkarton, der wahrscheinlich weitere Fotos oder Postkarten enthielt, sowie diverse Hefter und Aktenordner und alle übrigen Sachen, die sie zu Hause noch einmal in Ruhe durchsehen wollte.

Paul

Bis du heiratest, ist das wieder in Ordnung!», sagte Paul und sah Leonie mit gespielter Strenge an. Er nahm das Kinderpflaster mit pinken Herzen zur Hand und klebte es seiner Tochter über die Schramme auf ihrer Stirn. Sie war wie allzu oft ohne hinzusehen durch das Haus getobt und dabei mit dem Kopf gegen die Küchentür gestoßen.

«Das hat Mami auch immer gesagt», erklärte Leonie und sah ihren Vater überrascht an.

«Ich weiß. Und jetzt ab ins Bett mit dir!», befahl Paul und breitete seine Arme aus, um Leonie aufzufangen, weil sie noch immer auf einem Hocker stand, um ihre neue Verletzung nicht ohne Stolz im Badezimmerspiegel zu betrachten.

«Wann heirate ich denn?», fragte sie, während sie sich in Pauls Arme fallen ließ.

«Ich hoffe, du lässt dir noch ein bisschen Zeit!»

«Wenn ich keinen anderen finde, heirate ich dich, Papi!»

«Das ist eine gute Idee. Und jetzt such dir eine Geschichte aus!»

Wenn Paul ehrlich war, hatte er überhaupt keine Lust, Leonie noch etwas vorzulesen. Das hatte er noch nie gern getan. Er kannte mittlerweile jedes ihrer Bücher auswendig und konnte nicht nachvollziehen, dass Inken diesen Job allabendlich klaglos erledigt hatte.

Das war nur eine von vielen Aufgaben, von denen Paul erst im Nachhinein zu würdigen wusste, wie routiniert seine

Frau sie bewältigt hatte. Obwohl Inken Vollzeit in der Schule eingespannt war, hatte sie sich stets allein um den Haushalt, die Wäsche, das Kochen gekümmert. Natürlich war ihr Leonie zur Hand gegangen, und auch Paul hatte durchaus seine Verpflichtungen gehabt, vom Rausbringen des Mülls, kleineren Reparaturen bis hin zu Gartenarbeit und Getränkeeinkauf. Aber aus heutiger Sicht war ihm schleierhaft, wie Inken es geschafft hatte, ihren Alltag so mühelos zu bewältigen. Jedenfalls hatte es immer so gewirkt.

«Irgendeinen Grund muss es ja geben, warum sie so krank ist!», hatte Christa einmal gesagt. Schnell versuchte Paul die Stimme in seinem Kopf verstummen zu lassen. Am liebsten hätte er seiner Schwiegermutter damals den Hals umgedreht, ihr gesagt, dass sie vielleicht mal ihren Teil der Verantwortung übernehmen und vor ihrer eigenen Tür kehren sollte. Schließlich war Inkens Kindheit nicht gerade unbeschwert gewesen.

«Ich will *Jana und der kleine Stern*», befahl Leonie und deutete auf das Buch, das Inken mit Klebeband gerettet hatte, weil es durch das häufige Vorlesen aus dem Leim gegangen war.

Paul seufzte und setzte sich zu Leonie ans Bett. Sie legte Wurzel, ihren Hasen, der schon in die Jahre gekommen war und längst einen Großteil seines wattierten Innenlebens eingebüßt hatte, dicht neben sich und zog die Bettdecke hoch bis zur Nasenspitze.

Paul schlug das Buch auf und begann die Geschichte vom kleinen Stern zu lesen, der «geradewegs vom Himmel» auf die Erde an Janas Bett fällt und unbedingt zurückmuss, bevor es wieder hell wird und er erblindet. Am Ende ist alles wieder gut. Nicht nur die Lerche, die Meise, der Adler, sondern schließlich ein Astronaut haben dem kleinen Stern mit den niedlichen kleinen Händen und Füßen geholfen, wieder an seinen Platz am Himmel zu kommen. Von dort aus strahlt er nun und blinzelt seiner kleinen Heldin zu, die nach einer ganzen Nacht auf den Beinen endlich erleichtert im Bett liegt.

Paul klappte das Buch zu. Leonie waren die Augen zugefallen. Er blieb an ihrem Bett sitzen und betrachtete *seine* kleine Heldin. Sicher würde sie eines Tages eine solche natürliche Schönheit werden wie ihre Mutter. Paul hoffte es und erschauerte zugleich. Noch war Leonie zart und niedlich wie die meisten Mädchen in ihrem Alter. Doch schon jetzt hatte sie durch die großen grünen Augen, die sie von ihrer Mutter geerbt hatte, eine ganz besondere Ausstrahlung. Ihre hellbraunen, langen Locken trug sie meistens zu einem praktischen Pferdeschwanz nach hinten gebunden. Denn natürlich war Paul ihr beim Frisieren keine große Hilfe. Während Inken Leonie die kunstvollsten Zöpfe geflochten hatte, musste er traurig kapitulieren und Christa dieses Feld überlassen.

Seufzend erhob sich Paul und legte das Buch beiseite. Dann schlich er ins Wohnzimmer, um den Fernseher einzuschalten, damit diese erdrückende Stille ihn nicht um den Verstand brachte.

Marie

Obwohl es nach Mitternacht war und Marie eigentlich längst im Bett hätte liegen sollen, saß sie auf dem Boden im Wohnzimmer, inmitten von Dokumenten und Erinnerungen, die von dem langen Leben ihrer Oma zeugten.

Um halb sieben würde der Wecker klingeln. Sie würde versuchen, wieder in den Alltag zu kommen. In der Kanzlei türmten sich bereits die Akten. Auch standen ein paar Termine mit Mandanten an, die Frau Meisner, die Sekretärin von Konrad und Max, wegen des Trauerfalls verschoben hatte. Frau Meisner war eine Seele von Mensch und verstand Marie ohne Worte. Vielleicht sollte sie sie um Hilfe bitten, dachte Marie, als sie wahllos durch einen der Ordner mit der Aufschrift *Verträge/Versicherungen* blätterte.

Marie musste schmunzeln. Hinter einem Trennblatt, das mit *aktiv* gekennzeichnet war, fand sie die Beitrittserklärung für einen Fitnessclub für Senioren. Sie war vor rund zehn Jahren unterzeichnet worden. Doch Marie konnte sich nicht erinnern, dass ihre Oma sich je sportlich betätigt hätte. Marie klebte einen farbigen Post-it-Streifen an das Dokument, als Erinnerung, in den nächsten Tagen die Kündigung auf den Weg zu bringen.

Sie fand noch einige andere Verträge, Mitgliedschaften und Abonnements, derer sie sich würde annehmen müssen, und legte den Ordner in einen Karton zu den Schriftstücken, die sie bereits durchgesehen hatte. Daneben hatte sie den Papierkorb bereitgestellt, doch sie hatte gar nicht den Mut, so gründlich auszusortieren, wie es wohl angebracht gewesen wäre. Vor allem die Zettel, auf denen eine handschriftliche Notiz ihrer Großmutter auszumachen war, konnte sie nicht wegwerfen. Es wäre ihr wie Verrat vorgekommen. Auf der anderen Seite fragte sie sich, was sie mit all dem Kram machen sollte. Postkarten aus der ganzen Welt, von Menschen, die Marie nicht einmal vom Namen her kannte, Glückwunschkarten und Briefe, die sie sich nicht traute zu lesen, und jede Menge Fotos.

Nachdem sich Marie aus der Küche ein Glas Orangensaft geholt hatte, beschloss sie, alles Persönliche erst einmal in einer Kiste zu verstauen. So konnte sie sich noch Zeit lassen, um zu entscheiden, was sie entsorgen und was sie aufbewahren würde. Am besten wäre es, dachte Marie, sie würde die Kiste noch vor dem Schlafengehen in den Keller bringen. Max konnte es nicht ausstehen, wenn unnütze Dinge seine Wohnung verstopften. Wenn es nach ihm ginge, gäbe es weder Beistelltische, Leselampen noch irgendwelche Gegenstände, die allein dekorative Zwecke hatten. Jedes Jahr zu Weihnachten gab es Streit deswegen. Während Marie es liebte, sich durch Lichterketten, Sterneaufkleber oder selbst gestaltete Adventskränze in Weihnachtsstimmung zu bringen, fand Max diesen «Sondermüll», wie er es nannte, überflüssig und kitschig. Und vermutlich hätte er ebenso wenig Verständnis für ihren Plan, Annelieses altes Service und ihre Bettbezüge, Tischwäsche und Handtücher in die gemeinsamen Schränke einzusortieren.

Nachdem Marie die privaten von den offiziellen Papieren getrennt hatte, nahm sie sich den alten Schuhkarton vor, der an den Seiten jeweils mit einem Streifen Tesafilm zugeklebt war. Marie schüttelte den Karton. Doch das dumpfe Geräusch ließ keinen Schluss auf den Inhalt zu. Vielleicht fanden sich darin Bilder, die Marie ihrer Oma früher einmal gemalt hatte. Oder Liebesbriefe von Maries Opa?

Vorsichtig löste Marie den Klebestreifen auf einer Seite, sodass sie den Deckel hochklappen konnte. Und tatsächlich kam ein Bündel alter Briefe zum Vorschein, die allesamt in ihren Umschlägen steckten. Marie nahm den dicken Stapel zur Hand und blätterte ihn neugierig durch. Die Handschrift, mit der die Adresse geschrieben worden war, war auf jedem Umschlag dieselbe. Marie wunderte sich, dass auf einigen von ihnen *c/o Elwira Schöneborn* stand. Wieder andere, augenscheinlich die neueren, waren direkt an den Namen Anneliese Winter adressiert.

Marie drehte die Umschläge um. Der Absender war tatsächlich immer ein und derselbe: ein Paul Hansen auf Amrum. Der Name erinnerte Marie an etwas. Im nächsten Moment sprang sie auf, um nach Annelieses Handtasche zu suchen. Im Flur wurde sie fündig. Mit zitternden Händen holte sie die Brieftasche hervor, in der das Foto mit dem jungen, attraktiven Mann lag.

Marie spürte, wie heftig ihr Herz klopfte. Nun konnte sie das Foto genauer inspizieren, als es ihr neulich nach der Trauerfeier möglich war. Es hatte die Größe einer Postkarte und einen weißen Rand, der ebenso wie die Sepiafarben des Bildes leicht vergilbt war. Sie blickte den Mann darauf an. Seine dunklen Augen schienen auf einmal so gar keine Ähnlichkeit mehr mit denen ihres Opas Heinrich zu haben. Könnte es sein, dass …?

Ein Geräusch ließ Marie hochschrecken. Wie ein ertappter Einbrecher erstarrte sie. Dabei war es nur Max, der mit nacktem Oberkörper in Pyjamahose aus dem Schlafzimmer auf sie zukam.

«Ich kann nicht einschlafen, wenn du nicht neben mir liegst!», beschwerte er sich müde lächelnd und umklammerte Marie von hinten.

«Ich habe dich aber schnarchen gehört», entgegnete Marie, ohne den Blick von dem Foto abzuwenden.

«Was hast du da?», fragte Max.

Marie zuckte mit den Schultern und wusste nicht, was sie sagen sollte.

«Dein Opa? Der war ja mal fast so attraktiv wie ich!», scherzte Max anerkennend und nahm Marie das Porträt aus der Hand, um es im Licht etwas genauer zu betrachten.

«Das ist nicht mein Opa!», entgegnete Marie und verschwand in Richtung Wohnzimmer.

«*In Liebe, P.?*», rief Max ihr fragend hinterher.

Er pfiff anerkennend durch die Zähne, als er Marie folgte.

Max gab ihr das Foto zurück und deutete auf die Rückseite.

«Respekt! Einen Lover hätte ich Anneliese gar nicht zugetraut!», witzelte er.

«Ich fasse es nicht», murmelte Marie und blickte staunend auf die gestochen scharfe Bleistift-Schrift. Erst das Foto eines unbekannten Mannes, und nun tauchten auch noch geheimnisvolle Briefe aus Amrum auf. Marie hielt es für mehr als wahrscheinlich, dass «P.» auf dem Foto und Paul Hansen ein und dieselbe Person waren. Sie versuchte sich zu erinnern, ob ihre Oma diesen Namen jemals erwähnt hatte. Aber da war nichts. Überhaupt hatte sie nie von einem anderen Mann gesprochen als von Maries Großvater. Was hatte das alles zu bedeuten?

Ungeduldig blätterte sie die Kuverts noch einmal durch und untersuchte sie auf Anhaltspunkte. Obenauf lag der jüngste Brief vom letzten Jahr. Ganz unten lag ein Brief, dessen Papier schon stark vergilbt war. Der Poststempel verriet, dass er aus dem Jahr 1946 stammte, als ihre Oma noch ihren Mädchennamen Neuhaus trug. Marie nahm nun jeden einzelnen der rund fünfzig Umschläge zur Hand. Nicht bei allen war das Datum zu entziffern. Doch es reichte, um zu erkennen, dass die Briefe in chronologischer Reihenfolge in der Kiste gelegen hatten.

Max lehnte müde am Türrahmen und sah sie noch immer fragend an.

Nach einer ganzen Weile sagte Marie: «Oma scheint tatsächlich ein Geheimnis gehabt zu haben. Ein ziemlich großes sogar.»

Paul

Als Paul hörte, wie Alfred Hoyer mit dem Postauto auf den Hof fuhr, schaute er auf die Uhr. Er kam immer um die gleiche Zeit, pünktlich um halb zwölf. Auch heute. Das bedeutete, Paul hatte nur noch eine Stunde, bis Leonie aus der Schule nach Hause kam und das Mittagessen auf dem Tisch stehen musste. Danach standen die Hausaufgaben an, über denen sie in letzter Zeit sehr viel länger gemeinsam gesessen hatten, sodass er sicher erst am späten Nachmittag würde weiterarbeiten können, wenn sie wie jeden Mittwoch zum Ponyreiten fuhr.

Eigentlich hatte er seinem Auftraggeber die Entwürfe bereits für letzten Freitag versprochen. Sein Ansprechpartner war jedoch geschäftlich unterwegs, wie er von der Assistentin erfahren hatte. Er atmete erleichtert auf. Entgegen seiner Befürchtung blieb doch noch Zeit, um das Bestmögliche für den Standort herauszuholen. Als Nächstes mussten die statischen Berechnungen für die Halle überprüft werden. Aber vorher brauchte er einen zweiten Kaffee.

Auf dem Weg in die Küche machte er einen Abstecher nach draußen zum Briefkasten. Paul ging davon aus, die üblichen Rechnungen und Werbebroschüren vorzufinden, auch wenn das Fähnchen nicht gehisst war. Schließlich wusste er, dass der Postbote Alfred als alteingesessener Insulaner nicht gerade weltoffen und kaum zu haben war für neumodischen Kram wie Inkens liebevoll aufgearbeiteten Briefkasten. Sie hatten ihn gemeinsam auf einem Flohmarkt in Kopenhagen entdeckt und mit nach Hause genommen. Das verblichene Holz hatte Inken in dem gleichen Graublau lackiert wie die Sprossen der Fenster, die Fensterläden und die Haustür des weiß verputzten Friesenhauses. Das kleine Fähnchen, das eigentlich dazu gedacht war, es wie bei einem kleinen Spielzeugschiff nach oben zu klappen, sobald etwas hineingelegt worden war, hatte sie in dem Souvenirladen in Wittdün erstanden.

Tatsächlich fischte Paul die monatliche Abrechnung des Seniorenheims und ein ganzes Bündel Flyer und Prospekte aus dem Postkasten. Dahinter steckten gleich drei Briefumschläge. Vermutlich hatte er gestern nicht daran gedacht nachzusehen. Genauso wie er es mit wiederkehrender Regelmäßigkeit versäumte, die Wäsche zu waschen und die Bäder zu putzen. Wahrscheinlich hatte Leonie recht. Ohne ein Aufgabenheft, wie sie es aus der Schule kannte und zur Führung des Haushaltes angeregt hatte, würden sie eines Tages ohne Kleidung, etwas zu essen, dafür aber mit jeder Menge unbezahlter Rechnungen und Müllberge dastehen. Es war zwar sehr nett von Jolanda, der Nachbarin, die Mülltonne alle zwei Wochen ungefragt mit an die Straße zu stellen. Doch war es nach einem Jahr Ausnahmezustand wohl an der Zeit, die Gutmütigkeit der alten Dame nicht länger auszunutzen.

Paul sah die Post durch. Zwei der Briefe konnte er ungelesen in den Papierkorb befördern, weil es sich ebenfalls um Reklamepost handelte, auch wenn sie vorgaben, wichtige Dokumente zu sein. Doch der dritte Umschlag war ein persönlicher Brief. Die Adresse war in einer auffallend schönen Handschrift geschrieben worden. Als Paul das Kuvert umdrehte, um nach einem Absender zu forschen, stutzte er. Die schöne Schrift gehörte einer Marie Wiedmann aus Hamburg. Den Namen hatte er noch nie gehört. Pauls Puls beschleunigte sich. Er vermutete, es könnte Post von einer Freundin von Inken sein, die schmerzliche Erinnerungen heraufbeschwor oder ihn mit unangenehmen Fragen konfrontierte.

Paul stöhnte, als er sich auf den Stufen vor der Haustür niederließ, um den Briefumschlag zu öffnen. Es war augenscheinlich hochwertiges Briefpapier. Das Kuvert war gefüttert und der Briefbogen dicker als gewöhnliches Druckerpapier, wie er es für Schreiben an seine Kunden nutzte.

Paul faltete das Blatt auseinander und las:

Hamburg, 8. Mai 2013

Lieber Herr Hansen!

Ich freue mich, Ihnen diese Zeilen zu schreiben, und hoffe, sie erreichen Sie bei guter Gesundheit.

Mein Name ist Marie. Ich bin die Enkelin von Anneliese Neuhaus, die Ihnen bestens bekannt sein dürfte. Leider muss ich Ihnen mitteilen, dass meine Großmutter am 24. März diesen Jahres den Folgen eines Herzinfarktes erlegen und verstorben ist.

In Annelieses Nachlass bin ich nun auf ein Bündel Briefe gestoßen. Briefe, die Sie geschrieben haben. Ich habe mich bemüht, behutsam und diskret mit diesem – für meine Oma offenbar so kostbaren – Schatz umzugehen. Es liegt mir fern, mich in Ihre persönlichen Angelegenheiten zu mischen. Die kurze Durchsicht Ihrer Schreiben lässt allerdings den Schluss zu, dass Sie in sehr enger Verbindung zu Anneliese gestanden haben müssen.

Sie hat Sie zeit ihres Lebens leider niemals erwähnt, und ich würde gern mehr über diese Verbindung erfahren. Denn meine

Großmutter lag mir sehr am Herzen, und ich wüsste gern, was ihr Herz bewegt hat.

Falls Ihnen mein Anliegen nicht zu aufdringlich erscheint, würde ich mich sehr freuen, wenn Sie mir nähere Einzelheiten aus der Vergangenheit meiner Oma berichten würden.

Herzlichen Dank & ebensolche Grüße,
Marie Wiedmann

Gleich dreimal hintereinander las Paul diese Zeilen. Obwohl er sofort begriffen hatte, dass diese gar nicht an ihn, sondern seinen Vater gerichtet waren, fühlte er sich angesprochen. Sie hatten etwas Rührendes, fand Paul und schüttelte amüsiert den Kopf. Wer drückte sich heutzutage noch so gewählt aus und versteckte sein Anliegen hinter derart höflichen Floskeln? Sein Vater wäre sicher begeistert von dieser altmodischen Art der Kommunikation. Doch es hatte ganz gewiss keinen Sinn, Paul Hansen senior diesen Brief auszuhändigen. Der Höflichkeit halber sollte Paul dieser Frau Wiedmann besser erklären, dass ihr Brief nicht nur den falschen Paul Hansen erreicht hatte, sondern dass ihr Gesuch außerdem völlig aussichtslos war.

Oder sollte Paul sich bemühen, seinem Vater noch ein paar Einzelheiten aus der Vergangenheit zu entlocken? Aber zum einen war es unwahrscheinlich, dass sein Vater sich auf ein Gespräch mit ihm einlassen würde. Und zum anderen wollte er die alten Geschichten eigentlich gar nicht mehr hören. Der Name Anneliese sagte ihm nämlich durchaus etwas. Früher hatte es immer mal wieder Phasen gegeben, in denen sein Vater wie aus heiterem Himmel begonnen hatte, von seiner Jugendliebe zu erzählen. Und Paul wusste nie, wie er darauf reagieren sollte. Inken hatte hin und wieder nachgefragt, was es mit dieser Dame auf sich hatte. Aber Paul wollte davon eigentlich nichts wissen. Auch wenn er seiner Mutter nie besonders nahegestanden und ihr nicht verziehen hatte, dass sie sie vor langer Zeit allein gelassen hatte, so verdiente sie es trotzdem nicht, dass sein Vater seine Ehe derart verriet und seinem Sohn auch noch von einer anderen Frau vorschwärmte. Also waren ihm diese Anneliese und ihre Enkelin auch herzlich egal. Er erhob sich, stopfte den Brief zurück in den Umschlag und ging zurück ins Haus. In der Küche ließ er das Kuvert in den Papierkorb wandern. Jetzt konnte er sich endlich einen Kaffee machen.

Marie

Amrum, Oktober '46

Mein geliebtes Lieschen,

nun sind zehn Tage vergangen, seit ich Dich in Wittdün zum Abschied in den Armen gehalten habe. Glaube mir, seitdem ist nicht eine einzige Minute vergangen, in der ich nicht an Dich gedacht habe.

Ich wünsche mir für Dich, dass Du das Opfer, das Du zu bringen bereit bist, nicht bereust.

Du hast ein solch großes Herz, und es macht mich zu einem glücklichen Mann, darin eine Zeitlang gewohnt haben zu dürfen.

Bitte melde Dich alsbald, damit ich weiß, ob Du wohlbehalten in Hamburg angekommen bist.

In Liebe,
Paul

Wieder und wieder las Marie den Brief, den sie schon seit einer Woche bei sich trug. Obwohl sie im wahrsten Sinne des Wortes vor einem riesigen Berg Arbeit saß, konnte sie sich nicht konzentrieren. Statt Schreiben an Klienten aufzusetzen oder Anhörungstermine vor Gericht vorzubereiten, saß sie einfach nur da und starrte auf ein Stück vergilbtes Papier, das sie so sehr beschäftigte, dass ihr alles andere unbedeutend erschien.

«Du mit deinen Briefen!», stichelte Max, wann immer er Marie dabei ertappte, wie sie die Post durchsah, in der Hoffnung, einen Brief aus Amrum vorzufinden. Vergeblich. Er konnte nicht verstehen, warum sie sich «so sehr in diese Geschichte hineinsteigerte». Und wenn Marie ehrlich war, kannte sie die Antwort selbst nicht. Vielleicht hoffte sie, ihrer Oma durch den Briefwechsel nah zu sein. Immerhin schien dieser Paul eine sehr wichtige Rolle in Annelieses Leben gespielt zu haben.

Marie kramte noch einmal das Foto hervor, das sie ebenfalls in Annelieses Handtasche bei sich trug. Sie schätzte, dass dieser Paul um die zwanzig Jahre alt gewesen sein musste, als das Foto aufgenommen wurde. Sein Haar, vermutlich dunkelblond, wirkte vom Wind leicht zerzaust. Zu seiner hellen Bundfaltenhose trug er ein weißes Unterhemd, das den Blick auf seine auffallend muskulösen Oberarme lenkte. Vielleicht war er Turner oder Handwerker gewesen, spekulierte Marie. Obwohl Paul auf dem Foto lächelte, lag in seinen Augen ein melancholischer Ausdruck.

Oder bildete sie sich bloß ein, dass er traurig guckte? Vielleicht war damals alles ganz anders verlaufen, als es den Anschein hatte. Vielleicht war er gar nicht Annelieses große Liebe gewesen, sondern bloß ein penetranter Verehrer, der nie aufgegeben hatte, um ihre Gunst zu buhlen. Doch in diesem Fall hätte sie wohl kaum sein Foto bei sich getragen.

Marie seufzte und legte das Bild auf dem schweren Metallfuß ihrer Schreibtischlampe ab. So konnte sie endlich mit ihrer Arbeit beginnen und trotzdem hin und wieder einen Blick auf Paul Hansen werfen. Vermutlich war er längst gestorben. Andernfalls hätte er ihr bestimmt auf ihren Brief geantwortet.

Das würde auch erklären, wieso der letzte Brief bereits zwei Jahre alt war. Und falls er wirklich nicht mehr am Leben war, sinnierte Marie weiter, obwohl sie sich natürlich etwas anderes wünschte, war es vielleicht moralisch vertretbar, die Briefe ohne sein Einverständnis zu lesen. Sie konnte ihn ja nicht mehr fragen.

Marie holte ihren Tischkalender hervor, um einen Blick auf die Termine zu werfen, die Frau Meisner für sie vereinbart hatte. Heute war Montag, das bedeutete, Max würde abends wie jede Woche zum Tennistraining gehen. Ein Lächeln huschte über ihr Gesicht. Sie beschloss, sich jeden Montagabend die Lektüre eines weiteren Briefes vorzunehmen. So würde sie Anneliese jede Woche ein Stück näher sein. Und sie hatte jeweils sieben Tage lang etwas, worauf sie sich freuen konnte.

Paul

Probieren Sie es doch einfach! Mehr als anranzen kann er Sie nicht!», sagte Frau Stöver, die Pflegedienstleiterin, lachend.

Paul hob eine Augenbraue und war genauso ratlos wie zuvor. Dieser Brief aus Hamburg war ihm nicht aus dem Kopf gegangen. Obwohl er es eigentlich für klüger hielt, die Sache auf sich beruhen zu lassen, war er zu dem Schluss gekommen, dass er seinen Vater wenigstens über den Tod seiner geliebten Anneliese informieren musste. Da er aber unsicher war, wie er dies anstellen sollte, hatte er heute Morgen beschlossen, Frau Stöver um Rat zu fragen. Doch offensichtlich war sie nicht in Plauderlaune. Jedenfalls studierte sie weiterhin konzentriert ihre Medikamentenliste und verteilte routiniert rote, weiße oder auch blaue Kapseln auf die verschiedenen Becherchen. Soweit Paul wusste, bekam sein Vater keine Medikamente zugeteilt. Schließlich gab es noch keine Wunderpille gegen Demenz oder irrationale Handlungen, wie Elektrogeräte in die Geschirrspülmaschine zu stellen oder Bücher nach Farben zu sortieren. Da Paul senior trotz solch kindlich erscheinender Anwandlungen körperlich in recht guter Verfassung war, brauchte er auch keine Medizin.

«Was ist das?», fragte Leonie, die Frau Stöver interessiert beobachtete.

«Das sind Tabletten, gegen Bluthochdruck, Wassereinlagerungen oder Muskelkrämpfe zum Beispiel», erklärte Frau Stöver geduldig und blickte kurz auf, um Leonie ein Lächeln zu schenken. Sie war eine warmherzige und sympathische Frau, dachte Paul. Eine solche Oma zum Liebhaben hätte er sich für seine Tochter gewünscht. Allein ihre Rundungen unter dem weißen, etwas zu engen Kittel und die vielen Lachfalten waren wie gemacht für eine Großmutter. Obwohl sie ungefähr im selben Alter wie Christa und seine eigene Mutter Edith sein musste, wirkte Frau Stöver auf angenehme Weise älter, weiser und in sich ruhend. Außerdem trug sie ihr Haar, das mehr graue als dunkelbraune Strähnen erkennen ließ, stets zu einem altmodischen Dutt nach hinten gebunden.

«Was ist Blutdruckhoch?», fragte Leonie weiter.

Paul schüttelte schmunzelnd den Kopf und war gespannt, wie Frau Stöver reagieren würde.

«Das ist das, was dein Opa hat, wenn er sich immer so aufregt», sagte sie und warf Paul einen amüsierten Blick zu.

«Und jetzt müssen Sie mich bitte entschuldigen!»

Paul nickte und sah Frau Stöver hinterher, als sie mit ihrer mobilen Medikamentencocktailbar in Richtung Fahrstuhl verschwand.

«Warum regt Opa sich immer so auf?», fragte Leonie und nahm Pauls Hand. Sie gingen zusammen zum Ende des langen Ganges, wo die größeren Wohneinheiten zu finden waren. Ab und an war hinter den geschlossenen Türen ein Husten zu hören oder aber ein viel zu laut eingestellter Fernseher.

«Ich weiß es nicht so genau», antwortete Paul wahrheitsgemäß und dachte über Leonies Frage nach. Schon als er noch ein kleiner Junge gewesen war, hatte sein Vater in verhältnismäßig banalen Situationen unangemessen heftig reagiert. Er war kein Choleriker, aber er polterte oft ohne erkennbaren Anlass los und machte danach von einer Sekunde auf die andere dicht und zog sich zurück. Daran hatte auch seine Erkrankung nichts geändert. Im Gegenteil erschienen Paul die jähzornigen Ausbrüche noch heftiger, ebenso wie sich die Phasen verlängert hatten, in denen er so gut wie gar nicht mehr ansprechbar war.

Auch wenn dies ein weit verbreitetes Symptom seiner Krankheit war, konnte Paul manchmal nicht einschätzen, ob sein Vater Opfer der Umstände war oder aber sich nur allzu gern hinter dieser Diagnose versteckte, um ja nicht freundlich oder kommunikativ sein zu müssen.

Als die beiden um die Ecke bogen und Leonie die hellgraue Tür mit der Nummer 37 erkannte, löste sie sich von Paul und hüpfte munter drauflos.

«Opa, Opa, wir kommen!», rief sie fröhlich.

Paul lächelte gerührt. Es waren bestimmt acht Wochen vergangen, seit Leonie ihren Großvater das letzte Mal gesehen hatte. Paul konnte sich noch gut daran erinnern, wie zäh der Besuch verlaufen war, auch weil es draußen geregnet hatte und sie keinen Spaziergang machen konnten.

Ohne anzuklopfen, riss Leonie die Tür auf. Doch Paul senior war gar nicht da.

«Vater? Wir sind's!», rief Paul in Richtung der Badezimmertür, die weit offen stand.

Doch im Bad war es dunkel. Und es kam auch keine Reaktion. Paul ging hinein, um sich zu vergewissern, dass sein Vater nicht vielleicht hilflos am Boden lag. Nichts.

Als er in den überschaubaren Wohnbereich mit dem harten dunkelroten Teppich zurückkehrte, sah er, wie Leonie sich auf den Boden hockte, um unterm Bett nachzusehen.

«Fürs Versteckenspielen ist Opa ein bisschen zu alt!», entgegnete Paul schmunzelnd. Aber eigentlich war ihm nicht nach Lachen zumute. Schließlich hatte sein Vater sich schon des Öfteren in die abenteuerlichsten Verstecke zurückgezogen. Aber es war eine ganze Weile her, dass ihn die Mitarbeiter des Heims angerufen hatten, weil sein Vater wieder einmal ausgebüxt und unauffindbar war. Bei Bewohnern wie ihm, die zumindest noch zeitweise alle Sinne beisammenhatten, wurde kein großer Aufwand betrieben. Es war Sache der Angehörigen, sich auf die Suche zu machen. Und bislang war es immer der Wittdüner Hafen gewesen, an dem Paul seinen Vater gefunden hatte, dort wo die Fähren aus Nordstrand, Föhr oder Sylt anlegten.

Immer das gleiche Bild: Paul senior saß einfach nur da, auf einer Bank, und blickte aufs Wasser. Jedes Mal hatte er sich ohne Widerstand wieder zurück ins Heim bringen lassen.

«Aber wo ist er denn dann?», fragte Leonie und ging an den großen Kleiderschrank, um ihn zu öffnen.

Doch Paul hielt sie davon ab.

«Da jedenfalls nicht. Komm, wir gucken draußen!»

Paul seufzte, schnappte sich seine Tochter und eilte Richtung Garten. Obwohl es heute sehr windig und deswegen nicht besonders warm war, kam er ins Schwitzen. Er suchte den großzügigen Park ab. Vor einem der zahllosen Rhododendronsträucher sah er auf einer Bank Frau Lorenz sitzen. Sofort stürmte er mit Leonie im Arm auf sie zu.

«Entschuldigen Sie die Störung!», sprach Paul sie an und setzte Leonie wieder ab.

Frau Lorenz schaute von ihrer Zeitschrift auf und lächelte erfreut, als sie erkannte, wer sie bei der Lektüre unterbrach.

«Herr Hansen! Setzen Sie sich doch zu mir!», lud sie ihn ein, während Leonie geradewegs auf den Springbrunnen zusteuerte, dessen Anblick Paul immer als trostlos empfand, weil das Wasser genauso zäh dahinzuplätschern schien wie der Lebensabend der meisten Heimbewohner hier.

«Ich habe leider nicht viel Zeit. Haben Sie vielleicht meinen Vater gesehen?», fragte er. Seine Stimme klang atemlos und besorgt, obwohl er sich um Gelassenheit bemühte.

«Er holt uns gerade einen Kaffee!», flötete Frau Lorenz und sah Paul mit beinahe stolzem Gesichtsausdruck an.

Paul blieb der Mund offen stehen. Frau Lorenz zuckte mit den Schultern und sagte: «Ich habe mich ja selbst gewundert. Aber er hat es von sich aus angeboten. Wir sitzen und plaudern hier schon eine ganze Weile.»

Noch immer sah Paul die Zimmernachbarin seines Vaters ungläubig an. Konnte das wirklich wahr sein? Schließlich hatte er bislang immer das Weite gesucht, wenn sich jemand näherte, der ihm eine Unterhaltung aufdrängen wollte.

«Wir reden hier tatsächlich von *meinem Vater*?»

Paul bemühte sich, humorvoll zu klingen, was offenbar funktionierte. Jedenfalls lachte Frau Lorenz auf und ergänzte: «Er ist schon seit Tagen wie ausgewechselt. Am Donnerstag hat er mich sogar zum Doppelkopf-Turnier begleitet.»

Paul schüttelte amüsiert den Kopf und sah auf, als er Leonies Stimme hörte, die ihren Opa fröhlich begrüßte.

Sie lief ihm in die Arme, und auf dem in den letzten Jahren stark gealterten Gesicht des Seniors machte sich ein zartes Lächeln breit, obwohl er gleichzeitig damit beschäftigt war, die Becher so zu balancieren, dass kein Kaffee herausschwappte.

«Hallo, ihr Lieben!», rief er in Richtung Paul. «Wenn ich gewusst hätte, dass ihr kommt, hätte ich euch auch was mitgebracht!»

Paul wusste nicht, was er darauf sagen sollte, und nickte nur. Er wusste, dass der plötzlich veränderte Zustand seines Vaters höchstwahrscheinlich nichts zu bedeuten hatte, und spürte, wie er jeden Anflug von Hoffnung auf Heilung im Keim zu ersticken versuchte. Schon manches Mal war sein Vater scheinbar ganz der Alte gewesen, hatte mit ihm über die touristische Entwicklung auf der Insel philosophiert oder aber mit seinen kräftigen Händen hochkonzentriert ein Buddelschiff gebastelt, ohne jedwedes Anzeichen von Krankheit. Diese jedoch konnte mit voller Wucht wie aus dem Nichts zurückkehren und einen gestandenen Mann wie ihn innerhalb kürzester Zeit in ein bedürftiges Kleinkind verwandeln, das sich weder die Schnürsenkel binden noch die Gefahr einschätzen konnte, die von scharfen Messern oder heißen Backöfen ausgeht.

Paul senior überreichte Frau Lorenz einen der Becher mit den Worten: «Ein Schuss Milch und zwei Stück Zucker.»

Den anderen hielt er Paul unter die Nase: «Schwarz. Du trinkst deinen Kaffee doch schwarz? Du kannst meinen haben.»

Paul schüttelte den Kopf und winkte ab.

«Lass mal, danke!»

Gut gelaunt zuckte der Alte mit den Achseln und ließ sich mit einem wohligen Seufzer auf die Bank fallen. Dann griff er in seine rechte Hosentasche und holte einen kleinen Schein hervor.

«Geh zum Kiosk und hol dir ein Eis, meine Kleine!»

Leonie nahm das Geld und sah ihren Vater fragend an.

Als Paul signalisierte, dass sie das Geld ruhig nehmen und gehen durfte, gab sie ihrem Opa zum Dank einen Schmatzer auf die Wange und lief fröhlich davon.

Die beiden Alten sahen ihr zufrieden hinterher. Paul räusperte sich.

«Was hast du heute Schönes mitgebracht?», fragte sein Vater und deutete auf die obligatorische Stofftasche, die Paul bei jedem Besuch dabeihatte. Mit Schrecken dachte Paul an den Brief mit der Todesnachricht, der darin lag.

«Das Übliche. Die Zeitung von gestern, ein neues Rätselheft», antwortete er.

Paul senior nickte und trank einen Schluck Kaffee, den er ganz offensichtlich genoss.

Dann plapperte Frau Lorenz in gewohnter Weise drauflos. Über das Mittagessen, das ihr noch immer etwas schwer im Magen lag, und die neuesten Gerüchte über diesen oder jenen Mitbewohner, was die beiden Männer nicht weiter kommentierten. Als der Wind erneut aufblies, lenkte Paul das Gespräch aufs Wetter: «Es ist viel zu kühl für die Jahreszeit. Das wird die Touristen fernhalten.»

«Umso besser», sagte sein Vater vergnügt und schlug lässig seine Beine übereinander. So entspannt hatte Paul ihn schon eine Ewigkeit nicht mehr erlebt.

«Dann haben wir wenigstens unsere Ruhe», ergänzte er und lächelte erneut, als Leonie mit einem großen Eis zurückkehrte. Ohne dass es irgendwer mitbekam, fischte Paul den Brief aus dem Beutel, um ihn in Sekundenschnelle in seiner Hosentasche verschwinden zu lassen. Es war sicher besser, keinen Staub aufzuwirbeln. Jedenfalls für heute beschloss Paul, die Sache auf sich beruhen zu lassen. Er wollte seinen Vater nicht mit der traurigen Nachricht belasten. Und wie er auf den Brief dieser Marie Wiedmann reagieren sollte, das würde ihm schon noch einfallen.

Marie

Als Marie spät am Abend die Wohnungstür aufschloss, fiel ihr Blick sofort auf die kleine glänzende Papiertüte, die Max offenbar für sie auf der Kommode im Flur abgestellt hatte. Sie holte ein dunkelrotes Kästchen daraus hervor, auf dem ein kleiner Zettel klebte. Marie nahm ihn zur Hand und las:

Lass dich verzaubern!
Dein baldiger Ehemann ☺

Auf Maries Gesicht machte sich ein seliges Lächeln breit. Das war typisch für Max! Mit keiner Silbe hatte er erwähnt, dass die Eheringe fertig waren. Das war eine gelungene Überraschung, weil sie in den letzten Tagen gar nicht mehr daran gedacht hatte. Jetzt war ihr auf einmal klar, warum Max sich so zeitig aus der Kanzlei gestohlen hatte. Marie hatte sich gewundert, dass er sich so ungewöhnlich früh für einen Kneipenabend mit seinem Kumpel Florian verabredet hatte. Er musste zuvor in die Stadt gegangen sein, um die Ringe abzuholen und sie zu Hause vorbeizubringen.

Maries Hände zitterten. Was, wenn ihr die Ringe nicht gefielen? Sie hatte sie schließlich bislang nur in dem edlen Katalog bewundert und sich nicht richtig vorstellen können, wie die Schmuckstücke, die sie beide ein ganzes Leben lang tragen würden, in natura aussahen.

Marie streifte ihre Schuhe ab und schleuderte sie in die

Ecke. Annelieses Handtasche stellte sie auf die kleine Bank an der Wand. Dann schnappte sie sich das Schmuckkästchen, ging ins kühle Wohnzimmer und ließ sich auf das riesige, hellgraue Ledersofa fallen. Sie atmete einmal tief ein und aus und machte die Augen zu. Gespannt versuchte sie, das Kästchen zu öffnen. Doch es klemmte. Also öffnete Marie die Augen ein wenig und schaffte es schließlich, den Deckel nach oben schnellen zu lassen. Zum Vorschein kamen zwei Ringe, die ihr ein überwältigtes «Wahnsinn!» entlockten. Sie ließ den Anblick ein paar Sekunden auf sich wirken.

Rechts steckte der größere Weißgoldring, den sie Max schon in wenigen Wochen anstecken würde. Er hatte nicht nur mehr Umfang als der von Marie, sondern war auch drei Millimeter breiter. Denn sie waren sich schnell einig gewesen, dass ein zarter Ring an Max' kräftiger Hand nicht richtig zur Geltung kommen würde. Beide Ringe waren schlicht und matt, genau so, wie sie es mit dem freundlichen, aber etwas allzu routiniert schwatzenden Trauringverkäufer besprochen hatten. Lediglich ein glänzender Rand zierte das edle Metall, und natürlich durfte auf Maries Ring der kleine, rund eingefasste Brillant nicht fehlen.

Voller Aufregung zog sie den Ring aus dem cremefarbenen Samt hervor und betrachtete ihn ausgiebig. Er war wirklich schön, beinahe noch schöner, als sie sich ihn ausgemalt hatte. Marie musste den Ring etwas schräg halten, um die Gravur in formvollendeter Schönschrift lesen zu können:

Maximilian 22. 06. 2013

Maries Herz machte einen Hüpfer, und sie spürte, wie sich ein Dauergrinsen auf ihrem Gesicht breitmachte. Doch als sie das Schmuckstück auf ihren rechten Ringfinger steckte, wurde ihr ganz anders. Der Ring war viel zu weit. So weit, dass er gleich wieder herunterrutschte, als sie ihre Hand nach unten hielt.

Damit, dass er nicht mehr allzu eng sitzen würde, hatte Marie schon gerechnet. Sie hatte inzwischen mehr als sechs Kilo abgenommen. Aber dass die letzten düsteren Wochen sogar dafür gesorgt hatten, dass sie auf einmal eine ganze Größe kleiner brauchte, erschreckte sie.

Ohne nachzudenken, probierte sie den Ring an jedem anderen Finger beider Hände. Sogar für den rechten Mittelfinger war er zu groß. Er passte gerade so über die Daumen. Sie wäre wohl die erste Braut, die ihren Ehering am Daumen tragen musste, wenn sie ihn nicht mehr ändern ließ.

Marie seufzte. Es war sicher kein Problem, die Weite ändern zu lassen, versuchte sie sich zu trösten. Doch die Freude war dennoch getrübt. Sie steckte die beiden Ringe zurück an ihr sicheres Plätzchen und legte die Schachtel auf dem Weg in die Küche wieder auf der Kommode ab. Sie hatte Durst.

Sie wusste nicht so recht, was sie noch im Haus hatten. Meist kümmerte sich Max um den Einkauf der Getränke und die Entsorgung des Leerguts. Zwar hatten sie nie über die Aufteilung des Haushaltes gesprochen. Doch es hatte sich im Laufe der Zeit so ergeben. Max bezahlte die Haushälterin, die einmal die Woche kam, um sauber zu machen und sich um die Wäsche zu kümmern. Dafür ging Marie regelmäßig Lebensmittel einkaufen und was man sonst noch im Haushalt brauchte. Zwar hätte Marie nichts dagegen gehabt, die Wohnung selbst sauber zu halten. Aber Max bestand darauf, dass sie ihre kostbare Freizeit nicht mit Arbeit vergeudeten, die andere für sie viel besser erledigen und dafür eine angemessene Bezahlung erwarten konnten. Eine solche pragmatische Einstellung kannte Marie auch von ihrem Vater. Als sie noch klein war, kam eine Putzfrau mehrmals die Woche zu ihnen ins Haus. Aber obwohl Marie Frau Otto durchaus gemocht hatte, empfand sie ihre Anwesenheit immer auch bedrückend, weil sie Dinge tat, die früher ihre Mutter erledigt hatte. Marie konnte sich noch gut daran erinnern, wie Vera jeden Samstag durchs Haus lief, um die Wäsche einzusammeln, und ihrer Tochter erklärte, wie man sie sortierte.

Marie öffnete den Kühlschrank und entschied sich für eine Kräuterlimonade. Gegessen hatte sie zwar auch noch nichts. Aber der Appetit war immer noch nicht vollständig zurückgekehrt, sodass sie häufig ganze Mahlzeiten vergaß und ihr erst ein paar Stunden später bewusst wurde, wie hungrig sie eigentlich war. Auch jetzt begnügte sie sich mit ein paar Crackern. Gerade als sie sich auf die große und reich bepflanzte Dachterrasse begeben wollte, die von der Küche abging, fiel ihr Blick auf den kleinen Poststapel auf der Anrichte. Zuoberst lag die Werbebroschüre eines Telekommunikationsunternehmens, die sie sofort ungelesen in den Papierkorb beförderte. Darunter aber lagen zwei Briefe, ein offizieller an Max, offenbar eine Rechnung, und ein persönlicher, an sie adressiert.

Maries Herz hüpfte. Mit zitternden Händen nahm sie das Kuvert zur Hand und drehte es um, um nach dem Absender zu sehen. Doch die Rückseite war leer. Die Handschrift auf der Vorderseite war nicht besonders schön, aber doch markant, sodass sie von einem männlichen Verfasser stammen musste.

Ein Blick auf den Poststempel verriet auch nicht mehr als das Datum. Also öffnete Marie den Brief und faltete das weiße Papier ungeduldig auseinander.

Amrum, 17. 05. 2013

Liebe Frau Wiedmann,

auch wenn sie mich betroffen macht, danke ich Ihnen für Ihre Nachricht!

Es ist sehr freundlich von Ihnen, mich über den Tod Ihrer Großmutter zu informieren, die ich in der Tat seit langem kannte. Anneliese war eine wunderbare Frau, ich werde sie noch lange in guter Erinnerung behalten, auch wenn es mit meiner Gesundheit nicht zum Besten steht.

Mein herzliches Beileid und alles Gute für Sie!
Paul Hansen

Maries Augen füllten sich mit Tränen. Dabei waren die Worte so nüchtern gewählt, dass sie sich darüber wunderte, wie sehr sie sie trotzdem berührten. Oder war es gerade die Tatsache, dass der gute Mann offenbar nicht bereit war, sich auf einen Dialog mit ihr einzulassen?

Marie las die Zeilen noch einmal und wusste nichts damit anzufangen. Enttäuscht ließ sie sich auf den Küchenstuhl fallen und dachte nach.

Was nur hatte sie sich von diesem Paul Hansen erhofft? Dass er Anneliese wieder zum Leben erwecken würde? Hatte dieser geheimnisvolle Mann vielleicht doch keine so wichtige Rolle in Annelieses Leben gespielt?

Doch dann hätte ihre Oma wohl kaum ein Foto von ihm bei sich getragen und die Briefe allesamt aufgehoben.

Nein, es half nichts, dachte Marie. Als sie nach draußen trat und ihren Blick über die Dächer von Winterhude schweifen ließ, beschloss sie, dass sie noch nicht aufgeben durfte. Sie würde mit der Vergangenheit erst abschließen können, wenn sie erfuhr, was es mit der Geschichte von Anneliese und Paul auf sich hatte.

Paul

Das würde dir sicher guttun!», dozierte Christa weiter und nahm einen Schluck ihres Ingwer-Holunder-Tees. Paul beobachtete seine Schwiegermutter genervt. Er konnte es nicht leiden, wie betont genussvoll sie aß und trank. Natürlich hatte er nichts dagegen, dass es ihr schmeckte. Aber dass sie alles Sinnliche so offensiv zelebrierte, provozierte ihn. Denn Christa tat es grundsätzlich mit einer Art Sendungsbewusstsein, die ihn in den Wahnsinn trieb.

«Oder findest du nicht, dass es an der Zeit ist, nach vorne zu schauen?», ergänzte sie und blickte ihn bedeutungsschwanger an.

Paul stöhnte ohne Rücksicht auf Höflichkeit. Sicher hatte Christa recht. Eine kleine Auszeit würde ihm bestimmt guttun. Aber musste sie ihr Anliegen gleich wieder so esoterisch angehaucht verpacken und sich als Heilsbringerin präsentieren, wo es ihr doch primär darum ging, Leonie für sich allein zu haben?

«Ein, zwei Wochen in den Sommerferien. Dann kommst du endlich mal auf andere Gedanken!»

Paul rollte mit den Augen.

«Woher willst du denn wissen, was ich denke?», entfuhr es ihm gereizt.

Christa sah auf, ohne etwas zu sagen. Paul fühlte sich augenblicklich schlecht und versuchte zurückzurudern.

«Mach dir mal um mich keine Sorgen», sagte er und bemühte sich um einen sanfteren Tonfall, «ich komme schon klar!»

«Aber genau darum geht es ja!»

Christa gab nicht auf und rückte ihren Rattanstuhl noch näher an Paul heran. Mit einem Blick in Richtung Leonie vergewisserte sie sich, dass die Konzentration ihrer Enkelin weiterhin den Nacktschnecken galt, die sich zu Hundertschaften in Christas Garten tummelten.

«Es ist Zeit, dein Leben wieder in die Hand zu nehmen, statt einfach nur klarzukommen! Wieso sperrst du dich so dagegen, Hilfe anzunehmen?», sprach Christa etwas leiser weiter, was nichts an ihrem belehrenden Ton änderte.

«Es ist ja nett, dass du dir Sorgen machst. Aber es geht uns gut, und wir brauchen mit Sicherheit keine Therapie!»

Paul erhob sich, um seinen Worten Nachdruck zu verleihen. Und auch, um Christa nicht länger in ihre mitleidig blickenden Augen sehen zu müssen. Sie hatte vielleicht recht mit all ihren Appellen. Vielleicht war es an der Zeit, dass er sich einem Profi anvertraute, der sich auskannte mit Trauer. Doch seine Schwiegermutter war die Letzte, von der er sich beraten oder gar therapieren lassen wollte.

Paul sah erleichtert auf, als Leonie nach ihm rief: «Papa, guck mal! Die kriechen sogar am Fenster hoch!»

«Das ist ja toll», antwortete er und verzog das Gesicht.

«Glaubst du etwa, dass Leonie bei mir nicht gut aufgehoben wäre?», fragte Christa, nachdem sie sich ebenfalls erhoben hatte und näher an Paul herangetreten war.

«Leonie kann gerne die Ferien bei dir verbringen, wenn sie das möchte. Aber was ich mit meiner Zeit mache, musst du mir schon selbst überlassen!»

Christa hob abwehrend die Hände und schüttelte verständnislos den Kopf. Eigentlich sah sie mit ihren fröhlichen Augen und ihrer sommerlichen Ausstrahlung aus wie ein warmherziger, lebenslustiger Mensch. In das harmonische Bild passte auch ihr kurzer, grauhaariger Stufenschnitt und ihr schlanker Körper, den sie durch Yoga beweglich hielt. Doch Paul wusste um Christas Schattenseiten. Oft genug hatte er mit Inken ermüdende Gespräche über ihre Mutter geführt. Er hatte seiner Frau geraten, einfach auf Abstand zu gehen. Doch daraufhin hatte sie stets das schlagende Argument vorgebracht, dass dies auf einer Insel wie Amrum kaum möglich war.

«Kommst du», rief Paul in Leonies Richtung, «wir wollen nach Hause!»

Doch Leonie war zu sehr damit beschäftigt, eine der braunen Schnecken auf einem großen, grünen Blatt zu balancieren.

«Leg das weg, die Pflanze ist giftig!», befahl Paul energisch, als er sah, dass es sich um ein Blatt von der Engelstrompete handelte. Offenbar hatte Leonie es irgendwo auf der ausladenden Terrasse gefunden.

«Ich weiß. Aber wenn ich mir danach die Hände wasche, darf ich das. Hat Oma gesagt!», entgegnete Leonie unbeeindruckt und warf Christa einen verschwörerischen Blick zu.

«Guck mal, eine Schleimspur!»

«Das ist toll, dass du dich nicht vor Schnecken ekelst!», sagte Christa und beugte sich runter zu ihrer Enkelin.

«Deine Mutter mochte sie nicht besonders», ergänzte sie. Paul versetzte diese Bemerkung einen kleinen Stich. Dabei hatte Christa recht. Inken hatte Insekten oder Kriechtiere aller Art tatsächlich schrecklich gefunden. Nicht einmal mit Fischen konnte sie sich anfreunden, weder im Aquarium noch in der Bratpfanne. Schuppen und Gräten hatten bei ihr zu hysterischen Anfällen geführt, die Paul nur allzu gern provozierte. Etwa, wenn er mit Peter beim Hochseeangeln gewesen war und seine tote Beute nicht ohne Stolz in der Badewanne zwischenlagerte.

«Deine Mutter fand Tiere generell nicht so spannend», ergänzte Paul und ging vor seiner Tochter in die Hocke, um ihrer Faszination für die Schnecke wenigstens ein bisschen Aufmerksamkeit zu schenken.

«Aber Wurzel schon», sagte Leonie, ohne von ihrem Forschungsobjekt aufzusehen.

Daraufhin tauschten Christa und Paul einen vielsagenden Blick. Und Paul verstand, dass Christa die Bemerkung genauso ins Herz traf wie ihn. Er dachte nach, erhob sich und fragte schließlich: «Möchtest du heute Nacht bei Oma schlafen?»

Auf Christas Gesicht machte sich ein dankbares Lächeln breit. Und Paul hoffe inständig, dass sie dieses Entgegenkommen nicht missverstand. Dass er Leonie bei seiner Schwiegermutter übernachten ließ, bedeutete schließlich noch lange nicht, dass er ihr recht gab bei allem, was sie heute wieder über das Leben im Allgemeinen und über seines im Speziellen vom Stapel gelassen hatte.

Es war gut und schön, dass sie in ihrem Beruf als Heilpraktikerin voll und ganz aufging. Aber er war schließlich keiner ihrer Patienten, und krank war er auch nicht.

«Au ja!», rief Leonie begeistert und sprang auf. Dabei rutschte die Nachtschnecke vom Blatt und plumpste auf den Boden, geradewegs in einen Schlitz zwischen zwei der Teakholzdielen.

«O nein. Das wollte ich nicht!»

Leonie versuchte mit ihren kleinen Fingerchen an die Schnecke heranzukommen. Vergebens.

«Lass sie, mein Schatz!», sagte Christa und erklärte, warum das Tier viel besser dran war, wenn es jetzt die Flucht würde antreten können.

«Was möchtest du zum Abendessen haben?», fragte sie, was Leonie endgültig mit der Tatsache versöhnte, dass sie ihre neue kleine Freundin ziehen lassen musste.

«Spaghetti!», frohlockte Leonie, nicht ohne ihrem Vater einen triumphierenden Blick zuzuwerfen.

Paul lachte auf, nahm Leonie auf den Arm und drückte ihr zum Abschied einen Kuss auf die Wange.

Zehn Minuten später war Paul wieder zu Hause angekommen. Er parkte den Volvo wie immer vor dem Haus statt in der Garage oder irgendwo anders auf dem riesigen Grundstück, weil er zu faul war, das Tor zu öffnen. Außerdem war der Wagen ohnehin schon lange über den Status hinweg, ihn für einen guten Preis weiterverkaufen zu können. Auch sah er mit seinen diversen Beulen und Kratzern nicht so aus, als würden Wind und Wetter ihm noch irgendetwas anhaben können.

Als Paul ausstieg und sein Blick auf den Briefkasten fiel, musste er schmunzeln. Das Fähnchen stand oben, also hatte Alfred Hoyer endlich einmal Humor bewiesen und es gehisst, als er die Post brachte. Oder der Junge aus dem Nachbardorf, der das Anzeigenblatt austrug, hatte sich die Mühe gemacht, die Zeitung in den Briefkasten zu legen, statt sie wie sonst einfach nur per mehr oder weniger geglücktem Weitwurf in die Nähe der Haustür zu schleudern. Eine Angewohnheit, die er sich offenbar aus amerikanischen Filmen abgeschaut hatte.

Mit einer gewissen Spannung öffnete Paul das Türchen und fischte einen ganzen Stapel Papier heraus, den er sofort in Werbung und echte Post sortierte.

«Ach du Scheiße!», entfuhr es ihm, als er erkannte, wer das Fähnchen gehisst hatte: Monika Neumann, die Nichte von Hilda, hatte offenbar eine Einladung zu ihrer Sommerparty vorbeigebracht. Allein der Gedanke, keine passende Ausrede präsentieren zu können, die ihm und Leonie diesen unsäglichen Besuch ersparte, verursachte ihm Magenkrämpfe. Aber er legte wirklich keinen Wert darauf, dass Leonie mehr Zeit mit Robin, dem Schrecken der Insel, verbrachte, und erst recht sträubte er sich dagegen, sich von Hilda mit Monika verkuppeln zu lassen. Lieber würde er für den Rest seines Lebens auf die Gegenwart einer Frau verzichten, als sich seine neugierige Nachbarin ans Bein zu binden, die zu viel Hintern, dafür aber zu wenig Herz und Hirn hatte.

Argwöhnisch drehte Paul sich um. Womöglich beobachtete Monika ihn von ihrem hässlichen Neubau gegenüber aus. An den Fenstern hingen Tagesgardinen, hinter denen man sich gut verstecken konnte, während man die Nachbarschaft ausspionierte.

Ohne zu zögern, ging Paul auf die Mülltonne zu, hob den Deckel an und ließ den Papierstapel mit einem zufriedenen Seufzer hineinfallen.

Erst als er schon auf dem Treppenabsatz zu seiner Haustür stand und aufschließen wollte, fiel ihm auf, dass da ja noch ein zweiter Brief gewesen war, dem er gar keine Beachtung geschenkt hatte. Paul drehte sich um, eilte zurück zur Papiertonne und hoffte, nicht ausgerechnet jetzt in den Fokus von Monika oder Jolanda zu geraten.

Paul klaubte den ungeöffneten Umschlag aus der Tonne und erkannte gleich den Absender auf der Rückseite. Ein seltsames Gefühl machte sich in ihm breit. Er war davon ausgegangen, das Kapitel sei abgeschlossen. Doch als er den Brief öffnete und las, wurde ihm klar, dass sich die Angelegenheit für Marie Wiedmann offenbar noch nicht erledigt hatte:

Hamburg, 22. Mai 2013

Lieber Herr Hansen!

Haben Sie vielen Dank für Ihre Antwort! Ich freue mich sehr, dass meine Zeilen Sie erreicht haben.

Ohne Sie unnötig belästigen zu wollen, würde ich gerne von Ihnen wissen, ob Sie für ein kurzes Gespräch zur Verfügung stünden. Nach wie vor wäre es mir eine große Freude, etwas mehr über Sie und Ihre Verbindung zu meiner Großmutter zu erfahren. Sie können mich unter der oben angegebenen Telefonnummer jederzeit erreichen.

Herzliche Grüße,
Marie Wiedmann

«Und? Hast du Post bekommen?», hörte Paul plötzlich eine quiekende und ihm leider allzu bekannte Stimme hinter sich.

Erschrocken drehte er sich um. Monika.

Instinktiv versuchte er hinter seinem Rücken zu verbergen, was er in den Händen hielt.

«Post?», wiederholte Paul unsicher, als Monika näher an die Mauer aus Feldsteinen trat, die viel zu niedrig war, um einen Schutzwall gegen aufdringliche Nachbarn abzugeben.

«Ich dachte, du freust dich. Du brauchst auch gar nichts mitzubringen, außer gute Laune und Hunger. Und Leonie ist natürlich auch herzlich willkommen», ergänzte Monika und deutete mit ihrem fleischigen Zeigefinger auf die vermeintliche Einladung, die Paul nun in die Gesäßtasche seiner Jeans gleiten ließ.

«Das ist nett!», sagte Paul und suchte fieberhaft nach der richtigen Ausrede, um die Einladung auszuschlagen.

«Das heißt, du kommst?», fragte Monika. Ihre Stimme überschlug sich fast vor Begeisterung.

«Wahrscheinlich haben wir keine Zeit, leider», log er.

Monika kräuselte die Augenbrauen.

«Wir, wir», suchte Paul nach den richtigen Worten, «wir müssen nach Hamburg.»

«Ausgerechnet an dem Wochenende meiner legendären Sommerparty?», entgegnete Monika uneinsichtig. Ihr Tonfall klang keineswegs bedauernd, sondern vielmehr so, als ließe sie keine Ausrede der Welt gelten.

Paul zuckte hilflos mit den Achseln, um seiner Aussage Nachdruck zu verleihen.

«Was macht ihr denn in Hamburg?», bohrte Monika nach und kniff die Augen zusammen.

«Besuche. Verwandte besuchen», antwortete Paul und ärgerte sich im gleichen Moment über sich selbst, weil er sich vorkam wie ein kleiner Schuljunge, der etwas ausgefressen hatte. Wie konnte es sein, dass er sich rechtfertigen musste, nur weil er nicht auf eine Party gehen wollte, auf der er niemanden treffen würde, der ihm auch nur ansatzweise wichtig war?

«Nach Hamburg könnt ihr das ganze Jahr noch. Aber meinen 40. feiere ich nur ein Mal!»

Paul nickte resigniert. Ausgerechnet eine Einladung zum Geburtstag, dazu noch zu einem runden. Vielleicht hätte er die Karte aufmerksamer lesen sollen, um besser gewappnet zu sein für eine Begegnung mit Monika.

«Überleg es dir! Ihr könnt auch spontan vorbeikommen!», befahl sie und schaute sich um.

«Wie geht es Leonie? Ist sie gar nicht da?»

Paul atmete tief durch, um sich zu bremsen. Was ging es diese neugierige Person verdammt noch mal an, wo seine Tochter ihren ersten Ferientag verbrachte?

«Sie ist bei ihrer Oma», antwortete er knapp. Um Monika zu signalisieren, dass er keinerlei Interesse hatte, die Plauderei fortzuführen, wendete er sich zum Gehen.

«Du meinst, sie ist bei Christa? Oder bei deiner Mutter?», bohrte Monika weiter nach. Paul konnte nicht fassen, in welch indiskreter Nachbarschaft er lebte.

«Ich weiß ja nicht mal, ob es meine Mutter noch gibt», scherzte Paul.

Monika guckte irritiert, sodass Paul sich genötigt fühlte weiterzusprechen.

«Leonie ist bei Christa, und ich habe noch zu tun. Schönen Abend noch!», erklärte er entschlossen. Doch Monika ließ nicht locker. Mit ihrem Kampfgeist könnte sie sogar ihrer Tante Konkurrenz machen, dachte Paul und war kurz davor, es laut auszusprechen.

«Wenn du mal Hilfe brauchst, ich meine von einer Frau …»

Paul sah Monika entsetzt an.

«Also ich meine, wenn du mal nicht weiterweißt mit Leonie. Ich verstehe mich ganz gut mit ihr», führte sie weiter aus.

Stimmt. Du horchst sie ja auch regelmäßig über unser Witwer- und Waisendasein aus, wenn sie mit Robin spielt!, wollte Paul sie anschnauzen. Doch er hielt es für klüger, nichts zu sagen. Stattdessen nickte er nur höflich und ging ins Haus, ohne sich noch einmal umzudrehen.

Als er die Tür hinter sich zugeschlagen hatte, lehnte er sich erschöpft mit dem Rücken dagegen und stieß Seufzer der Erleichterung aus.

Marie

Wie wäre es denn, wenn ihr die Hochzeit einfach verschiebt?», fragte Anika und griff in die Popcorntüte.

Marie sah Anika entgeistert an, während diese weiterhin ungerührt auf die Kinoleinwand starrte, so als würden sie sich nebenbei über Eiscreme oder eine Jeansmarke unterhalten statt über das wichtigste Ereignis im Leben einer Frau.

«Was?», fragte Anika irritiert, als sie bemerkte, dass Marie sie noch immer ungläubig von der Seite anstarrte. «Mal ehrlich, wo ist das Problem? Bevor dir alles zu viel wird und du auf deiner eigenen Hochzeit dasitzt wie ein Häufchen Elend, ist es doch besser, die Notbremse zu ziehen!» Anika griff erneut zum Popcorn und heftete ihren Blick auf die Leinwand, wo gerade die Vorschau für eine Komödie lief.

«Notbremse!» Marie schüttelte den Kopf. «Das kann ich ja wohl nicht bringen!»

Marie schmollte. Sie fühlte sich von ihrer besten Freundin und Trauzeugin komplett missverstanden. Sie hatte doch nur die Geschichte von dem Ring erzählen wollen und dass sie sich gar nicht so richtig freuen konnte auf die Hochzeit. Eigentlich brauchte sie nur ein bisschen Mitgefühl und aufmunternde Worte. Schließlich hatte es durchaus etwas Tragisches, wenn Freud und Leid so eng beieinanderlagen. Sie hatte einen der für sie wichtigsten Menschen – wenn nicht gar den wichtigsten – verloren und sollte in wenigen Tagen ihren Junggesellinnenabschied feiern, gut gelaunt die Scherze ihrer

Freundinnen ertragen, Party machen und tanzen gehen, obwohl ihr gar nicht danach zumute war. Es grenzte schon an ein Wunder, dass Anika es geschafft hatte, sie zum Kinoabend zu überreden.

Am liebsten würde Marie sich nur noch im Bett verkriechen und nie wieder aufstehen. Oder noch besser, einfach irgendwohin reisen, wo sie keiner kannte, wo sie niemandem etwas vormachen musste wegen der Hochzeit. Allmählich kam es ihr so vor, als würde sie jedem auf die Nerven gehen mit ihrer depressiven Stimmung. Suhlte sie sich vielleicht wirklich in Selbstmitleid? Das wäre etwas, was sie gut mit ihrer Oma hätte besprechen können. Genau deswegen fehlte sie ihr so. Bei Anneliese hatte Marie immer sein können, wie sie war. Wie sollte sie die nächsten Wochen nur überstehen?

Aber es half nichts. Sie konnte sich mittlerweile selbst nicht mehr ertragen. Sie starrte auf die Leinwand, ohne wirklich hinzusehen. Nach einer ganzen Weile gab sie sich einen Ruck.

«Wird es am Samstag Alkohol geben?», fragte Marie und versuchte ein versöhnliches Lächeln.

«Worauf du dich verlassen kannst!», sagte Anika lachend.

Marie hielt die Luft an und machte offenbar ein panisches Gesicht, denn ihre Freundin nahm ihre Hand und ergänzte: «Süße, du brauchst dir keine Sorgen zu machen. Das wird ein schöner Tag, an dem du endlich wieder unbeschwert lachen kannst!»

Anika hielt Marie die Popcorntüte unter die Nase, sodass sie sich gezwungen sah zuzugreifen.

Und es schmeckte sogar. Marie stopfe erneut eine Handvoll in den Mund und bemerkte erst jetzt, wie hungrig sie war. Als Anika sich über einen Filmtrailer amüsierte, stimmte Marie in ihr Lachen ein, auch wenn sie von dem Film noch nie etwas gehört hatte. Überhaupt konnte sie sich gar nicht mehr erinnern, wann sie das letzte Mal im Kino gewesen war. Es tat gut, sich endlich mal wieder berieseln zu lassen, dachte Marie, als sie sich zurücklehnte und es sich in dem plüschigen roten Sitz bequem machte. Zwar hätte sie sich nicht gerade diesen Film ausgesucht. Aber vielleicht hatte Anika recht. Ein Weltuntergangsszenario, bei dem am Ende doch alles gut ausging, würde sicher ihre Stimmung heben. Und verglichen damit war so eine Hochzeit doch schließlich ein Kinderspiel. Überhaupt war es wohl an der Zeit, die Vergangenheit ruhen zu lassen. Sie hatte genug darüber gegrübelt, wie es wäre, wenn sie ihre Oma noch an ihrer Seite hätte. Und sie hatte genug über Annelieses Vergangenheit spekuliert. Vielleicht sollte sie besser versuchen, dankbar für die Zeit mit ihr zu sein, sich auf das zu freuen, was vor ihr lag. Der heutige Abend war schon mal ein guter Anfang.

Paul

Es mussten schon zwei Stunden vergangen sein, seit Paul zu Bett gegangen war. Obwohl er hundemüde war, fand er nicht in den Schlaf. Er war viel zu aufgewühlt. Vor seinem geistigen Auge tauchte immer wieder Monika auf, die sich einfach nicht abwimmeln ließ. Und auch Christas Stimme hatte er im Ohr, ihre mahnenden Worte, er solle nach vorne schauen. Von allen Seiten fühlte er sich bedrängt und beobachtet. Und dann stand auch noch schon das nächste Problem vor der Tür.

Was sollte er mit dieser Frau aus Hamburg tun? Ihr umständlich erklären, warum er sie angelogen und sich als sein Vater ausgegeben hatte? Er wusste ja selbst nicht einmal, warum er nicht gleich die Wahrheit gesagt hatte. Den alten Paul Hansen gab es nicht mehr, und es hatte auch keinen Sinn, ihn mit einer Vergangenheit zu konfrontieren, die ihn zu sehr aufwühlte. Jedenfalls hatte Paul manchmal das Gefühl, es war kein Zufall, dass sein Vater ausgerechnet eine Krankheit hatte, die alle Erinnerungen auslöschte – Erinnerungen, die zu schmerzhaft waren, um sie bis zum Ende auszuhalten.

Vielleicht hatte es auch nur mit ihm selbst zu tun. Vielleicht fühlte er sich der Frau verbunden, weil auch sie einen geliebten Menschen verloren hatte. Schließlich war ihm dieser Briefschwindel unangenehm, die Worte der Absenderin jedoch ganz und gar nicht. Wie auch immer, ohne es zu wollen, war er in eine Geschichte hineingeraten, die er jetzt irgendwie zu Ende bringen musste.

Paul schaute auf die digitale Anzeige seines Weckers. Es war bereits zwanzig vor zwei. Und schon wieder war eine weitere Viertelstunde vergangen, in der er sich vergeblich bemüht hatte, endlich einzuschlafen. Ruckartig schlug er die Decke zur Seite und setzte sich auf.

«Scheiße», schimpfte er und stützte seinen schweren Kopf in beide Hände.

Paul hatte einen trockenen Mund und beschloss, in die Küche zu gehen, um etwas zu trinken. Auf dem Weg dorthin fiel sein Blick auf Leonies Zimmertür, die weit offen stand. Er ging hinein, schaltete das Licht ein und setzte sich an den Schreibtisch. Der Drehstuhl war viel zu niedrig für seine langen Beine. Er musterte das Zimmer, als hätte er es gerade zum ersten Mal betreten.

Seine Augen wanderten entlang der rosafarbenen Bordüre, die den Abschluss der halbhohen, grässlichen Prinzessinnentapete bildete. Inken hatte eines Nachts, vor Leonies fünftem Geburtstag, alle vier Wände damit verunstaltet, während Paul jeweils die obere Hälfte mit weißer Farbe auffrischte. Weil dies der sehnlichste Wunsch Leonies gewesen war, hatten sie sie damals bei Christa einquartiert, und Paul konnte sich noch gut daran erinnern, wie glücklich Leonies Augen gestrahlt hatten, als ihr die Überraschung präsentiert wurde, obwohl er Tage zuvor noch gegen rosa Prinzessinnen im Haus gewettert hatte.

«Hi, Kumpel», begrüßte Paul Leonies Hasen, der ihn unermüdlich vom Bett aus anlächelte. Paul erhob sich und nahm Wurzel zur Hand. Ob Leonie ohne ihn schlafen konnte? Zahnbürste, Ersatzwäsche, Nachthemd – Christa hatte für ihre Enkelin stets alles im Haus. Aber soweit Paul wusste, hing

Leonie sehr an ihrem Wurzel, den nichts und niemand ersetzen konnte. Oder war seine Tochter mittlerweile alt genug, um ohne ihr geliebtes Kuscheltier einzuschlafen? Seit sie in die Schule gekommen war, war sie viel reifer geworden. Spätestens wenn sie auf eine weiterführende Schule gehen würde, war die rosa Prinzessinnenphase sicher vorbei. Aus seinem kleinen Mädchen würde eines Tages eine junge Frau werden. Er musste lernen loszulassen.

Allein bei dem Gedanken schnürte sich Pauls Kehle zu. Er setzte den Hasen zurück an seinen Platz, schaltete das Licht aus und ging in die Küche. Dort füllte er ein Glas mit Leitungswasser und trank es in einem Zug aus. Als er zurück ins Schlafzimmer kehrte, fiel sein Blick auf die Jeans, die er im Halbdunkel ausgezogen und wie jeden Abend auf einem Stuhl mit getragenen Klamotten abgelegt hatte. Denn aus der Hosentasche ragte ein Papierzipfel heraus, der ihn einlud, den Brief aus Hamburg noch einmal zur Hand zu nehmen. Er faltete das Blatt auseinander, überflog die Zeilen und bemerkte erst jetzt, dass unter der Unterschrift von Marie Wiedmann ein weiterer Satz stand:

PS Anbei ein Foto von mir und meiner Oma, das auf Annelieses 80. Geburtstag aufgenommen wurde.

Paul stutzte. Entweder hatte Frau Wiedmann vergessen, das angekündigte Foto mitzuschicken, oder es war noch im Umschlag. Diesen fand Paul in der anderen Hosentasche, zusammen mit Monikas Einladung. Gespannt, aber auch mit einem mulmigen Gefühl zog er ein etwa zehn mal zwölf Zentimeter großes Foto heraus und betrachtete es. Die junge, hübsche

Frau musste Marie Wiedmann sein. Er schätzte sie auf Anfang dreißig. Rechts neben ihr stand ihre Großmutter, um die sie den Arm gelegt hatte. Trotz der fünfzig Jahre Altersunterschied zwischen den beiden Frauen, konnte man deutlich sehen, dass sie verwandt waren. Wenn Anneliese früher eine genauso attraktive Erscheinung gewesen war wie ihre Enkelin heute, dachte Paul, konnte er gut nachvollziehen, warum sein Vater sie nie vergessen hatte.

Er versuchte in den Augen der alten Dame zu lesen, ob ihr Leben womöglich unglücklich verlaufen war. Andererseits konnte diese Anneliese es so schlecht nicht getroffen haben, wenn sie eine Enkelin gehabt hatte, der sie so nahestand, sinnierte er weiter. Wie wohl sein Vater reagieren würde, wenn er ihm dieses Bild zeigte?

Paul legte es auf seinem Nachttisch ab und hoffte, nun endlich einschlafen zu können. Doch als er sich hinlegte, fuhren seine Gedanken noch mehr Karussell als vorher. Nun geisterte das Bild dieser Marie in seinem Kopf herum. Er konnte nicht aufhören, an sie zu denken. Sie war die erste Frau, die ihm ansatzweise gefiel, seit Inken nicht mehr da war, registrierte er. Doch sofort meldete sich sein schlechtes Gewissen. Obwohl sein Kopf es besser wusste, sagte ihm sein Herz, dass es nicht richtig sein konnte, sich für eine andere Frau zu interessieren. Jedenfalls noch nicht. In zwei, fünf oder zehn Jahren wäre er vielleicht bereit, sich auf eine neue Liebe einzulassen. Woher sie auch immer kommen sollte.

Paul konnte sich beim besten Willen nicht vorstellen, sich wieder auf den Markt zu schmeißen, an den Wochenenden in den wenigen Kneipen, die Amrum zu bieten hatte, auf Brautschau zu gehen oder sich im Internet bei einer Singlebörse anzumelden. Da musste ihm schon das Schicksal auf die Sprünge helfen, dachte er und seufzte. Es war stickig im Zimmer. Also sprang Paul noch einmal mit einem Satz aus dem Bett, um das Fenster weit zu öffnen. Obwohl es schon tief in der Nacht war, war es draußen noch sehr warm. Zwar würde ihn die aufgehende Sonne so umso früher wecken. Doch das war ihm egal. Hauptsache, er konnte endlich einschlafen.

«Es wird niemals eine andere für mich geben, mein Engel», flüsterte Paul, als er sich wieder hingelegt hatte und weiter seinen wirren Gedanken nachhing. Er war mittlerweile so schläfrig, dass sein Verstand sich langsam ausschaltete. Doch plötzlich schreckte er auf. Gerade als er weggedöst war, weckte ihn ein scheppterndes Geräusch. Der Wind musste draußen etwas umgefegt haben. Verwirrt suchte Paul nach dem Lichtschalter seiner Nachttischlampe. Doch er fand ihn erst nach einer ganzen Weile, und als er das Licht anknipste, wusste er auch, warum. Die Lampe aus leichtem Japanpapier war umgekippt und mit ihr das Hochzeitsbild, das Inken und ihn am glücklichsten Tag ihres Lebens zeigte. Als er sich aus dem Bett lehnte, um es wieder aufzurichten, fuhr ein gewaltiger Schauer durch seinen Körper. Der Rahmen hatte einen kleinen Sprung bekommen. Darunter kam das Foto von Marie und Anneliese zum Vorschein, das er auf dem Nachttisch abgelegt hatte. Als er es zur Hand nahm, schien ihn die junge Frau so unmittelbar anzublicken, dass er es sofort wieder beiseitelegte. Er schaltete das Licht aus und ließ den Kopf in die Kissen sinken. Plötzlich war er wieder hellwach. Mit heftig pochendem Herzen starrte er in die Dunkelheit.

Marie

Amrum, 4. 6. 2013

Liebe Frau Wiedmann,

leider macht es mir meine Schwerhörigkeit unmöglich zu telefonieren. Wenn Sie etwas über die Vergangenheit von Anneliese und mir wissen möchten, lesen Sie gerne meine Briefe oder stellen Sie mir Ihre Fragen schriftlich!

Mit freundlichen Grüßen,
Paul Hansen

Maries Herz machte einen Hüpfer. Sie stand noch immer vor dem Briefkasten unten im Hausflur und hielt den Brief an ihre Brust gedrückt. Glücklich schaute sie nach oben, so als könnte Anneliese sie sehen.

Jetzt darf ich die Liebesbriefe alle lesen, schoss es Marie wieder und wieder durch den Kopf. Es war ein merkwürdiges, aber gutes Gefühl, nun mit «offizieller Erlaubnis» mehr über ihre Oma und Paul Hansen erfahren zu dürfen. Am liebsten wäre sie sofort zurück in die Wohnung gelaufen, um all die geheimnisvollen Briefe aus der Kiste in ihrem Kleiderschrank hervorzuholen und es sich mit der Lektüre auf dem Sofa gemütlich zu machen.

Doch sie musste zur Arbeit und konnte Max und Konrad nicht schon wieder im Stich lassen. Alle um sie herum hatten aufgehört, sie in Watte zu packen. Ihre Schonfrist war abgelaufen. Marie wurde nicht mehr gefragt, wie es ihr ging. Stattdessen gab es in ihrem Umfeld nur noch ein Thema: die Hochzeit.

Ihre Schwiegermutter in spe sprach ihr mittlerweile täglich auf die Mailbox oder den Anrufbeantworter, um sich zu erkundigen, wer von den geladenen Gästen endgültig zugesagt hatte, welche Ideen für Gastgeschenke sie zusammengetragen hatte oder um mitzuteilen, was es aus ihrer Sicht bei der Tischordnung zu berücksichtigen galt.

Marie tat sich schwer damit, Constanze zurückzurufen, und hatte deswegen permanent ein schlechtes Gewissen. Andererseits ärgerte sie sich darüber, dass Max sich nur allzu gern raushielt mit dem Hinweis, er sei schließlich ein Mann und kein Experte für Hochzeitsfeiern.

Spätestens am Abend würde Marie sich bei Constanze melden müssen, um nicht gänzlich ihre Gunst zu verlieren. Es war nicht leicht, sich in der Familie Bergmann abzugrenzen. Manchmal fragte sich Marie, wie die Ehe ihrer zukünftigen Schwiegereltern überhaupt so lange hatte funktionieren können, wo doch keiner von beiden sich freiwillig in die zweite Reihe begab. Wahrscheinlich lief das Zusammenleben so verhältnismäßig harmonisch, weil jeder ein klar abgegrenztes Feld hatte, auf dem er das Sagen hatte. Nur was würde passieren, wenn Konrad in den Ruhestand ging? Falls er es überhaupt schaffte, sein Versprechen wahrzumachen und seinem Sohn das Ruder in der Kanzlei zu überlassen. Marie war skeptisch, dass der Vollblutjurist ohne seinen Beruf würde auskommen können. Aber wann immer sie ihre Bedenken Max gegenüber äußerte, winkte er ab und ermahnte sie, nicht immer alles so negativ zu sehen.

Das alles war jetzt nicht wichtig, sagte sich Marie, als sie nach draußen trat und in den Himmel blickte. Er versprach einen herrlichen Sommertag, sodass Marie beschloss, keine Mittagspause zu machen, sondern früher zu gehen. So hätte sie am Abend genügend Zeit, sich auf die Dachterrasse zu setzen und die Briefe zu lesen. Und wenn es sich ergab, würde sie Constanze vom Büro aus anrufen und sie beruhigen, dass alles seinen Gang ging und sie über jedes Detail informiert war, was die Hochzeit betraf.

Den ganzen Tag über hatte Marie an nichts anderes denken können als an die Briefe. Gleich nachdem sie nach ihrer Rückkehr aus der Kanzlei die Wohnungstür aufgeschlossen hatte, ging sie an ihren Schrank und holte den Karton hervor. Sie wusste, dass Max noch einen Termin hatte. So konnte sie die Lektüre der Briefe in aller Ruhe unter freiem Himmel mit einem großen Pott Kaffee genießen. Als sie Milch aus dem Kühlschrank holte, stieß sie auf eine Packung Erdbeeren, die sie am Wochenende auf dem Markt geholt hatte. Gut gelaunt putzte sie die köstlich duftenden Früchte und ließ sie nach dem Abtropfen in eine Schüssel gleiten, die eigentlich viel zu groß war und noch genügend Platz für Vanilleeis bot. Max machte sich nicht viel aus Eiscreme. Aber Marie achtete darauf, immer einen Vorrat im Gefrierschrank zu haben. Und tatsächlich fand sie eine ungeöffnete Packung Stracciatella-Eis, die sie samt den Erdbeeren und dem Kaffee mit nach draußen auf die Terrasse nahm. Dann schnappte sich Marie ihre Sonnenbrille und die Kiste mit den Briefen und legte sie zunächst auf ihrem Schoß ab, nachdem sie sich mit einem zufriedenen Seufzer auf einem der großen Lounge-Sessel hatte fallen lassen.

Marie nahm einen großen Schluck Kaffee und schloss für einen Moment die Augen. Sie hatte das Bedürfnis, ihrer Oma nahe zu sein, und hoffte, dass ihr die Briefe dabei helfen würden. Sie öffnete die Augen wieder und hob wie bei einem echten Schatz den Deckel des weißen Kartons andächtig an und betrachtete das Bündel mit den Briefen mit einer Mischung aus Vorfreude und Ehrfurcht.

Sie nahm den ersten Umschlag zur Hand, der wie alle anderen auch mit einem glatten Schnitt geöffnet worden war. Sofort musste Marie an den Brieföffner ihrer Oma denken, dessen Griff aus schwerem Marmor war. Marie vermutete ihn noch immer im Wohnzimmerschrank, wo Anneliese ihn von jeher zusammen mit anderen Büroutensilien aufbewahrte, die Marie gerne zum Spielen hervorgekramt hatte. Nun fischte sie den Brief heraus und faltete das über die Jahre gelblich gewordene Papier auseinander. Zum Vorschein kam eine schnörkellose, klare Schrift, deren Buchstaben sich alle im gleichen Winkel nach rechts oben neigten. Auch ohne den Namen zu kennen, hätte Marie auf einen männlichen Absender getippt, was vielleicht auch an der Kürze des Briefes lag. Gespannt begann Marie zu lesen:

Amrum, Oktober '47

Mein liebes Lieschen,

auch wenn Du nun schon seit einem halben Jahr einem anderen Mann gehörst, in meinen Gedanken wirst Du immer «mein» liebes Lieschen sein, das ich niemals vergessen werde. Für Deinen Heinrich magst Du ja die Anneliese sein, für mich aber bleibst Du Lieschen. Bitte überlasse mir dieses Geschenk als

Erinnerung an das wunderschöne Mädchen, das ich immer in meinem Herzen tragen werde!

Ich will Dir nicht verheimlichen, dass Wut in mir aufsteigt, wenn ich an Deine Hochzeit denke. Gleichzeitig zeigt Deine Entscheidung Deine Stärke und Deine Verlässlichkeit und welch gute Seele Du bist. Und dafür liebe ich Dich nur umso mehr. Glaube mir, ich wünsche Dir Glück und Gelingen, und so gesehen freut es mich, dass Du mit der Bewirtschaftung des Hofes eine Aufgabe hast, die Dir Befriedigung geben kann.

Den Traum von unserem kleinen Café habe ich nicht vergessen, auch wenn ich es mir ohne Dich an meiner Seite kaum vorstellen kann. Aber die Zeiten sind ohnehin nichts für Träumer. Der Bäckerbursche wird erst mal weiter Brot und kleine Brötchen backen, an Torten und Kuchen ist nicht zu denken.

Meinen Eltern geht es ganz gut, sie haben die schrecklichen Jahre erstaunlich gut überstanden, aber schließlich mussten sie ja auch keine Kinder oder nähere Verwandte hergeben.

Liebes Lieschen, ich bitte Dich von ganzem Herzen, mich auch in Zukunft an Deinem Leben teilhaben zu lassen, auch wenn ich einsehe, dass es mehr als den Austausch per Brief nicht geben kann. Aber ich möchte zumindest wissen, wie es Dir ergeht. Bitte gönne mir weiterhin, von Dir zu hören. Lass uns Folgendes einander versprechen: Einmal im Jahr schreibst Du mir, wie es Dir ergangen ist, wie auch ich Dir einmal jährlich Nachricht zukommen lassen werde. Ich hoffe also, im Frühjahr von Dir zu hören, und werde Dir in einem Jahr, im Herbst, wieder schreiben.

Ich wünsche Dir Glück, meine Liebe, Glück, Kraft, Gesundheit und vor allem: Erhalte Dir Deine Fröhlichkeit!

Paul, Dein Bäckerbursche

Erst jetzt, als Marie den Brief zurück auf ihren Schoß sinken ließ, merkte sie, dass sie die ganze Zeit den Atem angehalten hatte. Ihr Blick fiel auf das Eis, das in der Sonne bereits zu schmelzen begann. Sie nahm den Löffel zur Hand und aß langsam und genüsslich direkt aus der Packung. Gedankenverloren schaute sie in den Himmel. Wie viel Sehnsucht in diesen Worten lag! Warum nur hatte ihre Großmutter Paul nie auch nur einmal erwähnt? Wollte sie ihr Geheimnis lieber hüten wie einen Schatz, statt diese besondere Liebe zu zerreden? Marie schloss die Augen. Was würde sie selbst eines Tages ihren Enkelkindern über die ganz große Liebe erzählen können?

Sie tauchte eine Erdbeere in die Eiscreme und ließ sie auf ihrer Zunge zergehen. Vielleicht sollte sie die Briefe ebenso Stück für Stück genießen wie die Erdbeeren, um sich Annelieses Geheimnis doch behutsamer zu nähern und es angemessen zu würdigen. Seufzend ließ Marie ihre Finger über all die bewegenden Zeilen gleiten, ehe sie den Brief wieder zurück in den Umschlag legte.

Paul

Da ist ein Brief für dich!»

Leonie kam auf Paul zugerannt und kletterte auf seinen Schoß.

«Mäuschen, ich muss arbeiten. Das habe ich dir doch erklärt!», entgegnete er und seufzte tief.

Doch Leonie machte keine Anstalten zu gehen. Stattdessen fuchtelte sie mit dem Briefumschlag vor Pauls Nase herum und grinste erwartungsvoll.

Paul musste schmunzeln. Das waren die Momente, in denen er unendlich dankbar war, ein Kind zu haben. Leonie schaffte es immer wieder, ihn aus seinem Einsiedler-Dasein als selbstständiger Alleinunternehmer herauszuholen und seinen Blick aufs Wesentliche zu lenken.

«Wer ist denn das?», fragte sie neugierig, als sie Marie Wiedmanns Namen auf dem Brief las.

Paul fühlte, wie sein Herz plötzlich schneller schlug.

«Das sieht schön aus», nuschelte Leonie nun, weil sie sich einen der Kekse in den Mund gestopft hatte, die schon seit ein paar Tagen auf Pauls Schreibtisch standen. Sie strich zärtlich über den hellblauen Aufkleber, auf dem die Absenderadresse in einer geschwungenen Schönschrift gedruckt war, umringt von kleinen bunten Schmetterlingen.

«Findest du?», fragte Paul und betrachtete den Aufkleber genauer. Wahrscheinlich sieht sie Rosamunde-Pilcher-Filme und trägt geblümte Unterwäsche, mutmaßte er im Stillen.

«Marie Wiedmann?», las Leonie langsam und laut vor und blickte ihren Vater fragend an.

Paul winkte ab und suchte krampfhaft nach einer Erklärung. Wie sollte seine Tochter die Geschichte von ihrem Opa und Anneliese verstehen, wenn er sie selbst nicht verstand? Und wie sollte sie ihren Vater verstehen, wenn er selbst nicht sagen konnte, warum Marie Wiedmann ihn dazu gebracht hatte, Briefe zu schreiben? Manchmal, wenn er wieder mal in wirren Grübeleien feststeckte, kam ihm der Gedanke, Inken hätte ihm ein Zeichen gesendet, eine Möglichkeit, sich endlich zu öffnen und seine Gefühle niederzuschreiben, so wie sie es ihm immer wieder geraten hatte. Sich in einem Brief als sein Vater auszugeben, war zwar mit Sicherheit nicht das, was sie für ihn im Sinn gehabt hatte. Aber es war immer noch mehr als das, was er in all den Monaten zuvor vergeblich aufs Papier zu bringen versucht hatte. Schließlich ging es in den Briefen um Trauer, Trauer, die ihn mit einer völlig Fremden verband. Dieser Kontakt, so fühlte es sich für ihn an, war seit langem das Einzige in seinem eindimensionalen Witwerleben, was ihn ablenkte von seiner Dauerdenkschleife, die ihn jedes Mal ein Stück weiter an die Vergangenheit zu ketten schien.

«Hast du eine Freundin?», fragte Leonie und sah Paul mit so ernstem Blick an, dass er am liebsten losgelacht hätte.

«Nein, ich habe keine Freundin!», erklärte er und nahm Leonie den Brief aus der Hand.

«Wenn ich mal eine habe, bist du die Erste, der ich es erzähle. Okay?»

«Ehrlich?», bohrte Leonie nach und kuschelte sich an Pauls Brust.

«Ehrlich», antwortete er und strich seiner Tochter über

den Kopf. Ihr Haar fühlte sich genauso samtig an wie das ihrer Mutter.

«Ich kenne die Frau nicht einmal», ergänzte Paul schließlich und setzte Leonie wieder auf dem hellen Dielenboden ab. «Und jetzt geh wieder spielen, ja? Ich arbeite noch eine Stunde, und dann habe ich wieder Zeit für dich.»

«Naaa guuut», antwortete Leonie widerwillig.

Erst als Paul ihr einen weiteren Keks in den Mund steckte und ihr einen kleinen Klaps auf den Hintern gab, lief sie zurück in den Garten.

Obwohl er es sich tatsächlich nicht erlauben konnte, eine Pause zu machen und seinen Auftraggeber ein weiteres Mal zu vertrösten, machte Paul sich ungeduldig daran, den Umschlag zu öffnen.

Hamburg, 7. Juni 2013

Lieber Herr Hansen!

Haben Sie vielen Dank für Ihr großzügiges Angebot und Ihr Vertrauen! Ich empfinde es als großes Geschenk, meiner Oma durch die Lektüre Ihrer Briefe noch einmal nah sein zu dürfen.

Ich kann Ihnen versichern, dass ich mich Ihrer beider Geschichte respektvoll nähern werde und behutsam in die Vergangenheit eintauche. Ich werde jede Woche einen weiteren Ihrer Briefe lesen. Obwohl ich eigentlich so sehr darauf brenne, Sie und Ihre Geschichte so schnell wie möglich kennenzulernen. Wenn Sie einverstanden sind, berichte ich Ihnen von meinen Eindrücken und schließe meine Fragen direkt an.

Für heute hätte ich folgende Frage:

Wie haben Sie Anneliese kennengelernt, und was war Ihr erster Eindruck von ihr?

Vielen herzlichen Dank für Ihre Mühe und liebe Grüße aus Hamburg,
Marie Wiedmann

Paul musste schlucken und las den Satz, der ihm am meisten Unbehagen bereitete, noch einmal:

Obwohl ich eigentlich so sehr darauf brenne, Sie und Ihre Geschichte so schnell wie möglich kennenzulernen.

Zwar konnte Paul eine gewisse Freude über die warmen Worte dieser Frau nicht leugnen, doch gleich im nächsten Moment wurde ihm mulmig zumute. Er seufzte und warf seinen Kopf in den Nacken. In was für eine Geschichte war er hier nur hineingeraten? Und was sollte er tun? Die Sache stoppen, einfach auf sich beruhen lassen? Paul griff nach einem Keks. Erst jetzt bemerkte er, wie pappig sie schmeckten. Er musste besser darauf achtgeben, was Leonie aß. Ein guter Vater versorgte sein Kind mit frischen Lebensmitteln, ermahnte er sich.

Und ein guter Sohn würde seinen Vater nicht hintergehen, zischte ihm seine innere Stimme zu. Gerade hatte er sich an die durchaus verlockende Vorstellung gewöhnt, eine Art Brieffreundschaft mit der hübschen Marie zu beginnen. Doch es war einfach nicht richtig, sich als ein anderer auszugeben. Außerdem hatte er weder die Zeit noch die Lust, sich irgendwelche sentimentalen Geschichten über das Liebesleben seines Vaters auszudenken. Und die Wahrheit kannte er nur in so spärlichen Teilen, dass ihm gar nichts anderes übrig blieb, als endlich reinen Tisch zu machen und sowohl Frau Wiedmann als auch seinem Vater gegenüber offen und ehrlich zu sein. Noch am selben Nachmittag würde er sein Gewissen beruhigen und ihn aufsuchen, um zu beichten, dass seine Jugendliebe nicht mehr am Leben war. Dann konnte sein Vater selbst entscheiden, ob er Kontakt zu Frau Wiedmann aufnehmen wollte oder nicht.

Einigermaßen erleichtert lehnte Paul sich zurück und schaute aus dem Fenster in Richtung Osten, wo er einen Dünenstreifen ausmachen konnte, von dem aus man eine gute Sicht auf Sylt hatte, sofern das Wetter es zuließ. Wann war er zuletzt dort gewesen? Er konnte sich nicht erinnern. Monat für Monat ging er in seinen Gedanken zurück, als ihm schlagartig klarwurde, dass sein letzter Besuch mindestens eineinhalb Jahre her sein musste. Denn abgesehen von den viel zu selten gewordenen Angeltouren hatte er immer nur mit Inken und Leonie einen Tagesausflug auf die Insel gemacht. Meist im August, wenn die Sommerferien der Hamburger, die ganz Sylt bevölkerten, zu Ende und wieder Plätze in den Restaurants und Fischbuden frei waren.

Paul schloss die Augen. Die Erinnerung an die gemeinsamen Urlaube tat weh. Aber er wollte sich jetzt nicht quälen. Er atmete tief durch und ermahnte sich, wieder an die Arbeit zu gehen. Den Brief steckte er zurück in den Umschlag, um ihn später zusammen mit den beiden anderen seinem Vater auszuhändigen. Dann war dieses Kapitel endlich abgeschlossen.

Marie

»Ihr seid total durchgeknallt!«, rief Marie lachend, als Anika ihr die Tür aufmachte.

Pünktlich um fünf Uhr nachmittags war sie in Anikas Wohnung in St. Georg erschienen, um ihren Junggesellinnenabschied zu feiern. Anika und sechs weitere Mädels empfingen Marie mit gelben Perücken auf dem Kopf, mit dickem Pony und jeweils zwei Zöpfen und rot-weiß karierten Schleifen an der Seite.

Nele, die Zwillinge Lotte und Luise, Clara, Lisa und Sabrina hatten es sich, den drei geöffneten Flaschen auf dem Wohnzimmertisch nach zu urteilen, schon mit ein paar Gläsern Prosecco gemütlich gemacht. Die Stimmung schien ziemlich aufgekratzt zu sein.

Und ehe Marie sich zu ihren Freundinnen auf das riesige Loungesofa setzen konnte, hatte sie selbst auch schon ein gut gefülltes Glas in der Hand.

«Auf dich, Süße!», sprach Anika einen Toast auf sie aus und animierte alle Mädels zum gemeinsamen Anstoßen.

Als Marie sich in der fröhlichen Runde zurücklehnte und sich umsah, kam ihr die Szene seltsam unwirklich vor. Da saß sie nun, als zukünftige Braut inmitten ihrer besten Freundinnen. Dabei hatte das Ganze durchaus etwas von einem Kindergeburtstag. Sowohl die ausgelassene Stimmung und die Kostümierungen als auch der verspielte Einrichtungsstil von Anika mit der kunterbunt gemusterten Tapete und den

Sitzkissen in Pink und royalblauem Samt schienen sie auf direktem Wege zurück in ihre Kindheit zu katapultieren. Mit Nele war sie in die Grundschule gegangen. Und auch wenn sie ein ganz anderes Leben führte, mit vielen großen und kleinen Tieren auf einem Resthof im nördlichen Nirgendwo, hatten sie es bis heute geschafft, Kontakt zu halten.

Neben Nele saßen Lotte und Luise, die eigentlich mehr mit Anika befreundet waren, die Marie aber ebenso mochte. Clara, die gerade versuchte, es sich auf dem riesigen Sitzsack gemütlich zu machen, war hingegen eine gemeinsame Freundin, mit der Marie und Anika seit ihrer aktiven Zeit im Hockeyclub um die Häuser zogen. Lisa und Sabrina hatte Marie auf der Uni beziehungsweise zur Abizeit kennengelernt. Während Lisa gerade mit ihrer Promotion beschäftigt war, hatte sich Sabrina schon vor zwei Jahren erfolgreich als Anwältin in einer Gemeinschaftskanzlei niedergelassen. Im Stillen hatte Marie sie immer für ihren Ehrgeiz und ihre klaren Ziele bewundert. Durch das erste Staatsexamen hatten sie sich noch alle drei gemeinsam gekämpft. Danach hatten sie sich zwischenzeitlich aus den Augen verloren.

Wenn Marie ehrlich war, war sie es gewesen, die den Kontakt hatte einschlafen lassen. Marie hatte Sabrinas Begeisterung für Paragraphen nie teilen können, und seit Max in ihr Leben getreten war, hatte sie ohnehin alles andere vernachlässigt. Aber heute freute sie sich umso mehr, dass ihre Freundinnen diesen besonderen Tag mit ihr teilen wollten.

«Das ist nicht euer Ernst?», schrie Marie auf, als Anika kurz verschwunden war und mit einem Dirndl zurückkam. Sie hielt es Marie unter die Nase und fragte mit süffisantem Unterton: «Na, kannst du dir denken, was dir blüht?»

Etwa fünf Gläser Prosecco und zwei Stunden später fand sich Marie im Hamburger Hofbräuhaus an der Alster wieder. Ihre sogenannten Freundinnen hatten sie tatsächlich gezwungen, das dunkelgrüne Dirndl mit weißer Bluse und rot geblümter Schürze anzuziehen und dazu eine der Perücken, die die Gruppe schon von weitem als Junggesellinnentrupp erkennen ließen. Und als wäre die Verkleidung nicht schon Strafe genug, hatte Anika ihr ein Lebkuchenherz mit der Aufschrift *Küss mich* um den Hals gehängt und ihr aufgetragen, mindestens zehn verschiedene Männer dazu zu bewegen, dieser Aufforderung auch nachzukommen.

Doch dafür fehlte Marie noch der Mut. Als erstes Opfer hatte sie immerhin bereits den Kellner auserkoren, der zwar nicht besonders attraktiv war, dafür aber sehr sympathisch schien und sicher solche Anliegen verzweifelter Bräute gewohnt war.

Nur zwei Tische weiter saß eine weitere, viel größere Gruppe Mädels zusammen, die alle das gleiche pinkfarbene T-Shirt mit der Aufschrift *Larissas Ladies Night* trugen. Erst auf den zweiten Blick konnte Marie ausmachen, welche die Hauptperson in der fröhlichen und lautstarken Runde sein musste: eine hübsche Frau, die Marie auf Ende zwanzig schätzte. Nicht nur, weil sie in der Mitte ihrer Freundinnen saß, schien sie die Braut zu sein, sondern vor allem, weil sie so glücklich strahlte. Mit einer Mischung aus Freude und Wehmut sah Marie zu ihr hinüber und bewunderte das Funkeln in ihren Augen. Offenbar bemerkte ihr Gegenüber, dass sie beobachtet wurde. Denn sie erhob fröhlich ihre Maß Bier und prostete Marie zu. Höflich erhob auch sie ihr Prosecco-Glas, und ihre Freundinnen taten es ihr gleich.

«Auf deine letzten Tage in Freiheit!», sagte Nele, die rechts von Marie saß.

«Das klingt ja furchtbar!», entgegnete Lisa und kicherte vergnügt.

Ihr habt gut lachen, dachte Marie. Denn bis auf Nele waren die Mädels allesamt noch unverheiratet und auch nur zum Teil fest liiert.

«Was darf's denn sein?», fragte der sympathische Kellner in Lederhosen nun in die Runde.

«Einen Kuss für die Dame, bitte!», antwortete Anika wie aus der Pistole geschossen und deutete auf Marie.

Damit hatte sie die Lacher auf ihrer Seite.

«Den gibt's erst zum Nachtisch», entgegnete er genauso keck und zwinkerte Marie dabei zu.

Ein hysterisches Gekicher brach aus, sodass der arme Kerl kaum ein Wort verstand, als ihre Freundinnen reihum ihre Weißwürste mit Brez'n und die erste Runde Kurze orderten.

Marie überlegte kurz, ob sie die Wahrheit sagen durfte, nämlich dass sie weder Hunger oder Appetit verspürte noch Lust hatte, sich jedem x-beliebigen Mann an den Hals zu schmeißen, um in erniedrigender Weise einen Kuss zu erbetteln.

Dann fiel ihr Blick wieder auf die glückliche Nachbarbraut, die einfach nur selig lächelte. Marie wünschte, sie könnte sich genauso ungezwungen auf dieses Spektakel einlassen. Sie wollte schließlich keine Spielverderberin sein. Aber Weißwürste würde sie trotzdem nicht runterbekommen. Sie seufzte und bestellte beim Kellner, der sie erwartungsvoll anblickte, einen Apfelstrudel.

«Kannst du noch ein Foto von uns machen?», fragte Anika und hielt ihm ihr iPhone unter die Nase.

«Das kostet aber extra!», grinste er und nahm die Kamera an sich.

Wer hier arbeitet, hat es womöglich jedes Wochenende mit einem Junggesellenabschied zu tun und ist hart im Nehmen, dachte Marie und lächelte gekünstelt in die Handykamera.

Sogleich wurde der Schnappschuss von allen Seiten begutachtet, und Clara regte an, Marie solle ihn gleich an Max weiterleiten, der auf seinem Junggesellenabschied sicherlich genauso viel Spaß hatte.

«Vielleicht schickt er ein Bild zurück, und wir finden heraus, was die Männer anstellen», schaltete sich nun auch Anika ein.

Marie zückte also ihr Handy und schickte das Foto, das Anika ihr weitergeleitet hatte, an Max. Nach kurzem Zögern und als sie sich sicher war, dass ihr niemand über die Schulter blickte, schickte sie eine SMS hinterher:

SOS. Ich will hier raus!

Marie überlegte einen Moment, ob sie noch einen Zwinkersmiley ergänzen sollte. Doch es gab keinen Grund. Sie hatte schließlich die Wahrheit geschrieben. Und abgesehen davon, dachte Marie etwas wehmütig, war Max in diesem Moment sicher herzlich egal, was sie ihm mitteilen wollte. Vermutlich war er längst mit seinen Freunden auf dem Kiez und genoss die Sauftour in vollen Zügen.

Paul

Im Profil betrachtet, war sein Vater noch immer ein durchaus attraktiver Mann, dachte Paul, als er ihn von der Seite musterte. Sie lehnten an der Brüstung der Fähre, die sie nach einer gut zweistündigen Inselrundfahrt zurück an den Anleger in Wittdün bringen sollte.

Paul senior starrte mit leblosem Blick unaufhörlich auf das Wasser, dessen Farbe genauso grau war wie der wolkenverhangene Himmel. Die mitreisenden Tagesausflügler um ihn herum schien er gar nicht wahrzunehmen. Nicht einmal von dem kleinen Jungen nahm er Notiz, der durch ständige Hampeleien versuchte, alle Aufmerksamkeit auf sich zu lenken.

Gott sei Dank machten die Wellen, der Wind und die Motoren des Schiffes einen solchen Lärm, kam es Paul in den Sinn. Hätte er dieses schwierige Gespräch in den bedrückenden Räumen des Seniorenheimes geführt, wäre das eiserne Schweigen seines Vaters sicher kaum zu ertragen gewesen.

«Hast du sie denn wirklich so geliebt?», traute sich Paul nun vorsichtig zu fragen, als er näher an seinen Vater herantrat.

Nach einem kurzen Moment, in dem Paul vor Anspannung die Luft angehalten hatte, blickte Paul senior auf, sagte aber kein Wort. Weder in seinem Blick noch anhand seiner Mimik war zu erkennen, was in ihm vor sich ging.

Paul wagte kaum, sich zu bewegen. Er stand genauso stocksteif da wie sein Vater und starrte nun auch auf die raue Nordsee, die heute wenig einladend aussah. Eine spitze Welle türmte sich über der anderen auf. Innerlich tobte auch Paul. Denn er verfluchte sich und seine blöde Idee, seinem Vater von Annelieses Tod zu erzählen.

«Deine Jugendliebe, Anneliese ...», hatte er vorsichtig angefangen, «du erinnerst dich sicher?» Und als sein Vater ihn verwundert angesehen und ihn aufgefordert hatte weiterzusprechen, hatte er geradeheraus gesagt, dass sie tot war. Ihm hatten einfach die Worte gefehlt, die Nachricht schonend zu überbringen. Zwar hatte das Gesicht des alten Mannes keine Spur von Schock, Trauer oder Wut verraten. Aber Paul hatte an seinen Augen gesehen, wie tief ihn allein die Erwähnung des Namens dieser Frau berührte.

Und nun war sein Vater wieder abgetaucht in seine eigene Welt, zu der niemand Zugang hatte. Und das, obwohl er die vergangenen Wochen so ausgelassen gewirkt hatte, was Paul Hoffnung gegeben hatte, dass seinem Vater ein würdiger Lebensabend vergönnt war, bis zum Ende. Doch auch das konnte noch sehr weit weg sein. Frau Stöver hatte ihm bereits beim ersten Vorgespräch mit freundlichen, aber direkten Worten zu verstehen gegeben, dass der Krankheitsverlauf bei Demenz-Patienten vollkommen unterschiedlich war. Es gab Fälle, bei denen ging alles ganz schnell, und wieder andere hatte man bereits abgeschrieben, obwohl sie noch zehn, zwanzig Jahre vor sich hatten.

Manches Mal ertappte Paul sich bei dem Gedanken daran, dass er sich ein schnelles und baldiges Ende für seinen Vater wünschte. Aber an Tagen, an denen er gut drauf war, bereute Paul seinen Wunsch. Wer konnte schon wissen, was gut für ihn war und ob sich nicht auf seine Art wohl fühlte in seiner eigenen Welt?

Der Wellengang wurde immer stärker, sodass die Fähre ordentlich ins Wanken geriet. Auch Pauls Vater schwankte. In letzter Sekunde hielt Paul ihn am Arm fest. Andernfalls wäre er womöglich gestürzt. Er hatte sich nicht genug an der Reling festgehalten, und seine Reaktion war nicht mehr die schnellste. Paul fasste seinen Vater an der Hand, die einst so stark gewesen war, und führte ihn vom Deck nach drinnen in die Kabine des Schiffes, wo es warm und sicher war.

Marie

Hast du das wirklich ernst gemeint?», fragte Max.

Obwohl seine Stimme leise und kraftlos klang, verursachte sie in Maries Kopf einen heftigen Schmerz. Sie traute sich noch immer nicht, ihre Augen zu öffnen. Denn dann würde sich der Kater in seiner ganzen Dimension zeigen, fürchtete sie.

Aber da war noch ein viel unangenehmeres Gefühl. Ein Gefühl der Leere, Angst und Trauer. Allmählich kamen die Erinnerungen an die vergangene Nacht zurück.

Hatte sie es tatsächlich getan? Max gebeten, die Hochzeit zu verschieben? War sie wirklich den ganzen weiten Weg vom Hamburger Kiez barfuß nach Hause gelaufen, nachdem sie sich vor versammelter Mannschaft gestritten hatten?

Genau das war passiert. Irgendwie hatten es Anika und Max' Freund und Trauzeuge Florian geschafft, die beiden Gruppen gegen Mitternacht zu vereinen. Natürlich hatte Max kein peinliches Outfit tragen müssen, sondern durfte mit einem eigens für ihn gebuchten Traumauto, einer Corvette, durch die Hamburger Straßen cruisen. Es war der Höhepunkt des Abends gewesen, als sie im Molly Malone fröhlich aufeinandertrafen und sie und Max eng umschlungen tanzten, während all ihre Freunde begeistert klatschten. Doch irgendwann war Marie plötzlich alles zu viel geworden. Weil die Füße wegen der hohen Absätze schmerzten, war sie auf die Toilette verschwunden. Dort war sie plötzlich in Tränen ausgebrochen, und dann ging gar nichts mehr. Zumindest hatte sie es so empfunden. Ein Nervenzusammenbruch? So musste sich jedenfalls einer anfühlen, dachte sie, noch immer fassungslos über den Verlauf des Abends.

Sicherlich hatte es auch an zu viel Alkohol gelegen, dass sie derart die Nerven verloren hatte. All die angestauten Emotionen der vergangenen Wochen waren mit einem Schlag explodiert. Was genau ihr dort in der düsteren Klokabine durch den Kopf gegangen war, wusste Marie nicht mehr. Alles, woran sie sich erinnern konnte, war, dass sie plötzlich auf dem Boden gelegen hatte und einen Heulkrampf bekam, der ihr die Luft und die Kraft nahm, wieder aufzustehen. Auch als Anika sie nach einer gefühlten Ewigkeit gefunden hatte, konnte sie sich nicht beruhigen. Dazu kamen die Schuldgefühle ihrer lieben Freundin gegenüber, die den wunderbaren Tag so toll organisiert hatte. Marie fühlte sich wie eine Versagerin, undankbar und wehleidig. Doch es half nichts. Der Abend war für sie gelaufen. Sie hatte Anika gebeten, Max Bescheid zu geben, dass sie nach Hause wollte. Doch der dachte gar nicht daran, die Party, die gerade in vollem Gange war, zu beenden. Statt ihr anzubieten, sie nach Hause zu bringen oder ihr ein Taxi zu rufen, hatte er ihr auf den Kopf zugesagt, sie sei eine Heulsuse, die niemandem auch nur einen Hauch Spaß gönne. Das hatte gesessen.

«Du hast doch überhaupt keine Ahnung, wie es in mir aussieht!», hatte sie daraufhin geschrien und auch, dass sie einen so unsensiblen Mann niemals heiraten konnte. Und dann war sie losgelaufen. Ohne sich von ihren Freundinnen zu verabschieden und schlimmer noch, ohne sich bei Anika zu bedanken. Sie war einfach ohne ein Wort abgehauen und kam sich vor wie der schlechteste Mensch der Welt. Sie verstand sich selbst nicht mehr.

Kreuz und quer jagten die Bilder der vergangenen 24 Stunden durch ihren Kopf. Sie konnte sich nicht einmal erinnern, wie sie nach Hause gekommen war. Sie wusste nur noch, dass der Prosecco und die Schnäpse jeden noch so verborgenen Abgrund in ihr hervorgeholt hatten. Einfach alles in ihrem Leben war ihr plötzlich sinnlos und falsch erschienen – das Jurastudium, der Lebensstandard, den sie sich noch gar nicht richtig verdient hatte, die Kanzlei, in der sie nur geduldet war, weil sie mit Max zusammen war, und die Hochzeit, deren Gestaltung ihr entglitten war und die nichts mehr mit ihrem Traum vom schönsten Tag ihres Lebens zu tun hatte. Alle erwarteten von ihr, eine strahlende, glückliche Braut zu sein, und das, obwohl der Tod ihrer Oma ihr das Herz zerriss. Wenn sie den Verlust eines Bruders oder einer Schwester, des Vaters oder der Mutter betrauert hätte, da war Marie sicher, hätte jeder Verständnis für ihren Kummer gehabt. Dann wäre es sogar pietät- und geschmacklos gewesen, eine Hochzeit zu feiern. Doch bei Großeltern schienen andere Maßstäbe zu gelten. Marie holte tief Luft und traute sich endlich, die Augen zumindest ein klitzekleines bisschen zu öffnen.

Max lag neben ihr auf der rechten Seite des Bettes. Er fuhr sich mit der Hand über die Stirn und starrte an die Decke. Marie schluckte. Er tat ihr leid. Sie musste eine Zumutung für ihn sein. Vorsichtig rückte sie näher an ihn heran, kuschelte sich an seine Brust und sog den ihr so vertrauten Geruch seiner Haut ein.

«Wäre es denn so schlimm, wenn wir noch ein paar Monate warten?», flüsterte Marie ihm zaghaft ins Ohr.

Ihr Herz schlug bis zum Hals. Sie hatte ihre Gedanken tatsächlich ausgesprochen, obwohl sie wusste, dass sie Max verletzen würden.

«Ich glaube, du weißt gar nicht, was du willst», entgegnete Max und verschränkte die Arme hinter dem Kopf. In dieser Position wirkte er geradezu angriffslustig, sodass Marie automatisch wieder ein Stück von ihm abrückte. So konnte sie ihm in die Augen sehen, als sie sanft erklärte: «Ich weiß, ich habe mich gestern unmöglich benommen. Es hat auch wirklich nichts mit dir zu tun. Mir ist das nur alles zu viel, die ganzen Vorbereitungen, der Einstieg in die Kanzlei, das mit Oma ...»

Max seufzte tief und sah sie mit leerem Blick an.

«Deine Oma wird aber nicht wieder lebendig, wenn du die Hochzeit absagst.»

«Ich will die Hochzeit doch gar nicht absagen!»

Marie setzte sich auf, um ihrer Erklärung Nachdruck zu verleihen: «Es kommt mir nur so vor, als würde ich Anneliese verraten, wenn wir alle fröhlich feiern, so als wäre nichts gewesen.»

Nun richtete sich auch Max auf. Er stemmte sich sein Kissen in den Rücken, um sich mit seinem schönen, trainierten Oberkörper anzulehnen und seine Arme für Marie auszubreiten. Dankbar und erleichtert schmiegte sie sich an ihn.

Sie schwiegen eine ganze Zeit lang, bis Max die Stille durchbrach und auflachte.

«Dir ist schon klar, dass meine Mutter durchdrehen wird, oder? Sie werden mich enterben», scherzte er, «es sei denn, ich suche mir eine andere.»

«Wehe!», drohte Marie und kniff ihm in die Brust.

«Und wann gedenken Madame aus mir einen rechtschaffenen Ehemann zu machen?», fragte Max weiter.

Marie dachte nach. Am liebsten würde sie das ganze Theater einfach ruhen lassen, mit Max ganz weit weg fahren und nächstes Jahr noch einmal von vorn beginnen, eine Hochzeit zu planen, die so wäre, wie sie es sich erträumt hatte. Ein Tag, so schön, dass sie für den Rest ihres Lebens mit einem warmen Gefühl im Bauch daran zurückdenken würde. Aber das konnte sie Max und seiner Familie unmöglich antun.

«Was hältst du von September? Anfang September? Dann kann deine Mutter immer noch eine Sommerhochzeit planen, und ich kann mich besser auf den Start in der Kanzlei konzentrieren.»

Max schüttelte den Kopf, sodass Marie sich aufs schlimmste gefasst machte.

«Es gibt doch gar keinen Grund, dass du voll durchpowerst. Der Job ist jetzt erst mal zweitrangig. Du nimmst dir eine Auszeit, und ich rede mit meiner Mutter. Vielleicht ist sie auch ganz froh, wenn sie noch ein bisschen mehr Zeit hat, um ihren Perfektionismus auszuleben.»

Marie spürte, wie die Anspannung endlich aus ihrem Körper wich, und horchte auf, als Max nach einer Pause amüsiert ergänzte: «Sie hat übrigens auf den AB gesprochen. Ich glaube, es war sehr, sehr dringend, es ging nämlich um die Farbe der Servietten.»

Marie stimmte in Max' Lachen mit ein und hielt ihn so fest sie konnte. Sie schloss die Augen und atmete tief und erleichtert durch.

«Danke, mein Liebster! Du bist wirklich ein Mann zum Heiraten!»

Max schmunzelte. «Das will ich meinen. Welcher Mann quält sich schon verkatert aus dem Bett, um seiner Verlobten Kaffee zu machen?»

Energisch schlug er seine Bettdecke zurück, stand auf und verschwand in die Küche.

Zufrieden nahm Marie die geschäftigen Geräusche wahr, die von dort kamen. Bis der Kaffee fertig war, hatte sie noch ein paar Minuten, in denen sie es sich gemütlich machen konnte.

Sie musste an Anneliese denken. Was sie wohl davon halten würde, dass sie die Hochzeit verschoben hatte? Marie vermisste sie so sehr. Sie kletterte aus dem Bett und ging an ihren Kleiderschrank, um den Karton mit den Briefen hervorzuholen. Sie schnappte sich den nächstbesten und kroch eilig wieder unter die warme Daunendecke. Gespannt begann sie zu lesen:

Amrum, Oktober '48

Liebes Lieschen,

es tut mir leid, dass Du Deinen Vater verloren hast. Ich kann gut nachvollziehen, dass der Verlust schmerzt, aber vielleicht ist es für ihn wirklich das Beste.

Mir und auch meinen Eltern geht es gut. Nach der Währungsreform hat sich auch hier auf der Insel einiges verbessert. Da die Rationalisierung für Lebensmittel aufgehoben worden ist, backt mein Bäckermeister jetzt auch Kuchen für seine Kunden, manchmal werden sogar Torten bestellt. Es ist zwar eine willkommene Abwechslung, etwas anderes als Brötchen und Graubrot zu backen. Doch bei jedem süßen Stück, das meine Hände herstellen, denke ich an Dich und daran, welch wunder-

bare Kuchenkreationen erst Deine zarten Hände hervorbringen würden. Hoffentlich meint es der Herrgott gut mit Dir, und Du wirst eines Tages Dein geliebtes Café führen können, vielleicht in einem alten Obstgarten?

Auch ich beschäftige mich weiterhin mit meinen Plänen für einen eigenen Betrieb, und sei es nur eine Bäckerei, weil mir ein Café ohne Dein Herzblut sinnlos erscheint. Aber dafür muss ich noch einige Gesellenjahre hinter mich bringen. Erst mit dem Meisterbrief in der Tasche kann ich mich selbständig machen.

In der Saison war es auch hier auf der Insel sehr kalt, so konnten wir nur wenige Sommerfrischler willkommen heißen. Außer Wasser, Sand und den Gezeiten haben wir ohne Sonnenschein doch wenig zu bieten. Da kann man nur auf die kommenden Jahre hoffen. Im Moment bleibt uns ja nichts anderes übrig, als auf die Zukunft zu setzen.

Dir, mein liebes Lieschen, wünsche ich von Herzen, dass es Dir gut gehe. Bitte vergiss mich nie!

Dein Freund und (noch) Bäckerbursche

PS Meinst Du nicht doch, dass wir uns häufiger schreiben könnten? Zumindest zweimal im Jahr? Es dauert immer so schrecklich lange, bevor man voneinander hört und Neues erfährt.

Paul

Auf dich, mein Bester! Du siehst aus, als könntest du es brauchen!»

Carsten hielt seine Flasche Pils in die Höhe, um mit Paul anzustoßen. Schon der erste, kräftige Schluck war eine Wohltat. Ein Feierabendbier im eigenen Garten mit seinem Kumpel war das Einzige, was diesen aufreibenden Tag noch retten konnte, fand Paul.

Wieso hatte er nicht schon viel früher seinen Freund angerufen, um ihn zu sich nach Hause einzuladen und mal wieder entspannt mit ihm zusammenzusitzen? Es hatte in letzter Zeit genügend warme Sommerabende wie diesen gegeben. Je mehr Zeit seit ihrem letzten Treffen verstrichen war, desto größer war sein schlechtes Gewissen Carsten gegenüber geworden. Doch die Sorge war gänzlich unbegründet. Sein ältester Freund hatte am Telefon so geklungen, als hätten sie sich zuletzt gestern und nicht vor über einem halben Jahr gesehen.

«Ich dachte schon, du kriegst die Kurve nicht», sagte Carsten nun und schlug Paul freundschaftlich auf die Schulter.

War es das, was von einem Witwer und alleinerziehenden Vater erwartet wurde?, fragte sich Paul. Die Kurve zu kriegen? Irgendetwas missfiel ihm an diesem Bild. Doch er ermahnte sich innerlich, sich nicht zu ärgern, sondern sich einfach darüber zu freuen, dass sein Freund noch immer der Alte war. Er saß ihm gegenüber, auf einem der alten Gartenstühle aus Holz, die dringend einen neuen Anstrich brauchten. Wie so vieles im Garten hatte er auch die Möbel stark vernachlässigt, was ihm erst jetzt auffiel, als Besuch darauf Platz genommen hatte.

«Erzähl lieber was von dir! Was machen die Frauen, und wie läuft es im Betrieb?», fragte Paul.

Früher hatte Carsten die Frage nach den Frauen immer unbeantwortet gelassen. Wahrscheinlich war er auch auf diesem Gebiet der Alte geblieben, dachte Paul. Sein Freund hatte sich gern hier und da amüsiert, war aber bisher nie auf etwas Festes aus gewesen. Und auch jetzt überging Carsten die Frage nach seinem Privatleben und erzählte stattdessen vom Familienbetrieb, einer Reetdachdeckerei, die er vor zwei Jahren von seinen Eltern übernommen hatte. Sie lief wie eh und je hervorragend, da sie der einzige Betrieb dieser Art auf der Insel war. Allerdings hatte der harte und lange Winter ihm und seinen fünf Mitarbeitern arge Probleme bereitet und dafür gesorgt, dass die Kunden unzufrieden wurden, weil der Frost für lange Zwangspausen sorgte und anstehende Reparaturen oder der Bau neuer Dächer auf Eis gelegt werden mussten. Dafür hatte Carsten jetzt in den Sommermonaten alle Hände voll zu tun.

«Das heißt also, du hast gar kein Privatleben mehr?», bohrte Paul neugierig nach und grinste.

Carsten verstand diese Geste offenbar richtig, denn plötzlich machte sich auch auf seinem Gesicht ein strahlendes Lächeln breit.

«Ob du es glaubst oder nicht, ich bin schwer verliebt!», verkündete er nicht ohne Stolz, den er jedoch mit einem Blick auf den Boden zu verstecken versuchte.

Das konnte nicht wahr sein, schoss es Paul durch den Kopf.

«Erzähl! Wie ist das denn passiert?»

Und dann berichtete Carsten von seinem Urlaub, den er

Anfang des Jahres auf den Kanaren verbracht hatte. Obwohl er beteuerte, keinerlei Absichten in dieser Hinsicht gehabt zu haben, lernte er gleich am ersten Tag Mona kennen, eine 34-jährige Versicherungsangestellte aus Hannover. Es hatte sofort gefunkt, als sie sich, beide allein reisend, am Frühstücksbuffet kennengelernt hatten. Von da an hatten sie täglich den Tisch geteilt.

«Und nun teilt ihr auch das Bett», scherzte Paul und trank den Rest seines Bieres in einem Zug leer. Diese Neuigkeit musste er erst einmal verdauen.

«Es wäre viel schöner, wenn wir uns bald ein ganzes Haus teilen», entgegnete Carsten und berichtete davon, dass Mona sich vorstellen konnte, zu ihm auf die Insel zu ziehen.

Auch wenn Paul seinem Kumpel jedes Glück der Welt gönnte, so musste er sich dennoch daran gewöhnen, dass nicht er, sondern Carsten derjenige von ihnen beiden war, der von nun an ein geregeltes Liebesleben vorzuweisen hatte. Das war in der Vergangenheit immer andersherum gewesen. Doch jetzt war Paul derjenige, der die besten Aussichten hatte, allein alt und einfältig zu werden, wie sein Vater.

Als Paul plötzlich wieder an ihn denken musste, verfinsterte sich offenbar sein Gesicht. Denn Carsten fragte vorsichtig nach, ob er ihm zu nahe getreten sei.

Paul winkte ab.

«Das ist es nicht. Ich freue mich für dich, ist doch keine Frage!»

Nun machte Carsten einen besorgten Gesichtsausdruck, der Paul aufforderte weiterzusprechen.

«Mein alter Herr bereitet mir zurzeit etwas Kopfzerbrechen.»

Und dann berichtete Paul von Anneliese, der großen Liebe seines Vaters, von der er bislang nur eine vage Vorstellung gehabt hatte und die jetzt, Ironie des Schicksals, wo sie nicht mehr am Leben war, in der Familie Hansen präsenter war denn je. Und er berichtete von Annelieses Enkelin. Dass er sich als Paul senior ausgegeben hatte, verschwieg er jedoch lieber.

«Und was ist mit den alten Briefen? Gibt es die noch?», wollte Carsten wissen, als Paul seine Ausführungen beendet hatte.

Das war eine gute Frage. Bislang hatte er nicht den Mut gehabt, seinen Vater danach zu fragen.

«Keine Ahnung. Und eigentlich will ich das auch gar nicht wissen.»

«Wieso lädst du die Frau nicht einfach mal ein, euch zu besuchen?», bohrte Carsten mit einem schelmischen Blick nach. Er fand offenbar Gefallen an der sonderbaren Geschichte.

Doch Paul winkte ab. Irgendwie hatte er keine Lust mehr, darüber zu reden, und lenkte das Thema geschickt auf Fußball und darauf, dass es mal wieder an der Zeit war, zusammen Bundesliga zu gucken oder nach Hamburg ins Stadion zu fahren.

Gute zwei Stunden später, nachdem die beiden Männer mehr als einen halben Kasten Bier geleert hatten, machte sich Carsten auf den Heimweg.

Es war fast wie in alten Zeiten, dachte Paul, als er seinem alten Freund hinterhersah und ihn dabei beobachtete, wie er Mühe hatte, auf dem Fahrrad die Balance zu halten. Und doch war so viel passiert, seitdem sie das letzte Mal entspannt zusammengesessen hatten. Als Paul die Haustür schloss, schaute er kurz in Leonies Zimmer. Im Halbdunkel konnte er erkennen, dass seine Tochter bereits in ihrer Lieblingsschlafposition lag, auf dem Bauch, ihr Gesicht in die Armbeuge vergraben.

Dann schlich Paul ins Bad, um die Unmengen an Flüssigkeit loszuwerden, die schon seit geraumer Zeit auf seine Blase drückten. Als sein Blick anschließend beim Griff nach der Zahnbürste in den Spiegel fiel, hielt er inne. Er war alt geworden. Er sah viel älter aus, als er war. Bis zu seinem 40. Geburtstag hatte er keine dunklen Augenränder oder tiefen Falten um seine Augen gehabt. Auch das Jochbein stand in seinem Gesicht erst so kantig hervor, seit Inken nicht mehr da war. Dafür hatte er im Gegensatz zu Carsten noch sehr volles Haar. Und er hatte gute Hoffnung, dass es auch noch lange so bleiben würde. Schließlich war sein Vater auch erst spät ergraut und hatte bis heute keine Glatze.

Während Paul sich weiter kritisch musterte und über seine Chancen nachdachte, die er als Alleinreisender auf den Kanaren hätte, erinnerte er sich, dass Carsten nach den Briefen gefragt hatte. Sicher hatte sein Vater sie längst ins Meer geworfen. Jedenfalls konnte Paul sich nicht daran erinnern, dass er irgendwelche persönlichen Dinge mitgenommen hatte, als er ins Heim gezogen war. Und wenn sie noch hier im Haus waren? Kurz entschlossen verließ Paul das Bad und holte den Stab aus der Besenkammer hervor, mit dem sich die Luke zum Dachboden öffnen ließ. Dafür musste er ins nächste Stockwerk, das schon seit über einem Jahr verwaist war, weil dort lediglich ein Gästezimmer, eine kleine Küche, ein Duschbad und das Arbeitszimmer von Inken gewesen waren. Er versuchte, die knarrende Treppe so leise wie möglich hinaufzusteigen, was ihm nicht gänzlich gelang. Er verharrte einen kurzen Moment, um zu horchen, ob er Leonie geweckt hatte. Doch als er nichts weiter vernehmen konnte außer dem Rauschen des Nordseewindes, der die Fensterläden dann und wann mit einem wohlvertrauten, sanften Klappern gegen die Fassade stieß, nahm er die letzten Stufen der Treppe. Je höher er kam, desto stärker schlug sein Herz. Diese Welt hier oben hatte einst seinem Vater und seiner Frau gehört. Viele Jahre hatte sein Vater die gesamte obere Etage allein bewohnt. Mit steigendem Alter zeigte sich jedoch, dass ihm ein Schlafzimmer vollkommen genügt hatte, weswegen Inken sich dort ihr Arbeitszimmer eingerichtet hatte.

Als Paul oben angekommen war, schloss er die Augen und horchte in sich hinein, lauschte auf eine Stimme, die ihm sagte, dass es richtig war, was er tat.

Marie

Obwohl Marie die Nachwirkungen des Alkohols noch immer deutlich spürte, machte sich in ihrem Körper ein so wohliges Gefühl breit, wie sie es seit Wochen nicht mehr gespürt hatte. Sie saß nur mit ihrem Nachtshirt und dem Morgenmantel bekleidet in der Küche am Tisch und hatte gerade Anika eine SMS geschrieben. Marie seufzte. Es war eine große Erleichterung, sich mit Max ausgesprochen zu haben. Außerdem hatte der romantische Brief, den Paul Hansen ihrer Oma geschrieben hatte, ihre Laune gehoben, weil sie dadurch das Gefühl hatte, Anneliese ein Stück nähergekommen zu sein. Sie hatte also davon geträumt, ein eigenes Café zu eröffnen. Ob es ihr sehr schwer gefallen war, diesen Traum aufzugeben? Die Antwort-SMS von Anika riss sie aus ihren Gedanken:

> Süße, bin stolz auf dich! Dann feiern wir umso heftiger im September. Und mach dir um mich und die anderen keinen Kopf! Die waren viel zu betrunken, um noch was zu raffen. Also, alles gut!

Gut gelaunt blätterte Marie die Wochenendausgabe der Zeitung durch und biss dabei beherzt in eines der Franzbrötchen, die Max extra für sie beim Bäcker um die Ecke besorgt hatte. Er selbst verzichtete auf das Frühstück und war stattdessen ohne etwas im Magen aufgebrochen, obwohl er besser gestärkt zu seinen Eltern fahren sollte, wie Marie lächelnd angemahnt hatte. Aber offenbar waren auch ihm die Partyauswüchse nicht gut bekommen.

Natürlich war sie mächtig nervös, weil sie nicht wusste, wie Constanze und Konrad reagieren würden. Sicher hatten sie ohnehin schon Bedenken, ob Marie die richtige Frau für ihren Sohn war. Und das konnte sie sogar nachvollziehen. Aus der Sicht der Bergmanns war sie ein unreifes Mädchen, das Max intellektuell nicht gewachsen und schon gar nicht geeignet war, sich auf Augenhöhe in der Kanzlei zu bewähren. Zwar hatte es schon hier und da vereinzelt Mandate gegeben, die ihr Schwiegervater, der ja gleichzeitig ihr Chef war, in ihre Hände gelegt hatte. Aber sie hatte sehr wohl bemerkt, dass dies unter strenger Beobachtung geschehen war. Und Marie hatte auch keinen Hehl daraus gemacht, dass sie eigentlich nie als Anwältin hatte arbeiten wollen. Marie konnte sich noch gut an das Essen erinnern, bei dem Max sie und seine Eltern miteinander bekannt gemacht hatte. Damals hatte sie auf jede Frage höflich, aber ehrlich geantwortet und erzählt, dass das Jurastudium eher eine Verlegenheitsentscheidung gewesen war und sie, wenn überhaupt, nur in der Rechtsabteilung eines sozial engagierten Unternehmens oder einer wohltätigen Organisation arbeiten wollte. Wenn sie es schon mit starren Gesetzen und blutleeren Paragraphen zu tun hatte, wollte sie ihre Arbeit wenigstens in den Dienst einer guten Sache stellen. Damals hatte Max sie mit einer Mischung aus Bewunderung und Mitleid angesehen und ihr humorvoll zu verstehen gegeben, dass er ihre gutmenschelnde und zuweilen naive Ader durchaus liebenswert fand.

Umgekehrt bewunderte sie, wie souverän sich Max in seinen Job eingefunden hatte. Schon zu Studienzeiten war er ihr ein beeindruckendes Vorbild gewesen. Wann immer sie wegen einer Hausarbeit oder einer Klausur Fragen hatte, wusste er die richtige Antwort. Und so war es auch heute, wenn sie den richtigen Wortlaut für ein Schreiben oder eine Stelle im Bürgerlichen Gesetzbuch suchte. Doch es gab auch Tage, da war ihr diese Überlegenheit der Bergmanns zuwider. Dann fühlte sie sich sowohl in der Familie als auch in der Kanzlei absolut fehl am Platz. Sicher würde vieles einfacher werden, wenn Konrad sich bald zurückzog. Dennoch war sich Marie nicht sicher, ob es wirklich gut war für ihre zukünftige Ehe, mit Max so eng zusammenzuarbeiten. Wenn sie abends zu Hause saßen, gab es nicht wirklich viel Neues, worüber sie sich austauschen konnten, denn sie sahen sich ja den ganzen Tag in der Kanzlei und besprachen dort, was es über die Arbeit zu besprechen gab.

Gedankenverloren überflog Marie die Seiten mit den Stellenanzeigen. Vielleicht sollte sie sich doch eine andere Kanzlei suchen. Es konnte sicher nicht schaden, nach einer Stelle Ausschau zu halten, die sie interessierte. Doch die Zeiten hatten sich offenbar nicht gebessert. Nicht einmal eine Handvoll der Ausschreibungen in der Zeitung kam auch nur annähernd für sie in Frage. Außerdem waren die Anzeigen jetzt zu Beginn der Ferienzeit ohnehin rar gesät.

Beinahe automatisch griff Marie erneut zum Brotkorb. Erst als sie das zweite Franzbrötchen zur Hand nahm, musste sie über sich selbst und ihren wiedergefundenen Appetit schmunzeln. Normalerweise bekam sie nach einer Nacht mit zu viel Alkohol eher Lust auf was Herzhaftes. Aber heute Mittag war alles anders. Sie genoss das viel zu süße Gebäck und ließ den weichen Teig langsam auf der Zunge zergehen. Ein bisschen erinnerte sie der Zimtgeschmack an Annelieses wunderbar leckeren Apfelkuchen. Und dann plötzlich fiel es

Marie wieder ein. Irgendwo im Eisschrank musste noch tiefgefrorener Kuchen ihrer Oma sein.

Wie elektrisiert sprang Marie auf, um nachzusehen, ob ihre Eingebung richtig war. Voller Vorfreude trat sie an den großen, dunkelroten Kühlschrank und öffnete die linke Tür, wo die unterschiedlichsten Lebensmittel tiefgekühlt lagerten. In der obersten Schublade brauchte sie nicht nachzusehen. Denn dort bewahrten sie die Pizzen und die Eiscreme auf. Die übrigen fünf Schubladen hielten eine bunte Mischung aus Gemüsetüten und Fertiggerichten bereit. In der zweiten Schublade von unten wurde Marie schließlich fündig. Sie erkannte die Tupperdose mit dem orangefarbenen Deckel sofort. Anneliese hatte etliche davon gehabt. Ganz langsam öffnete sie die Dose. Die vier geschnittenen Stücke, die zum Vorschein kamen, sahen tiefgefroren zwar nicht besonders appetitlich aus. Trotzdem löste der Anblick sofort ein wohliges Gefühl in Marie aus. Es war eine merkwürdige Vorstellung, dass der selbstgebackene Kuchen ihrer Oma noch immer da war, obwohl ihre Oma es nicht mehr war. Doch Marie empfand es gleichzeitig als tröstlich, dass sie etwas Selbstgebackenes von Anneliese im Haus hatte. Sie würde sich diese Stücke für einen ganz besonderen Tag aufbewahren. Als Marie die Dose mit versonnenem Blick wieder schloss und in das Eisfach zurücklegte, fiel ihr das Rezeptbuch wieder ein, das zwischen den Fotoalben von Anneliese gelegen hatte. Auch das hatte Marie mitgenommen, es sich aber noch nicht genauer angesehen. Ein Lächeln huschte über ihr Gesicht. Heute ist ein guter Tag, um einen Kuchen zu backen, dachte sie und ging fröhlich ins Schlafzimmer, um die Kiste mit all den kostbaren Schätzen hervorzuholen.

Paul

Jork, im März 1948

Liebster Paul!

Es ist spät in der Nacht. Wie so oft kann ich nicht schlafen. Immer wenn ich meine Augen schließe oder im Dunklen vor mich hin starre, sehe ich Dein Gesicht.

Ich weiß, es schickt sich nicht, wie ich mich verhalte. Ich danke Gott dafür, dass mir keine Menschenseele anmerkt, weswegen mein Herz trauert. In diesen Zeiten sind ohnehin alle Menschen betrübt und damit beschäftigt, ihr Hab und Gut zusammenzuhalten, ihren Besitz zu erneuern – nachdem die Inventur gemacht ist und sich aufs schlimmste zeigt, wie wenig uns der Krieg gelassen hat. Vergangene Woche war ich noch einmal in der Stadt, um Besorgungen für meinen Vater zu machen, der dringend Medizin zur Pflege seiner Verletzungen aus der schweren Zeit in Frankreich benötigte. Als ich durch die Straßen von Hamburg ging, liefen die Tränen so sehr, dass meine Augen noch am Abend brannten. Die Stadt ist an einigen Ecken noch immer nicht wiederzuerkennen. Das, was die Bomben nicht geschafft haben, hat der letzte lange Winter gerichtet. Es ist, als wäre ein Teil der Welt untergegangen.

Ich kenne etliche Familien, die ihr Zuhause verloren haben und noch immer aufs engste bei Angehörigen oder gar bei Fremden leben müssen. Wir hier im Alten Land haben – Gott sei es gedankt – genügend Platz. Im Nachbargebäude sind zwei

Familien aus dem Osten untergebracht, die so lange Bleiberecht haben, bis sie den Lohn zusammenhaben, um sich eine eigene Wohnung leisten zu können. Sie tun mir leid, vor allem die Tochter. Sie hat einen kleinen Jungen, dessen Vater niemand kennt und niemand kennen will. Du weißt, was ich meine. Diese Zeiten sind eine Strafe für jeden, ganz gleich, an welcher Front er gestanden hat, ob er vertrieben wurde oder zerbombt.

Wie schön wir es auf unserer Insel hatten! Wann immer ich einen stillen Moment habe zwischen all den Mühen, die der Alltag mit Hof und Großfamilie uns auferlegen, halte ich inne und denke an Amrum. Dann sind die Bilder, die sich tief in mein Herz gebrannt haben, sofort wieder da, als wäre es gestern gewesen. Ich sehe Dich vor mir, bei unserer ersten Begegnung, wie Du mir zuwinkst. Ich sehe Dich am Hintereingang der Bäckerei stehen und habe den Duft Deiner kleinen Kunstwerke in der Nase. Und ich schmecke noch immer Deine Küsse und spüre Deine vom Wind spröden und gleichzeitig zärtlichen Lippen auf meinen.

Mein Liebster, ich beende besser diesen Brief. Es kommt mir dann und wann in den Sinn, lieber keinen Kontakt zu Dir zu halten. Du weißt, warum. Es tut zu sehr weh, Dir nahe sein zu wollen, es aber nicht zu dürfen.

Auf ewig,
Dein Lieschen

PS Sobald die Sonne dieser Tage mehr Kraft bekommt, blühen bei uns zu Hunderten die Obstbäume. Ist es nicht tröstlich, dass die Natur ihren Gang geht, ganz unabhängig davon, was mit den Menschen geschieht?

Paul faltete die beiden handbeschriebenen Bögen wieder zusammen und legte sie auf den linken Stapel der gelesenen Briefe. Daneben lag der viel größere Stapel, den er noch nicht angesehen hatte. Als er sich vollkommen geschafft in Inkens Schreibtischstuhl zurücklehnte, knarrte die Feder wie eh und je. Wie lange hatte er dieses vertraute Geräusch nicht mehr gehört? Es war stets laut genug gewesen, um es sogar noch unten in der Küche zu vernehmen. Aber leise genug, um Leonie nicht zu wecken. Jedenfalls hoffte Paul das. Denn sicher würde sie erschrecken, wenn plötzlich Lärm aus der oberen Etage in ihr Zimmer drang.

Müde sah sich Paul in Inkens Zimmer um. Es war viel Zeit vergangen, seit er das letzte Mal den Mut gehabt hatte, es zu betreten. Viele persönliche Sachen wie die Fotos an der Magnetwand oder andere Erinnerungsstücke hatte Paul längst in seinem Schlafzimmer untergebracht, etwa den herzförmigen Stein, den sie bei einer Bergtour im Tessin, während ihrer Hochzeitsreise, gefunden hatten. Und trotzdem trug der Raum noch immer Inkens Handschrift. Schließlich waren sowohl der antike Schreibtisch als auch das Bücherregal aus massiver Eiche liebevoll von ihr aufbereitet worden und standen nach wie vor an ihrem Platz. An den Wänden hingen in Silberrahmen noch ihre Lieblingsdrucke von Horst Jansen. Sogar die lavendelfarbene Wolldecke lag noch immer zusammengefaltet auf dem weißen Schaukelstuhl, den seine Frau so geliebt hatte.

Was sollte er nur mit diesem Zimmer anfangen? Es ausräumen und renovieren lassen, wie Christa vorgeschlagen hatte, und die Etage als Ferienwohnung vermieten? Paul schüttelte den Kopf. Diesen absurden Gedanken hatte er ganz weit weg geschoben. Inkens Mutter hatte tatsächlich vorgehabt, das

Zimmer von bösen Geistern und Energien, wie sie sagte, zu befreien. Damals hatte Paul diese Äußerung als Affront empfunden und hatte es Christa auch deutlich zu verstehen gegeben. Und selbst wenn es Kräfte gab, die noch immer in diesem Zimmer wirkten, dann mit Sicherheit keine bösen, dachte Paul. Die moderne Schreibtischlampe tauchte den Raum in ein sehr helles, aber dennoch warmes Licht, das genauso beruhigend wirkte wie die Morgensonne, die hier auf der Ostseite des Hauses besonders schön hineinschien.

Meist hatte Inken sonntagvormittags hier gesessen und die Aussicht auf die See genossen. Während Leonie und Paul nach dem Aufstehen frische Brötchen holen gegangen waren und das Frühstück samt weich gekochten Eiern und frisch gepresstem Saft vorbereitet hatten, hatte Inken die kostbare freie Zeit für sich genutzt und ihre Gedichte geschrieben. Wie vereinbart lagen die Schätze allesamt in der schweren Schreibtischschublade, die Paul seit Inkens Tod nicht zu öffnen gewagt hatte. Noch war er nicht so weit. Paul hatte keine Ahnung von Lyrik. Aber Inkens Gedichte schienen ihr stets direkt aus der Seele zu sprechen. Und das war in seiner Lage sicher kaum zu ertragen.

Sogar die Briefe von dieser Anneliese hatten ihn verhältnismäßig tief berührt. Vielleicht lag es auch am Restalkohol. Andernfalls wäre er auch gar nicht auf die Idee gekommen, sich in Inkens Zimmer zu setzen und sich so ein sentimentales Zeug reinzuziehen. Was war das bloß für eine seltsame Art von Liebe, fragte sich Paul, als er sämtliche Briefe zurück in die alte Zigarrenschachtel packte, in der sein Vater sie aufbewahrt hatte, zusammen mit einer Unzahl an Zigarettenbildern aus den 40er Jahren.

Was wusste er überhaupt über die Beziehung von Anneliese und seinem Vater? Dass sich die beiden 1945 kennengelernt hatten, als sein Vater die Ausbildung zum Bäcker beendet hatte und als Geselle in der Bäckerei Godewind arbeitete. So wie Paul es verstand, war Anneliese damals zur Erholung auf der Insel, um eine Lungenentzündung auszukurieren. Die beiden mussten sich auf den ersten Blick ineinander verliebt haben. Dabei konnten sie nicht viel Zeit miteinander verbracht haben, weil Anneliese schließlich in ihre Heimat zurückkehren und ihren Verlobten heiraten musste, der aus der Kriegsgefangenschaft zurückgekehrt war.

Erst zwanzig Jahre später hatten sich seine Eltern kennengelernt und vier weitere Jahre später geheiratet. Paul bekam ein flaues Gefühl in der Magengrube, als er daran dachte, dass der Briefwechsel zwischen Anneliese und Paul senior auch dann nicht abgerissen war, als er seine Mutter kennengelernt hatte. Offenbar endete er erst, als sein Vater vor knapp eineinhalb Jahren ins Heim gezogen war.

Zwar hatte Paul schon als Kind geahnt, dass die Ehe seiner Eltern nicht besonders romantischer Natur gewesen war, sondern eher eine Zweckgemeinschaft, die den Familienbetrieb gegründet und eine ganze Zeitlang am Leben gehalten hatte. Aber dass sein alter Herr all die Jahre unbemerkt quasi ein Doppelleben geführt hatte, erschütterte ihn, auch wenn er selbst seiner Mutter Edith nie besonders nahegestanden hatte. Natürlich liebte Paul sie. Doch sie war immer viel zu sehr darauf bedacht gewesen, was die Leute von ihr hielten und wie man im Dorf möglichst wenig aneckte.

Als auf der Insel Gerüchte auftauchten, die Bäckerei würde pleitegehen, hatte Edith wochenlang schlaflose Nächte.

Und nach der Scheidung von seinem Vater hatte sie es nicht ertragen, auf Amrum zu bleiben. Sie war aus Angst vor dem Gerede in ihre Geburtsstadt Kassel zurückgekehrt und hatte nach kurzer Zeit einen früheren Schulkameraden geheiratet. Außer zu Geburtstagen und an Weihnachten versuchte Paul den Kontakt zu Edith und ihrem unsympathischen Mann Richard weitestgehend zu unterbinden. Auch Leonie hatte keine besonders enge Bindung zu ihrer Großmutter und vermisste sie auch nicht.

Ob Edith jemals davon erfahren hatte, dass das Herz ihres Mannes in Wahrheit einer anderen gehört hatte?

Mit einem Stöhnen erhob sich Paul. Er war mittlerweile so müde, dass er sich kaum auf den Beinen halten konnte. In den nächsten Tagen würde er wieder hier heraufkommen und weiterlesen. Sobald er mit seinem aktuellen Projekt fertig war. Außerdem musste er Marie Wiedmann endlich beichten, warum er ihr nicht gleich die Wahrheit gesagt hatte, nämlich weil sein Vater zumindest geistig längst so gut wie tot war, und dass er ihr deswegen mit ihrem Anliegen, mehr über ihre Großmutter zu erfahren, nicht helfen konnte.

Marie

Mit einem zufriedenen Lächeln beendete Marie ihren Brief an Paul Hansen. Heute war wirklich ein guter Tag, dachte sie und überflog noch einmal die Zeilen, die sie geschrieben hatte:

Hamburg, 14. Juni 2013

Lieber Herr Hansen!

Heute kann ich Ihnen etwas sehr Schönes berichten. Ich verrate Ihnen sicher kein Geheimnis, wenn ich schreibe, dass Anneliese eine große Leidenschaft hatte: das Backen. Was Sie vielleicht jedoch nicht wissen: Sie hat ein Buch hinterlassen, in dem sie alle Rezepte zusammengetragen hat, die sie jemals ausprobiert hat. Es ist ein schmaler grauer Ordner mit der unscheinbaren Aufschrift «Rezeptsammlung», der, seit ich denken kann, neben Fotoalben und anderen Kochbüchern in ihrem Regal im Wohnzimmerschrank stand. Doch erst jetzt habe ich den kostbaren Schatz entdeckt, der sich in dem Ordner verbirgt. Die Rezepte sind allesamt handschriftlich verfasst und mit Titel, Datum und ein paar Stichworten versehen und allesamt Eigenkreationen.

Jetzt werden Sie verstehen, dass ich ein wundersames Aha-Erlebnis hatte, als ich in einem Ihrer Briefe von damals las, dass Sie und Anneliese den Traum hatten, gemeinsam ein kleines Café zu eröffnen. Auch wenn es müßig ist, darüber zu spekulieren, wie unser aller Leben verlaufen wäre, wäre dieser Traum in Erfüllung gegangen, möchte ich Sie gerne wissen lassen, dass meine Oma ohne Sie an ihrer Seite offensichtlich niemals das Leben führen konnte, das sie sich gewünscht hat. Vielleicht ist das ein kleiner Trost für Sie?

Darf ich Ihnen noch etwas Persönliches berichten? Eigentlich hatten mein Freund Max und ich vor, Ende des Monats zu heiraten. Ich habe Max im Studium kennengelernt. Obwohl er ein gut aussehender, erfolgreicher Anwalt ist, war Anneliese mit meiner Wahl nicht zu 100 Prozent einverstanden. Ich schreibe Ihnen das mit einem leichten Schmunzeln. Denn ich glaube, selbst wenn ich ihr Prinz William oder sonst irgendeinen anderen begehrten Schwiegersohn vorgestellt hätte, wären ihre Sympathiebekundungen reserviert ausgefallen. Ich dachte immer, das läge daran, dass ich meine Mutter und sie damit ihre Tochter schon vor vielen Jahren viel zu früh verloren hat. Ich nahm an, weil meine Oma seither immer versucht hatte, mir so gut es eben ging die Mutter zu ersetzen, beäugte sie Menschen, die mein Herz erobern wollten, umso kritischer. Doch jetzt, wo ich von Ihnen und Anneliese weiß, frage ich mich, ob ihre Vorbehalte meinem Partner gegenüber etwas mit Ihrer Geschichte zu tun hatten. Jedenfalls habe ich die Hochzeit verschoben. Denn ich habe das Gefühl, solange ich noch so sehr mit der Vergangenheit beschäftigt bin, kann ich mich nicht auf die Zukunft einlassen.

Verraten Sie mir, ob Sie es geschafft haben, Ihre Träume zu leben?

Mit verbundenen Grüßen,
Ihre Marie Wiedmann

PS Anbei ein Rezept aus Annelieses Sammlung:

Altländer Apfelkuchen

Zutaten:

80 g Margarine	250 g Mehl
80 g brauner Zucker	1 gestrichener TL Backpulver
1 TL Vanillezucker	⅛ l Milch
2 Eier	4 saure Äpfel

Zubereitung:

Die Äpfel vierteln, entkernen, schälen und in Schnitze schneiden.

Aus den übrigen Zutaten einen Rührteig herstellen, in eine gefettete Springform geben und kreisförmig mit den Äpfeln belegen. Bei 180 °C ca. 35 Min. backen.

Dazu geschlagene Sahne mit etwas Zimt und Zucker reichen.

Marie faltete den Brief sorgfältig zusammen, steckte ihn in den Umschlag und notierte die Adresse von Paul Hansen darauf, die sie inzwischen auswendig kannte. Dann begann sie, den Küchentisch zu decken. Sie holte das weiße Villeroy & Boch-Geschirr aus der Vitrine im Wohnzimmer und stellte je ein Gedeck aus kleinem Teller, Kaffeetasse und Untertasse an Max' und an ihren Platz. Dazu nahm sie die kleinen Löffel und Kuchengabeln, die sie ebenfalls nur zu besonderen Anlässen verwendeten. Und dies war ein besonderer Anlass! Sie hatte Annelieses Lieblingskuchen gebacken, eines der Rezepte aus dem Ordner ihrer Oma.

Als Marie Servietten aus dem Küchenschrank nehmen wollte, stutzte sie. Jetzt fiel es ihr wieder ein. Zwei Packungen hatte sie dort zu den anderen gelegt, die sie beim Ausmisten in Annelieses Wohnung gefunden hatte. Sie waren sehr hübsch mit ihrem blau-weiß geblümten Muster, das perfekt zu Annelieses Kaffeeservice passte. Auch das hatte Marie gesichert und zunächst in einem der Küchenschränke verstaut, an die Max nicht allzu oft ranging. Aber jetzt war es wohl an der Zeit, ihm zu beichten, dass Marie sich nicht hatte davon trennen können, obwohl sie eigentlich genügend Geschirr besaßen, um eine ganze Kompanie zu bewirten.

Marie kniete sich auf den Fußboden und holte Annelieses Geschirr aus dem hinteren Schrankteil hervor, das sie gegen die Teller und Tassen auf dem Tisch austauschen wollte. Eingehend musterte sie das Service. Es war aus dünnem, weißem Porzellan. Das blaue Blümchen-Dekor war zart und typisch friesisch. So oft hatte sie am Küchentisch ihrer Oma davon gegessen, ohne sich jemals zu fragen, wann und wo sie das zeitlos schöne Geschirr erstanden hatte. Vielleicht hatte sie es sogar damals von Amrum mitgebracht, kam es Marie in den Sinn. Wer sagte eigentlich, dass Anneliese nicht noch einmal oder gar öfter auf der Insel gewesen war?

Marie kramte vergeblich in ihren Erinnerungen. Hatte es jemals eine Reise gegeben, die ihre Oma allein unternommen hatte, ohne sie oder ihren Opa? Paul Hansens Briefe, die sie bislang gelesen hatte, deuteten jedenfalls nicht darauf hin, dass sie beide sich jemals wieder gesehen hätten. Vielleicht war Anneliese aber auch nach Amrum zurückgekehrt, ohne ihm etwas davon zu sagen. Wer wusste das schon?

Marie seufzte, dann stahl sich ein Lächeln auf ihr Gesicht. Es musste doch eine Bedeutung haben, dass Anneliese sich ausgerechnet ein Friesen-Service zugelegt hatte. Vielleicht stand es symbolisch für ihre Liebe und den gemeinsamen Traum vom eigenen Café. Soweit Marie wusste, hatte Anneliese dieses Geschirr nicht nur zu besonderen Anlässen, sondern täglich benutzt. Hatte sie jeden Tag an Paul und ihre nicht gelebten Träume denken müssen? Wieso hatte sie nie den Mut gefasst und ihrer Enkelin erzählt, was sie tief im Herzen bewegte?

Wie auch immer. Marie war froh, dass sie diese kostbaren Erinnerungsstücke aufbewahrt hatte. Wie schön war es, wenn der Haushalt mit Habseligkeiten bestückt war, die auch eine Geschichte hatten!

Als Marie die Servietten auf den neu gedeckten Tisch legte, lächelte sie zufrieden. Seit langem fühlte sie sich wieder wie sie selbst. Nur das schlechte Gewissen gegenüber ihren Schwiegereltern in spe nagte an ihr, weil sie nicht schon früher den Mut gehabt hatte, sie um Verständnis zu bitten. Gleich morgen würde Marie ihre Schwiegermutter anrufen, um sich bei ihr zu entschuldigen und zu erklären, warum es ihr so wichtig war, erst einmal Anneliese würdig zu betrauern, um sich dann mit ganzem Herzen ins Hochzeitsprojekt zu stürzen. Vielleicht sollte Marie ihr als Zeichen ihres guten Willens anbieten, sie zur finalen Brautkleidanprobe mitzunehmen. Das würde sie sicher versöhnen und sie beide einander wieder näherbringen.

Marie schaute auf die Uhr. Eigentlich wollte Max längst zurück sein. Ob er sich mit seinen Eltern gestritten hatte? Sie trat auf den Balkon, um zu gucken, ob er bereits in Sichtweite war. Doch er war nirgends zu entdecken. Auch mit der Parkplatzsuche konnte er nicht beschäftigt sein. Denn jetzt, zu Beginn der Sommerferien, waren so viele Hamburger mit dem Auto verreist, dass die Straßen deutlich leerer waren und auch mehr Parkplätze zur Verfügung standen.

Vielleicht hatte sie Max auch falsch verstanden oder ihm nicht richtig zugehört. Aber wenn sie sich richtig erinnerte, wollte er gleich nach dem Gespräch mit seinen Eltern wieder nach Hause kommen, um zu berichten, wie es gelaufen war, und auch, damit sie beide endlich mal wieder einen entspannten Nachmittag zu zweit genießen konnten.

Marie holte ihr Handy hervor. Als sie sich vergewissert hatte, keinen Anruf oder keine Nachricht von Max verpasst zu haben, wählte sie seine Nummer. Nach fünf Klingeltönen sprang die Mailbox an. Marie drückte die Taste, um die Verbindung zu unterbrechen. Dann schrieb sie eine SMS:

Haben sie dich schon enterbt und du suchst dir eine andere Braut? Oder warum treibst du dich noch rum? ;-) Kuss, M.

Wie ein Teenager drückte sie ihre Lippen auf das Display, um dem Kuss am Ende ihrer Nachricht Nachdruck zu verleihen, und kam sich ein bisschen albern dabei vor. Aber durch die Aussprache am Morgen fühlte sie sich Max wieder näher. Sie freute sich schon auf sein Gesicht, wenn er sah, dass sie extra einen Kuchen gebacken hatte.

Marie schickte ihre SMS auf den Weg und ging ins Bad, um ausgiebig zu duschen, beinahe so, als würde sie all die düsteren Gedanken und Gefühle der letzten Wochen gleich mit wegspülen.

Als sie fertig war, suchte sie aus dem Schrank die silbergraue Spitzenunterwäsche heraus, die Max ihr zu Weihnachten geschenkt hatte. Beschämt musste Marie feststellen, dass sie ganz unten in der Wäscheschublade lag. Tatsächlich war eine ganze Zeit vergangen, seit sie beide sich das letzte Mal geliebt hatten. Schon vor Annelieses Tod hatten sie immer seltener miteinander geschlafen, was Marie nicht weiter kümmerte. Schließlich war es durchaus normal in einer Beziehung, dass man nach einer gewissen Zeit nicht mehrmals die Woche übereinander herfiel. Doch als Marie darüber nachdachte und sich nicht einmal mehr an das letzte Mal erinnern konnte, war sie doch etwas beunruhigt.

Umso größer war hoffentlich die Freude, wenn Max gleich nach Hause kommen und sie ihn sanft ermuntern würde, sich am helllichten Tag ins Bett zu kuscheln.

Nachdem Marie sich voller Vorfreude die Beine rasiert und ihre Haare locker hochgesteckt hatte, so wie Max es am liebsten mochte, zog sie die bereitgelegte Unterwäsche an und darüber lediglich ihren seidigen Morgenmantel. Dann ging sie zurück in die Küche, um nach ihrem Handy zu sehen. Doch es war keine Antwort gekommen. Mittlerweile war es zwanzig nach fünf. Eigentlich hatte Marie schon vor zwei Stunden mit Max' Rückkehr gerechnet. Besorgt versuchte sie noch einmal, ihn zu erreichen, und stellte sich innerlich bereits darauf ein, wieder nur die Mailbox zu erwischen. Doch schon nach dem ersten Klingeln hatte sie Max in der Leitung: «Hi, Schatz! Was gibt's?»

«Hallo», entgegnete Marie überrascht, «wo bleibst du denn?»

«Wie, wo bleibe ich?»

«Ich warte schon die ganze Zeit. Bist du etwa immer noch bei deinen Eltern?»

«Was soll ich denn bei meinen Eltern? Da war ich doch nur kurz. Ich bin beim Tennis. Ich hab Flo abgezogen, und jetzt muss er mich auf ein Bierchen einladen.»

Während Max schadenfroh ins Telefon lachte, ließ Marie

sich enttäuscht auf den Küchenstuhl sinken und suchte nach den richtigen Worten, um ja nicht zu zickig zu klingen.

«Was gibt's denn noch?», fragte Max fröhlich.

Marie konnte hören, dass er sich in der Nähe der Duschen aufhalten musste, weil im Hintergrund Wasserrauschen zu vernehmen war.

«Wie, was gibt's denn noch? Wir waren eigentlich verabredet!»

Marie hielt die Luft an. Als keine Reaktion kam, sprach sie aufgebracht weiter: «Ich sitze hier schon seit Stunden rum und mache mir einen Kopf, was deine Eltern sagen. Und du gibst mir nicht mal Bescheid?»

Maries Stimme klang nun doch zickiger, als sie wollte.

«Warum soll ich dir denn groß Bescheid geben? Ich habe ihnen gesagt, was Sache ist, und dann bin ich wieder abgehauen.»

«Ja und?»

Marie sprang mit einem Satz vom Platz auf und ging nervös vor der langen Küchenzeile auf und ab.

«Wie ‹ja und›?»

Das konnte nicht wahr sein! Marie versuchte die Tränen, die in ihr aufstiegen, zu unterdrücken.

«Ja, was haben sie gesagt?»

«Meine Mutter hatte natürlich Schnappatmung. Aber die kriegt sich schon wieder ein.»

«Und dein Vater?»

«Dem ist das doch eh nicht so wichtig.»

Marie hörte, wie Max neben dem Telefonat mit anderen Dingen beschäftigt war. Er ächzte, als er sich offenbar nach etwas bückte, und klapperte an seiner Spindtür.

«Und dir? Ist dir das noch wichtig?», hörte Marie sich fragen.

Max stöhnte auf.

«Was soll das denn jetzt?», entgegnete er genervt.

«Deinem Vater ist also egal, ob wir heiraten.»

«Du kennst ihn doch. Der interessiert sich doch eh nur für seine Kanzlei.»

«Hast du denn auch darüber mit ihm gesprochen? Du wolltest ihn doch bitten, mich freizustellen.»

Max lachte auf, und Marie war sich nicht sicher, ob er mit seinem Kumpel scherzte oder auf ihre Frage reagierte.

«Er war ganz entspannt und meinte, das Thema hat sich eh erledigt, wenn erstmal ein Stammhalter unterwegs ist.»

«Wie erledigt? Was soll das denn jetzt?», bohrte Marie, inzwischen vollkommen verunsichert, nach.

«Schatz, jetzt mach nicht so einen Wind! Es ist doch alles geregelt. Mein Dad gibt dir frei und freut sich, wenn du ihm einen Haufen Enkel schenkst. Dann hat er im Ruhestand wenigstens was zu tun und geht mir nicht länger als nötig auf den Sack», sprach Max gut gelaunt weiter.

Marie schüttelte ungläubig den Kopf und wusste nicht, was sie sagen sollte.

«Jedenfalls hat Mum schon wieder gelächelt, als wir Männer das Problem ganz pragmatisch gelöst haben. Ihr könnt jetzt in Ruhe die Hochzeit planen, und wir kümmern uns um die Arbeit.»

Nachdem Marie das Gespräch mit einem gezischten «Bis später» beendet hatte, schlich sie wie in Trance zurück ins Schlafzimmer und ließ sich aufs Bett fallen. Waren das wirklich die Worte ihres zukünftigen Mannes gewesen? War das wirklich die Rolle, in der er sie als seine Zukünftige gern sehen wollte? Dabei hatte sie angenommen, er hätte Verständnis für ihre Situation.

Ohne zu wissen, ob es Tränen der Wut oder der Enttäuschung waren, heulte sie hemmungslos drauflos. Sie konnte sich nicht erinnern, wann sie sich das letzte Mal so verloren und einsam gefühlt hatte.

Paul

Solche Schübe sind leider weit verbreitet, also vollkommen normal.»

Noch immer hatte Paul die durchdringende Stimme von Frau Stöver im Ohr. Nach dem ernüchternden Besuch bei seinem Vater vorgestern hatte Paul versucht, sie im Heim zu erwischen, um ein persönliches Gespräch mit ihr zu führen. Doch sie hatte wie jedes zweite Wochenende frei gehabt, sodass die Kollegin empfohlen hatte, es gleich Montag telefonisch zu versuchen.

Zunächst hatte Paul gezögert, Frau Stöver von dem missglückten Ausflug mit seinem Vater zu berichten. Irgendwie war es ihm peinlich, dass dieser so empfindlich reagiert hatte, obwohl alle den Bäckermeister Hansen für einen starken, alten Griesgram hielten, der er ja eigentlich auch war.

Aber dann berichtete er Frau Stöver schließlich doch von der Fahrt mit der Fähre und davon, dass sein Vater von Annelieses Tod erfahren hatte und seitdem nicht mehr ansprechbar war. Und das, obwohl die vergangenen Wochen so positiv verlaufen waren.

Doch das schien die Pflegeleiterin nicht zu beeindrucken. Sie war nicht weiter auf seine Besorgnis eingegangen und hatte stattdessen lediglich empfohlen, weiter für den Patienten da zu sein und sich darüber zu freuen, dass er immerhin noch helle Momente hatte, was ganz und gar nicht selbstverständlich war, wie sie betonte. Paul hatte zunächst Mühe gehabt, seinen

Unmut über das ergebnislose Gespräch zurückzuhalten, besann sich aber darauf, dass Frau Stöver schließlich jeden Tag mit vielen betroffenen Heimbewohnern und deren Angehörigen zu tun hatte, während er sich nur einmal die Woche um seinen Vater kümmerte. Dabei kreisten seine Gedanken mittlerweile tagtäglich um dessen Vergangenheit, und Paul war fest entschlossen, Frau Wiedmann endlich einen letzten Brief zu schreiben, um die unsägliche Geschichte ein für alle Mal zu beenden, allein schon damit er sich wieder auf seine Arbeit und seine Pflichten als Vater konzentrieren konnte.

Am Tag zuvor war schon wieder ein Brief aus Hamburg gekommen. Paul hatte ihn ungelesen beiseitegelegt. Nur fiel ihm im Moment gar nicht mehr ein, wohin. Er erinnerte sich daran, dass er den Umschlag vor seiner Tochter verstecken wollte, damit sie der Frau nicht mehr Bedeutung beimaß, als sie eigentlich hatte.

Paul ging in sein Büro, um die Schreibtischschubladen durchzusehen. Dabei stieß er auf allerlei interessante Dinge, die er schon länger vermisst hatte, wie etwa seinen Taschenrechner oder das Ladegerät für die Digitalkamera.

Paul holte es hervor. Nun gab es keine Ausreden mehr, warum er keine Fotos machte. Früher war es selbstverständlich gewesen, dass Inken oder er sofort zum Fotoapparat gegriffen hatten, sobald Leonie irgendetwas Lustiges oder Niedliches tat. Es gab etliche Aufnahmen, die sie im Watt zeigten, das Gesicht und die Haare von Schlamm verschmiert, oder auch im Garten, als sie ihre ersten Schritte machte oder kleine Unfälle mit dem Dreirad verursachte.

Das waren die schönsten Momente in einer Familie, wenn alle zusammen waren und lachten und noch mal lachten, sobald sie das Display auf der Kamera geöffnet hatten, um im Schnelldurchlauf stolz und glücklich den Nachwuchs zu betrachten.

Paul atmete tief durch und schloss das Ladegerät mit dem Ersatzakku an die Steckdose an. Schließlich waren Sommerferien, und Leonie würde mit Begeisterung jede Menge Anlässe für schöne Schnappschüsse liefern. Schnappschüsse, die sie jedoch nicht mit ihrer Mutter und er nicht mit seiner Frau teilen konnte. Paul wühlte sich durch seine Ablagefächer und den Papierkorb. Aber der Brief war weg. Er hielt inne und überlegte. Natürlich! Paul erinnerte sich wieder. Er hatte den Umschlag gestern in der Eile einfach auf den Schaukelstuhl in Inkens Zimmer gelegt.

Nachdem er sich vergewissert hatte, dass Leonie nach wie vor fest schlief, schlich Paul die weiße Holztreppe hoch in den ersten Stock. Vorsichtig öffnete er die Tür zu Inkens Welt und knipste die Schreibtischlampe an. Tatsächlich, auf dem Schaukelstuhl fand er den Brief. Paul machte es sich auf dem Stuhl bequem, riss das Kuvert auf und nahm das ihm inzwischen vertraute Briefpapier heraus, um zu lesen, was Marie Wiedmann ihm am Wochenende geschrieben hatte. Oder vielmehr: seinem Vater.

Als Paul fertig war, musste er schmunzeln. Irgendetwas hatten die Worte dieser Frau an sich, das ihn berührte. Und das, obwohl sie nicht einmal ihm galten. Wenn er sie las, hatte er ein schönes und sehr präzises Bild von Marie vor Augen, wie sie an ihrem Schreibtisch saß und mit einem Lächeln ihre Zeilen formulierte. Und beim Lesen ihrer Zeilen hatte er plötzlich geglaubt, den Duft von frisch gebackenem Apfelkuchen in der Nase zu haben. Wahrscheinlich hatte er einfach Hunger. In Hochphasen seiner Arbeit vernachlässigte er nicht nur die Körperpflege, sondern auch das Kochen. Leonie hatte sich schon wieder durchsetzen und Spaghetti erpressen können, als Gegenleistung dafür, dass sie sich eine weitere Stunde mit sich allein und ihren Barbiepuppen beschäftigte. Paul hatte Leonie ihren Wunsch zähneknirschend erfüllt, konnte aber selbst keine Nudeln mehr sehen und hatte sich stattdessen mit ein paar Crackern über Wasser gehalten.

Den Duft von frischem Brot und Kuchen hatte Paul jedenfalls immer sehr gemocht, weil so die Kindheit roch. Seine Kindheit, die er zum großen Teil in der Bäckerei seiner Eltern verbracht hatte. Er hatte unbeschwerte und friedliche Erinnerungen daran. Erst als Teenager hatte er begriffen, dass die Sprachlosigkeit zwischen seinen Eltern kein Zeichen von Harmonie, sondern ein Symptom mangelnder Liebe war. Für seinen Vater stand stets das Geschäft im Vordergrund. Wie unglücklich beide gewesen sein müssen, zeigte wohl der Briefwechsel mit Anneliese, dachte Paul und betrachtete nachdenklich Maries Handschrift, die eine starke Ähnlichkeit mit der ihrer Großmutter hatte.

Pauls Magen machte sich mit einem lauten Knurren bemerkbar. Der Gedanke an die weißen, weichen und noch warmen Brötchen, die sein Vater ihm jeden Morgen mit in die Schule gegeben hatte, war dann doch zu viel, er hatte bohrenden Hunger. Er stieg die Treppe hinab, ohne das Licht zu löschen. Nach einer Stärkung würde er nach oben zurückkehren. Denn noch war er wach genug, um Marie schweren Herzens endlich den erklärenden Brief zu schreiben, vor dem er sich die ganze Zeit über gedrückt hatte. Er schmierte sich in der Küche eine Scheibe Brot, von dem sein Vater ganz sicher behaupten würde, dass es sein Geld nicht wert war.

Es war lange Zeit sein Liebstes gewesen, über die moderne Backindustrie herzuziehen, die das alte Traditionshandwerk verdrängte. Nur allzu gern hatte er darin die Ursache für den Untergang des Familienbetriebes gesehen. Dabei hätte sein Geschäft überleben können, wenn sein Vater in eine fortschrittlichere Backstube investiert und sich dem wachsenden Anspruch des Tourismus angepasst hätte. Doch sämtliche Umbaupläne, die Paul seinem Vater für den Laden im Ortskern von Wittdün vorgeschlagen hatte, schmetterte er grimmig ab. Wahrscheinlich hatte er seinem Sohn nie verziehen, dass er seinen eigenen Weg gehen wollte, statt in seine Fußstapfen zu treten und eine Ausbildung zum Bäcker zu machen, um den Laden zu übernehmen.

Bevor Paul zurück in Inkens Zimmer ging, machte er einen Umweg über das Schlafzimmer. Ihn beschlich ein schlechtes Gewissen, weil er die ersten Briefe aus Hamburg einfach in den Papierkorb geschmissen hatte, den er seitdem Gott sei Dank noch nicht geleert hatte. Marie Wiedmann schien ein sehr liebenswerter, warmherziger Mensch zu sein, der zudem um einen geliebten Menschen trauerte. Sie hatte es also mehr als verdient, dass ausgerechnet er, der er sich leider nur allzu gut in ihre Lage versetzen konnte, sie fair und respektvoll behandelte. Er würde das Foto, das sie seinem Vater geschickt hatte, zurückgeben und eine entschuldigende Erklärung beifügen. Vielleicht war es ihm danach möglich, endlich besser zu schlafen als in den vergangenen Wochen. Seit sich Inkens Todestag zum ersten Mal gejährt hatte, hatte er das seltsame Gefühl, wieder genau am selben Punkt zu stehen wie damals. Dabei hatte er alles Mögliche getan, um die Trauer zuzulassen. Aber die Briefe an Marie waren das Einzige, von dem er das Gefühl hatte, dass sie ihm wenigstens ansatzweise halfen, seinem Leben wieder eine neue, positive Wendung zu geben und seinen Kummer für einen kurzen Moment hinter sich zu lassen.

Paul betrachtete Inkens Schminktisch. Obwohl sie eher ein natürlicher Typ gewesen war und sich nicht viel aus Make-up und Styling gemacht hatte, war dieses Möbelstück eines ihrer liebsten gewesen. In der kleinen Schublade, die mit einem eisernen Schloss mit Schlüssel verziert war, hatte sie ihren Schmuck aufbewahrt. Paul hatte sie nicht mehr geöffnet, seit er ihren Ehering dort abgelegt hatte. Vielleicht sollte er sich trauen. Vielleicht sollte er sich kleine Aufgaben, ja Mutproben oder Herausforderungen suchen, um nicht länger in Lethargie zu erstarren. Mit zitternden Fingern drehte er den kleinen Schlüssel im Schloss der Schublade und öffnete sie vorsichtig. Sein Blick fiel sofort auf das weiße Stofftaschentuch, in das er den Ehering vor fast einem Jahr gebettet hatte. Er griff danach und faltete es vorsichtig auseinander. Als das schlichte, kleine Silberschmuckstück zum Vorschein kam, hatte er das Gefühl, sein Herz würde augenblicklich stehenbleiben. Er umschloss den Ring in seiner Faust und schluckte. Es war schon länger her, dass er sich gestattet hatte, seine Tränen einfach laufen zu lassen. Ohne seinen Körper kontrollieren zu können, sank er in sich zusammen und weinte wie ein kleines Kind.

Paul konnte nicht sagen, wie lange er in diesem erbärmlichen Zustand verharrt hatte. Er wischte sich mit dem Ärmel über sein feuchtes Gesicht und schaute auf die digitale Anzeige seines Weckers. Es war kurz vor Mitternacht, und doch spürte er nicht den leisesten Anflug von Müdigkeit. Er holte den Papierkorb unter der Frisierkommode hervor und nahm Maries Briefe und die Umschläge an sich. Was machte es schon für einen Unterschied, wenn er es mit der Wahrheit nicht überstürzte? Er fühlte sich traurig und leer und wollte den einzigen Halt, den er hatte, nicht aufgeben. Noch nicht. Entschlossen stand Paul auf und nahm die Briefe mit nach oben in Inkens Zimmer. Er hatte nichts zu verlieren.

Marie

Amrum, 16. 07. 2013

Liebe Frau Wiedmann,

ich habe mich noch gar nicht für das Foto bedankt, das Sie mir geschickt haben. Ich sage also danke und freue mich, dass Anneliese eine so warmherzige und sympathische Enkelin wie Sie an ihrer Seite hatte. Ebenso freue ich mich, dass Sie auf dem Bild heiter und guter Dinge aussehen. Darf ich fragen, wie alt Sie sind und wann die Aufnahme gemacht wurde?

Nun aber zu Ihren Fragen: Es stimmt. Als Anneliese und ich uns kennenlernten – ich weiß es noch wie heute –, haben wir schnell festgestellt, dass wir beide ein Faible für die Backkunst hatten. Später haben wir uns oft, wenn wir gemeinsam am Strand saßen und dem Rauschen der Wellen zuhörten, ausgemalt, wie es wäre, eines Tages gemeinsam ein kleines Café zu eröffnen. Es überrascht mich nicht, dass Ihre Großmutter einen Rezeptschatz hinterlassen hat, den sie sicher mit großer Begeisterung und Leidenschaft bestückt hat. Es war auch der Duft ofenfrischer Brötchen, der Anneliese zu mir gelockt hat. Ich war damals ein gerade ausgelernter Bäckergeselle und schnappte frische Luft vor der Backstube. Meine Mittagspause war früh am Vormittag, weil ich jeden Morgen bereits um 4 Uhr meine Arbeit begann.

Anneliese war damals, wie Sie vielleicht wissen, wegen ihrer Lungenentzündung zur Kur auf Amrum. Sie machte am

Strand ihren morgendlichen Spaziergang und war neugierig, wo der köstliche Geruch herkam. Und plötzlich stand sie vor mir mit ihren goldenen, gewellten Haaren und ihren strahlenden Augen. In der Sekunde, als sich unsere Blicke das erste Mal trafen, war es um mich geschehen. Obwohl es schwere Zeiten waren und ihr die Krankheit zugesetzt hat, hatte Anneliese eine lebendige, geradezu lebenshungrige Ausstrahlung. Bitte erlauben Sie mir die Bemerkung, dass sie sie Ihnen vererbt zu haben scheint. Auf dem Foto haben Ihre Augen das gleiche sehnsuchtsvolle Leuchten, das direkt aus dem Herzen zu kommen scheint.

Jedenfalls lud ich Anneliese auf einen Bohnenkaffee ein und gab mich als 19-Jähriger aus, obwohl ich gerade erst 16 wurde. Dieser Schwindel flog erst ein paar Monate später auf. Aber da war Anneliese bereits nach Hamburg zurückgekehrt, um den Mann zu heiraten, der später Ihr Großvater wurde.

Wenn Sie so wollen, ist für mich insofern ein Traum in Erfüllung gegangen, als ich die wahre Liebe kennenlernen durfte. Leider war es mir nicht vergönnt, mit ihr ein Café zu eröffnen. In meiner Phantasie habe ich mir aber immer wieder ausgemalt, mit Anneliese zu leben und einen kleinen Laden zu haben, in dem wir unsere Leidenschaften entfalten könnten. Ein Haus, das jedem Gast offen steht. Es sollte nicht sein. Aber ich habe es immerhin zu einem Bäckermeister mit eigener Backstube gebracht. Zudem habe ich, wenn auch sehr viele Jahre später, geheiratet und eine Familie gegründet. Ich bin dankbar für das, was ich hatte. Aber Anneliese habe ich niemals vergessen.

Mit freundlichen Grüßen,
Paul Hansen

Nachdenklich legte Marie den Brief zur Seite, den sie nun schon zum dritten Mal gelesen hatte. Ihre Gedanken reisten unweigerlich nach Amrum. Das Café, von dem Paul sprach, hatte sie bildlich vor Augen. Es berührte sie, wie ein Mann so offen über seine Sehnsüchte schrieb. Vielleicht sollte sie Max mal einen der Briefe unter die Nase halten, damit er begriff, was sie unter Romantik verstand, dachte sie schmunzelnd. Doch dann verwarf sie die Idee. Denn eigentlich wollte sie ihre Brieffreundschaft mit niemandem teilen. Plötzlich hörte Marie Schritte, die sich ihrem Büro näherten. Instinktiv steckte sie den Brief zurück in ihre Handtasche. Es war Frau Meisner, die ankündigte, nun in die Mittagspause gehen zu wollen.

Erschrocken sah Marie auf die Uhr. Es war tatsächlich schon kurz nach zwölf. In einer Stunde war sie mit Constanze zum Essen verabredet. Und sie konnte nicht gerade behaupten, dass sie sich auf die erste Begegnung nach dem vermaledeiten Wochenende freute. Aber jetzt hieß es, einen klaren Kopf zu bewahren und das Treffen würdevoll über die Bühne zu bringen.

Anika hatte ihr geraten, aus der ganzen Sache nicht so ein Drama zu machen, sondern alles entspannt auf sich zukommen zu lassen. Sie sagte, nun hätte Marie doch alles, was sie sich wünschte – etwas mehr Freiraum bei der Gestaltung ihrer Hochzeit und mehr Vorlauf, um sich emotional wirklich darauf einlassen zu können. Von ihren Zweifeln den Job betreffend hatte Marie Anika erst gar nichts erzählt. Es reichte schon, Anika damit auf die Nerven zu gehen, dass sie sich von ihrem Stiefvater nicht respektiert fühlte.

Schon lange hatte Marie den Verdacht, dass Konrad sie in der Kanzlei zwar duldete, in Wahrheit aber nicht davon überzeugt war, dass sie eine geeignete Anwältin war, die den Namen Bergmann auch würdig vertreten würde. Schon öfter hatte sie versucht, mit Max über ihre Befürchtung zu sprechen. Doch der tat das immer ab und schlug ihr vor, sich dann eben umso mehr in die Arbeit zu knien, um seinen Vater vom Gegenteil zu überzeugen.

Konrad, fand Marie, hatte kaum Führungsqualitäten, und manchmal war sie sich nicht so sicher, ob Max sich nicht zu sehr an ihm orientierte. Jedenfalls ärgerte sie sich darüber, dass ihr zukünftiger Mann nicht verstand, warum sie die Äußerung seines Vaters über ihre Freistellung so sehr getroffen hatte. Schließlich sprach es doch Bände, wie ernst Konrad ihre Arbeit nahm, wenn er sie nur an Max' Seite als Ehefrau und Mutter seiner Kinder sah.

Am liebsten hatte Marie einfach alles hinschmeißen wollen, sich für ein paar Monate ausklinken, um endlich herauszufinden, welcher Weg der richtige für sie war. Sie war sich sicher, wenn sie mit Anneliese darüber sprechen könnte, würde sie ihr genau so etwas raten. Sie sagte immer, wenn man sich nicht sicher sei, solle man nichts überstürzen und darauf vertrauen, dass sich der richtige Weg von allein, zu einem späteren Zeitpunkt auftun werde.

Ob sie das bei ihren Lebensentscheidungen auch so gehandhabt hatte?, fragte sich Marie. Oder sprach diese Weisheit eher dafür, dass sie selbst es besser hätte machen und mehr auf ihr Herz hören sollen?

Marie atmete tief ein und schloss die Augen. Ihr Herz sagte jedenfalls eindeutig, dass sie sich hier in diesem kalten und unpersönlichen Büro nicht wohl fühlte. Dabei war es durchaus geschmackvoll eingerichtet, genauso wie die gesamte Kanzlei, die vor allem Constanzes Handschrift trug. Die Wände zierten gerahmte Bilder moderner Künstler, allesamt farblich abgestimmt auf die dunkelblauen Vorhänge und den ebenso dunkelblauen Stoffbezug der Stühle im Besprechungszimmer. Die Wände waren in einem zarten Beigeton gestrichen, der perfekt mit dem hellen Parkettboden harmonierte. Maries Büro ging nach hinten raus, und die Aussicht auf die Rückseite einer Häuserfront war nicht gerade schön. Dafür war es hier jedoch sehr viel ruhiger als in den Räumen von Konrad und Max, die zur Hoheluftchaussee lagen, die zu jeder Tages- und Nachtzeit stark befahren war.

Ein Pluspunkt war, dass Marie mit dem Fahrrad zur Arbeit fahren konnte. Allerdings gestaltete sich das mit ihrer Garderobe nicht immer ganz einfach. Zwar hatte Konrad nie einen Dresscode vorgegeben. Doch da er und Max wie selbstverständlich jeden Tag mit Krawatte und Jackett ihre Mandanten empfingen, hatte Marie sich angepasst und nie wieder Jeans zur Arbeit angezogen, wie sie es aus der vorherigen Kanzlei gewohnt war.

Vielleicht musste sie sich bloß etwas Zeit geben, um diesen Job als Berufung zu empfinden. Und wenn Konrad erst einmal sah, dass sie ihre Aufgabe durchaus verantwortungsbewusst und ernsthaft anging, konnte sie ihm jeglichen Wind aus den Segeln nehmen und ihm deutlich vor Augen führen, dass sie im 21. Jahrhundert angekommen waren.

Heutzutage gab es für Frauen schließlich andere Wege der Selbstverwirklichung als die Kindererziehung und das Bekleiden von Ehrenämtern. Marie jedenfalls wollte ihr eigenes Geld verdienen. Und genau deswegen hatte sie auch beschlossen, lieber doch auf die Auszeit zu verzichten, die ihr so gönnerhaft eingeräumt worden war. Sie würde ihre ganze Kraft in den Job stecken, alle noch offenen Mandate abarbeiten und erst danach Urlaub machen, und zwar allein. Laut Vertrag würde sie immer noch genügend freie Tage haben, um nach der Hochzeit mit Max in die Flitterwochen zu starten. Aber vorher wollte Marie ihr Leben aufräumen. Sie nahm sich fest vor, all ihren Mut zusammenzunehmen, um Constanze genau das zu sagen. Denn auch das hatte sie von ihrer Oma gelernt. Wahre Nähe entsteht nur durch Offenheit. An Marie sollte es nicht liegen. Sie hatte sich ohnehin schon von ihrer schlechtesten Seite gezeigt. Was hatte sie noch zu verlieren?

Paul

Obwohl es an diesem Morgen noch sehr frisch war und der Wind besonders stark über die tobende See blies, merkte Paul schnell, dass es goldrichtig war, den Tag mit einem Lauf am Strand zu beginnen. Leonie war bereits mit Christa zu einer Fahrradtour unterwegs und würde erst am Abend wieder nach Hause kommen. Also hatte Paul genügend Zeit, sein Projekt abzuschließen und den vereinbarten Telefontermin mit seinem Auftraggeber am Nachmittag einzuhalten.

Die Sonne stand bereits ein gutes Stück über dem Horizont und blendete Paul, wenn er seinen Blick hob. Er konnte sich nicht erinnern, wann er das letzte Mal freiwillig so früh unterwegs gewesen war. Kein Mensch war zu sehen, obwohl die Touristen um diese Jahreszeit für gewöhnlich jedes Fleckchen der Insel belagerten, zumindest hier oben auf dem Deichabschnitt, zwischen Watt und Dünen, von wo aus man einen schönen Blick nach Föhr und Hörnum auf Sylt hatte.

Dafür zeigte sich eine Schar verschiedener Vögel, die allesamt damit beschäftigt waren, ihr Frühstück für sich und den Nachwuchs zusammenzusammeln. Paul interessierte sich nicht sonderlich für die meisten tierischen Inselbewohner. Sie waren ihm ebenso gleichgültig wie die menschlichen. Doch die Seevögel, die Austernfischer und Küstenseeschwalben gehörten in diese einzigartige Landschaft, genauso wie er selbst.

Zwar konnte Paul durchaus nachvollziehen, dass es die meisten seiner ehemaligen Mitschüler irgendwo aufs Festland oder gar ins Ausland verschlagen hatte. Auch er hatte seine Studienzeit in Hamburg, das Großstadtflair und die Szeneviertel, sehr genossen und nichts dagegen gehabt, der Insel zumindest eine Zeitlang den Rücken zu kehren. Aber die Lebensumstände waren nun einmal so, wie sie waren. Solange Leonie ihr sicheres Umfeld brauchte, würde er bleiben.

Und er fühlte sich ja im Prinzip auch zu Hause hier. Immer wenn er mit der Fähre von Dagebüll oder Nordstrand nach Amrum zurückkehrte und den Leuchtturm bei Wittdün wiedersah, spürte er, was Heimat für ihn bedeutete. Und auch in dem gemütlichen Friesenhaus, in dem er die meiste Zeit seines Lebens verbracht hatte, fühlte er sich noch immer wohl. Kurz nach Pauls Einschulung hatte sein Vater das weiß verputzte Reetdach-Haus errichten lassen, nachdem er das rund 2000 Quadratmeter große Grundstück von einem alten Freund günstig erstanden hatte. Es war die Hochzeit der Hansenbäckerei gewesen und die Wohnung über dem Ladengeschäft zu klein, um dort als Familie in drei Generationen unter einem Dach zu wohnen. Also hatten Paul und Edith für sich und ihren Sohn das Erdgeschoss im neuen Haus vorgesehen und für Pauls Großmutter Matilde den ersten Stock, weswegen das Haus über zwei Küchen und zwei Bäder verfügte. Denn ehe sie immer mehr abbaute und schließlich von Edith gepflegt wurde, war Matilde durchaus fit genug gewesen, um einen eigenen Haushalt zu führen und sogar der jungen Familie zur Hand zu gehen, da Edith im Verkauf der Bäckerei ebenso eine 60-Stunden-Woche hatte wie Pauls Vater.

Erst als die Arthrose Matilde immer mehr zu schaffen machte und sie sich kaum mehr bewegen konnte, zog Pauls Mutter sich vermehrt aus dem Betrieb zurück, um sich zu Hause um alles zu kümmern. Für Paul war das die schönste Zeit seiner Kindheit gewesen. Wenn er aus der Schule kam, hatte er mit seiner Mutter und seiner Großmutter Mittag gegessen und so manche Nachmittage mit Matilde allein verbracht. Weil sie zwar gute Augen, aber keine Fingerfertigkeit mehr hatte, hatte sie Paul stets angewiesen, ihr im Haushalt unter die Arme zu greifen. Währenddessen hatte sie ihm immer aus dicken Märchenbüchern oder Abenteuerbänden über die Seefahrt vorgelesen. Und wenn sie einen besonders guten Tag hatte, erzählte sie die tollsten Geschichten von der Insel, von denen Paul nie wusste, ob sie der Realität oder der nimmermüden Phantasie seiner Oma entsprungen waren.

Eigentlich war das Haus viel zu groß für ihn und Leonie allein. Wehmütig dachte er an die Zeiten zurück, als sie hier als kleine Familie glücklich gelebt hatten. Doch wann immer Paul dieses perfekte Idyll vor Augen hatte, meldete sich oft auch eine mahnende Stimme, seine Vergangenheit nicht zu verklären. Schließlich würde es ihm eher schaden statt helfen, wenn er die Ehe mit Inken auf ein Podest hob. Denn natürlich hatten auch sie ihre Schwierigkeiten gehabt. Zwar nie in dem Maße, dass Paul an Trennung oder Scheidung gedacht hätte. Aber sie hatten eigentlich grundverschiedene Lebensentwürfe, und das Tauziehen darum, was sie beide wollten, entspannte sich erst, als Leonie auf die Welt kam.

Doch auch die Liebe hatte, wie alles im Leben, zwei Seiten. Nach der Geburt hatte sich Inken stark verändert. Einerseits war Paul durch Leonies Geburt weicher und viel warmherzigerer geworden. Andererseits hatte er sich aber oft überflüssig und ausgeschlossen gefühlt, weil Leonie nun den Platz in Inkens Herz eingenommen zu haben schien, der vorher allein ihm gehört hatte. Sie hatten in der Zeit häufig und heftig gestritten, und wann immer er sich zu sagen versucht hatte, dass dies nur eine Phase war, die viele junge Eltern mit chronischem Schlafmangel zu überstehen hatten, wusste er tief im Inneren, dass sich ihre Liebe auf sehr dünnem Eis bewegte. Sie waren immer öfter an einen Punkt geraten, an dem sie mit Reden nicht mehr weitergekommen waren. Sie hatten sich die schlimmsten Dinge an den Kopf geworfen, und auch wenn sie sich spätestens am nächsten Morgen wieder versöhnt hatten, blieb bei Paul immer ein ungutes Gefühl zurück. Egal, wie sehr er sich bemühte, ein guter Vater und Ehemann zu sein, er konnte es Inken nicht recht machen. Jedenfalls empfand er es so. Unterschwellig hatte sie ihm allzu oft zu verstehen gegeben, sie an die Insel zu ketten, obwohl sie die Entscheidung, auf Amrum zu bleiben, zu hundert Prozent mitgetragen hatte. Allein schon wegen Leonie.

So war es typisch für Inken, spitze Bemerkungen in eine Unterhaltung einfließen zu lassen, die nur scheinbar humorvoll gemeint waren. Etwa wenn sie sagte, heute war ein so schöner Abend, den man eigentlich beim besten Italiener Hamburgs hätte genießen können, oder aber: nie könne sie ihr Lieblingskleid tragen, weil es auf der verdammten Insel kein vernünftiges Geschäft gab, das passende Schuhe führte. Für gewöhnlich hatte Paul auf solche Angriffe betont lässig reagiert und beispielsweise geantwortet, dass das Internet keinen Unterschied zwischen Insel und Festland machte. Doch natürlich hatte er über die Zeit gelernt, dass sich hinter diesen Scheingefechten viel mehr verbarg, nämlich eine Grundunzufriedenheit, die weder er noch sonst jemand hätte abstellen können, außer vielleicht Inken selbst.

Die Tatsache, dass ihre Ehe einen Kratzer abbekommen hatte, schmerzte Paul schon damals sehr. Im Nachhinein hatten sich ihre Schwierigkeiten natürlich als banal erwiesen. So waren sie auch wieder näher zusammengerückt, als Inken die Diagnose erhalten hatte. Plötzlich war es ganz einfach gewesen, sich auf das Wesentliche zu besinnen, nämlich darauf, dankbar zu sein, dass sie einander hatten, und auf ihre Liebe, die immerhin das Fundament war, auf dem sie ihr Leben aufgebaut hatten.

Reue nützt niemandem etwas, resümierte Paul, als er endlich in sein Lauftempo zurückgefunden hatte. Hier am Meer konnten ihm all die düsteren Gedanken nicht so viel anhaben wie an seinem Schreibtisch oder nachts im Bett. Wenn er lief, erschien ihm alles klarer und plausibler. Er dachte an Marie Wiedmann. Warum hatte er es neulich Nacht nicht geschafft, ihr die Wahrheit zu schreiben? Statt endlich reinen Tisch zu machen und den Briefwechsel ein für alle Mal zu beenden, hatte er sich nur noch mehr reingeritten und nicht nur etliche weitere Briefe von Anneliese gelesen, sondern auch selbst einen verfasst und sich erneut als sein Vater ausgegeben.

Schritt für Schritt bezwang Paul die Strecke zum Nachbarort Nebel. Als Atem, Puls und Schritt zu einer harmonischen Einheit verschmolzen, wurde ihm klar, wie verdammt einsam er sich manchmal fühlte. Irgendetwas hatte diese Marie an sich oder besser gesagt, ihr Ton, ihre Zeilen hatten etwas an sich, das Paul berührte und ihm das gute Gefühl gab, doch kein hoffnungslos emotionsloser Eremit zu sein.

Zudem war Marie eine durchaus attraktive Frau. Es interessierte ihn wirklich, was sie über ihre bevorstehende Ehe dachte, und er fand es überaus spannend, das Vertrauen einer fremden Person gewonnen zu haben. Auch wenn er es nicht verdiente. Trotzdem, redete er sich ein, schaffte er es offenbar, die Adressatin mit seinen pseudo-altersweisen Gedanken ein bisschen glücklicher zu machen oder sie zumindest in ihrer Trauer um ihre Oma etwas zu trösten. Was also sprach gegen diese Brieffreundschaft, wenn sie beiden Beteiligten ein gutes Gefühl gab? Denn auch ihm selbst tat der Austausch gut, er hatte das Gefühl, dass er Marie Gedanken anvertrauen konnte, die er niemandem sonst gegenüber formulierte.

Natürlich konnte Paul unmöglich jemandem davon erzählen. Die Konstellation war viel zu abstrus. Außerdem hatte er ein schlechtes Gewissen. Vor ihm erhob sich die Spitze des Kirchturms auf dem Friedhof, wo die Gräber von Inken und seiner Oma lagen. Noch zu Beginn des vergangenen Jahres hatte er seiner Frau ewige Treue und Liebe geschworen. Paul erinnerte sich genau, es war an einem Abend im Januar gewesen, als sie vor dem Kachelofen zusammengesessen hatten, nachdem Inken die erschütternde Nachricht erhalten hatte, dass sich neue Metastasen gebildet hatten, in einer Geschwindigkeit, die keine Hoffnung mehr zuließ. Obwohl sie es vermieden hatten, das Unabänderliche und doch Unfassbare laut auszusprechen, war beiden klar, dass Inken nicht mehr viel Zeit blieb. Damals hatte Paul ihr unter Tränen versprochen, immer für sie da zu sein und sie niemals weniger zu lieben als am damaligen Tag. Es war ihm fast unheimlich gewesen, wie stark und gefasst Inken mit der Diagnose umgegangen war. Sie hatte seinen Kopf gestreichelt, den er in ihrem Schoß vergraben hatte, und ihm leise zugeflüstert, sie wünsche sich nichts mehr als eine glückliche Zukunft für ihn und Leonie.

Paul schluckte. Seine Kehle fühlte sich trocken an. Auf den letzten Metern des Trampelpfads zum Eingang des Friedhofs verlangsamte er auf Schritttempo. Er wischte sich mit dem Saum seinen Laufshirts den Schweiß von der Stirn. Entgegen seiner Gewohnheit ging er heute direkt zu Inken, ohne vorher an Matildes Grab nach dem Rechten zu sehen.

Erst als er bereits in die entsprechende Reihe einbog, fiel ihm auf, dass sich seit seinem letzten Besuch viel getan hatte. Die Restaurierung des Friedhofs rund um die St. Clemens-Kirche hatte Fortschritte gemacht. Der Weg an der Nordseite war neu gepflastert worden. Ein Zugeständnis an die jährlich zu Tausenden einströmenden Touristen, die diesen bedeutsamen Ort friesischer Kulturgeschichte besichtigen wollten. Bis zu 800 Jahre alt waren die reich verzierten Grabtafeln, auf denen die bewegten Lebensgeschichten der Verstorbenen in Stein gemeißelt waren. Es gab nicht viele Projekte, für die Paul sich engagierte. Aber diese einmalige Sache für die Nachwelt zu erhalten, war es ihm wert, sie finanziell zu unterstützen. Zusammen mit seinem Kumpel Carsten hatte er eine Patenschaft für eine der Grabtafeln übernommen, um ihren Erhalt zu sichern. Wenn er damals gewusst hätte, dass er schon bald aus einem ganz anderen Grund regelmäßiger Gast auf dem Friedhof sein würde, hätte er sich vielleicht anders entschieden, dachte Paul, als er an Inkens Grab trat.

Noch immer versetzte es Paul einen Stich, wenn er ihren Namen auf dem schlichten, grau glänzenden Grabstein las.

INKEN HANSEN, GEB. BREHM

12. 12. 1973 – 9. 04. 2012

Ein viel zu kurzes Leben. Die Nüchternheit der Zahlen auf dem Grabstein machte Paul jedes Mal zu schaffen. Als bestünde die Möglichkeit, das Geburtsdatum und den Sterbetag jemals zu vergessen. Die Daten hatten sich für immer in sein Gedächtnis gebrannt, genauso wie der Hochzeitstag. Noch schlimmer aber war Anblick des kleinen, fröhlich lächelnden Holzengels, den Leonie für ihre Mama ausgesucht hatte und unbedingt von ihrem Taschengeld bezahlen wollte. Er stand dicht neben einer brennenden, weißen Trauerkerze vor dem Grabstein, die Christa aufgestellt haben musste. Jedenfalls hatte Paul ihr die Grabpflege überlassen, nachdem sie gleich zu Beginn kleine Buchsbäumchen mit Frühblühern und Heide kombiniert hatte. Paul bückte sich und nahm den verwelkenden Strauß Rosen an sich, der ebenfalls von Christa stammen musste. Sicher war er in ihren Augen herzlos oder geizig, weil er niemals Blumen vorbeibrachte. Doch er unterließ es nur aus einem einzigen Grund: Inken hatte nicht viel übrig gehabt für Sträuße oder Gestecke. Sie fand es seltsam, wunderschöne Blumen zu töten, nur um ihnen in einer Vase beim Verwelken zuzusehen. Also hatte Paul ihr niemals einen Strauß Rosen geschenkt, sondern allenfalls einen kleinen Rosenstrauch im Topf oder andere Topfblumen, deren Zwiebeln sie nach dem Verblühen in den Garten gepflanzt hatte.

Paul starrte eine ganze Zeit lang vor sich hin und schreckte erst hoch, als sich der Stachel einer der Rosen in die Innenfläche seiner Hand gebohrt hatte, die er offenbar zu fest zusammendrückte. Vielleicht war es ein Zeichen, dachte er und schüttelte gleichzeitig den Kopf über seine seltsamen Anwandlungen, neuerdings in den banalsten Vorkommnissen einen tieferen Zusammenhang zu sehen. Allein die Sache mit dem Foto von Inken auf seinem Nachttisch, das der Wind umgestoßen hatte, verfolgte ihn noch immer. Sprechen konnte er darüber mit niemandem. Carsten oder Peter würden ihn auslachen. Und Christa und Leonie waren auch die denkbar falschen Gesprächspartner für seine merkwürdigen Phantasien und Tagträume, in denen eine Frau wie Marie ihn plötzlich viel gelöster und optimistischer in die Zukunft blicken ließ. Eine Frau, die eigentlich im Begriff war zu heiraten. Er führte sie noch immer hinters Licht. Aber er konnte sich einfach nicht dazu durchringen, den Kontakt abzubrechen. Denn sie hatte ihm das Gefühl zurückgegeben, ein Mann zu sein. Ein Mann, der beim Anblick einer attraktiven Frau wie Marie durchaus an mehr dachte als bloß an eine Brieffreundschaft.

Vielleicht hatte die Rose ihn ja gepikt, weil Inken die Sache ein Dorn im Auge war. Vielleicht aber auch, weil er endlich aus seinem Dornröschenschlaf erwachen und wieder unter den Lebenden weilen sollte, als jeden Tag aufs Neue in Selbstmitleid zu baden.

«Was soll der Quatsch? Ich will doch nur dich zurück!», hörte er sich plötzlich flüstern.

Gerade als die Inschrift des Grabsteins vor seinen Augen verschwamm, weil er nicht verhindern konnte, dass Tränen in ihm aufstiegen, frischte der Wind auf. Ein Teil der welkenden Rosenblätter flatterte ihm aus den Händen.

Vielleicht war es das, dachte Paul und wusste nicht, ob er lachen oder heulen sollte. Vielleicht war es einfach nur an der Zeit, dass frischer Wind in sein Leben kam. Was nützte es, wenn er sich weiterhin gebärdete wie ein Einsiedler? Er hatte schließlich eine Tochter. Er war es Leonie schuldig, nicht nur Verantwortung für sie, sondern auch für sich selbst zu übernehmen. Er konnte nur ein guter Vater sein, wenn er ein glücklicher Vater war oder wenigstens ein zufriedener, der den unabänderlichen Tatsachen ein für alle Mal ins Auge sah.

Nichts und niemand konnte Inken als Frau oder Mutter ersetzen. Aber sie würde auch niemals mehr zurückkommen, ganz gleich, wie viel Leonie dafür auch betete. Er musste alles tun, um sie beide zu retten. Und wenn Inken der Meinung war, dass Schreiben dafür die beste Möglichkeit war, war es einen Versuch wert, seine neue Brieffreundschaft als Schreibtherapie auszuprobieren. Was gab es dagegen schon zu sagen?

Nachdem Paul die Blumen in einer nahestehenden Kompostkiste entsorgt hatte, ging er zum Ausgang. Noch bevor er das weiße Tor zwischen der Mauer aus Feldsteinen erreicht hatte, beschleunigte er seinen Schritt. Als er rechts um die Ecke zurück nach Norddorf abbog, bemerkte er, dass er den Wind nun im Rücken hatte. Er fühlte sich so fit wie lange nicht mehr und freute sich, dass er gute Chancen hatte, heute endlich wieder an seine Bestzeiten von vor einem Jahr heranzukommen. Hochmotiviert setzte er einen Fuß vor den anderen. Schon als er das Ostufer erreichte, hatte er sein Tempo gefunden. Vielleicht gelang es ihm, sich nur auf das Laufen zu konzentrieren und die Bewegung zu genießen, statt ständig zu grübeln – so wie früher, als das gleichmäßige Geräusch seiner Schritte auf dem Boden und das Brausen des Windes alle Gedanken davontrugen.

Marie

Nicht einmal die Hälfte der Alsterrunde hatte Marie geschafft, und schon musste sie wegen Seitenstechen eine Pause einlegen. Sie verfluchte sich, weil sie jetzt die Quittung dafür bekam, in den letzten Monaten keinen Fuß vor die Tür gesetzt zu haben. Dabei war sie im Frühling noch hochmotiviert gewesen. Sie hatte sich sogar neue Laufschuhe und Kopfhörer für ihren iPod gekauft, um ja trainiert und schlank als Braut vor den Altar geführt zu werden. Doch dann war alles anders gekommen.

Schnaufend steuerte Marie die nächste Parkbank an und war heilfroh, dass dort trotz des schönen Wetters niemand saß. Eigentlich hatte sie gehofft, den Kopf wieder frei zu bekommen. Doch selbst hier auf der Laufstrecke konnte sie die Gedanken an das zurückliegende Treffen mit ihrer Schwiegermutter nicht abschütteln.

«Ich will dir ganz deutlich sagen, dass ich nichts von deinen Plänen halte», hatte Constanze bereits zur Begrüßung klargestellt. Noch während sie ihr links und rechts einen angedeuteten Kuss auf die Wangen gehaucht und ihr schweres Parfüm sich in Maries Haar festgesetzt hatte, überhäufte sie sie mit Vorwürfen, die zwar freundlich formuliert waren, aber ihre Wirkung nicht verfehlten.

«Mädchen, du tust dir und uns überhaupt keinen Gefallen, wenn wir die Hochzeit verschieben. Aber wir machen jetzt das Beste draus. Es bleibt uns schließlich nichts anderes übrig», hatte sie gesagt, während sie konzentriert die Karte studierte, um sich danach wie üblich doch bloß einen Salat zu bestellen.

Aber wenigstens hatte es Constanze nicht geschafft, sie zum Weinen zu bringen. Im Gegenteil, je länger Constanze auf sie einredete, desto wütender wurde sie. Eine Wut, die sich viel besser anfühlte als die Trauer der vergangenen Wochen.

Aber wieso nur fiel es ihr so schwer, ihren Unmut laut auszusprechen? Statt auf den Tisch zu hauen, hatte sie sich wieder einmal einschüchtern lassen. Erst als sie sich getraut hatte zu sagen, dass man ihr nicht ausreichend Zeit zugestanden hatte, um den Verlust ihrer Oma zu verarbeiten, hatte Constanze kurz die Luft angehalten. Marie bekräftigte dies in ihrem Verdacht, dass niemand in der Familie Anneliese gemocht hatte, was sie Constanze gegenüber auch äußerte.

Das wiederum war für ihre baldige Schwiegermutter der Startschuss für einen langen Monolog der Empörung. Sie war geradezu getroffen über diesen Vorwurf und betonte, wie sehr sie Maries Oma angeblich geschätzt hatte. Zudem hatten sie und Konrad gehofft, Marie so gut es ging zu unterstützen. Nicht nur hatten sie ihr den Freiraum in der Kanzlei zugestanden, sondern Marie auch nach Kräften bei der Hochzeitsplanung unterstützt – bei allem hatten sie vorwiegend Maries Wohl im Auge. Schließlich war ihnen bewusst, wie sehr sie an ihrer Großmutter hing. Überdies hatte sie immer ein offenes Ohr für Maries Nöte. Sie sagte, sie sei geradezu schockiert darüber, dass Marie ihre Bemühungen offenbar nicht honoriere.

Und das war genau das, worüber sich Marie noch immer, zwei Tage nach dem Gespräch, maßlos ärgerte. Constanze hatte es wieder einmal geschafft, dass sie sich nach einem ach so klärenden Gespräch schlechter fühlte als vorher. Jedenfalls hatte es ihr nicht die quälenden Schuldgefühle genommen. Noch immer kam es ihr so vor, als hätten die Bergmanns, einschließlich Max, ein vollkommen falsches Bild von ihr. In ihrer Gegenwart fühlte sich Marie manchmal wie ein kleines Kind, das nicht imstande war, seine Emotionen zu kontrollieren und deswegen nicht für voll genommen wurde.

Während Marie auf das gegenüberliegende Ufer der Außenalster blickte, kam ihr in den Sinn, dass dieses Gefühl vielleicht niemals verschwinden würde. Zu Beginn ihrer Beziehung hatte Marie es noch sehr genossen, in Max einen Beschützer zum Anlehnen zu haben. Dass Max ihre Gefühlsausbrüche immer belächelte wie bei einem kleinen Mädchen, hatte sie nicht sonderlich gestört. Dann eilte Max Bergmann herbei und tätschelte ihr amüsiert den Kopf, wie eine Mutter, die die Trauer um ein ramponiertes oder verlorengegangenes Kuscheltier belächelte. Doch inzwischen traf es sie sehr, wenn ihr Freund ihre Gefühle nicht ernst nahm. Sie war schließlich eine erwachsene Frau. Und konnte durchaus stark sein. Aber wann immer sich eine Gelegenheit bot, diese Stärke unter Beweis zu stellen, wurde ihr ein Strich durch die Rechnung gemacht. Von einigen Ausnahmen mal abgesehen. Etwa als sie nach dem ersten Staatsexamen einen Kurztrip nach New York machen wollte, und zwar allein, weil Max in der Kanzlei nicht abkömmlich gewesen war, wohingegen Anika nicht genügend Geld übrig hatte und der Meinung war, ohne Powershopping habe eine Reise in die Einkaufsstadt schlechthin nicht viel Sinn.

Das hatte Marie durchaus anders gesehen und war spontan für eine knappe Woche allein in die USA geflogen, um die Metropole von einem zentral gelegenen Mittelklassehotel am

Times Square aus zu erkunden. Erst als sie wieder zu Hause war und Max begeistert geschildert hatte, wie inspirierend und beglückend sie es empfunden hatte, die pulsierende Stadt Block für Block zu entdecken, und dies mit gar nicht mal schlechten Fotos anschaulich dokumentieren konnte, hatte sie sich etwas Respekt verschaffen können.

Auch wenn Marie sich selbst mit dieser Reise bewiesen hatte, dass sie mutiger und selbstsicherer war, als es vielleicht den Anschein hatte, konnte sie das Gefühl nicht ausstehen, sich in der Familie Anerkennung erst verdienen zu müssen, jedes Mal von neuem.

Wenn sie eines Tages Mutter wäre, würde sie jedenfalls alles daransetzen, ihren Kindern täglich zu zeigen, dass sie bedingungslos geliebt wurden, unabhängig davon, was sie «leisteten». Ein Gefühl, das sie selbst schmerzlich vermisste, seit ihre Mutter und ihre Oma nicht mehr da waren.

Vielleicht war eine neue Reise das Richtige, um sich besser zu fühlen und alles, was passiert war, zu verarbeiten. Marie seufzte, als sie sich wieder von der Bank erhob. Sie steckte die Kopfhörer zurück in die Ohren und stellte ihren Lieblingssong *Empire State of Mind* von Alicia Keys auf Dauerschleife. Dann lief sie los, aber diesmal viel langsamer. In dem Tempo, in dem sie sich wohl fühlte und trotzdem zum Ziel kam.

Paul

Ach du Scheiße, schoss es Paul durch den Kopf, als er ungeduldig Maries neuesten Brief überflog. Leonie hatte die Post geholt und ihm triumphierend den Umschlag überreicht, der zwischen das abonnierte Angelmagazin und die andere Post gerutscht war. Paul hatte Leonies neugierigen Blick ignoriert und scheinbar interessiert die Seite mit den Fängen des Monats aufgeschlagen. In Wahrheit jedoch starrte er dahinter auf den Brief, in dem Marie munter ankündigte, übernächste Woche auf die Insel kommen und ihn besuchen zu wollen.

Paul lehnte sich vor Schreck an die Küchenzeile. Jetzt war das eingetreten, was er befürchtet hatte. Wenn ihm nicht irgendeine geniale Idee kam, würde sein Schwindel schon sehr bald auffliegen. Argwöhnisch beobachtete er aus dem Augenwinkel, wie Leonie vergeblich versuchte, an die neue Packung Schoko Krispies zu kommen. Paul hatte sie wohlweislich ganz oben im Regal des Vorratsschrankes verstaut. Genau wie die Toffifee und die Kekse, die sie heute Vormittag zusammen beim Großeinkauf erstanden hatten. Mehrere Male hatten Leonie und Paul zum Auto gehen müssen, um die Einkäufe aus dem vollgepackten Volvo ins Haus zu tragen. Endlich hatte er sein Versprechen wahr gemacht, dass Leonie alles in den Einkaufskorb legen durfte, worauf sie Lust hatte. Das bedeutete allerdings nicht, dass sie auch alles auf einmal anbrechen und essen durfte.

«Komm mal her, junge Dame!», befahl Paul auch sogleich und legte das Angelmagazin und den Brief beiseite.

Doch Leonie tat so, als hätte sie diese Aufforderung nicht gehört, und schob sich einen Hocker an das Regal, um hinaufzuklettern.

«Moment!», sagte Paul, eilte auf Leonie zu, um sie sich zu schnappen und so wild durch die Luft zu schleudern, dass sie vor Vergnügen quietschte. Sie liebte es, wenn ihr Vater so einen Quatsch mit ihr anstellte.

Als sie sich jedoch aus seinem Klammergriff befreit hatte, lief sie in Windeseile davon, durch die Eingangsdiele und die offen stehende Hintertür nach draußen in den großen Garten. Obwohl es auf der Hand lag, dass Paul eigentlich viel schneller war, tat er so, als hätte er Mühe, Leonie zu folgen. Das verschaffte ihr den nötigen Vorsprung, um die Leiter zur alten Eiche zu erklimmen, die zum Baumhaus in der riesigen Krone führte. Leonie kletterte sie tatsächlich so flink empor, dass Paul sie nicht mehr einholen konnte und ganz außer Atmen war, als auch er ganz oben angekommen war.

«Hallo, du alter Hase!», begrüßte ihn Leonie und grinste breit.

«Wieso sagst du immer alter Hase zu mir?», beschwerte sich Paul und setzte sich neben sie auf die Aussichtsplattform, die er einst zusammen mit seinem Vater aus zwei Kiefernholz-Paletten gezimmert hatte.

«Na, weil du alt *bist*!»

Paul riss seine Augen auf und verzog in gespieltem Entsetzen das Gesicht, sodass Leonie augenblicklich wieder ihr unnachahmlich lebenslustiges Lachen lachen musste.

«Na, immerhin bin ich noch nicht zu alt, um hier raufzukommen», sagte Paul nachdenklich und rückte näher an Leonie heran. Sie machte es sich schließlich auf Pauls Schoß gemütlich und lehnte sich mit dem Rücken an seine Brust, sodass sie beide in dieselbe Richtung auf das Watt hinterm Deich sehen konnten. Durch den nur noch schmalen Abstand zwischen Wasser und Küstenstreifen konnte Paul schließen, dass es etwa zwei, drei Stunden dauern würde bis zum Tidehochwasser.

Was er über die Gezeiten wusste, hatte ihm sein Vater beigebracht. Wann immer sie hier oben im Baumhaus zusammengesessen hatten, hing Paul an seinen Lippen, wenn er Spannendes über Ebbe und Flut, die Seefahrt oder Zugvögel erklärte. Die Stunden, die sie hier gemeinsam verbracht hatten, waren zwar selten gewesen. Aber für Paul waren diese Baumausflüge immer wie eine kleine Abenteuerreise in eine andere Welt gewesen.

«Was hältst du davon, wenn wir Urlaub machen?», schlug Paul vor und fragte sich im gleichen Moment, ob das überhaupt eine gute Idee war.

Für den Einfall sprach eindeutig, dass er eine Auszeit mehr als dringend nötig hatte. Das letzte Mal war er vor über drei Monaten auf dem Festland gewesen, und das auch nur beruflich für einen halben Tag, um sich mit seinem Auftraggeber und dem Bauleiter anlässlich einer Baustellenbegehung zu treffen. Außerdem gab es zwei extrem gewichtige Argumente für einen Spontantrip: Monikas 40. Geburtstag und den angedrohten Besuch von Marie Wiedmann, die er beide am elegantesten würde umgehen können, wenn Leonie und er gar nicht da waren.

Gegen eine Reise sprach jedoch, dass er, wie die meisten

Selbständigen, nach der Devise «nach dem Projekt ist vor dem Projekt» handeln musste, um den Anschluss nicht zu verlieren. Sicher, sie hatten das Haus, das dank der harten Arbeit seines Vaters längst abbezahlt war. Und im Prinzip hatte Paul auch genug auf der hohen Kante, um ruhig schlafen zu können. Doch seit Inkens Krankheit war er besessen davon, stets ein ausreichendes finanzielles Polster zu haben, um unliebsamen Überraschungen besser begegnen zu können.

«Ich will ins Disneyland!», rief Leonie.

Sie riss begeistert ihre Hände in die Höhe und traf Pauls Nase mit voller Wucht.

«Autsch», beschwerte sich Paul.

Doch Leonie lachte nur und sah ihren Vater neugierig von der Seite an.

«Papa?»

«Ja?»

«Warum geht's dir so gut?»

«Wieso gut? Du hast mir meine Nase gebrochen!»

«Hab ich gar nicht!»

Leonie setzte sich ein Stück weiter weg, um Paul noch genauer betrachten zu können.

«Du lachst viel mehr als sonst», stellte sie mit dem ernsten Gesichtsausdruck eines Erwachsenen fest.

Paul stutzte und wusste nicht, was er darauf sagen sollte. War es wirklich wahr? War er tatsächlich dabei, aus dem tiefsten Tal herauszufinden, ohne es zu bemerken?

Beinahe war es ihm peinlich, dass seine Tochter ihm auf die Schliche gekommen war. Denn es stimmte ja. Seit er sich entschlossen hatte, Marie Wiedmann etwas besser kennenzulernen, erschien ihm die ungewisse Zukunft nicht mehr ganz so düster. Natürlich war ihm vollkommen klar, dass diese Frau, die in seinen Tagträumen mittlerweile eine Art Eigenleben entwickelt hatte, in der Realität gar nicht existierte. Abgesehen davon, dass er nach wie vor nicht aufrichtig ihr gegenüber war. Doch es tat ihm einfach gut, dass es überhaupt noch Frauen gab, die ihm gefielen. Eine ganze Zeit lang hatte er sich nicht einmal vorstellen können, jemals eine andere Frau auch nur anzugucken.

«Du findest wirklich, ich lache mehr?», musste sich Paul vergewissern.

Leonie nickte. Dann hellte sich ihr Gesichtsausdruck auf.

«Und wir fahren ins Disneyland! Das hättest du früher nie erlaubt.»

Paul breitete seine Arme aus. Er ahnte, dass es nicht leicht werden würde, seiner Tochter diese Bitte abzuschlagen. Auch wenn er wusste, dass ein Besuch im Disneyland Leonies Herzenswunsch war, konnte er sich nicht durchringen, ihn zu erfüllen. Noch immer hatte er Inkens Stimme im Ohr, die Leonie versprochen hatte, dass sie eines Tages, wenn Leonie ein Schulkind war, nach Frankreich fahren und ihren Traum wahr machen würden. Obwohl Leonie nun schon in die zweite Klasse kam, hatten sie dieses Versprechen nicht mehr einlösen können.

Paul holte tief Luft. «Also, hör zu: Ja, wir fahren in den Urlaub. Und nein, es geht weder nach Paris noch nach Florida. Das können wir uns nicht leisten. Aber es gibt noch so viele andere schöne Orte, wo man Urlaub machen kann.»

Paul strich Leonie über das Haar. Sie seufzte tief enttäuscht und schaute ihren Vater mit großen, bittenden Augen an.

«Du brauchst mich gar nicht so anzusehen!»

«Bitte, Papa! Nie darf ich das machen, was ich will. Nathalie war auch schon im Disneyland!»

Nathalie hat ja auch beknackte Eltern, wollte Paul einwenden, hütete sich aber, ein böses Wort über Leonies beste Freundin zu verlieren. Ihre Eltern gingen Paul mit ihren mitleidigen Blicken jedoch hochgradig auf die Nerven, und es blieb ihm auch nicht verborgen, dass sie sich hinter seinem Rücken darüber ausließen, wie leid ihnen das Kind ohne Mutter tat.

«Pass auf, mein Liebes! Was hältst du davon, wenn wir Oma besuchen?»

Leonie verzog das Gesicht.

«Aber ich war doch erst bei Oma. Das ist doch kein Urlaub!», beschwerte sie sich.

Paul musste schmunzeln. Ganz offensichtlich hatte er sich nicht klar genug ausgedrückt.

«Ich meine doch nicht Oma Christa, sondern die andere, Oma Edith.»

Leonie verzog noch immer das Gesicht.

«Hör zu, wir machen eine kleine Rundreise! Wir bleiben nur so lange bei Oma Edith, wie du Lust hast. Und wenn du willst, machen wir auf dem Rückweg in Hamburg Station für eine große Shoppingtour und Hafenrundfahrt.»

Leonie senkte ihren Blick.

«Was ist? Du gehst doch so gerne shoppen.»

«Aber ohne Mami bringt das keinen Spaß!»

Paul hielt den Atem an. Er wusste, dass Leonie nur die Wahrheit sagte. Und doch war es verdammt hart, sie zu hören.

Er dachte nach und sagte schließlich: «Es gibt noch so vieles, was wir unternehmen können. Wir könnten zum Beispiel in den Heidepark fahren.»

Nun dachte Leonie nach und wackelte mit dem Kopf hin und her.

«Gibt es da denn auch Prinzessinnen wie im Disneyland?»

«Na, du bist doch selbst eine Prinzessin», entgegnete Paul und drückte Leonie so fest er konnte. Das waren die Momente, in denen er es einfach nicht ertragen konnte, ganz allein für seine Tochter verantwortlich zu sein. Er wusste, was er auch tat, nichts und niemand würde sie je über den Verlust ihrer Mutter hinwegtrösten können.

«Ist schon gut, Papa», sagte Leonie, als sie sich aus Pauls Umklammerung gelöst hatte, «ich weiß, dass du dir viel Mühe gibst!»

Paul konnte kaum glauben, was seine kleine, große Tochter da sagte. Konnte eine Siebenjährige tatsächlich solch erwachsene Sätze von sich geben?

Als Nächstes streichelte Leonie ihm über das dunkelblonde, vom Wind zerzauste Haar. Etwas unbeholfen, aber durchaus liebevoll. Ihre warmen Augen hatten denselben gütigen Blick wie die ihrer Mutter.

«Papa, ich will, dass du noch mehr lachst! Ich will nicht, dass du für immer so traurig bist!»

Noch ein weiteres Wort, und Paul wäre in Tränen ausgebrochen. Doch dank Leonies klarer Ansage wurde ihm schlagartig bewusst, wie schlimm es für sie sein musste, nicht nur mit der eigenen Trauer fertigwerden zu müssen, sondern auch noch ihn leiden zu sehen. Genauso wenig, wie er es ertragen konnte, wenn es seinem Vater nicht gut ging, war es wohl auch für ein kleines Mädchen schlimm, wenn eines der Elternteile eine schlechte Zeit durchmachte. Auch das hatte wohl mit Verantwortung zu tun. Er trug sie nicht nur für seine Tochter, sondern auch für sich selbst. Andernfalls wäre er eine Belastung für sein Umfeld. So viel war klar.

Da halfen auch keine 35 Jahre Altersunterschied. So gesehen, saßen sie beide im selben Boot. Vater und Tochter trauerten um Frau und Mutter, und gleichzeitig machte Leonie sich Sorgen um ihn und er sich Sorgen um seinen Vater, was die Sache nicht besser machte. Paul dachte an seinen alten Herrn. Wie konnte er das erdrückende Gefühl abstellen, für ihn verantwortlich sein zu müssen? Ihm war klar, wie ungerecht das war. Sein Vater war schließlich im Heim und hatte niemanden anderes mehr als ihn, seinen Sohn.

Morgen stand wieder ein Besuch bei ihm an, und allein schon der Gedanke daran, ihn so hilflos, in sich versunken zu erleben, löste bei Paul Beklemmungen aus. In schwachen Momenten wäre es ihm lieber gewesen, sein Vater hätte sich nicht nur geistig, sondern auch körperlich von dieser Welt verabschiedet. Paul malte sich aus, wie leer das Leben eines Menschen sein musste, der in keinerlei Beziehung lebte – zu Partnern, Kindern oder Eltern, in guten wie in schlechten Zeiten und in Liebe und Angst. Dann wäre er zwar frei. Doch war ein freies Leben unter solchen Umständen wirklich erfüllter?

Leonie rückte wieder näher an Paul heran und sah gemeinsam mit ihm auf das Wasser, das inzwischen noch näher an die Küste herangekommen war.

Schon lange hatte Paul nicht mehr hier oben gesessen und in aller Seelenruhe aufs Meer geblickt. Dieser beinahe magisch anmutende Platz hatte etwas Zeitloses. Hier oben war es egal, ob Paul ein hilfloser Sohn, ein erwachsener Vater oder ein trauernder Witwer war. Hier oben verloren die schlimmen

Seelenschmerzen ihre Dimension, weil sie sich in der Weite des Himmels und des Horizontes aufzulösen schienen.

Erst nach einigen Minuten gelang es Paul, seinen Blick vom Meer loszureißen. Er schüttelte ungläubig den Kopf und gab sich selbst mit einem plötzlichen Zischlaut zu verstehen, wie absonderlich er all die sentimentalen Gedanken fand, die sich in letzter Zeit immer öfter in den Vordergrund zu drängen schienen. Eine Auszeit war sicher der beste Anfang für ein neues Leben, dachte er und erhob sich, um Leonie zurück in die Küche zu begleiten und ihr einen Kakao und sich einen starken Kaffee zu machen. Noch nie war er stolzer auf seine kleine, tapfere Tochter gewesen. Es tat gut, dass sie auf ihn achtgab. Und gleichzeitig wurde ihm klar, dass er es ihr schuldig war, besser für sie beide zu sorgen.

Marie

Amrum, 20. 07. 2013

Liebe Frau Wiedmann,

haben Sie vielen Dank für Ihren Brief!

Ich freue mich inzwischen sehr, wenn ich meinen Postkasten öffne und eine Antwort von Ihnen entdecke. Ihre Briefe sind etwas ganz Besonderes für mich und bringen Schwung in meinen etwas tristen Alltag. Allerdings betrübt mich die Tatsache, dass Sie und Ihr Verlobter eine «schwierige Phase» durchmachen, wie Sie schreiben. Wenn Sie erlauben, gebe ich Ihnen den Rat, ihn mehr an Ihrer Trauer um Anneliese teilhaben zu lassen. Vielleicht weiß Ihr Zukünftiger nicht, wie nahe Sie und Ihre Großmutter sich wirklich standen. Und es gibt schließlich keinen Grund, sich für seine Trauer zu schämen. Mein kleiner Vorsprung an Erfahrung zeigt mir, dass sich die Stärke eines Menschen doch dadurch auszeichnet, zu seinen Gefühlen zu stehen. Die Herausforderungen, die das Leben einem stellt, also offen anzunehmen, die Emotionen jedoch zu durchleiden und sie zu überwinden, ohne sich in ihnen zu verlieren oder sie zu verdrängen.

Das sagt sich natürlich leicht. Bei anderen sieht man die Dinge immer viel klarer als bei sich selbst. Doch wenn ich mir die jungen Leute von heute so ansehe, sind sie allzu oft damit beschäftigt, sich mit Fernsehen, Computer, Kino, Arbeit oder Drogen von dem abzulenken, was das Lebendigsein ausmacht.

Wenn ich zurückblicke, kann ich sagen, nicht die Dinge zu bereuen, die ich getan habe. Nein, es sind die Dinge, vor denen ich weggelaufen bin, denen ich mich nicht gestellt habe oder die ich mich nicht getraut habe, die meiner Seele Kummer machen. Wenn ich noch einmal von vorn beginnen könnte, würde ich für die Menschen kämpfen, die mir am Herzen liegen, und andere wiederum ihren Weg gehen lassen, wenn sie mir meinen versperren.

Um also auf Ihre Frage nach meiner Familie zu antworten: Ja, es hat außer Anneliese noch weitere Menschen gegeben, denen mein Herz gehört oder gehört hat. Ich war bis zu meiner Scheidung vor knapp 30 Jahren mit einer Frau verheiratet und habe mit ihr einen (liebenswerten, aber manchmal etwas halsstarrigen) Sohn und eine wundervolle Enkeltochter, die mit einem harten Schicksal zu kämpfen haben. Ich kann es kaum ertragen, sie leiden zu sehen und ihnen nicht helfen zu können. Doch es gibt keine andere Möglichkeit, als anzunehmen, was unabänderlich ist, und anzugehen, was auf einen wartet.

Ich kann mir denken, wie pathetisch das in Ihren noch so jungen Ohren klingen mag. Und ich will Sie mit meinen ach so schlauen Altersweisheiten auch gar nicht belästigen. Doch ich lese in und zwischen Ihren Zeilen nicht nur die Trauer, sondern auch eine Verlorenheit, die ich nur allzu gut kenne. Ich will damit gar nicht sagen, dass mein eigenes Leben unerfüllt war. Im Gegenteil, ich bin dankbar für alles, was mir an Liebe widerfahren ist, und allein deswegen weiß ich, es gibt nur einen Weg, wenn man auf einer falschen Spur ist: dem Herzen und der inneren Stimme zu folgen!

Sie schreiben, dass Sie weder mit Ihrem Beruf noch mit Ihrer zukünftigen Familie im Reinen sind. Tun Sie etwas dagegen!

Öffnen Sie Ihr Herz für sich und für Ihr Umfeld! Dann werden Sie den richtigen Weg finden und bei sich selbst ankommen.

So viel Schönes liegt noch vor Ihnen. Ihre Augen haben das gleiche Strahlen wie die Ihrer Großmutter. Sie war eine starke Frau, die sicher stets bemüht war, Ihnen Halt zu geben. Obwohl Sie auf dem Foto recht jung aussehen, sind Sie alt genug, um Verantwortung für sich zu übernehmen, und jung genug, um die Weichen neu zu stellen. Nehmen Sie sich die Auszeit, die Sie brauchen, und denken Sie darüber nach!

Leider ist es nicht möglich, mich hier auf der Insel zu besuchen. Bitte verzeihen Sie, dass ich mich nicht mehr imstande sehe, Sie zu empfangen. Ich stehe Ihnen aber nach wie vor gerne schriftlich Rede und Antwort, wenn Sie es denn wünschen.

Mit herzlichen Grüßen,
Ihr Paul Hansen

PS Ich habe mir erlaubt, Annelieses Apfelkuchen zu backen, und war begeistert von der fein-säuerlichen Note und der Zimtsahne.

PPS Sie würden mir eine große Freude bereiten, wenn Sie Näheres über sich und Ihr Leben berichteten. Ich werde den Eindruck nicht los, dass Sie Ihrer Oma viel ähnlicher sind, als Sie vielleicht denken. Ist Ihnen aufgefallen, dass Sie beide fast die gleiche, schöne Handschrift haben?

Marie wurde heiß und kalt. Dieser Brief löste so viele Emotionen in ihr aus, dass sie gleichzeitig traurig berührt und aufgeheitert war. Sie musste schmunzeln, als sie noch einmal die letzte Bemerkung überflog. Es stimmte. Schon als Grundschulkind hatte sie die Schrift ihrer Oma bewundert. Wann immer sie eine Glückwunschkarte zum Geburtstag oder auch nur einen Einkaufszettel von ihr bekam, hatte sie die einzelnen Worte nur allzu gern abgepaust und später einfach so oft kopiert, bis sie die in schönen Bögen geschwungenen Buchstaben genauso flüssig schreiben konnte. Erst neulich im Büro war ihr das wieder eingefallen, als sie während eines Telefonats das erste Mal ihren zukünftigen Namen Bergmann auf einem Notizblock geübt hatte. Obwohl die Namen Wiedmann und Bergmann nicht allzu weit voneinander entfernt waren, hatte ihr das Gesamtbild mit ihrem Vornamen noch nicht ganz gefallen, was Marie auf das breite B geschoben hatte, das nicht so elegant wirkte wie das schwungvolle W, das sie sich ebenfalls bei Anneliese abgeguckt hatte.

Welch schöne Worte Paul Hansen für seine Lebensweisheiten gefunden hatte. Er muss ein wundervoller Mensch sein, dachte Marie und fand es sehr bedauerlich, dass er sie offenbar nicht persönlich treffen wollte. Und das, obwohl sie in seinen Augen Anneliese offenbar durchaus ähnlich war. Doch vielleicht war genau das das Problem. Vielleicht hatte er Angst, dass sie alte Wunden aufreißen würde, wenn sie sich von Angesicht zu Angesicht begegneten. Vielleicht fühlte er sich auch einfach zu alt für ein Treffen. Womöglich hatte er Sorge, ihr etwas bieten zu müssen, wenn sie sich extra auf den Weg nach Amrum machen würde. Doch da lag er natürlich vollkommen falsch. Tatsächlich wäre es ihr eine Ehre, ihn besuchen zu dürfen und ihm vielleicht sogar etwas Gutes zu tun. Ohnehin war die Insel sicher jede Reise wert. Und eine Auszeit brauchte sie so oder so, so viel war ihr klargeworden.

Nachdenklich steckte Marie Pauls Brief zurück in die Innentasche ihrer Jacke, wo sie ihn direkt am Herzen trug, seit sie ihn heute Morgen aus dem Briefkasten gefischt hatte.

Nun saß sie auf dem Fußboden des Raumes, der bis vor kurzem noch das behagliche Wohnzimmer ihrer Oma gewesen war. Schon in zehn Minuten würden die Schöneborns raufkommen, um mit der Wohnungsübergabe ein über 20 Jahre währendes Kapitel abzuschließen. Auch Max war sicher schon auf dem Weg. Marie hatte extra auf ihre Mittagspause verzichtet, um früher Schluss machen und sich allein und ganz in Ruhe von Annelieses Zuhause verabschieden zu können.

Aber das hier sah gar nicht mehr wie ihr Zuhause aus, stellte Marie fest, als sie sich umsah. Ohne das Sofa, die Schrankwand, die Bilder und Bücher war der Raum furchtbar leblos, kahl und ungemütlich und strahlte weder Geborgenheit noch Sicherheit aus. Bis auf ein paar Lampen und Gardinen hatten die Männer von der Entrümpelungsfirma, die Max engagiert hatte, alles mitgenommen. Auch die Maler waren längst angerückt und hatten die Wände in Küche, Bad und Flur weiß gestrichen und im Wohn- und Schlafzimmer eine neue Raufasertapete geklebt und angestrichen.

Einzig die hellrosafarbenen Geranien und dunkelroten Fuchsien in den Blumenkästen auf dem Balkon erinnerten noch an Anneliese. Marie hatte kurz überlegt, ob sie entgegen der Verabredung mit Frau Schöneborn doch die Pflanzen mit nach Hause nehmen und auf ihre Terrasse stellen sollte. Doch zum einen hätte Max das sicher nicht gefallen. Zum anderen waren ihr die persönlicheren Dinge, die sie behalten hatte, viel wichtiger. Dazu gehörten nicht nur das wunderschöne Geschirr, Silberbesteck und die Tupperware ihrer Großmutter, sondern auch ihr Schmuck, die Handtasche, ein paar Halstücher, die Fotoalben, die Rezeptsammlung. Und natürlich die Briefe.

Ob Anneliese wohl damit einverstanden gewesen wäre, dass Marie sie an sich genommen hatte?, fragte sie sich. Noch immer konnte sie sich keinen Reim darauf machen, warum Anneliese nie etwas von ihrem Paul erzählt hatte. Sicher, als ihr Opa noch gelebt hatte, wäre es vielleicht nicht angebracht gewesen für eine Frau ihrer Generation. Aber später, viele Jahre nach Heinrichs Tod, hätte Anneliese ihre Jugendliebe doch wenigstens einmal erwähnen können. Entweder war sie einfach ihrem Mann gegenüber zu loyal gewesen, oder aber sie hatte sich nicht getraut. Womöglich hatte sie Sorge, dass Marie versucht hätte, sie zu überreden, Paul Hansen einzuladen oder zu besuchen. Denn wann immer Marie eine zarte Andeutung in die Richtung gemacht hatte, dass ihre Oma doch noch das Zeug hatte, sich bei einer seriösen Partnerbörse anzumelden, hatte Anneliese jede Art von Verkuppelungsversuch sofort barsch abgewehrt.

Vielleicht hatte Anneliese auch gewollt, dass Marie die Briefe eines Tages finden würde. Auch wenn es keinen Anlass gegeben hatte, mit einem baldigen Tod zu rechnen, war ihre Oma viel zu rational gewesen, um komplett auszublenden, dass es Max und Marie wären, die sich um ihren Nachlass kümmern würden. Schließlich gab es auch ein Testament, von dem zunächst niemand etwas gewusst hatte, außer Maries Onkel Johann. Erst nach der Trauerfeier im Café Lehmann hatte er Maries Vater angerufen, um ihm mitzuteilen, dass ein ihm bekannter Notar nach dem Tod von Maries Opa eine testamentarische Verfügung Annelieses aufgesetzt hatte. Erst wenn die Ferienzeit vorbei war, sollte der Termin stattfinden, an dem der Kollege die Familie darüber in Kenntnis setzen würde, was Anneliese hinterlassen hatte. Von einer allzu großen Erbschaft war nicht auszugehen. Jedenfalls hatte Max sich bereits nach der Durchsicht ihrer Kontoauszüge vergewissert, dass kein totes Kapital auf dem Girokonto versauerte. Bislang war nur bekannt, dass es eine Lebensversicherung und ein Sparbuch gab, das kaum den Weg von Onkel Johann nach Hamburg lohnen würde. Ganz sicher würde Marie ihm auch keine Geheimnisse aus Annelieses Vergangenheit erzählen. Soviel Marie wusste, hatte er sich nie besonders für das Wohlergehen seiner Mutter interessiert. Seit dem Tod seines Vaters war er kaum öfter als ein, zwei Mal pro Jahr aus Frankfurt angereist, um Anneliese zu besuchen. Und dann hatte er es sich auch nicht nehmen lassen, es als großen Gnadenakt hinzustellen, allein ihretwegen das Flugticket nach Hamburg gebucht zu haben, wo sie doch genauso gut hätte kommen können.

Marie dachte an Paul Hansens Brief. Sie freute sich schon, am Abend, wenn Max zum Tennis ging, genug Zeit zu haben, um zurückzuschreiben. Sie brannte darauf, all seine Zeilen noch einmal in Ruhe auf sich wirken zu lassen. Auch wenn sie enttäuscht war, dass er sich offenbar als zu alt empfand, um Besuch einer Fremden zu empfangen, und sie ohne erklärende Worte abgewiesen hatte, rührte und ehrte es sie, dass er sich so viel Mühe gab, ihr aufmunternde Worte zu schreiben. Sie hatten etwas durchaus Tröstliches. Würden all die klugen Ratschläge von jemand anderem kommen, etwa von Anika oder Constanze, würde sich Marie sicher schwertun, sie anzunehmen. Doch dieser alte Herr hatte irgendetwas an sich, das Marie faszinierte und ihr Respekt einflößte. Und seine

Worte waren so warmherzig, dass sie ihm ohne Not vertraute. Vielleicht war es auch die Nähe zu Anneliese, die sie beide verband. Wann immer Marie an Paul Hansen dachte oder einen seiner schönen Briefe in den Händen hielt, machte sich ein wohliges, versöhnliches Gefühl in ihr breit, fast so, als hätte Anneliese dafür gesorgt, dass ein neuer Vertrauter in Maries Leben trat, der den Verlust wenigstens ein bisschen auffangen und durch aufrichtiges Mitgefühl erträglicher machen konnte.

Marie schreckte hoch. Es klopfte, wenige Sekunden später schloss jemand die Wohnungstür auf. Das konnten nur die Schöneborns sein, überlegte Marie und erhob sich mit einem Seufzer vom Boden. Sie strich sich über ihr Haar und trat in den langen, kahlen Flur, wo sie auf die Vermieter traf. Gleich dahinter schloss sich auch schon Max an, der in seinem Anzug wie immer eine sehr gute Figur machte. Nachdem sich alle mit Handschlag begrüßt hatten, unternahmen Max und Herr Schöneborn einen Rundgang durch die Wohnung und lasen danach die Strom- und Wasserzähler im Keller ab. Währenddessen hatte Marie Gelegenheit, noch ein wenig mit Frau Schöneborn zu plaudern.

Schon nächste Woche würde eine junge Frau hier einziehen, die nach den Schilderungen von Frau Schöneborn dem Ideal einer Mieterin entsprach, weil sie einen sicheren Job bei einer Krankenkasse hatte und dazu Nichtraucherin, tier- und kinderlos war.

Während sie sprach, musterte Marie ihr Gegenüber. Annelieses Vermieterin erfüllte beinahe jedes Klischee einer alten Dame, deren wichtigstes Anliegen es war, dass in ihrem Haus alles mit rechten Dingen zuging und in geregelten Bahnen verlief. Der Hausflur war stets tipptopp sauber, die Fenster streifenfrei, die Beete im Vorgarten akkurat gepflegt, genau wie die dauergewellte Kurzhaarfrisur, die mit dem dunkelblauen Faltenrock und der weiß-blau gestreiften Schlupfbluse ein rundes Bild abgab.

Marie zögerte. Sie war sich nicht sicher, wie Frau Schöneborn reagieren würde, wenn sie nach Paul Hansen fragte. Doch die Neugier überwog.

«Sagen Sie, was wissen Sie eigentlich über die Briefe, die meine Oma früher an Ihre Anschrift schicken ließ?»

Marie sah es Frau Schöneborn sofort an, dass ihr die Frage unangenehm war.

«Ich kenne den Absender, Paul Hansen. Über die Jahre müssten etliche seiner Briefe in Ihrem Briefkasten gelandet sein», schob Marie hinterher, um sie zu ermuntern, offen zu sprechen.

Frau Schöneborn sah sich unsicher nach den Männern um. Erst als sie sich vergewissert hatte, dass sie niemand hören konnte, flüsterte sie mit leicht beschämtem Blick: «Ich habe Ihrer Oma einen Gefallen getan. Viel hat mir Ihre Oma nicht über den Absender erzählt, und es war ja nur einmal im Jahr. Wir wollten nicht, dass Herr Winter sich unnötig aufregt.»

«Und als mein Opa gestorben ist, mussten Sie die Briefe nicht mehr in Empfang nehmen?»

Etwas zerknirscht gab Frau Schöneborn mit einem Nicken zu verstehen, dass es stimmte.

«Es war sehr nett, was Sie für meine Oma getan haben. Wissen Sie, natürlich habe ich meinen Opa geliebt. Aber meine Oma hatte es nie leicht mit ihm», ergänzte Marie und lächelte der alten Dame zu, deren Gesichtszüge sich wieder entspannten.

Marie trat in den Flur und ließ ihren Blick noch einmal bewusst durch die Räume wandern. Die Vermieterin folgte ihr.

«Das ist wohl wahr. Viele, die im Krieg waren, konnten sich nicht wieder richtig in die Gesellschaft einfinden», erklärte Frau Schöneborn nun mit gedämpfter Stimme, so, als spräche sie aus eigener Erfahrung.

«Wissen Sie zufällig, ob meine Oma auch mal Besuch von Herrn Hansen bekommen hat?»

Frau Schöneborn horchte auf, als ihr Mann und Max sich näherten, und flüsterte: «Ich wüsste nicht, dass es hier jemals fremden Herrenbesuch gegeben hat. Der muss mittlerweile ja auch schon in den Achtzigern sein, wenn er überhaupt ...»

Sie zuckte mit den Schultern. Marie lächelte verständig und schwieg. Nachdem Max das Übergabeprotokoll unterschrieben hatte, das ganz im Sinne der gewissenhaften Vermieter war, verabschiedeten sich Marie und Max freundlich.

Als sie unten vor die Haustür traten, sah Max auf die Uhr.

«Ich habe noch Zeit bis zum Training. Wollen wir was essen gehen?»

Marie seufzte. Eigentlich war ihr nicht danach auszugehen.

«Mein Magen knurrt. Na komm schon, lass uns zu Enrico gehen!»

Marie zögerte, ließ sich aber wie so oft von Max überreden mitzukommen. Sie stiegen in seinen schwarzen Audi und schwiegen eine ganze Zeit lang. Nie wieder würde sie Annelieses Wohnung betreten, dachte Marie, als Max an der ersten Kreuzung auf die Hauptstraße abbog.

«Was ist mit dir, Schatz? Bist du nicht auch froh, dass wir das mit der Wohnung endlich erledigt haben?», fragte Max, als sie an einer Ampel hielten.

«Doch, klar», hörte Marie sich sagen. Sie wendete den Blick ab und beobachtete eine ältere Dame, die Mühe hatte, in der erforderlichen Geschwindigkeit die Straße zu überqueren. Als die Fußgängerampel längst wieder auf Rot gesprungen war und sie und Max eigentlich schon hätten fahren dürfen, hatte sie erst zwei Drittel des Weges geschafft. Marie war sich nicht sicher, ob Max sie auch sah. Da er aber entgegen seinem Naturell so langsam anfuhr, dass die Dame in Ruhe die andere Straßenseite erreichen konnte, musste sie ihn glücklicherweise nicht mehr auf die Gefahr hinweisen. Bestimmt hätte es sofort Streit gegeben. Max hasste es, wenn Marie sich in seine Fahrweise einmischte. Er hielt sie für neurotisch, wenn sie ihn ermahnte, weniger sportlich zu fahren. In wohl formulierten Worten versuchte Max ihr in solchen Situationen klarzumachen, dass es zwar verständlich war, wenn sie Angst hatte, wo sie doch ihre Mutter durch einen Autounfall verloren hatte. Aber deswegen brauchte sie trotzdem nicht zu übertreiben und ihm unterstellen, dass er ein schlechter Fahrer war. Schon oft waren sie bei diesem Thema aneinandergeraten. Denn Marie fand auch unabhängig von der Geschichte mit ihrer Mutter, dass Max sich überschätzte und sich und auch andere durch seine allzu offensive Fahrweise gefährdete.

Marie sah der alten Frau noch eine Weile hinterher, bis sie aus ihrem Sichtfeld verschwand. Was wohl aus Anneliese geworden wäre, wenn sie sich nicht so plötzlich aus dem Leben verabschiedet hätte? Wäre sie in zehn Jahren als Pflegefall geendet? Natürlich hatte Marie auch ab und an darüber nachgedacht, dass es an ihr gewesen wäre, sich zu kümmern. Sicher hätte es große Auseinandersetzungen mit Max gegeben, wenn Marie eines Tages ihre Oma hätte zu sich holen wollen.

Marie lehnte sich an die Kopfstütze und schloss die Augen. Wieso nur war das Verhältnis von Max und Anneliese immer so kompliziert gewesen? Aber Marie musste ihm zugutehalten, dass er sich trotzdem um alles kümmerte, was Marie zuwider gewesen wäre, und sogar Verständnis hatte, dass sie nicht so bald heiraten wollte wie geplant.

«Ich habe vorhin noch mit Herrn Schlüter telefoniert, wegen der Testamentseröffnung!»

Marie öffnete die Augen wieder und sah Max an. Er lächelte, als er sagte: «Er schlägt einen Termin nach den Sommerferien vor. Wir müssen nur noch deinen Onkel fragen, ob er auch kann.»

Marie nickte und fragte sich, ob es nicht besser war, wenn ihr Vater auch dabei sein würde.

«Wer weiß? Vielleicht hat deine Oma dir ja irgendeinen Gutshof im Alten Land vermacht, und du weißt nur noch nichts von deinem Glück!»

Offenbar bemühte sich Max darum, Marie aufzuheitern. Denn seine absurde Idee brachte er betont gut gelaunt und humorvoll rüber.

«Genau», entgegnete Marie ironisch, «und den Luxuswagen und den Privatjet nicht zu vergessen.»

Marie atmete tief durch. Es gelang ihr nicht, die Sache nüchtern zu sehen oder gar Scherze darüber zu machen. Auch wenn Anneliese in jeder Lebenslage eine Portion Humor hatte, half ihr diese Art von Witzen nicht über die traurige Zeit hinweg.

Während Max sich auf den Feierabendverkehr konzentrierte und ausnahmsweise recht gemächlich fuhr, ohne schnelle Spurenwechsel und seinem Vordermann zu dicht aufzufahren, legte er zärtlich seine Hand auf Maries Knie.

«Aber im Ernst. Vielleicht hat Anneliese ja ein bisschen was gespart. Andernfalls hätte es sich doch gar nicht gelohnt, ein Testament aufzusetzen.»

Marie sah Max ohne Regung an. Sie hatte einfach keine Lust über Geld zu sprechen.

«Dein Onkel wird natürlich auch erben und wenn es nur der Pflichtteil ist. Aber du kannst dich bestimmt freuen. Das ist dann eben wie ein vorgezogenes Hochzeitsgeschenk», frohlockte Max weiter und steuerte den Wagen dabei gekonnt in eine enge Parklücke, direkt an der Ecke zum Eingang von Enricos Restaurant.

Er schaltete den Motor aus und schnallte sich ab. Dann wandte er sich Marie zu und sah sie prüfend an.

Plötzlich musste Marie wieder an Paul Hansen denken und an seine so warmen Worte, mit denen er sie ermunterte, offener mit ihrer Trauer umzugehen.

«Ich weiß, dass ich im Moment eine Zumutung bin und dass du dich total bemühst», begann Marie und nahm Max' Hand. Sie konnte ihm nicht in die Augen sehen. Stattdessen starrte sie auf ihrer beider Hände und merkte, wie sich schon wieder ihre Augen mit Tränen füllten, obwohl sie sich selbst wunderte, dass noch immer welche nachkamen.

«Aber ich fühle mich so einsam», flüsterte sie.

Noch immer wagte sie es nicht aufzusehen. Auch nicht, als sie diesen mutigen Satz zu erklären versuchte: «Das liegt bestimmt daran, dass ich die Einzige bin, der Oma so fehlt. Und ich will mich auch gar nicht da reinsteigern. Aber ich will das eben auch so erwachsen wie möglich bewältigen. Und so langsam habe ich das Gefühl, du kannst mir dabei einfach nicht helfen.»

So, jetzt war es raus. Sie hatte einfach gesagt, was sie fühlte, nämlich dass Max ihr keine emotionale Stütze war, obwohl er sich nach Kräften bemühte. Sie hoffte, dass ihr Ton nicht allzu vorwurfsvoll klang. Denn er konnte ja nichts dafür, dass Anneliese gestorben war. Niemand konnte etwas dafür. Es war der Lauf der Dinge, und doch war es so schwierig, das zu akzeptieren.

«Aber ich bin doch für dich da!», entgegnete Max und schien ehrlich besorgt zu sein. Jedenfalls sah Marie Verzweiflung in seinem Gesicht, als sie endlich den Kopf hob.

«Ja, das bist du!», sagte sie beschämt. «Aber du bist immer so nüchtern und organisiert, und ich komme mir an deiner Seite immer so klein und naiv vor, so als würde ich mich bloß anstellen und nie was auf die Reihe kriegen.»

Max schwieg. Das war kein gutes Zeichen, dachte Marie.

«Ich weiß eigentlich gar nicht, was du wirklich über mich denkst. Und du weißt gar nicht, wie ich mich fühle», ergänzte Marie traurig.

Schon wieder hatte sie etwas gesagt, was sicher viel schlimmer klang, als sie es meinte. Aber sie fühlte sich so hilflos und überfordert mit der ganzen Situation, dass sie sich nur noch im Kreis drehte. Marie biss sich auf die Lippe und setzte alles daran, nicht schon wieder loszuheulen.

Nach einer ganzen Weile holte Max tief Luft und sagte schließlich: «Ich weiß aber, dass ich dich liebe. Und es ist kein Wunder, dass du in einer Krise steckst. Aber das geht auch wieder vorbei. Mhm?!»

Max' Ton klang liebevoll, aber bestimmt. Marie wollte schon widersprechen. Aber wahrscheinlich hatte Max recht. Wenn man mitten in einer Krise steckte, hatte man nie das

Gefühl, es würde wieder vorbeigehen. Sie brauchte sicher nur etwas Zeit, um sich an die neuen Lebensumstände mit neuer Familie zu gewöhnen. Und sie brauchte Abstand vom Alltag, um alles etwas klarer zu sehen.

«Hättest du was dagegen, wenn ich für ein paar Tage verreise?», fragte Marie vorsichtig. Auch jetzt war sie sich nicht sicher, wie Max reagieren würde.

«Was sollte ich denn dagegen haben?», stellte Max die Gegenfrage.

Marie spürte einen Anflug von Enttäuschung. Vielleicht war es Max nur recht, dass sie das Feld räumte, ihm die Wohnung überließ und vor allem keine Weltuntergangsstimmung mehr verbreitete.

«Das ist vielleicht das Beste. Such dir irgendein nettes Wellnesshotel und spann ein bisschen aus! Und wenn du zurück bist, hast du Kraft getankt, und wir können uns in aller Ruhe um die Hochzeit kümmern», schob Max hinterher. Seine Stimme klang so sanft und lieb, dass Marie Mühe hatte, länger Groll gegen ihn zu hegen.

Sie lächelte tapfer, als sie sagte: «Genau. Und wenn ich wieder da bin, schicken wir deine Mutter in den Urlaub. Dann haben wir endlich freie Bahn bei der Hochzeitsplanung.»

Auch Max lachte und gab ihr einen Kuss auf die Stirn. Marie dachte einen Moment lang nach, bevor sie sagte: «Ich fahre an die Nordsee, ein verlängertes Wochenende oder so.»

«An die Nordsee?», vergewisserte sich Max und öffnete die Fahrertür. Er stieg aus, sodass Marie keine Gelegenheit hatte, ihm zu erklären, dass sie sich bereits auf Amrum festgelegt hatte und warum es unbedingt diese Insel sein musste. Dabei gab es noch viel mehr, was sie ihm sagen wollte. Dass sie Kontakt zu dem Mann auf dem Foto aufgenommen hatte. Dass sie seine Briefe auf seltsame Weise berührten und seine weisen Worte ihr Trost spendeten. Und dass sie den Drang verspürte, ihn persönlich zu treffen.

Aber irgendetwas sagte ihr, dass heute nicht der richtige Tag dafür war. Marie nahm sich vor, das gemeinsame Essen so gut es ging zu genießen und das Thema Amrum nicht mehr zur Sprache zu bringen. Sie konnte Max auch später noch erzählen, warum sie diese Reise unbedingt machen wollte. Denn schließlich musste sie das selbst noch herausfinden.

Paul

Paul parkte den Volvo auf seinem Stammplatz am Seniorenheim und sah auf die Uhr. Es war bereits Abendbrotzeit. Noch nie waren Leonie und er so spät zu Besuch gekommen. Der spontane Entschluss zu verreisen ließ ihnen jedoch keine andere Wahl. Gleich morgen früh würden sie aufbrechen müssen, um halbwegs zeitig bei seiner Mutter in Kassel anzukommen. Wie er sich und seine Tochter kannte, würden sie es ohnehin nicht schaffen, am Abend alles zu packen, was sie für die Reise benötigten.

«Verraten wir Opa, dass wir in die Ferien fahren?», fragte Leonie, als sie bestens gelaunt aus dem Auto kletterte.

«Das ist eine gute Frage», antwortete Paul und nahm Leonie an die Hand, damit sie so zügig wie möglich das Zimmer von Paul senior erreichten. Auf dem Weg dorthin dachte Paul über die Frage nach. Wahrscheinlich hatte es gar keinen Sinn, seinem Vater irgendwas zu erklären. Seit der Nachricht von Annelieses Tod war es weder ihm noch Frau Stöver oder Frau Lorenz gelungen, an ihn heranzukommen. Jedenfalls hatte die Zimmernachbarin nichts dergleichen berichten können, als Paul sie extra deswegen angerufen hatte.

Plötzlich stoppte Leonie und schaute Paul mit ihren großen, runden Augen an.

«Und wenn wir Opa einfach mitnehmen?»

Paul lächelte gerührt und kniete sich zu seiner Tochter herunter.

«Das ist ganz lieb, dass du dir so viele Gedanken wegen Opa machst. Aber ich glaube, er hat gar keine Lust wegzufahren.»

«Wir können ihn doch fragen!»

Paul schüttelte hilflos den Kopf und ermunterte Leonie weiterzugehen. Wie sollte er seiner Tochter eine Krankheit erklären, die er selbst nicht verstand?

Als Paul an die Apartmenttür klopfte, war wie erwartet keine Reaktion seines Vaters zu hören. Ohne eine Antwort abzuwarten, traten sie ins Zimmer. Wie so oft lief der Fernseher in einer Lautstärke, die verhinderte, dass der alte Mann Notiz von ihnen nahm. Stattdessen saß er auf seinem Stuhl und starrte auf den Bildschirm, wo die Meldungen des Tages gezeigt wurden.

«Vater?»

Paul trat näher und rief nun noch lauter: «Nicht erschrecken! Du hast Besuch.»

Doch es tat sich nichts. Vorsichtig trat Leonie näher an ihren Opa heran und legte ihm sanft ihre kleine Hand auf die Schulter. Doch auch jetzt kam keine Reaktion, wie Paul betroffen beobachtete.

Er eilte auf seinen Vater zu, um zu sehen, ob er überhaupt noch am Leben war.

«Papa! Hörst du uns?»

Paul griff nach seiner Hand. Sie ist warm, dachte er erleichtert und kniete sich hin, um seinem alten Herrn besser in die Augen sehen zu können. Doch sein Blick wurde nicht erwidert. Statt seinen Sohn zu begrüßen, starrte Paul senior weiter auf den Fernseher, ohne jede Regung.

Also erhob Paul sich wieder und griff nach der Fernbedienung, um den Ton auf Zimmerlautstärke zu dämpfen.

«Was ist mit Opa?», flüsterte Leonie verängstigt.

Offenbar hatte auch sie einen gewaltigen Schreck bekommen. Selbst Paul, der schon oft miterlebt hatte, dass sein Vater ihn nicht erkannte, ja nicht einmal Notiz von seiner Anwesenheit nahm, erschütterten solche Begegnungen immer wieder aufs Neue.

«Er ist in seiner eigenen Welt, mein Schatz. Mach dir keine Gedanken! Es geht ihm bestimmt gut», hörte Paul sich sagen, obwohl er es selbst nicht glaubte. Das war ja das Schlimme an dieser Krankheit: dass man nicht wusste, wie es den Betroffenen wirklich ging und ob sie ihr Leben trotz ihres Zustands genossen. Oder ob sie litten, sich aber nicht mitteilen konnten oder wollten.

«Hol Opa mal ein Glas Wasser!», bat Paul Leonie, auch um nicht allzu hilflos dazustehen.

Prüfend betrachtete Paul das Tablett mit dem Abendbrot und sah, dass er es kaum angerührt hatte. Auch ums Trinken mussten sie sich Sorgen machen. Denn wie bei den meisten Senioren hatte offenbar auch beim alten Paul das Durstgefühl nachgelassen, sodass das Pflegepersonal immer wieder anmahnte, dafür zu sorgen, dass die Bewohner ausreichend Flüssigkeit zu sich nahmen.

Nachdem Leonie Paul das Wasser übergeben hatte, versuchte er es seinem Vater vorsichtig einzuflößen. Ohne Widerstand trank er die Hälfte des Glases in einem Zug.

«Papa? Weißt du, welchen Tag wir heute haben?», fragte Paul, nachdem er das Wasserglas auf dem Esstisch abgestellt hatte.

«Heute ist Freitag, das heißt, übermorgen ist Sonntag. Wir sind hier, um dir zu sagen, dass wir diesen Sonntag nicht kommen können.»

Endlich blickte der Alte auf. Obwohl er ihm direkt in die Augen sah, bemerkte Paul, dass er den Blick nicht richtig fokussierte. Es schien, als würde er durch ihn hindurchsehen.

«Ich will nur sichergehen, dass du dir keine Sorgen machst, wenn niemand kommt. Leonie und ich fahren zu Mutter. Wir besuchen sie für ein paar Tage.»

Es regte sich nichts in den müden Augen seines Vaters. Trotzdem sprach Paul besonnen weiter, auch um Leonie das Gefühl zu geben, dass sie sich keine allzu großen Sorgen zu machen brauchte.

«Nächstes Wochenende sind wir wieder da. Und dann komme ich wieder vorbei. Wenn du irgendwas brauchst, musst du dem Personal Bescheid geben, ja?»

Paul legte seine Hand auf den Arm seines Vaters. Wie gerne würde er ihn festhalten. Manchmal würde er ihn sogar am liebsten schütteln oder aus ihm herausprügeln, was in ihm vorging.

Aber es half nichts. Paul senior starrte weiterhin an ihm vorbei ins Leere.

Marie

Mit einer Mischung aus Vorfreude und Melancholie packte Marie die Reisetasche in den Kofferraum ihres alten Golfs. Max hatte ihr zwar seinen Wagen angeboten und sich wie so oft lustig gemacht über ihre Klapperkiste, die schon zwölf Jahre auf dem Buckel hatte. Aber Marie hatte darauf bestanden, ihr eigenes Auto zu nehmen, auch wenn sie die Begründung dafür lieber schuldig geblieben war. Es war ihre eigene Reise, die sie ganz allein antreten musste und wollte und die wichtig für sie war. Es war die letzte Reise, die sie als unverheiratete Frau unternehmen würde. Und es war eine Reise in die Vergangenheit ihrer Oma, die ihr der liebste Mensch auf der Welt gewesen war. Und die wollte sie in ihrem alten Auto antreten.

Marie hoffte, dass Paul Hansen sich, wenn sie erst einmal vor Ort war, doch dazu entschließen würde, sie zum empfangen. Sicher empfand er sich als zu alt, um einer – aus seiner Sicht – jungen Frau einen gebührenden Empfang in seinem Haus zu bereiten. Doch wenn sie ihm versicherte, dass es keinen Grund gab, sie zu hofieren und sich für mögliche Altersleiden zu entschuldigen, würde er hoffentlich schnell Vertrauen fassen und sie vielleicht jeden Tag zu einem Gespräch treffen. Tausend Mal hatte sich Marie diese Gespräche schon vorgestellt. So viele Fragen hatte sie sich zurechtgelegt und für alle Fälle auch das Bündel mit all den Briefen eingepackt, von denen sie bislang nur ein paar gelesen hatte.

Den Ordner mit Annelieses Rezepten hatte Marie ebenfalls mit in die Tasche gelegt. Vielleicht würde es Herrn Hansen Freude bereiten, Annelieses Sammlung durchzublättern.

Auch die Fotoalben und ihre eigenen Bilder war Marie gestern Abend noch zügig durchgegangen, um Annelieses Jugendliebe eine Auswahl präsentieren zu können. Wenn er noch in der Lage war, Briefe zu lesen und zu schreiben, würde er sich bestimmt freuen, Eindrücke aus Annelieses Leben zu gewinnen, auch wenn Marie tunlichst vermieden hatte, irgendeinen Schnappschuss herauszusuchen, auf dem ihr Opa zu sehen war.

Marie hatte das Gefühl, dass es ihr vielleicht leichter fallen würde, Annemarie loszulassen und den Verlust zu überwinden, wenn sie erst mit ihm über ihre Oma gesprochen hatte. Vielleicht, so hoffte sie, würde sie sich danach viel befreiter und gelöster fühlen und sich auf all die schönen Dinge freuen können, die vor ihr lagen: eine Traumhochzeit, ein großer Karriereschritt und in nicht allzu ferner Zukunft vielleicht sogar ein Baby.

Übers Internet hatte Marie sich ein kleines, familiengeführtes Hotel herausgesucht und zunächst für zwei Nächte reserviert, mit Option auf Verlängerung. Sicherheitshalber hatte sie Max erzählt, sie werde erst am nächsten Wochenende zurück sein. So konnte sie spontan und nach Herzenslust sehen, wohin es sie trieb.

Als Marie wenig später auf der A7 Richtung Norden fuhr und die Hinweisschilder zum Flughafen Fuhlsbüttel sah, musste sie schmunzeln und an ihre New-York-Reise denken. Auch wenn sie seitdem das ein oder andere Mal mit Max weggeflogen war, hatte sie den Direktflug zum Newark Liberty

International Airport und ihre feierliche Stimmung von damals noch immer in deutlicher Erinnerung.

So ähnlich fühlte sie sich jetzt auch, gleichwohl Amrum und die Weltmetropole wohl kaum gegensätzlicher sein konnten, dachte Marie gut gelaunt und stellte den aktuellen Hit von Rihanna so laut, dass sie den Text ungeniert mitgrölen konnte. Schon lange hatte Marie sich nicht mehr so frei gefühlt. Sie startete in ihr persönliches, kleines Abenteuer, von dem sie schon jetzt wusste, dass es ein ganz besonderes werden würde.

Paul

Es war ein seltsames Gefühl, das erste Mal ohne Inken zu verreisen, und Paul versuchte jeden Anflug von Wehmut und Schmerz zu unterdrücken. Allein schon Leonie zuliebe wollte er sich in den Ferien so gelöst und lebenslustig wie möglich präsentieren. Paul musste daran denken, wie stressig die Reisevorbereitungen früher immer abgelaufen waren. Inken war jedes Mal schon Tage vor der Abfahrt gereizt gewesen, weil sämtliche Vorbereitungen an ihr hängen geblieben waren, wie sie stets beklagt hatte. Allein Leonies Sachen zu packen, an alles zu denken – von der Lieferunterbrechung der Biokiste und der Tageszeitung bis zur Bitte an die Nachbarn, die Blumen zu gießen, den Briefkasten zu leeren und an die Mülltonnen zu denken.

Obwohl Paul großen Respekt vor all diesen Aufgaben hatte, war dieses Mal alles erstaunlich entspannt verlaufen. Das lag sicher daran, dass Leonie inzwischen alt genug war, um ihre Sachen selbst herauszusuchen, genauso wie sie schon seit ein paar Monaten allein auswählte, was sie anzog. Auch hatte Paul einfach darauf verzichtet, Monika Bescheid zu geben. Er wollte weiteren unangenehmen Fragen entgehen, warum er so dumm war, sich das Event des Jahres, ihren Geburtstag, entgehen zu lassen. Seine Post wollte er seiner neugierigen Nachbarin erst recht nicht anvertrauen. Womöglich fand sie noch einen Brief von Marie darunter. Und die paar Pflanzen, die noch lebten, würden es sicher auch eine Woche ohne Wasser aushalten.

So ungewöhnlich es auch war, es war heute weder Hektik noch Gezanke aufgekommen. Es wurde nicht laut durchs Haus geschrien und nicht rumgezickt, wer was erledigte. Das lag wohl daran, dass Leonie und er allein aufbrachen, sinnierte Paul, als er sich in die Autoschlange zur Fähre nach Dagebüll einreihte. Leonie und er hatten vorfreudig und überraschend gemütlich zusammen gefrühstückt und in aller Ruhe den großen Volvo so vollgestopft, als wären sie mehrere Monate unterwegs. Dabei fuhren sie zunächst nur nach Kassel zu Edith, die sicher alles dahaben würde, was das Herz begehrte. Danach ging es dann weiter in den Heidepark, und es stand ein Abstecher nach Hamburg auf dem Programm.

Obwohl er es sich kaum eingestehen wollte, freute Paul sich sehr auf seine Mutter. Und auf ihr Essen. Wenn es gut lief, würde er noch heute Abend sein Lieblingsgericht, Roastbeef mit Bratkartoffeln und selbstgemachter Remoulade, serviert bekommen. Obwohl oder gerade weil Edith jahrzehntelang in der Bäckerei geschuftet hatte, hatte sie keine Freude am Backen. Bei ihr gab es grundsätzlich weder Torten noch Kuchen oder Kekse. Aber kochen konnte seine Mutter ausgezeichnet.

Nachdem Paul den Wagen geparkt und die Handbremse angezogen hatte, stiegen Leonie und er aus, um an die Reling zu gehen und, wie jedes Mal, Weitspucken zu üben. Sie grinsten einander an, und Paul spürte deutlich, wie sehr es an der Zeit gewesen war, endlich einmal von der Insel und all ihren Schrecken wegzukommen. Auch das Wetter versprach herrlich zu werden. Dieser Morgen war ein guter Auftakt für ihre Reise.

Edith hatte ihm am Telefon versichert, wie sehr sie sich darauf freue, Leonie wiederzusehen. Wie fast jede Großmutter eines geliebten Enkelkindes hatte auch sie stets diesen gütigen Stolz im Blick, wann immer sie Leonie dabei beobachtete, wie sie einem Schmetterling hinterherjagte oder tief versunken ein Bild malte. Doch das letzte Wiedersehen an Weihnachten hatte ganz unter dem Eindruck des vergangenen, schlimmen Jahres gestanden. Alle Freude über das gemeinsame Fest war vom Mitleid Paul gegenüber überschattet worden und von den Sorgen um die Zukunft eines Kindes, das ohne seine Mutter aufwachsen musste.

Er hoffte, dass unbekümmerte Tage vor ihnen lagen, damit Leonie ihre Zeit bei ihrer Oma genießen konnte. Vielleicht würde auch er sich dann endlich mal wieder normal fühlen.

Marie

Als Marie in den Himmel blickte und weit und breit noch immer keine einzige Wolke entdecken konnte, lächelte sie glücklich. Bislang hatte sie alles richtig gemacht. Sie hatte ihr Auto in Nordstrand auf dem großen Parkplatz abgestellt und war mit der Fähre weiter nach Wittdün gefahren. Allein die kurze Tour auf See hatte sich angefühlt wie ein Urlaub im Paradies. Sie hatte sich vorne an Deck ein sonniges Plätzchen gesucht und es genossen, den kräftigen Wind zu spüren, der ihre Haare zerzauste. Selbst der etwas lautstarke Kapitän, der reichlich dämliche Sprüche und Sparwitze und allgemeine Informationen über die Halligen, an denen sie vorbeigekommen waren, über sein Mikrophon verlauten ließ, hatte ihrer guten Laune nichts anhaben können.

Mit einem Taxi war sie dann ins Nachbardorf, nach Nebel, gefahren. Ganz anders als der Name vermuten ließ, empfingen sie dort strahlender Sonnenschein und eine sehr warmherzige Hotelangestellte. Max hätte sich in dem kleinen Zimmer sicher nicht wohlgefühlt. Aber Marie fand es gemütlich. Obwohl sie noch immer nicht wusste, wie viele Nächte sie bleiben würde, hatte sie all ihre Klamotten in den Kleiderschrank gehängt. Auch die Habseligkeiten von Anneliese hatte sie nach kurzem Zögern dort verstaut. Zunächst hatte sie die Rezeptsammlung und die Fotos in ihre Handtasche gesteckt. Doch dann hatte Marie es doch sinnvoller gefunden, Herrn Hansen nicht gleich am ersten Tag mit Sentimentalitäten zu überfallen. Zunächst musste sie ihm erst einmal in die Augen sehen, um einschätzen zu können, ob ihn die Details aus der Vergangenheit nicht vielleicht überforderten. Außerdem musste er sicher erst einmal verdauen, dass sie seine Einwände gegen einen Besuch ignoriert hatte und einfach unangemeldet bei ihm zu Hause vor der Tür stand.

Nun überlegte Marie, ob es nicht doch besser war, ihn telefonisch vorzuwarnen. Doch sie verwarf diese Idee schnell. Denn sie hatte gar keine Telefonnummer von Paul Hansen, und so konnte er sie wenigstens auch nicht abwimmeln.

Marie sah auf den Garagenschlüssel, den ihr die nette Frau vom Empfang ausgehändigt hatte, damit sie ihr Leihfahrrad herausholen und damit auf ihre Rundtour über die Insel starten konnte. Nach wenigen Schritten ums Haus herum stand sie auch schon vor dem Tor mit der Nummer 4. Als sie es aufgeschlossen und mit einem Ächzen nach oben geschoben hatte, hatte sie die freie Auswahl zwischen sechs Rädern. Da sie alle gleich aussahen, suchte Marie ein Fahrrad aus, bei dem sie nicht lange den Sattel würde verstellen müssen. Probeweise drehte Marie eine kleine Runde und freute sich, dass der Abstand von Pedal und Lenkrad tatsächlich auf Anhieb stimmte.

Marie hatte keinen Reiseführer von der Insel, sondern nur ihr Handy sowie die kleine Karte von der Rezeption für den Fall, dass sie eine Orientierung brauchte. Aber bislang wirkte hier alles so überschaubar, dass sie sich kaum vorstellen konnte, verlorenzugehen. Marie sah auf die Uhr. Bevor sie nach Norddorf zu Herrn Hansen fahren würde, hatte sie noch gut zwei Stunden Zeit. Denn sie wollte dort weder zur Mittagszeit noch erst am Abend auftauchen. Im Grunde wollte sie heute nur kurz hallo sagen und ihm für den nächsten Tag eine Einladung in ein Café aussprechen, auch wenn dies sicher merkwürdig war angesichts der Tatsache, dass sie fast 50 Jahre jünger war als er.

Als Erstes wollte Marie den Leuchtturm ansteuern. Als sie im Taxi gesessen hatte, hatte der freundliche Fahrer sie darauf hingewiesen, dass die Spitze zu ihrer Linken zu sehen war. Und als er von dem Wald drum herum und dem Naturpfad schwärmte, hatte Marie beschlossen, einen Abstecher dorthin zu machen. Vielleicht war es sogar möglich, den Turm zu besteigen, dachte Marie. Dann konnte sie die Insel, die sie niemals zuvor betreten hatte, zunächst von oben erkunden.

Der Waldweg Richtung Südwesten war wunderschön und angenehm schattig. Einzig die vielen Familien, allesamt Touristen wie sie selbst, störten das Gefühl, abgeschieden vom Rest der Welt zu sein. Und seltsamerweise hatte Marie bislang weder einen Zipfel Strand noch Meer auf ihrer Strecke ausmachen können. Als sie nach etwa zwanzig Minuten am Leuchtturm von Amrum ankam, gab es die erste richtige Enttäuschung. Zwar hatte der Turm alles, was zum Nordseeklischee gehörte. Er war natürlich rot-weiß gestreift und fügte sich harmonisch in das Heile-Welt-Bild der sympathischen Insel. Aber schon am Eingangsportal konnte Marie das Schild lesen, auf dem stand, dass der älteste Leuchtturm Deutschlands bereits geschlossen und ein Ausflug nach oben an diesem Tag nicht mehr möglich war.

Als Marie jedoch ihr Fahrrad abgestellt und abgeschlossen und sich auf dem schmalen Sandweg durch die hügelige Dünenlandschaft gekämpft hatte, wurde sie für ihre Mühe reichlich belohnt. Endlich hatte sie den Strand erreicht, der an dieser Stelle sogar noch breiter war als in St. Peter-Ording, das sie von Tagesausflügen in ihrer Kindheit kannte. Wenn Marie sich nicht täuschte, musste das der berühmte Kniepsand sein, der eigentlich eine Sandbank war. Es würde sicher eine ganze Weile dauern, bis sie zum Wasser gelangte. Obwohl Marie weder etwas zu essen noch zu trinken bei sich hatte und hier weit und breit auch kein Kiosk zu sehen war, machte sie sich auf den Weg. Sie wählte eine Route fernab der in kleinen Grüppchen beisammensitzenden Menschen, die sich hier auf eine solch riesige Fläche verteilten, dass sie darauf fast verloren wirkten.

Ohne nachzudenken, streifte Marie ihre Ballerinas ab und verstaute sie in ihrer Tasche, bevor sie sich zum Wasser aufmachte. Ob Ebbe oder Flut war, konnte sie von hier aus gar nicht richtig erkennen. Sie tippte auf Ebbe, da man am Horizont vereinzelt noch einige Menschengrüppchen ausmachen konnte, die vielleicht eine Wattwanderung unternahmen.

Marie atmete den Duft der Nordsee tief ein. Irgendwie fühlte sich das Luftholen viel besser an als in der Stadt, dachte sie. Bis vor kurzem hatte sie gar nicht gewusst, dass die Insel nicht nur für Urlauber, sondern auch für Patienten mit Atemwegserkrankungen ein beliebtes Reiseziel war. Vielleicht, oder nein, bestimmt sogar, kam es Marie in den Sinn, war auch ihre Oma damals hier am Strand entlanggegangen. Wie es wohl für sie gewesen war, nach den schlimmen Kriegsjahren hierherzukommen und Abstand zu gewinnen von ihrem harten Alltag auf dem Hof zu Hause? Und wie belastend, ins Alte Land zurückzukehren, in dem Bewusstsein, ihre kurze, aber große Liebe womöglich niemals wiederzusehen?

«Ach Oma», flüsterte Marie in Richtung der See mit einem tiefen Seufzer.

Wie sehr wünschte sie sich, noch einmal mit Anneliese reden zu können! Allmählich spürte Marie, wie aufgeregt sie war, nun, da das Treffen mit Paul Hansen so kurz bevorstand. Am liebsten würde sie von hier aus einfach loslaufen, direkt hoch bis nach Norddorf. Denn eigentlich hielt sie die Anspannung gar nicht mehr aus. Zudem schien der Sand hier hervorragend zum Joggen geeignet zu sein. Aber das konnte sie genauso gut morgen früh machen. Noch vor dem Frühstück würde sie sich ihre Laufsachen anziehen. Sie hatte sie in der Hoffnung mitgenommen, hier endlich wieder genügend Energie zu haben, um sich hochmotiviert zum Laufen aufzuraffen, so wie früher, als sie Sport aus Freude gemacht hatte und nicht, um etwas für ihre Fitness oder Figur zu tun.

Während Marie sich immer weiter von den anderen Touristen entfernte, überlegte sie, wann sie das letzte Mal am Strand spazieren gegangen war. Doch sie konnte sich nicht erinnern. Vielleicht war es der erste gemeinsame Urlaub mit Max auf Fuerteventura. Damals hatte sich Max nur darauf eingelassen, weil der kalte, feuchte Winter sich so lange hingezogen hatte und selbst er, der sich nichts aus Sonnenbädern machte, nach Licht und Wärme hungerte. In all den Jahren, die folgten, waren sie immer nur in die Berge gefahren. Auch wenn Marie es schön fand dort, sowohl im Sommer als auch im Winter, vermisste sie die See.

Anders als Max hatte sie keine Gene von Bergbewohnern geerbt. Ihre gesamte Familie stammte aus dem Norden. Selbst ihr Onkel Johann, der schon seit einer Ewigkeit in Hessen lebte, sprach noch immer Hochdeutsch mit einem leichten Hamburger Singsang. Schon als Kind konnte Marie von Sonne, Strand und Meer nicht genug bekommen. Spätestens wenn sie und Max eine eigene Familie hatten, würde endlich

Gerechtigkeit in die Urlaubsplanung einkehren, weil ihre Kinder sicher lieber planschen als wandern würden. Marie musste schmunzeln, als sie darüber nachdachte. Womöglich würde es jedes Jahr deswegen einen saftigen Familienkrach geben. Max und sie waren so grundverschieden, dass es eigentlich an ein Wunder grenzte, dass sie schon bald gemeinsam vor dem Traualtar stehen würden.

Aber daran wollte Marie jetzt gar nicht denken. Sie war hier, um noch einmal ganz für sich zu sein. Sie war hier, um ihrer Oma näher zu sein. Vor allem aber war sie hier, um Zeit und Raum für ihre Trauer zu haben. So viel war ihr nach dem einstündigen Marsch am Strand klargeworden. Vielleicht hatten die Menschen von jeher eine so besondere Verbindung zur See, weil man hier einen klaren Blick hatte und der Wind alle trüben Gedanken aus dem Hirn pustete.

Eine gute Stunde später war es endlich so weit. Die betreffende Straße in Norddorf hatte Marie sofort gefunden. Obwohl es durchaus mehrere Möglichkeiten gab, war sie an der ersten Kreuzung im Ort intuitiv nach links in die richtige Richtung abgebogen, dann etwa zehn Minuten umhergefahren und hatte schließlich am Anfang der Straße «Am Miadwai» ihr Fahrrad abgestellt. Von hier aus wollte sie zu Fuß weitergehen und schieben, um die Gegend behutsam Schritt für Schritt zu erkunden.

Obwohl Marie nicht wusste, wo genau sich Anneliese damals auf Amrum aufgehalten hatte, konnte sie schon jetzt nachvollziehen, warum sie sich nicht nur in Paul Hansen, sondern auch in diese Insel verliebt hatte. Allein dieses Dörfchen hier hatte etwas seltsam Beruhigendes. Vielleicht lag das an den vielen kleinen Friesenhäuschen, die sich so wundervoll in die Dünenlandschaft fügten und mit ihrer zeitlosen Bauweise den immerfort wehenden Stürmen trotzten. Jedenfalls vermochte Marie bei den meisten Katen nicht zu sagen, ob sie schon seit Jahrhunderten hier standen oder neu gebaut und lediglich in altes Gewand gekleidet waren. Dann und wann konnte sie die Zahl des Baujahres an den typisch weiß verputzten Ziegeln entdecken. So stand ein Haus aus dem Jahr 1882 direkt neben einem Neubau, der ausnahmsweise sofort als ein solcher zu erkennen war. Auch die Größe der Häuser variierte. Es waren sowohl ganz gewöhnliche Einfamilienhäuser in der Straße zu finden als auch etliche Grundstücke mit Pensionen und Ferienwohnungen, wie die Schilder in den Vorgärten verrieten. Die vielen geparkten Autos mit den unterschiedlichsten Kennzeichen ließen darauf schließen, dass die meisten Betten belegt waren.

Als Marie bereits die Hälfte der Straße hinter sich hatte und sie der Adresse mit der richtigen Hausnummer von Paul Hansen immer näher kam, spürte sie, wie ihre Knie weich wurden. Schon in wenigen Minuten würde sie dem Mann in die Augen sehen, der so eng mit ihrem Schicksal verbunden war. Marie ermahnte sich zu mehr Nüchternheit. Sie wollte nicht rüberkommen wie eine Stalkerin, sondern höflich um ein Gespräch bitten. Irgendwie war es seltsam, dachte Marie. Denn genau der Tatsache, dass Annelieses Begegnung mit Paul am Ende nicht glücklich ausgegangen war, hatte Marie ihr Leben zu verdanken. Wenn ihre Oma sich auf den Bäcker eingelassen hätte und auf der Insel geblieben wäre, hätte es ihre Mutter und sie niemals gegeben. Sollte sie Herrn Hansen dafür danken?

Marie schüttelte den Kopf, der nur noch wirre Gedanken

spinnen konnte, hielt aber inne, als sie merkte, wie eine Frau von gegenüber sie neugierig zu beobachten zu schien. Als Marie sich mit einem Blick auf die Hausnummer vergewissert hatte, dass sie an der richtigen Adresse war, lehnte sie das Fahrrad an die mit Lavendelsträuchern bewachsene Feldsteinmauer an. Aus den Augenwinkeln konnte sie wahrnehmen, dass die Nachbarin noch immer zu ihr herüberstarrte. Doch Marie war viel zu nervös, um sie anzusprechen oder auch nur einen guten Tag zu wünschen. Stattdessen suchte sie nach Anhaltspunkten, die bestätigten, dass in dem Haus ein älterer Herr wohnte. Doch als Erstes fiel ihr Blick auf eine riesige Eiche, an deren Stamm eine Leiter gelehnt war, die nach oben zu einem Baumhaus führte. Eine rot-weiße Fahne war daran befestigt und flatterte im Wind. Etwas weiter hinten in dem riesigen Garten war außerdem eine Schaukel zu sehen, die eindeutig darauf schließen ließ, dass hier Kinder wohnten. Hatte Herr Hansen nicht etwas von einer Enkeltochter gesagt?, versuchte sich Marie zu erinnern. Obwohl es an sich nicht verwunderlich war, dass er mit ihr unter einem Dach wohnte, war sie seltsamerweise davon ausgegangen, dass Paul Hansen allein lebte, lediglich dann und wann Hilfe von einer Haushälterin hatte und womöglich Essen auf Rädern bekam. Marie hatte angenommen, dass der Sohn und das Enkelkind gar nicht auf Amrum wohnten, weil sie sich einfach nicht vorstellen konnte, dass es junge Menschen dauerhaft auf einer so kleinen Insel aushielten. Vielleicht war Herr Hansen doch noch fit genug, um eine Pension zu betreiben. Zwar stand hier kein entsprechendes Schild vor dem Haus. Aber das wunderhübsche, mit vielen liebevollen Details dekorierte Friesenhaus war in jedem Fall viel zu groß für eine einzige Person.

Vielleicht hatte Marie sich doch in der Straße geirrt. Aber ein Blick auf das Namensschild an der hölzernen Pforte bestätigte, dass hier eine Familie Hansen wohnte.

Also öffnete Marie sie und trat auf den weißen Kiesweg, der zu der blauen Haustür führte. Sie räusperte sich, bevor sie auf den Klingelknopf drückte, und erstarrte. Denn auf dem getöpferten Schild neben der Tür war ebenfalls der Name Hansen zu lesen, aber nicht nur der, sondern auch drei Vornamen: *Inken, Paul und Leonie*. Was hatte das zu bedeuten?, fragte sich Marie. Sie zögerte, tatsächlich zu klingeln. Hatte Paul Hansen sich womöglich nicht getraut, Marie zu berichten, dass er ein zweites Mal geheiratet hatte? Aber das war absurd. Oder war das Schild bloß ein Relikt aus der Vergangenheit? Nur wer war dann Leonie? Soweit sich Marie richtig erinnerte, hatte Paul einen Sohn und keine Tochter.

Marie atmete tief durch. Es hatte keinen Sinn, sich den Kopf zu zerbrechen. So wie sie Herrn Hansen aus seinen freundlichen Briefen kannte, war er ein offener und herzlicher Mensch, der sicher bereit war, all ihre Fragen zu beantworten, einschließlich derer, die in diesem Moment spontan dazugekommen waren. Also klingelte Marie. Es war ein schrilles, kurzes Klingeln, auf das jedoch keine Reaktion folgte. Vielleicht war Paul Hansen tatsächlich inzwischen so schwerhörig, dass er das erste Klingeln nicht gehört hatte. Also versuchte Marie es ein zweites Mal, wobei sie den Knopf extra lange gedrückt hielt. Aber es tat sich wieder nichts. Enttäuscht sah sich Marie um, ob vielleicht ein Auto oder dergleichen zu sehen war, was zum Haus gehörte und verriet, ob jemand da war. Das Tor vor der Garage rechts neben dem Haus war geschlossen. Doch die Gräser auf der Einfahrt dorthin waren so hoch gewachsen, dass wohl schon länger kein Auto mehr dort entlanggefahren war. Vielleicht war es Herrn Hansen nicht mehr möglich zu fahren. Oder aber es hatte sich gezeigt, dass er hier auf der Insel überhaupt kein Auto brauchte.

Marie sah auf die Uhr. Es war halb fünf, also eine Zeit, zu der man noch Einkäufe tätigen konnte. Gerade als sie überlegte, ob sie warten sollte, bis jemand zurückkehrte, hörte Marie eine Stimme hinter sich rufen: «Da ist niemand zu Hause!»

Marie sah auf und entdeckte die junge Frau vom Haus gegenüber. Die attraktive Erscheinung mit rötlich getöntem Haar verließ ihr Grundstück und kam direkt auf sie zu, als sie ergänzte: «Die Hansens sind verreist.»

Marie stutzte.

«Die Hansens?»

Die Frau von gegenüber nickte. Als sie Marie von oben bis unten abschätzig musterte, erschien sie ihr doch nicht mehr so sympathisch wie von weitem.

«Sie wollen doch zu Familie Hansen?», vergewisserte sie sich.

Marie nickte und hob zur Begrüßung die Hand.

«Guten Tag! Ja, ich komme extra aus Hamburg, um Herrn Hansen zu besuchen.»

«Das ist ja lustig», sagte die Frau, ohne zu lachen und mit zugekniffenen Augen, «Herr Hansen ist gerade selbst in Hamburg.»

«Das gibt's doch gar nicht», entfuhr es Marie.

Wie konnte das möglich sein?, fragte sie sich. Sie versuchte gar nicht erst, ihre Verwunderung zu unterdrücken.

«Soll ich was ausrichten, wenn er zurück ist?»

«Wann ist er denn zurück?»

Die Nachbarin zuckte mit den Schultern. Dann sagte sie in einem etwas schnippischen Ton: «Die sind heute Morgen erst los. Mein Sohn ist mit der Kleinen befreundet. Sie meinte, sie fahren vielleicht noch ins Disneyland.»

Marie traute ihren Ohren kaum.

«Ins Disneyland? Nach Paris?»

Es konnte doch nicht sein, dass Herr Hansen sich zu alt für Besuch empfand, aber noch jung genug, um mit seiner Enkelin so eine Reise zu unternehmen. Und wieso wollte er nach Hamburg?

«Sie wissen nicht zufällig, ob Herr Hansen mich auf dem Weg besuchen wollte?»

Die Frau, die ein auffallend hübsches Sommerkleid mit großen Sonnenblumen darauf trug, das jedoch etwa zwei Größen zu klein für ihre Statur war, trat noch ein Stück näher und musterte Marie argwöhnisch, ehe sie sagte: «Wer sind Sie denn, wenn ich fragen darf?»

«Entschuldigung!», sagte Marie, streckte ihre Hand aus und stellte sich mit Namen vor.

Die Frau, die Marie um die vierzig schätzte, nahm ihre Hand und sagte: «Monika!»

Dann wurde Marie mit einem eindringlichen Blick aufgefordert, sich zu erklären.

Also fuhr sie fort: «Meine Großmutter ist vor kurzem gestorben. Sie war mit Herrn Hansen befreundet.»

Monika kräuselte irritiert die Augenbrauen, bis sich ihr Gesichtsausdruck etwas aufhellte.

«Ach, Sie meinen den *alten* Hansen?»

Marie nickte.

«Paul Hansen, genau.»

«Jetzt versteh ich! Sie suchen den Senior. Der lebt aber nicht hier, der ist längst im Heim und ziemlich neben der Spur.»

Marie konnte nicht glauben, was sie da hörte. Was hatte das alles zu bedeuten?

«Im Heim?», hörte sie sich fragen.

«Aber ein Paul Hansen wohnt trotzdem hier. Der Sohn vom alten Hansen», erklärte Monika und deutete auf dessen Haus.

«Und eine Inken und Leonie gehören auch zur Familie?»

Monika nickte und sagte knapp: «Das sind Tochter und Frau vom Junior.»

Und dann erklärte Marie Monika ihr Anliegen. Zwar hatte sie keine große Lust, der Frau ihre intimsten Wünsche und Geheimnisse zu offenbaren, aber sie musste sich einfach vergewissern, dass sie nicht den Verstand verloren hatte.

«Also der alte Hansen ist definitiv nicht in der Lage, noch Briefe zu schreiben», ergänzte Monika und baute sich vor ihr auf, so als hätte Marie ihre Geschichte bloß erfunden.

«Aber von wem sind dann die Briefe?», fragte Marie mehr an sich selbst gerichtet als an diese merkwürdige Frau.

«Die können ja nur von ihm sein, wenn Sie an diese Adresse geschrieben haben.»

Monika deutete erneut aufs Haus, aber ihr Tonfall klang zunehmend genervt.

Marie musste nachdenken, konnte aber kaum einen klaren Gedanken fassen. Das alles war zu verwirrend.

«Soll ich nun was ausrichten?»

Marie schüttelte den Kopf und schob doch noch eine letzte Frage hinterher: «Wissen Sie, in welchem Heim Herr Hansen lebt? Wohnt er hier auf der Insel?»

Paul

Die Reise war eine gute Idee gewesen, resümierte Paul, als er auf der Überfahrt zurück nach Hause mit Leonie aus dem Auto stieg, um an Deck zu gehen. Das Beste an der Auszeit war Leonies Strahlen, als Oma Edith ihr nachträglich zum Geburtstag ein neues Fahrrad geschenkt hatte. Sie hatten es nur mit Mühe in dem vollgepackten Volvo verstauen können, und eigentlich hasste Paul diese Alleingänge seiner Mutter. Aber im Grunde war die Überraschung nicht nur gelungen, sondern das Rad auch eine gute Investition. Leonies altes Fahrrad wurde allmählich viel zu klein, und das neue war genau so eines, wie sie es sich schon lange gewünscht hatte. Es hatte eine 18-Gang-Schaltung und einen lilafarbenen Rahmen mit glitzernden Applikationen darauf, die Leonies Augen zum Leuchten brachten.

Jeden Tag hatten sie zu dritt längere Radtouren unternommen. Meist waren sie hintereinander hergefahren, mit Leonie an der Spitze. Da Ediths Mann Reinhard tagsüber in der Holzfabrik arbeitete, die er eigentlich längst seinem jüngeren Bruder überlassen hatte, konnte Paul dessen Fahrrad nutzen. Und so war die Sprachlosigkeit zwischen seiner Mutter und ihm nicht allzu lästig oder unangenehm gewesen.

Die hügelige Landschaft rund um Kassel hatte ihnen zwar arg zu schaffen gemacht, sie dafür aber auch mit einer tollen Aussicht belohnt. Regelmäßig hatte Paul in den Pausen zur Kamera gegriffen und Aufnahmen von Leonie gemacht, so wie früher, nur mit der Oma statt der Mutter auf den meisten Bildern. Doch trotz des einen oder anderen wehmütigen Gedankens an Inken hatte er in der fremden Umgebung gut abschalten können. Edith hatte sie nach Herzenslust bekocht und ihnen auch sonst jeden Wunsch von den Augen abgelesen. Zunächst vermutete Paul dahinter ein schlechtes Gewissen. Doch als er eines Abends, als Leonie schon komplett geschafft in ihrem Bett im Gästezimmer verschwunden war, eine Bemerkung in diese Richtung gemacht hatte, hatte Edith nur erwidert, dass sie überglücklich war, Leonie und ihn endlich bei sich zu haben, nachdem sie beide immer wieder vergeblich zu sich eingeladen hatte. Im Gegensatz zu ihrem Sohn, der sie, wie sie beleidigt feststelle, nie explizit zu sich nach Hause eingeladen hatte, obwohl sie jederzeit bereit gewesen wäre, ihm im Haushalt zur Hand zu gehen.

Zwar wäre das Gespräch fast in Streit ausgeartet, doch Paul hatte sich danach trotzdem viel besser gefühlt. Denn sie hatten wenigstens überhaupt miteinander geredet, und das nicht nur über das Wetter, die Bekannten auf Amrum oder Leonie und die Schule. Sogar über Pauls Vater hatten sie gesprochen. Als er auf Nachfrage seiner Mutter von dem Rückfall berichtet hatte, ohne jedoch die Geschichte von Anneliese Winter zu erwähnen, wirkte sie ehrlich betroffen. Das Einzige, worüber Paul sich zunächst geärgert hatte, war, dass sie es nicht geschafft hatte, ihren Sohn zu fragen, wie er zurechtkam mit der Verantwortung für einen demenzkranken Vater, der niemanden mehr sonst hatte auf der Welt.

Auch über Inken hatte sie ihm gegenüber kein Wort verloren. Stattdessen hatte er mitbekommen, wie Edith Leonie ausgehorcht hatte über ihr Leben ohne Inken. Paul war gerade aus dem Bad gekommen und wollte sich schon zu den beiden an den Frühstückstisch setzen, als er auf dem Weg dorthin hörte, wie seine Mutter fragte: «Und, mein Mädchen? Ist der Papa denn auch oft traurig?»

Zuvor mussten sich die beiden darüber unterhalten haben, dass Leonie ihre Mutter sehr vermisste. Denn als Paul innehielt, um zu lauschen, antwortete Leonie: «Er weint nicht, so wie ich. Aber er ist trotzdem ganz doll traurig. In letzter Zeit lacht er wieder ein bisschen, aber sonst fast nie mehr.»

Diese Bemerkung hatte Paul bis ins Mark erschüttert. So sehr, dass er einige Minuten regungslos dastand, ohne zu wissen, wie er reagieren sollte. Der Ärger über die Feigheit seiner Mutter war verflogen. So sehr rührte es ihn, wie sie versucht hatte, ihrer Enkelin Mut zuzusprechen. Und allein das reichte ihm, um mit einem versöhnlichen Gefühl wieder nach Hause zu fahren, mit dem Versprechen, dass das nächste Wiedersehen schon bald, in Leonies Herbstferien, stattfinden würde.

«Darf ich mir ein Eis holen?»

Paul erschreckte, als Leonie ihn an seinem Ärmel in Richtung Kiosk zerren wollte.

«Du hattest heute schon ein Eis, junge Dame», sagte Paul. Gerade als er sich schon innerlich auf ein Riesentheater einstellte und überlegte, ob er nicht von vornherein nachgeben sollte, um die noch anhaltende Urlaubsstimmung nicht kaputt zu machen, antwortete Leonie: «Okay, du hast recht, Papi, und ich hab dich trotzdem lieb!»

Dann gab sie ihm einen Kuss auf die Wange und verabschiedete sich mit den Worten, wieder an ihren Lieblingsplatz wanken zu wollen. Paul ahnte, dass seine Tochter wie jedes Mal auf einem Schiff zum Bug gehen wollte, um Kate Winslet und

Leonardo DiCaprio in *Titanic* nachzuspielen. Schmunzelnd sah Paul ihr hinterher. Er lehnte sich an die Reling und genoss die Sonnenstrahlen, während er die Augen schloss.

«Seh ihn, seh ihn!», triumphierte Leonie, als sie wenig später im Auto saßen und auf dem Weg nach Hause endlich wieder den Amrumer Leuchtturm ausmachen konnten. Dieses Spiel hatte Inken erfunden, als Leonie im Kindergartenalter gewesen war. Wer zuerst die Spitze am Horizont sehen konnte, egal aus welcher Richtung, hatte gewonnen und durfte sich von den anderen etwas wünschen.

«Lass mich raten!», entgegnete Paul vom Fahrersitz aus, wo er eigentlich eine viel bessere Sicht hatte, «du willst Mirácoli, wenn wir zu Hause sind.»

Durch den Rückspiegel konnte Paul sehen, wie Leonie sich auf die Unterlippe biss. Offenbar dachte sie scharf nach, wie sie das Beste aus ihrer Siegerposition herausholen konnte.

«Papa?», kam es von der Rückbank kleinlaut.

Leonie legte ihre kleine, zarte Hand auf Pauls Schulter, sodass er augenblicklich wusste, dass jetzt ein typisch unverschämter Kinderwunsch kam, der weit über eine Portion Spaghetti oder Eis hinausging.

«Wenn du jetzt wieder mit deinem Disneyland anfängst …» Paul lachte und schüttelte den Kopf. «Ich dachte, der Heidepark hat dir so gut gefallen, dass wir nächstes Jahr wieder hinfahren.»

Paul wendete für einen Moment den Blick von dem ohnehin wenig befahrenen Schleichweg ab und drehte sich aufmunternd zu Leonie um. Doch sie schien noch immer unentschlossen, was ihren Wunsch anging, und wiegte ihren Kopf hin und her.

Das waren wirklich tolle Tage, dachte Paul, vielleicht, um sich Mut zuzusprechen für die nächsten Ausflüge und Reisen, die sie beide weiterhin allein würden unternehmen müssen. Gestern waren sie gleich nach dem Frühstück bei Edith aufgebrochen, um zeitig nach Soltau in den Heidepark zu kommen. Dort hatte nicht nur Leonie ihren Spaß gehabt. Auch Paul war auf seine Kosten gekommen und fühlte sich in seine Teenagerzeit zurückversetzt, als er das letzte Mal dort gewesen war. Seitdem hatte sich natürlich viel verändert, so viel, dass sie gar nicht alle neuen Fahrgeschäfte hatten ausprobieren können. Inken hatte sich nie etwas aus Jahrmärkten und dergleichen gemacht. Während Paul es liebte, sich vom Wildwasser- und Loopingbahnfahren berauschen zu lassen, fand seine Frau es immer albern, wenn er vorgeschlagen hatte, mal einen Familienausflug zum Hamburger Dom oder ins Hansaland an der Ostseeküste zu machen.

Den Schnappschuss, den die Kamera bei der Wildwasserbahn gemacht hatte und den Leonie unbedingt haben wollte, würde Paul an den Kühlschrank pinnen. Denn es war das erste Foto, bei dem sie in der Sekunde, als der Auslöser getätigt wurde, garantiert nicht daran dachten, dass eigentlich eine sehr wichtige Person fehlte. Am selben Abend waren sie von Soltau aus weiter nach Hamburg gefahren. Dort hatten sie sich für eine Nacht in einem zentral gelegenen Mittelklassehotel eingemietet, um gleich heute Morgen zur Shoppingtour aufbrechen zu können, die Paul seiner Tochter versprochen hatte. Das war viel anstrengender gewesen als all die Tage davor zusammen, jedenfalls für ihn. Das Wichtigste aber war, dass

Leonie auch ohne ihre Mutter ihren Spaß hatte und Paul als Shopping-Berater durchaus ernst genommen wurde. Die Ausbeute konnte sich jedenfalls sehen lassen und verschaffte ihm hoffentlich Ruhe für die nächsten Wochen, was das Thema Klamotten und Schuhe anging.

«Na? Überlegst du immer noch?», bohrte Paul gut gelaunt nach, als er in ihre Straße einbog, die auch nach einer Woche Abstinenz, wer hätte das gedacht, noch genauso aussah wie vor Antritt ihrer Reise.

«Ich wünsche mir, dass du die Frau aus Hamburg triffst!»

Mit einem unsanften Satz brachte Paul den Volvo zum Stehen. Vollkommen überrumpelt drehte er sich zu Leonie um, die noch immer verlegen auf ihrer Lippe kaute.

«Was denn für eine Frau aus Hamburg?», entfuhr es Paul. Auch wenn auf der Hand lag, von welcher Frau Leonie sprach, hoffte er, schnell das Thema wechseln zu können.

Leonie rollte übertrieben gespielt mit den Augen und schnallte sich ab. Als von Paul noch immer keine Reaktion kam, sprang sie aus dem Auto und ging vergnügt an den Kofferraum, um die Klappe zu öffnen und ihre fünf Einkaufstüten herauszuholen.

Paul atmete tief ein und hielt für einen Moment die Luft an, ehe auch er aus dem Wagen stieg. Aus den Augenwinkeln konnte er sehen, dass Leonie ihre Tüten vor dem Gartentor abgestellt hatte, um die Hände frei zu haben für den Briefkasten. Der hatte nicht nur sein Fähnchen oben, sondern er schien auch prall gefüllt zu sein. Die Klappe ließ sich offenbar schon nicht mehr richtig öffnen. Und am Holzfuß des Kastens lagen ein paar Zeitungen oder Broschüren, soweit Paul das aus der Distanz erkennen konnte.

Gerade als er Leonie zu Hilfe eilen und ihr die Post abnehmen wollte, begann sie auch schon, den Stapel durchzusehen. Zielsicher zog sie einen weißen Umschlag heraus, der Pauls Puls beschleunigte.

Nachdem Leonie mit einem süffisanten Grinsen einen Blick auf den hellblauen Adressaufkleber auf der Rückseite geworfen hatte, hielt sie den Brief Paul direkt unter die Nase und sagte: «*Diese* Frau meine ich!»

Paul machte ein verwundertes Gesicht und griff nach dem Kuvert. Er hoffte, etwas Zeit schinden zu können oder den Brief irgendwie aus Leonies Sichtfeld zu bekommen. Doch die selbstbewusste Körperhaltung seiner Tochter verriet, dass er keine Chance hatte zu entkommen. Mit verschränkten Armen baute sie sich vor ihm auf und deutete auf den Umschlag.

«Du hast versprochen, du sagst mir, wenn du eine Freundin hast.»

«Was redest du denn da?»

Paul kniete sich zu Leonie runter und griff nach ihrer Hand.

«Schatz, ich habe wirklich keine Freundin. Ich kenne diese Frau Wiedmann nicht einmal.»

«Und warum wolltest du dann unbedingt zu ihr?»

Leonie kräuselte ihre kleine Stirn und sah Paul fragend an. Er verstand nicht, worauf sie hinauswollte, und machte den gleichen Gesichtsausdruck. Erst als Leonie seinem Blick standhielt, dämmerte es ihm allmählich. Er hatte seine Tochter wohl unterschätzt. Denn als er raus aus der Hamburger Innenstadt Richtung A7 fahren wollte, hatte er sich spontan entschlossen, den kleinen Umweg über Winterhude zu machen. Es war reine Neugier gewesen und vielleicht auch der naive

Glaube an den großen Zufall, dass er ausgerechnet in diesem Moment einen Blick auf Marie Wiedmann hätte werfen können. Schon als er die Adresse in das Navi eingegeben hatte, war Paul vollkommen klar gewesen, wie schwachsinnig diese Aktion eigentlich war. Aber er fühlte sich Hamburg durchaus noch immer verbunden und wollte nicht zuletzt wissen, wie eine angehende Anwältin heutzutage so wohnte in einem Stadtteil, wo sicher das Zehnfache an Miete fällig war, verglichen damit, was er damals für sein WG-Zimmer auf St. Pauli hatte berappen müssen.

Doch damit, dass Leonie mitbekommen hatte, wie er Maries Anschrift von einem ihrer Briefe ablas, hatte Paul nicht gerechnet.

«Du hast geguckt, ob sie da ist, stimmt's?»

Paul spürte, wie sich sein Gesicht erwärmte. Konnte das wahr sein? Dass ihn eine Siebenjährige so vorführen und dumm dastehen lassen konnte?

Er schüttelte amüsiert den Kopf und hob Leonie hoch, sodass sie noch immer auf ihn herabsehen konnte, als sie auf sein Schulterzucken hin ergänzte: «Das musst dir gar nicht peinlich sein. Ich find's gut, wenn du eine Neue hast.»

Nun atmete Paul schwer durch und setzte Leonie wieder auf dem Boden ab. Was er jetzt zu sagen hatte, war viel zu wichtig, als dass er es hätte weglächeln können: «Hör zu, mein Schatz! Ich habe keine Neue. Das ist wirklich eine Frau, die ich noch nie in meinem Leben gesehen habe.»

«Und was ist mit dem Foto?»

Paul blieb fast das Herz stehen.

«Welches Foto?», hörte er sich scheinheilig fragen.

«Na, das auf deinem Nachttisch lag. Da, wo Mami auch

steht. Sie hat so ein nettes Lächeln. Warum kommt sie uns nicht besuchen?»

Jetzt fiel es Paul wieder ein. Es stimmte. Er war nachlässig gewesen und hatte das Foto von Marie Wiedmann und Anneliese Winter zunächst auf dem Nachttisch liegen gelassen, ohne sich etwas dabei zu denken.

«Also gut», erklärte Paul und kniete sich wieder zu Leonie runter, «diese Frau Wiedmann ist eine Bekannte von Opa, das heißt nein, ihre Oma war eine Bekannte von Opa. Und diese Oma ist gestorben, weswegen die Frau Kontakt zu uns aufgenommen hat. Sie wollte ein paar Dinge über Opas Vergangenheit wissen. Nicht mehr und nicht weniger.»

Leonie machte einen sehr konzentrierten Gesichtsausdruck, als sie ohne jede sonstige Regung zuhörte.

«Und als wir in Hamburg waren, wollte ich nur mal sehen, wie die Häuser, wo diese Frau wohnt, so aussehen. Du weißt doch, so was ist wichtig für meinen Job.»

Paul spürte, wie sich seine Anspannung allmählich in Erleichterung verwandelte, und hatte auch keine Skrupel, diesen Aspekt der Geschichte hervorzuheben. Er hatte es in der Tat recht interessant gefunden, wie die Altbauten in der Herrenländer Straße inzwischen saniert worden waren. Doch vom Auto aus hatte Paul nur erkennen können, dass es gar kein altes Haus war, in dem Marie lebte, sondern ein sehr schicker Neubau in einer Lücke zwischen lauter Altbauten, die sicher der Bombardierung Hamburgs geschuldet war.

Auf Leonies Frage hin, ob er ein bestimmtes Haus suche, hatte Paul wahrheitsgemäß und vollkommen arglos geantwortet, dass er lediglich gucken wolle, wie sehr sich die Gegend verändert hatte, seit er nicht mehr in Hamburg lebte. Auf die

Schnelle hatte er nur sehen können, dass das Mehrparteienhaus aus drei Stockwerken bestand und sich recht harmonisch in das schöne Gesamtbild der Straße in dem begehrten Viertel in Alsternähe einfügte.

Doch dass Leonie so plietsch war, gleich auf Marie zu schließen, ohne etwas zu sagen, hatte Paul nicht erwartet.

«Papa, aber wenn du sie toll findest, kannst du's mir ruhig sagen!»

Paul verzog sein Gesicht und wusste nicht so recht, was er darauf antworten sollte.

«Sie ist so hübsch, und eine schöne Schrift hat sie auch», sagte Leonie mit einem Lächeln, als sie auf den Umschlag deutete, den Paul noch immer umklammert hielt.

Nach kurzem Zögern fragte Paul: «Wollen wir ihn zusammen lesen?»

Nachdem Leonie begeistert «Ja» geschrien und Paul versuchte hatte, seine aufkommende Nervosität im Keim zu ersticken, gingen sie beide in Richtung Haustür, um sich auf die oberste Treppenstufe vor dem Eingang zu setzen. Paul riss den Umschlag auf, faltete die beiden Seiten auseinander und begann laut vorzulesen:

Hallo, Herr Hansen!

Dies ist der letzte Brief, den Sie von mir bekommen. Denn ich finde, es ist auch das Letzte, wie Sie sich mir gegenüber verhalten haben. Eigentlich hatte ich gar nicht mehr vor, Ihretwegen weitere 58 Cent Portokosten zu verschwenden. Doch wie haben Sie doch ach so pseudoaltersweise gesagt? Man solle immer offen sein mit seinen Gefühlen. Ich sage Ihnen also ganz offen: Ich halte Sie für ein Riesenarschloch, das anscheinend nichts Besseres zu tun hat, als das Unglück anderer auszunutzen und sich darüber lustig zu machen.

Leider war es mir nicht vergönnt, Ihnen persönlich ins Gesicht zu sagen, wie mies und charakterlos ich es finde, mir mehrfach (!) so einen Schwachsinn zu schreiben. Erst als ich Ihren Vater im Heim aufsuchen wollte, wohin Sie ihn in Ihrer ach so verantwortungsbewussten Rolle als treusorgender Sohn wohl verbannt haben, habe ich das wahre Ausmaß Ihres Lügenkonstrukts begriffen. Falls Sie ihm erzählen, wer ihn besuchen wollte, dürfen Sie ihm gerne die Wahrheit sagen: die zutiefst enttäuschte und wütende Enkelin seiner Jugendliebe, deren Gefühle Sie mit Füßen getreten haben.

Gruß,
M. Wiedmann

Marie

Constanze sprang begeistert von ihrem Stuhl auf und schlug die Hand vor den Mund. Das erste Mal erlebte Marie sie sprachlos. Schon in der Umkleidekabine musste sie vor sich hin schmunzeln, weil sie bereits ahnte, dass das Brautkleid den Geschmack ihrer Schwiegermutter treffen würde. Die aufmerksame Verkäuferin hatte es auf ihr Bitten hin an Constanze vorbeigeschmuggelt, damit sie es erst sah, wenn Marie es angezogen hatte.

«Dreh dich mal!», hauchte Constanze, ohne ihren Blick von dem Kleid zu lösen, das inzwischen angepasst worden war und Maries neue, sehr schlanke Silhouette schön zur Geltung brachte.

Die Verkäuferin reichte Marie die Hand, um ihr auf das Podest zu helfen. Sogar ihre Brautschuhe hatte sie angezogen, sodass ihre Erscheinung ein perfektes Bild ergab, als sie sich einmal um ihre eigene Achse drehte.

«Mein Mädchen, du bist wunderschön!», sagte Constanze und sah Marie ergriffen in die Augen. Ihre Freude, auch darüber, dass Marie sie gebeten hatte, zur finalen Anprobe mitzukommen, war offensichtlich. Und Marie freute sich ebenso über den Zuspruch, den sie gut gebrauchen konnte nach all den schlimmen Wochen und der unsäglichen Reise nach Amrum. Was für eine Demütigung! Wie konnte sie nur auf die Worthülsen eines Fremden hereinfallen, der sich krankhafterweise für seinen Vater ausgab, obwohl dieser längst in einem

Heim lebte und gar nicht mehr ansprechbar war? Nein, diese Irrfahrt war eine einzige Enttäuschung gewesen und hoffentlich der Schlusspunkt ihrer Krise. Das Kapitel Paul Hansen war jedenfalls abgeschlossen. Zwar fühlte Marie sich immer noch nicht wie eine echte Braut. Aber die Ohnmacht und Panik wichen allmählich einer nervösen Vorfreude auf den großen, bedeutsamen Tag.

«Findest du es nicht zu kitschig?», vergewisserte sich Marie. Denn wenn sie etwas an ihrer Schwiegermutter schätzte, war es ihre Stilsicherheit und ihr erlesener Geschmack.

«Aber nein! Das Kleid ist wie für dich gemacht. Eure Gäste werden Augen machen», schwärmte Constanze, «und Maximilian natürlich erst recht.»

Marie lächelte zufrieden ihrem Spiegelbild zu und sah erst wieder auf, als Constanze ihr eine kleine Schmuckschatulle reichte. Marie wusste nicht recht, was sie sagen sollte, und hob fragend die Augenbrauen.

«Mach's auf», sagte Constanze mit einem gespannten Lächeln.

Marie griff nach dem Kästchen, während sich die junge Verkäufer diskret zurückzog.

«Ich sehe mal nach Ihrem Schleier, Frau Wiedmann», sagte sie und verschwand.

Der Deckel des Kästchens schnellte nach oben, als Marie es durch den Druck auf einen kleinen Knopf öffnete. Zum Vorschein kam ein goldenes Collier, das mit filigran verwobenen Strasssteinen verziert war. Marie traute sich kaum zu atmen. Also ergriff Constanze die Initiative und nahm die Kette zur Hand, um sie Marie mit Bedacht anzulegen. Im Spiegel trafen sich ihre Blicke.

«Die möchte ich dir gerne schenken.»

«Das kann ich doch unmöglich …», entgegnete Marie, wurde aber sofort unterbrochen.

«Doch, das kannst du!», sagte Constanze in einem Ton, der keinen Widerspruch duldete. «Ich habe die Kette selbst als Braut getragen, und bislang hat sie mir viel Glück gebracht.»

Marie wurde heiß und kalt. Einerseits überwältigte sie diese große Geste. Sie schien von Herzen zu kommen, was man deutlich in Constanzes Augen sehen konnte. Andererseits hatte Marie sich längst passenden Brautschmuck aus der Schatulle ihrer Oma ausgesucht, ein Ensemble aus Halskette und Tröpfchenohrringen mit wilden Perlen, die gut zum Elfenbeinton des Kleides passten. Zudem empfand Marie es als tröstlich, dass sie am Tag ihrer Hochzeit etwas von Anneliese bei sich tragen konnte, ganz nah am Herzen, das ihr Kraft geben würde.

Hin- und hergerissen betrachtete sich Marie weiter in der riesigen Spiegelfläche und überlegte, ob sie den Mut aufbringen konnte, ihrer Schwiegermutter anzuvertrauen, was sie bewegte.

Doch dann ermahnte sie sich, bloß nicht überzuschnappen. Constanze machte ihr ein so großzügiges, persönliches Geschenk. Sie konnte sie unmöglich vor den Kopf stoßen.

«Das ist wirklich lieb von dir!», hörte Marie sich sagen.

Vorsichtig kletterte sie von dem Podest hinunter und breitete ihre Arme aus, um Constanze an sich zu drücken.

Im selben Moment kam die Verkäuferin zurück und hielt ihr den kurzen Schleier entgegen, der sowohl mit der Farbe als auch dem Stil des Kleides perfekt harmonierte.

«Was möchtest du mit deinen Haaren machen?», fragte

Constanze und strich ihr mit einer liebevollen Geste über den Kopf. Zur Probe hielt sie das Haupthaar hoch, um im Spiegel zu prüfen, ob Marie eine strengere Frisur genauso gut stand wie offenes Haar.

«Das sieht sehr elegant aus. Wenn du möchtest, mache ich einen Probetermin bei meinem Friseur für dich. Er ist der Beste!»

Marie zögerte. Eigentlich hatte sie vor, ihr Haar offen zu tragen, vielleicht etwas gelockt mit kleinen Blumen verziert. Aber womöglich hatte Constanze recht. Schließlich hatte sie sich entschieden, Max in dem vorgegebenen, feinen und festlichen Rahmen zu heiraten und nicht auf einer großen blühenden Blumenwiese unter Obstbäumen oder wildromantisch am Strand mit Pferden, so wie sich das kleine Mädchen erträumten.

«Wieso nicht?», antwortete Marie also und hielt nun selbst noch einmal probeweise ihre Haare hoch. So mochte Max es auch am liebsten.

«Der kurze Schleier ist ideal bei klassischen Hochsteckfrisuren», kommentierte die Verkäuferin, während sie damit beschäftigt war, ihn an Maries Kopf zu fixieren.

Nachdem Constanze mit einem wohlwollenden Nicken zu verstehen gab, dass auch sie mit der Wahl des Schleiers sehr zufrieden war, fragte sie: «Fehlt nur noch ein schickes Täschchen!»

Sie bedeutete der Verkäuferin mit einem Blick, sich darum zu kümmern, geeignete Handtaschen herauszusuchen.

«Ich hab schon eine in der engeren Wahl», sagte sie sogleich und ging zurück in den hinteren Bereich des vornehmen Brautmodensalons. So konnte sie nicht mehr hören, als

Marie sagte, sie bräuchte eigentlich keine Tasche für den Anlass.

«Aber du musst doch Utensilien wie Taschentücher, Puder und so weiter bereithalten.»

Constanze hatte sicher recht. Und wenn Marie ehrlich war, hatte sie sich um solche Details wohl einfach nicht genügend Gedanken gemacht. Aber sie konnte sich schlecht vorstellen, dass sie neben dem Brautstrauß noch etwas in der Hand halten sollte.

«Wo soll ich denn hin mit der Tasche? Das sieht doch total komisch aus, während der Trauung oder auf den Fotos eine Tasche in der Hand zu haben.»

Marie schüttelte den Kopf. Nein, sie brauchte wirklich kein weiteres lästiges Anhängsel. Sie würde einfach Anika bitten, ein paar Sachen für sie einzustecken.

Doch Constanze winkte ab, so als wolle sie mit ihrer Geste zeigen, dass eine Braut anlässlich eines so bedeutsamen Tages ruhig etwas weniger bescheiden sein konnte. Sie ging der Verkäuferin gut gelaunt ein Stück entgegen, als diese mit drei verschiedenen Modellen zurückkam.

«Diese hier! Die ist sehr schön», kommentierte sie, als Constanze eine der Taschen griff und sie mit einem fachmännisch abschätzenden Blick an den Stoff des Brautkleides hielt, um einen Farbabgleich beider Satinstoffe zu machen.

Marie dagegen konnte gar keinen Unterschied zwischen den Modellen feststellen, als die Verkäuferin nun auch die beiden anderen neben Constanzes erste Wahl hielt.

«Was meinen Sie denn?», wendete sich Marie an die Verkäuferin, die den immer gleichen neutralen Gesichtsausdruck hinter ihrer großen, roten Brille versteckte.

«Braucht man als Braut wirklich eine Tasche?»

«Das kommt natürlich drauf an», antwortete sie und sah hilfesuchend zu Constanze.

«Es geht doch gar nicht darum, ob du eine brauchst. Es ist einfach angebracht und schön, eine solche Tasche zu haben. Auch als Erinnerung.»

Constanze sah Marie aufmunternd an. Doch sie war noch immer unsicher. Eigentlich fand sie es albern, dafür Geld auszugeben. Einen entsprechend kritischen Blick warf sie auf das Preisschild, das an dem Zierschleifchen mit einem Faden angebracht war.

«Wenn du wegen des Preises zögerst, vergiss es! Das geht auf meine Rechnung.»

Insgeheim amüsierte Marie sich darüber, wie leichtfertig Constanze das Geld ihres Mannes ausgab. Und am liebsten wäre es ihr gewesen, sie wäre nicht gezwungen, ein weiteres Geschenk annehmen zu müssen, das sie eigentlich gar nicht wollte. Doch ganz offensichtlich bereitete es ihrer Schwiegermutter eine große Freude, sie auszustatten. Also tat sie ihr den Gefallen und gab vor, sehr glücklich über dieses unverhoffte Accessoire zu sein.

«Na schön, wenn du meinst. Danke, Constanze!»

«Du kannst jetzt doch eigentlich ‹Mutter› zu mir sagen!», wurde Marie mit einem aufgekratzten Lacher ermuntert.

Marie erschrak innerlich. Sie vermochte nicht zu sagen, ob Constanze diese Äußerung ernst gemeint hatte. Doch unabhängig davon, katapultierte sie sie in ihre Kindheit, in die Rolle des kleinen Mädchens, das seine Mutter für immer verloren hatte und das diesen Schmerz einfach nicht aushalten konnte.

Vielleicht war es auch das, dachte Marie und musste sich zwingen, sich angesichts dieser Erkenntnis nicht mit der Hand auf die Stirn zu schlagen. Sie hatte es kapiert! Vielleicht war es gar nicht die Trauer um ihre Oma, die sie so sehr umgehauen hatte, dass sie sich benommen hatte wie ein bockiger, verwöhnter Teenager. Vielleicht ging es in Wahrheit, tief in ihrem Unterbewusstsein, um den Verlust ihrer Mutter, der im Zuge der Hochzeitsvorbereitungen nach all den Jahren wieder an die Oberfläche kam.

Zwar hatte es sich für Marie nie so angefühlt, seit jenem Wintertag im November 1988 mit einem therapiebedürftigen Trauma durchs Leben zu wandeln. Doch im Grunde ihres Herzens spürte sie, dass der Tod ihrer geliebten Mama ihr noch immer unglaublich naheging. Sie vermisste sie sehr. Sie würde nicht in der Kirche in der ersten Reihe sitzen und sich verstohlen die Tränen der Rührung von der Wange wischen, wenn der Vater ihre Tochter zum Altar führte. Sie würde auch nicht die Erste sein, die ins Krankenhaus kam, wenn Marie ihr ein Enkelkind schenken würde. Und sie war auch nicht diejenige, die ihr beim Anziehen des Brautkleides oder Aussuchen der Accessoires behilflich war.

«Alles in Ordnung? Marie?!»

Marie sah auf und schreckte hoch. Sie konnte Constanze nicht ins Gesicht sehen. Aber als sie in den Spiegel und sich selbst in die Augen schaute, schwor sie sich, die Vergangenheit ein für alle Mal hinter sich zu lassen. Sie schwor sich, sich nicht in ihrer Trauer zu verlieren. Weder ihre Mutter noch ihre Oma würden dadurch wieder lebendig. Im Gegenteil war sie es ihnen in gewisser Weise vielleicht sogar schuldig, ihr Leben zu genießen, statt es mit Füßen zu treten. Vor ihr lag eine blendende Zukunft, wie auf dem Silbertablett präsentiert. Sie brauchte nur zuzugreifen und ihren Blick nach vorn zu richten. Schon in einem Jahr würde es nicht mehr so weh tun, Anneliese nicht mehr bei sich zu wissen. Und wer weiß, sagte sich Marie, vielleicht fügte sich ans Lebensende ihrer Oma der Beginn eines neuen Lebens, das ihres Kindes. Und spätestens dann konnte sie heilfroh sein, eine so wohlmeinende und großzügige Schwiegermutter zu haben, der ihre Enkel sicher mindestens genauso am Herzen liegen würden wie ihr Sohn.

«Bist du o.k.?», fragte Constanze besorgt, als sie den glasigen Blick Maries bemerkte.

Marie drehte sich zu ihr um und antwortete beschwichtigend: «Ja, alles gut. Danke, dass du heute mit hierhergekommen bist!»

Constanze spürte offenbar, was zu tun war. Sie trat näher an Marie heran und schloss sie fest in ihre Arme.

Paul

Liebe Frau Wiedmann,

bitte, bitte verzeihen Sie mir! Ich bin ein kompletter Idiot und würde gerne erklären, warum …

Paul fluchte und schüttelte heftig den Kopf. Als er das Papier zu fassen bekam, zerknüllte er es und warf es wütend zu Boden. Es war schon der dritte Anlauf, sich zu erklären. Vergeblich rang er um Worte, die ihm einfach nicht einfallen wollten. Was sollte er denn auch sagen? Alles, was er sich im Kopf zurechtlegte, klang so dämlich und banal oder so bescheuert und stalkermäßig, dass er kurz davor war aufzugeben. Warum auch nicht? Eigentlich konnte es ihm doch ganz egal sein, was diese Frau von ihm dachte. Er kannte sie ja noch nicht mal, und außerdem war sie eh nicht zu haben und er längst bei ihr unten durch. Welchen Sinn hatte es also, sich die halbe Nacht um die Ohren zu schlagen?

Liebe Frau Wiedmann,

auch wenn Sie mich verachten, geben Sie mir bitte die Chance, mich kurz zu erklären. Ich bin kein Stalker oder Unmensch. Ich bin nur ein verzweifelter, einsamer Sohn, Vater und Witwer, der …

«Mann, ist das krank!», schimpfte Paul und zerknüllte auch dieses Papier. Worte lagen ihm nicht, so viel war klar. In der Rolle seines Vaters war es ihm viel leichter gefallen, schwülstige Sachen auszudrücken. Aber jetzt? Er konnte doch nur verlieren. Vielleicht sollte er versuchen, Marie Wiedmanns Telefonnummer herauszubekommen. Mündlich würde es ihm bestimmt viel besser gelingen, sie davon zu überzeugen, dass er kein Monster war.

Als Paul seinen Blick durch Inkens Zimmer streifen ließ, fühlte er sich ausgelacht von dem hässlichen Harlekin, der auf dem Schaukelstuhl saß. Paul konnte sich nicht erinnern, jemals etwas über die Herkunft dieses schrecklichen Dings erfahren zu haben.

Plötzlich sprang er auf und ging schnellen Schrittes nach unten in die Küche. Irgendwo hatte er kürzlich große graue Müllsäcke gesehen und gedacht, die würde er eines Tages brauchen, wenn er bereit war, Inkens Sachen zu entsorgen. Wie im Rausch riss er sämtliche Schubladen und Schranktüren auf. Doch nirgends waren die Säcke zu entdecken. Stattdessen traf er überall auf Gegenstände, die ihn an Inken erinnerten und daran, dass diese Erinnerungen ihm seine Frau niemals zurückbringen würden.

Endlich fiel es ihm wieder ein. Er fand die Rolle mit den Säcken im Abstellraum, direkt neben der Küche, wo nicht nur sämtliche Vorräte lagerten, sondern auch Putzsachen und eben Müllbeutel, alte Einkaufstüten und Stoffbeutel. Paul schnappte sich einen der Säcke und schüttelte ihn aus, sodass die dunkle Innenseite des dehnbaren Kunststoffes zum Vorschein kam. Er sah hinein und dachte an ein großes, finsteres Loch, in das er jetzt all die Dinge werfen würde, die ihm jeden Tag einen Stich versetzten. Angefangen mit der Emailletasse mit den grünen Punkten über die Parfümfläschchen im Badezimmerschrank bis hin zu Inkens Handtaschen im Flurschrank, wo auch ihre Sommer- und Regenjacken und ihr Wintermantel hingen.

Nach kurzem Zögern kehrte er zurück zum Abstellraum, um weitere Säcke zu holen. Es war an der Zeit, Tabula rasa zu machen, ermutigte sich Paul, indem er die aufsteigende Angst, einen nicht mehr zu korrigierenden Fehler zu begehen, mit Aktionismus erstickte.

Schon häufig hatte er darüber nachgedacht, wie befreiend es sich wohl anfühlen würde, Inkens Kleider und Schuhe ein für alle Mal aus dem Haus zu verbannen, und ob danach nicht doch die große Reue kommen würde oder aber Vorwürfe seiner Tochter. Aber mittlerweile überwog bei Paul das Bedürfnis, Freiraum zu schaffen. Er würde für Leonie ausgewählte Teile aufheben, falls sie eines Tages danach fragte. Doch auch diese letzten Relikte würde er aus dem Sichtfeld verbannen und in den Keller oder auf den Dachboden bringen, um nicht mehr täglich damit konfrontiert zu werden.

Einen Teil von Inkens Sachen hatte sich ihre Mutter gleich nach der Beerdigung gesichert. Weniger, um sie selbst anzuziehen, als vielmehr, um etwas zu haben, an dem sie sich im wahrsten Sinne festhalten konnte, wie sie damals eindringlich erklärte, ohne dass Paul es wirklich verstanden hatte. Doch jetzt, als er nach einem hellen Angorapulli griff, der Inken besonders gut gestanden hatte, und daran roch, spürte er, dass ein Kleidungsstück tatsächlich etwas Halt geben konnte. Auch wenn er längst nicht mehr nach ihr duftete, konnte Paul sich noch gut daran erinnern, wie sich die Wolle angefühlt hatte, wenn Inken den Pullover trug und er ihr über den Rücken gestreichelt oder sie in den Armen gehalten hatte. Die wollweißen, feinen Fusseln hatten sich überall im Haus verteilt, waren an dem dunkelgrauen Sofa oder im Auto, am Fahrersitz des alten Volvos, haften geblieben. Behutsam legte Paul den Pulli zurück in den Schrank, in eines der leeren Fächer. Er suchte noch eines der typischen, einfachen Schlafshirts und das hübsche Sommerkleid mit den Klatschmohnblüten heraus, das Inken mit einem Hut am Tag ihrer Hochzeit getragen hatte. Alles andere verschwand in Windeseile in den Säcken, die Paul gleich morgen in die Altkleidercontainer geben würde, sobald Leonie mit ihrer Freundin Nathalie zum Reiten fuhr. Zufrieden schloss er den Kleiderschrank und brachte die erste Ladung nach draußen zum Auto.

Als er schließlich zurück in Inkens Zimmer war, raffte Paul alles zusammen, was ihm in die Hände fiel. Die fliederfarbene Wolldecke, die er noch nie hatte leiden können, kam ebenfalls in einen Sack mit den Altkleidern. Ein paar Postkarten sowie ein alter Mondkalender und Konzerttickets, die als Erinnerung an Inkens Studienzeit an ihrer Pinnwand hingen, wanderten in den anderen Sack, genau wie der hässliche Harlekin, der ihn ab sofort nie wieder würde auslachen können.

Nachdem Paul auch die anderen Säcke im Kofferraum des Volvos verstaut hatte, machte er einen Umweg über die Küche, um sich eine Flasche Bier aus dem Kühlschrank zu holen. Als er den Kronkorken neben dem Waschbecken ablegte, hatte er Inkens mahnende Stimme im Ohr, die es gehasst hatte, wenn er diese Dinger überall liegen ließ. Paul hielt inne und horchte in sich hinein. Aber da war kein ungutes Gefühl. Er war natürlich nicht stolz darauf, manches Mal etwas nachlässig zu sein, aber der Kronkorken neben dem Waschbecken brachte ihn zum Schmunzeln. Es war ein Meilenstein. Er hatte an seine Frau gedacht, seine geliebte, tote, für immer unerreichbare Frau gedacht. Es war das erste Mal ohne den ihm inzwischen allzu vertrauten Stich mitten ins Herz.

Paul nahm mehrere Stufen gleichzeitig, als er die Treppe erneut nach oben lief. Er ließ sich mit einem erleichterten Seufzen auf den Schreibtischstuhl sinken und nahm einen großen Schluck seines gut gekühlten Lieblingspils. Darüber freute er sich so sehr, dass es ihm plötzlich gar nichts mehr ausmachte, vor einer schier unlösbaren Aufgabe zu stehen. Eine fremde Frau um Verzeihung zu bitten und an ihr Herz zu appellieren, das ohnehin einem anderen gehörte. Doch er wollte die Sache anständig zu Ende führen. Das war er nicht nur seinem Vater schuldig. Auch er selbst wollte wieder in den Spiegel sehen können, ohne dass er sich vorkam wie der letzte Mensch.

Marie

Nachdem Frau Lehmann Kaffee und Pflaumenkuchen an den Tisch gebracht hatte, lehnte Anika sich erst einmal zurück. Marie ahnte bereits, was ihr blühte.

«Dir ist schon klar, wie komisch das alles klingt?», resümierte ihre Freundin verständnislos.

Was eigentlich als Frage formuliert war, war in Wirklichkeit eine klare Ansage, die Marie ihres unheilbaren Hangs zu Sentimentalitäten überführte. Ohne aufzusehen, rührte sie ein Muster in den Schaum ihres Milchkaffees, das an ein Herz erinnerte.

«Ich meine, ich kapiere ja, dass du eine heftige Zeit durchmachst. Aber eine Brieffreundschaft mit so einem alten Sack? Der sich dann auch noch als dessen gestörter Sohn entpuppt.»

Aus den Augenwinkeln konnte Marie sehen, wie Anika ratlos den Kopf schüttelte.

Marie seufzte. Denn ihre Freundin hatte ja recht. Sie hatte sich in das Leben ihrer Oma so heftig hineingesteigert, dass sie jeglichen Bezug zur Realität verloren hatte. Typisch an Anika war allerdings, dass sie sie für diese Einsicht nicht lobte, sondern noch Salz in die Wunde streute, nachdem Marie ihr die ganze Geschichte gebeichtet hatte, einschließlich der beknackten Idee mit der Amrumreise.

«Ich weiß ja selbst, dass ich in letzter Zeit ziemlich durch den Wind war. Aber hättest du nicht das Gleiche getan?», entgegnete Marie und biss sich etwas verlegen auf die Unterlippe.

«Einem notgeilen Familienvater intime Briefe schreiben?», fragte Anika und hob eine Augenbraue.

Natürlich wusste Marie, dass ihre beste Freundin gerne Dinge zuspitzte und nur deswegen in ihren Schilderungen so übertrieb, um ihr zu verdeutlichen, dass es tatsächlich etwas seltsam war, wie sie sich in den vergangenen Wochen verhalten hatte.

«Aber ich konnte doch nicht wissen, dass ich nicht Annelieses Jugendliebe, sondern seinem Sohn geschrieben habe. Und notgeil scheint er nun wirklich nicht zu sein, eher gelangweilt oder so», versuchte Marie sich zumindest etwas zu rehabilitieren.

Inzwischen war ein Brief von dem jungen Paul Hansen angekommen, den Marie zunächst ungelesen in die Papiertonne im Hinterhof ihres Wohnhauses geschmissen hatte. Als sie am Abend aus der Kanzlei zurückgekommen war und sie ihr Fahrrad in den Keller schieben wollte, war ihre Neugier nach der Erklärung dieses Mannes jedoch so groß geworden, dass sie den Brief kurzerhand wieder herausgefischt hatte. Seitdem fühlte sie sich nicht mehr ganz so dämlich, weil sie nicht bemerkt hatte, dass der Typ sie für dumm verkauft hatte.

Marie hielt Anika nun Pauls Brief unter die Nase, auch, um vor ihr nicht mehr ganz so naiv dazustehen.

«Hier, lies!», forderte sie Anika auf. «Wenigstens scheint es ihm ehrlich leidzutun.»

Anika stopfte sich ein großes Stück Pflaumenkuchen in den Mund, nahm das Papier zur Hand, faltete es auseinander und begann zu lesen:

Liebe Marie,

es tut mir leid! Es tut mir nicht nur leid, wie es einem leidtut, wenn man jemandem versehentlich beim In-der-Schlange-Stehen auf den Fuß tritt oder mit dem Einkaufswagen in die Hacken stößt. Nein, es tut mir von Herzen leid, dass ich Ihnen etwas vorgemacht und Sie so sehr gekränkt habe.

Es tut mir leid, dass es Ihnen nun noch schlechter zu gehen scheint als ohnehin schon. Es tut mir leid, dass ich Ihnen nicht helfen konnte, obwohl ich das ein ganz kleines bisschen zu hoffen gewagt hatte. Denn auch wenn Sie mir wahrscheinlich kein Wort mehr glauben und meinen Brief zunächst sicher ungeöffnet in den Kamin oder ins Klo werfen wollten: Was ich Ihnen geschrieben habe, war ehrlich gemeint und kam von Herzen. Unter anderen Umständen hätte ich aber niemals gewagt, es zu äußern.

Und es tut mir leid, dass Sie meinen Vater nicht angetroffen haben. Seit er vom Tod Ihrer Oma erfahren hat, ist er in seine eigene Welt abgetaucht. Für immer, wie ich fürchte.

Falls Sie Näheres über das Leben meines Vaters wissen möchten, stehe ich Ihnen jederzeit und gerne Rede und Antwort. Ich habe die Briefe Ihrer Oma auf dem Speicher gefunden und auch gelesen, was ich zur Entlastung meines ohnehin angeschlagenen Gewissens gleich mitbeichten möchte. Obwohl es mich, ehrlich gesagt, auch trifft, dass die Verbindung meiner Eltern eben keine von Liebe getragene war, so empfinde ich es durchaus als Geschenk, eine zartere Seite meines Vaters kennengelernt zu haben, die mir bislang verborgen geblieben war. Das habe ich allein Ihnen zu verdanken und Ihrer offensichtlich ähnlichen Sehnsucht, einem geliebten, verlorenen Menschen noch einmal nahe zu sein.

Außer dass mich Ihre Zeilen tief berührt haben, kann ich Ihnen keine plausible Erklärung präsentieren, warum ich Ihnen im Namen meines Vaters geschrieben habe. Aber Sie sollten wissen, dass ich keine bösen Absichten im Sinn hatte. Es war mir einfach ein unerklärliches Bedürfnis, Sie etwas aufzufangen. Aber das ist wohl gründlich danebengegangen.

Ich wünsche Ihnen das Allerbeste für die Zukunft – vor allem für einen hoffentlich holperfreien Start ins Eheleben und beim Finden Ihrer Berufung, die Ihrem guten Herzen entspricht.

Paul (Junior)

PS Auch den Apfelkuchen habe ich tatsächlich gebacken. Es war der erste Kuchen, den ich allein mit Hilfe meiner Tochter zustande gekriegt habe. Er war wirklich lecker!

Anika stieß einen schweren Seufzer aus und schaute Marie mit einem mitleidigen Blick an. Marie nahm ihr den Brief ab und steckte ihn zurück in Annelieses Handtasche.

«Natürlich ist das ein starkes Stück. Die letzten Tage habe ich gekocht vor Wut, und ich sage ja auch gar nicht, dass nun alles vergeben und vergessen ist. Aber du musst zugeben, dass seine Entschuldigung ehrlich zu sein scheint. Und dass er nett klingt!», entgegnete Marie auf diesen Blick hin, der auch von einer strengen Mutter hätte kommen können, dessen Kind sein Eis fallen ließ, obwohl es mehrfach ermahnt wurde, nicht damit herumzutoben.

«Nett? Nett ist auch mein Steuerberater. Aber der hat Halbglatze und geht mir bis hier», erwiderte Anika und zeigte mit der flachen Hand auf Schulterhöhe.

Marie lachte. Es tat gut zu lachen. Überhaupt schien ihr Gefühlsausbruch auf Amrum einiges in ihr gelöst zu haben. Die Reise war doch nicht umsonst gewesen, dachte Marie, als Anika weiter munter eine ihrer lustigen Anekdoten über den Steuerberater schilderte. Wäre sie nicht auf die Insel gefahren, würde sie womöglich noch immer in einer Art Zeitschleife festhängen, statt sich mit glühender Vorfreude in die Hochzeitsvorbereitungen zu stürzen.

Wäre sie nicht nach Amrum gefahren, hätte sie womöglich nie erfahren, dass die Briefe von Paul Hansen gar nicht echt waren. Ohne diese Reise wäre ihr vielleicht auch nicht klargeworden, was ihr wirklich wichtig war – nämlich ein Leben an Max' Seite. Auch wenn es mit ihren Schwiegereltern manches Mal nicht einfach war: Es war immer noch allein Max, den sie heiraten würde, nicht seine Eltern. Wer konnte schon behaupten, dass er zu den Eltern seines Partners ausschließlich einen super Draht hatte und immer alles Friede, Freude, Eierkuchen war? Und wer hatte schon das Glück, sich mit einem gut bezahlten Job in einer familieneigenen Kanzlei niemals existenzielle Sorgen zu machen müssen?

«Hörst du mir überhaupt zu?», beschwerte sich Anika, als sie bemerkte, dass dies offenbar nicht der Fall war.

«Entschuldige!», sagte Marie kleinlaut. «Ich bin immer noch mit meinen Gedanken auf Amrum.»

Anika verzog ihr Gesicht. Aber sie war nicht böse. Das konnte Marie in ihren Augen sehen. Was hatte sie doch für eine geduldige, krisenerprobte, tolle Freundin!

«Ich würde gern verstehen, warum er mir was vorgemacht hat. Er hätte mir doch sagen können, dass sein Vater krank ist», sagte Marie nachdenklich.

«Marie Wiedmann macht wieder einen auf verständnisvoll», spottete Anika und lächelte etwas mitleidig.

«Klar war das ein scheiß Gefühl, als ich dahintergekommen bin. Aber irgendwie kann ich ihm nicht so böse sein, wie ich es vielleicht sollte.»

Anikas Blick ließ nun doch einen gewissen Unmut erkennen.

Also versuchte Marie sich zu verteidigen: «Ich weiß auch nicht, was es ist. Ich mag einfach die Art, wie er schreibt. Die Briefe – ganz egal, ob sie nun vom alten oder neuen oder glatzköpfigen Paul kommen – sie haben etwas an sich, was mich fasziniert.»

Jetzt lachte Anika spöttisch auf.

«Ja, nämlich jede Menge Lügen und Machospielchen, die dir schmeicheln sollen. Und du fällst auch noch drauf rein, obwohl er glücklich verheiratet ist und mindestens ein Kind hat!»

Marie musste schlucken und war erleichtert, dass sie von Frau Lehmann unterbrochen wurden, die erneut an den Tisch trat.

«Ist alles in Ordnung bei euch?», fragte sie und sah betroffen, dass Marie ihren Kuchen nicht angerührt hatte.

«Alles in Ordnung», schwindelte Marie. Denn eigentlich gab es doch noch eine Menge aufzuräumen in ihrem Leben. Aber für den Moment war es o. k.

«Haben Sie vielleicht etwas Zimt?», fragte sie schließlich und schaute in gleich zwei erstaunte Gesichter.

«Ihre Großmutter hat auch immer danach gefragt», sagte Frau Lehmann mit einem warmen Lächeln und verschwand eilig in Richtung Küche.

«Zimt?», fragte Anika und kräuselte die Stirn.

Marie nickte und berichtete in aller Ausführlichkeit von der Zimtsahne und von der Rezeptsammlung ihrer Oma. Und davon, dass sie der gemeinsame Traum von Anneliese und Paul, ein Inselcafé zu eröffnen, sehr berührt hatte. Sie berichtete weitere Details von den Briefen an den vermeintlichen alten Herrn Hansen und davon, dass sie das Gefühl hatte, er war der Einzige, der sie wirklich verstehen konnte. Und sie berichtete davon, dass sie schon eine ganze Zeit lang nicht mehr sie selbst war und sich mittlerweile vorkam wie eine Zumutung für ihr gesamtes Umfeld. Und immer war sie darauf bedacht, ihre wahren Gedanken geheim zu halten, damit sie nicht verrückt oder aber Max sie eines Tages aus der Wohnung und der Kanzlei schmeißen würde.

«Was sagt er denn dazu? Ich meine, er muss doch merken, was mit dir los ist», sagte Anika und machte ein ernstes Gesicht.

Marie zuckte mit den Schultern und lächelte in Richtung von Frau Lehmann, als diese zurückgeeilt kam. Sie stellte das kleine Zimtfässchen auf den Tisch, was Marie ihr mit einem freundlichen Nicken dankte. Erst nachdem sie weiter an den Nachbartisch gegangen war, an dem ein älteres Ehepaar offensichtlich die Rechnung geordert hatte, sprach Marie weiter: «Ach, er ist so lieb und versteht mich sogar. Er meint, es sei doch ganz normal, dass ich nach Omas Tod in ein Loch gerutscht bin.»

«Aber sorry, Süße! Eine Oma oder einen Opa haben wir alle mal verloren. Ich weiß ja, dass deine eine wichtige Rolle für dich gespielt hat. Aber wenn du mich fragst, steckt mehr hinter deiner Krise.»

Anika nahm einen Schluck Kaffee. Marie bestäubte derweil den Milchschaum und die Sahne, die auf dem Teller kunstvoll neben dem Kuchen platziert war, mit etwas Zimt. Anika beobachtete sie interessiert.

«Als Nächstes sagst du mir noch, du willst deine Anwaltskarriere hinschmeißen und selbst ein Café auf Amrum eröffnen», kommentierte ihre Freundin trocken.

«Wieso eigentlich nicht? Und einrichten werde ich es genau wie hier», entgegnete Marie mit einem Lachen, als sie ihren Blick bewusst an der mit Holz vertäfelten Wand, den gehäkelten Scheibengardinen und den goldgerahmten Stillleben entlangwandern ließ. Auch wenn dies Annelieses Lieblingscafé gewesen war, wusste Marie Anikas Freundschaftsdienst sehr zu schätzen, ihren gemeinsamen Kaffeeausflug ausnahmsweise hierherzuverlegen, obwohl das Ambiente eine Zumutung war.

«Aber der Kuchen ist der Hammer, und der Latte bei Starbucks ist auch nicht besser!», sagte Anika und betrachtete wohlwollend den selbstgebackenen Keks, der auf der Untertasse des in die Jahre gekommenen Goldrandgeschirrs lag.

«Stell dir vor, ich hätte sogar schon das passende Service für ein Friesencafé», witzelte Marie weiter. Unweigerlich musste sie an ihre einsamen, aber sehr schönen Spaziergänge auf der Insel denken und daran, wie sie vergeblich nach der alten Bäckerei Hansen gesucht hatte, bis ihr eine nette, ältere Passantin verriet, dass diese schon lange nicht mehr existierte. Dennoch war Marie weiter sehr aufmerksam durch die Straßen der kleinen Orte gegangen und hatte festgestellt, dass ihre Oma als Inhaberin eines Cafés durchaus Erfolg hätte haben können, weil es nur eine Handvoll Häuser gab, in die Marie gerne hätte einkehren mögen, um ein Stück echte Friesentorte zu essen.

Ob der alte Paul Hansen seine Bäckerei aus wirtschaftlichen Gründen aufgeben musste?, fragte sich Marie. Es gab noch so viele Dinge, die sie gerne wissen würde. Auch die Briefe von Anneliese ließen ihr keine Ruhe. Nur allzu gerne hätte Marie sich sofort ins Auto gesetzt, um erneut nach Amrum zu fahren und Paul um die Briefe zu bitten. Doch das konnte sie Max unmöglich antun.

«Max wäre bestimmt nicht so begeistert von deiner Geschäftsidee!»

Marie schreckte hoch und nahm erst jetzt richtig wahr, was Anika gesagt hatte.

«Das ist so schade! Max ist gar nicht zu haben für Spinnereien. Wenn ich einen Artikel über Namibia lese und zum Spaß sage, dorthin würde ich gerne irgendwann auswandern, rollt er mit den Augen und sagt, dass ich dort als Anwältin verhungern würde», erklärte Marie und vermischte den Milchschaum mit dem Zimtstaub, sodass das Herz endgültig verwischte.

«Liebst du Max denn noch?»

Marie fiel der lange Löffel aus der Hand.

«Na klar! Denkst du, ich würde ihn sonst heiraten?», entfuhr es ihr reflexartig.

Anika musterte sie eingehend, so als wollte sie fragen, ob das wirklich so weit hergeholt war. Marie spürte, wie Wut in ihr aufstieg. Gerade hatte sie sich darüber gefreut, dass ihre Freundin so viel Verständnis für sie hatte und nachfühlen konnte, was mit ihr los war. Doch jetzt schien sie ihr in den Rücken zu fallen. Anika musste sie doch gut genug kennen, um zu wissen, dass sie einen solchen Schritt niemals halbherzig tun würde. Und warum auch?

«Willst du etwa andeuten, dass ich hinter Max' Geld her bin? Das ist jetzt nicht dein Ernst, oder?!», empörte sie sich. Ihre Stimme klang verletzter, als sie wollte.

«Nein, ich meine doch nicht, dass du Max finanziell ausnimmst. Auch nicht, wenn du noch so viel von der Kanzlei profitierst. Und du kennst mich: Selbst wenn, wäre ich die Letzte, die was dagegen einzuwenden hätte.»

Marie konnte ihrer Freundin nicht folgen und guckte entsprechend irritiert.

«Ich fürchte nur allmählich, du machst das ganze Theater mit Luxuswohnung, Hochzeitshappening und Familienkanzlei bloß mit, weil man es von dir erwartet. Und als Nächstes produzierst du noch brav drei Stammhalter, die auch alle Jura studieren, Seitenscheitel und Einstecktücher tragen.»

Marie sank in sich zusammen. Sie wusste nicht, was sie darauf sagen sollte, konnte das aber unmöglich so stehen lassen. Nach einer ganzen Weile entgegnete sie schließlich: «Es stimmt ja. Mir ist das alles über den Kopf gewachsen. Aber als ich von Amrum zurückkam, war ich mir so sicher wie nie, wo ich wirklich hingehöre.»

Und dann schilderte Marie, wie schön das überraschende Wiedersehen mit Max verlaufen war. Nach zwei Übernachtungen auf der Insel war sie zurück nach Hamburg gefahren, ohne Max etwas von ihrer verfrühten Ankunft zu verraten. Sie hatte in der Sushi-Lounge unweit ihrer Wohnung gehalten und zwei gemischte Platten ihrer Lieblingsmaki und Sashimi geordert und war gut gelaunt und voller Vorfreude nach Hause gefahren. Dort hatte sie nur ihre Tasche in die Ecke gefeuert und das

Wohnzimmer gemütlich gemacht. Sie hatte gehofft, dass Max zur gewohnten Zeit vom Training zurückkommen würde. Und so war es dann auch. Durch das gedämpfte Licht und die ruhige Musik, die im Hintergrund lief, lag Sex in der Luft. Und als Max das Sushi entdeckte, das Marie liebevoll auf einem Tablett auf dem Sofa drapiert hatte, hellte sich sein Gesicht auf, und all die Unsicherheiten der letzten Wochen waren verflogen.

Er hatte sich zu ihr gesetzt, sie zärtlich auf die Stirn geküsst und ihr gesagt, wie sehr er sich über diese Überraschung freute. Sie hatten sich gegenseitig mit den köstlichen Thunfisch-Makis mit Avocado und scharfem Wasabi gefüttert und immer wieder geküsst. Zunächst sanft, später leidenschaftlich, bis sie sich schließlich endlich nach all der aufreibenden Zeit wieder geliebt hatten.

Erst hinterher hatte Max Näheres über Maries Nordseetrip wissen wollen. Doch als sie so selig in seinen Armen lag, war alles, der ganze Ärger wegen der Briefe und selbst die Trauer um ihre Oma, für den Moment so weit weg, dass es ihr nicht wichtig genug erschien, ihn kaputt zu machen. Stattdessen hatte Marie das Gespräch auf die Hochzeit gelenkt und erklärt, dass ihr die kurze Auszeit mehr als deutlich gemacht hatte, wie sehr sie sich all das immer gewünscht hatte. Seitdem war es viel entspannter bei ihnen zu Hause. Und auch in der Kanzlei war Max wieder öfter bei ihr im Büro vorbeigekommen, einfach um hallo zu sagen oder ihr einen Kaffee zu bringen.

«Macht ihr eigentlich einen Ehevertrag?», stichelte Anika, als Marie ihren Monolog beendet hatte.

«Typisch! Ich rede von Romantik und Hochzeit und du von Zahlen und Scheidung!», konterte Marie. «Ich sollte mir besser eine andere Trauzeugin suchen.»

Anika protestierte heftig. Sie wollte ihren verantwortungsvollen Job so gut es ging erledigen und hatte überdies schon so viele Details in Planung, dass sie Marie ermahnte, es sich ja nicht anders zu überlegen oder womöglich noch vor der Hochzeit eine Affäre mit dem «Schreib-Stalker», wie sie ihn titulierte, zu beginnen.

«Wo Affären doch so gut zu mir passen», entgegnete Marie ironisch.

Sie hatte wenig Lust, sich ständig mit diesem Paul zu beschäftigen. Es gab schließlich Wichtigeres. Jetzt würde sie erst einmal die Hochzeit in vier Wochen über die Bühne bringen und mit Max in die Flitterwochen fahren. Danach konnte sie Paul immer noch schreiben und ihn vielleicht um Annelieses Briefe bitten. Bis dahin hatte sie genug Zeit, sich zu überlegen, ob sie seine Entschuldigung überhaupt annehmen wollte. Verdient hatte er es jedenfalls nicht.

Paul

Zum Glück hatte die Schule wieder begonnen, dachte Paul, als er vor dem Grundschulgebäude anhielt, um Leonie abzusetzen. Normalerweise fuhr sie mit dem Fahrrad. Aber da Paul auf dem Weg ins Altenheim ohnehin hier vorbeikam, konnte er sie genauso gut mitnehmen.

«Schatz, wir sind da!», forderte er Leonie mit einem strengen Blick auf, sich endlich abzuschnallen. «Frau Jansen wartet nicht auf dich. Die fängt glatt ohne dich an.»

Doch Leonie saß nur da und kräuselte nachdenklich ihre Stirn. Paul sah sie tadelnd an, bemerkte aber, dass irgendetwas nicht stimmte.

«Was ist denn los? Hast du Bauchweh?»

Leonie schüttelte den Kopf.

«Und wenn Opa jetzt stirbt?», flüsterte sie und sah ihren Vater mit tief besorgter Miene an.

Paul erstarrte. Was sollte er darauf antworten? Es stimmte ja, es gab keinen Anlass, die Situation schönzureden. Schon mehr als zwei Wochen hatte sein Vater nicht mehr richtig gegessen und wurde nur noch mit Infusionen und Tuben am Leben erhalten. Seit sie von ihrem Trip zurückgekehrt waren, hatte er kein Wort mehr gesprochen. Zu Anfang, nachdem Frau Stöver Paul angerufen hatte, um ihm zu berichten, dass sich der Allgemeinzustand seines Vaters erheblich verschlechtert hatte, hatte er seinen Sohn wenigstens noch erkannt. So wie all die Monate zuvor auch hatte es gute und weniger gute

Tage gegeben. Doch dass er keinen einzigen Bissen mehr anrührte, war neu und für das Pflegepersonal ein Hinweis darauf, dass es zu Ende gehen könnte. Der Arzt war anderer Meinung und behauptete, er kenne genügend Patienten, die in diesem Zustand noch jahrelang weitergelebt hätten, obwohl sie künstlich ernährt werden mussten.

Und so war Paul hin- und hergerissen zwischen Hoffen und Bangen – Bangen, erneut den Verlust eines geliebten Menschen bewältigen zu müssen, und Hoffen auf schnelle Besserung.

«Wollen wir nicht nach der Schule darüber reden?», fragte Paul vorsichtig.

Er war unsicher, was das Beste für Leonie war.

«Dann ist es vielleicht zu spät!»

Leonies Stimme zitterte, und schon liefen ihr Tränen über die Wangen. Zügig schnallte Paul sich ab und setzte sich nach hinten auf die Rückbank, um seine Tochter fest an sich zu drücken. Er wusste genau, was das Problem war, und es tat ihm in der Seele weh. Die Nacht, in der Inken gestorben war, hatte Leonie bei ihrer Oma verbracht. Damals war sie häufig bei Christa gewesen. Zum einen, um etwas Ablenkung zu finden in den schweren Wochen im Endstadium der Krankheit. Zum anderen, um Paul zu entlasten, der trotz des mobilen Pflegedienstes heillos überfordert gewesen war. Auch wenn Paul und Inken beide geahnt hatten, dass ihnen nur noch wenig Zeit blieb, hatten sie gemeinsam entschieden, dass Leonie jede zweite Nacht bei Christa bleiben sollte. Paul erinnerte sich noch genau an den Moment, als Inken Leonie mit ihren dünnen, schwachen Armen festhielt und ihr einen Kuss gab. Als Paul beobachtete, mit wie viel Schmerz und Liebe in den

Augen Inken ihrer Tochter hinterherblickte, wusste er instinktiv, es war das letzte Mal, dass die beiden sich gesehen haben.

Als Paul am nächsten Morgen unangemeldet bei Christa auftauchte und den schwersten Gang seines Lebens antrat, um Leonie zu erzählen, dass ihre Mami nicht mehr da war, hatte sie bitterlich geweint. Doch schon nach kurzer Zeit war die Trauer in Wut umgeschlagen, weil sie Paul dafür verantwortlich machte, dass sie nicht dabei war, als ihre Mutter einschlief.

Erst als die Beerdigung anstand, war Leonie bereit gewesen, mit Paul über das Vorgefallene zu sprechen. Sie hatte sich beschwert, dass sie noch so gern hätte sagen wollen, wie lieb sie ihre Mami hatte. Dann, als Paul ihr erklärt hatte, dass Inken das ohnehin schon immer wusste und sie auch weiterhin bei ihnen war, wenn auch auf eine andere, ganz besondere Art, und sehr wohl spürte, dass sie sie nie vergessen würden, hatte Leonie endlich aufgehört, ihm Vorwürfe zu machen. Umso mehr alarmierten Paul jetzt ihre Worte.

Plötzlich hatte er eine Eingebung. Er griff in seine Hosentasche, um sein Handy herauszuholen. Er reichte es Leonie, die ihn irritiert ansah.

«Das nimmst du heute mit in die Schule! Du darfst Frau Jansen aber nichts davon erzählen.»

Durch ein konspiratives Nicken gab Leonie zu verstehen, dass sie Pauls Plan folgen konnte. Er schob den Knopf an der Außenkante zur Seite, um das Telefon auf lautlos zu stellen.

«Du guckst einfach ab und zu unauffällig aufs Display. Und wenn du siehst, dass ich vom Heim oder von zu Hause aus angerufen habe, rufst du in der Pause zurück. Und wenn sich nichts tut, ist mit Opa alles in Ordnung, und du kannst ganz beruhigt am Unterricht teilnehmen, okay?»

Leonie nickte erneut, machte aber noch immer einen skeptischen Gesichtsausdruck.

«Und was ist, wenn er wirklich heute stirbt?»

Leonies Frage traf Paul bis ins Mark. Behutsam suchte er nach den richtigen Worten.

«Wahrscheinlicher ist, dass es Opa inzwischen wieder besser geht. Aber falls nicht, melde ich mich. Dann gebe ich dir entweder ein Zeichen über Handy, oder ich hole dich direkt aus dem Klassenraum, und wir fahren zusammen zu Opa, okay?»

Nun hellte sich Leonies Gesicht endlich auf. Dann öffnete sie ihren Schulranzen und holte ein Stück Papier hervor. Sie reichte es Paul und sagte: «Gibst du das Opa? Hab ich heute Nacht gemalt, als ich nicht schlafen konnte.»

Paul war betroffen. Ein guter Vater hätte doch merken müssen, wie sehr die Situation sein Kind belastete. Und er hätte wissen müssen, dass Leonie die letzte Begegnung mit ihrer Mutter noch immer beschäftigte.

Paul betrachtete das Bild und schluckte. Es zeigte einen offensichtlich kranken Mann im Bett liegend, an seiner Seite saßen ein Mann, eine junge Frau und ein Kind. Und oben über dem Bett war eine Wolke zu sehen, auf der eine andere Frau mit einem hellblauen Eimer saß, die gelbe, kleine Sterne herunter aufs Bett rieseln ließ. Einzig ihre mit Bleistift ausgemalten, grauen Haare machten Paul stutzig. Alles andere erklärte sich von selbst.

«Das ist diese Oma, die Opa in den Himmel holen will», sagte Leonie und deutete auf die Wolkenfrau.

Paul musste erst einmal darüber nachdenken, ehe er etwas dazu sagen konnte.

«Du hast doch gesagt, dass Opa sie sehr lieb hatte!», führte Leonie auf seinen irritierten Blick hin aus.

Paul konnte es nicht fassen. Immer wieder musste er feststellen, dass er seine Tochter unterschätzte. Auch wenn er Leonie die Geschichte von Anneliese und seinem Vater versucht hatte zu erklären, hatte er nicht damit gerechnet, dass sie sie behalten, geschweige denn verstehen würde.

Paul sah betroffen auf das Bild.

«Du meinst also, Opa gehört zu ihr, in den Himmel?», fragte er unsicher.

Leonie nickte und sah gar nicht mehr so traurig aus.

«Und zu Mami!», schob sie hinterher und steckte das Handy in ihren Ranzen.

«Aber wir müssen unbedingt vorher noch mal mit ihm reden. Er kann Mami doch bestimmt was ausrichten!», stellte Leonie mit einer Selbstverständlichkeit fest, die Paul in größtes Erstaunen versetzte und unweigerlich in ihm den Wunsch auslöste, selbst wieder Kind zu sein.

«Frag doch Marie, ob sie kommt und Opa wieder wach macht!»

Paul blieb der Mund offen stehen. Leonie zeigte auf die Frau, die an der Seite des Bettes saß. Sie hatte die gleichen goldenen, langen Haare wie Marie auf dem Foto, das sie mit Anneliese zeigte.

Ohne eine Antwort abzuwarten, gab Leonie ihrem Vater zum Abschied einen flüchtigen Kuss auf die Wange. Plötzlich hatte sie es sehr eilig, aus dem Auto zu kommen.

«Viel Spaß in der Schule!», rief Paul noch und sah seiner Tochter nachdenklich hinterher. Sollte er sie etwa beim Wort nehmen?

Erst als sie die Stufen hinaufgelaufen und durch die große Eingangstür ins Schulgebäude verschwunden war, setzte er sich wieder hinters Lenkrad und fuhr los.

Marie

Hallo, verlorene Tochter!», begrüßte Konrad Marie, als er nach kurzem Klopfen durch die nur angelehnte Tür in ihr Büro trat, ohne eine Antwort abzuwarten.

«Guten Morgen, Konrad!», entgegnete sie lächelnd und gab ihm die Hand, so wie sie es immer taten, wenn sie sich begrüßten. Obwohl Marie es nicht gewohnt war, so förmlich mit Menschen in ihrem engsten Umfeld umzugehen, hatte dieses Ritual mit Konrad inzwischen etwas Selbstverständliches. Lediglich zu besonderen Anlässen, etwa zu Geburtstagen, umarmten sie sich kurz. Wahrscheinlich würden sie sich auch heute noch siezen, wenn Constanze ihren Mann nicht dazu gedrängt hätte, Marie das Du anzubieten. Damit hatte allerdings auch sie bis zu dem Zeitpunkt gewartet, als Max ihnen beiden eröffnete, dass er und Marie zusammenziehen würden. Spätestens von da an hatten sie realisiert, dass es durchaus etwas Ernstes sein musste. Umso geehrter hatte Marie sich gefühlt, als Konrad ihr während des Hummeressens am Heiligen Abend im vergangenen Jahr anbot, nach ihrem Zweiten Staatsexamen bei ihm in der Kanzlei anzufangen. Max hatte er bereits ein paar Wochen vorher in seine Überlegungen eingeweiht, um sich zu vergewissern, dass sein Sohn einverstanden war.

«Nimmst du dich der Sache an?», fragte Konrad, als er Marie eine Mappe reichte, die mit *Fa. Jürgensmann & Sons* beschriftet war.

Marie schaute irritiert auf.

Konrad lächelte und erklärte: «Herr Jürgensmann weiß schon Bescheid, dass du ab sofort seine Ansprechpartnerin bist. Wir sind für morgen Vormittag hier in der Kanzlei verabredet. Den Termin übernimmst du! Es geht um die Veräußerung der Tochtergesellschaft.»

Konrad nickte Marie aufmunternd zu. Ein dankbares Lächeln machte sich auf ihrem Gesicht breit. Denn sie wusste, dass dieser Vertrauensvorschuss in ihre Fähigkeiten eine große Geste war. Jürgensmann & Sons war schließlich kein kleiner Fisch war, sondern gehörte zu den größten Speditionen im Hafen.

«Das mache ich gerne, vielen Dank!», sagte Marie und öffnete die Mappe, um Konrad das Gefühl zu geben, dass sie verstanden hatte, welche Priorität dieser Auftrag hatte. Er nickte zufrieden und fügte hinzu: «Genau, lies dich in Ruhe ein und wenn du Fragen hast – jederzeit!»

Dann drehte er sich um und ging zur Tür hinaus, die er mit einem etwas zu kräftigen Ruck zuzog, sodass Marie sich erschreckte. Sie mochte es nicht besonders, wenn die Tür geschlossen war. Doch auch Max und Konrad saßen in der Regel abgeschottet in ihren Büros, sodass Marie sich angewöhnt hatte, es meist genauso zu machen.

Bevor Marie sich die Entwürfe für den Kaufvertrag vornahm, wollte sie lieber noch schnell einen Blick ins Internet werfen, um Näheres über ihre neuen Mandanten herauszufinden. Nichts wäre peinlicher, als bei einem solch wichtigen Termin unvorbereitet zu sein oder etwas durcheinanderzubringen. Zwar hatte sie sowohl den Seniorchef als auch dessen Sohn bereits bei einem der Jahresempfänge der Kanzlei persönlich getroffen. Trotzdem konnte sie nicht mit Bestimmtheit sagen, wer welchen Posten in dem Familienunternehmen bekleidete.

Gerade als sie sich endlich zum Firmenprofil durchgeklickt hatte, ertönte das Signal, das eine eingehende E-Mail ankündigte. Nur allzu gern ließ Marie sich für einen Moment ablenken, um nachzusehen, ob es etwas Dringendes war. Als sie den Namen des Absenders las, machte ihr Herz einen kurzen Aussetzer. Paul Hansen hatte ihr eine Nachricht geschrieben mit dem Betreff: «*Ein letzte Bitte*». Offenbar war Paul jetzt, da er aufgeflogen war und nicht mehr den Senioren mimen musste, auf eine modernere Kommunikationsform umgestiegen. Aber woher zum Teufel hatte er ihre E-Mail-Adresse?

Egal. Marie hatte weder Zeit noch Lust, sich jetzt mit Paul Hansen zu beschäftigen. Sofort lenkte sie den Curser auf dem Bildschirm zu dem Symbol, um die E-Mail augenblicklich zu löschen. Doch ihre Neugier war zu groß. Obwohl sie eigentlich keine Zeit hatte für private Korrespondenz, öffnete sie die E-Mail und las:

Liebe Marie,
da ich bisher keine Antwort von Ihnen erhalten habe, möchte ich Ihnen auf diesem Wege nochmals versichern, dass es nie meine Absicht war, Sie zu verletzen. Es tut mir wirklich leid!

Wenn ich mir anders zu helfen wüsste, als Ihnen das einfach zum wiederholten Male zu schreiben, würde ich es tun. Da ich nun eh schon bei Ihnen unten durch bin und so gesehen nichts zu verlieren habe, beichte ich Ihnen auch gleich, dass ich Sie schon vor geraumer Zeit gegoogelt habe und so an Ihre E-Mail-Adresse gekommen bin. Ich war einfach neugierig, mit wem ich es zu tun habe, und bin bei der Recherche schnell auf die Kanzlei gestoßen.

Ich kann gut verstehen, dass Sie mir nicht antworten. An Ihrer Stelle würde ich es wahrscheinlich auch nicht tun. Und Sie wären mich auch für immer los, wenn ich jetzt nicht dieses dringende Anliegen hätte. Die Sache ist die: Mein Vater liegt im Sterben. Zumindest behaupten das die Schwestern im Heim. Fakt ist, seit zwei Wochen isst und trinkt er nicht mehr. Der behandelnde Arzt spricht von Altersschwäche, mit der manche Menschen im Prinzip durchaus noch älter werden könnten. Ich habe allerdings das Gefühl, dass es weniger sein körperlicher als sein geistiger Zustand ist, der ihn Tag für Tag dem Tod näher bringt. Er hat einfach keine Lust zu leben mehr. Um ihn herum ist eine dicke, undurchdringliche Mauer, die schon früher in Ansätzen da war. Aber er hat sich bisher nach jedem Schub seiner Demenz wieder erholt. Doch jetzt ist kein auch noch so geringer Fortschritt mehr zu erkennen.

Daher meine direkte, unverschämte Frage: Darf ich Sie bitten, noch einmal nach Amrum zu kommen? So schnell wie möglich? Ich weiß, dass dieser Wunsch Ihnen naiv und albern vorkommen muss. Eigentlich war es sogar meine Tochter Leonie, die die Idee hatte. Ich hatte ihr von Anneliese und meinem Vater erzählt. Und da Sie Ihrer Oma wirklich zum Verwechseln ähnlich sehen, habe ich die naive Hoffnung, eine Begegnung mit Ihnen könnte vielleicht bewirken, dass mein Vater wieder in Kontakt mit seiner Außenwelt kommt. Ich finde, einen Versuch ist es wert, und bin verzweifelt genug, Sie um Hilfe zu bitten, obwohl ich mir vorstellen kann, dass Sie nicht gerade gut auf mich zu sprechen sind.

Falls Sie die Reisekosten scheuen – Sie sind selbstverständlich eingeladen!

Herzliche Grüße,
Paul

Paul

Entnervt klappte Paul seinen Laptop zu. Er hatte so sehr gehofft, dass Marie vielleicht an ihrem Schreibtisch sitzen und umgehend antworten würde. Doch dem war nicht so. Entweder hatte sie die Mail noch gar nicht gelesen, spekulierte Paul, als er aus dem Arbeitszimmer in die Küche ging, oder sie würde überhaupt nicht antworten.

Als Paul am Bett seines Vaters gesessen hatte, der wieder nur vor sich hin döste und nicht ansprechbar war, hatte er sogar überlegt, ob er Marie nicht einfach in der Kanzlei anrufen sollte. Vielleicht hätte er sie dazu überreden können, irgendetwas zu seinem Vater zu sagen – irgendetwas, das ihn wenigstens aufhorchen ließ. Doch Paul hatte sich nicht getraut. Selbst wenn er sein Handy und Maries Nummer dabeigehabt hätte, hätte er niemals den Mut aufgebracht, sie so einfach anzurufen. Bestimmt war sie noch immer wütend über seinen Betrug. Außerdem war es reiner Wunschglaube, dass Maries Anwesenheit etwas ausrichten könnte. Auch dass sie eine ähnliche Stimme hatte wie damals ihre Großmutter, war nicht wirklich realistisch. Andererseits sah sie ihr verblüffend ähnlich. Vielleicht sollte Paul sich von ihrer Hilfe nicht allzu viel versprechen, damit die Enttäuschung nicht an ihm nagte, wenn sie nichts von sich hören ließ.

Paul sah auf die Uhr. Es war höchste Zeit, das Mittagessen vorzubereiten. Seit Leonie in der 2. Klasse war, hatte sie einen volleren Stundenplan und längere Schultage, die mehr

Schlaf und regelmäßigere Mahlzeiten notwendiger machten als je zuvor. Pauls Mutter hatte ihm ein paar einfache Kochrezepte mitgegeben, von denen er heute eines ausprobieren wollte. Doch dafür brauchte er etwas Kochschinken, den er schnell beim Fleischer in der Nachbarstraße besorgen wollte. Er schnappte sich sein Portemonnaie und suchte aus Gewohnheit nach seinem Handy, bis ihm wieder einfiel, dass seine Tochter es hatte und hoffentlich nicht bei ihren Klassenkameraden damit angab, ein Smartphone benutzen zu dürfen. Wenn Leonies Lehrer davon Wind bekamen, war sein Image als überforderter alleinerziehender Vater sicher wieder voll bestätigt.

Paul trat vor das Haus und schloss die Tür hinter sich.

«Hallo, Herr Nachbar!», hörte er im gleichen Moment eine Stimme rufen. Paul rollte mit den Augen, setzte aber ein einstudiertes Lächeln auf, als er sich zu Monika umdrehte.

«Hallo, Monika!»

Er nickte ihr zu und wollte schon an ihr vorbeigehen, als sie ihm ein Stück entgegenkam.

«Wie war denn eure Reise?», fragte sie neugierig.

«Schön. Wir hatten viel Spaß!»

«Wir auch!», entgegnete Monika.

Paul wunderte sich über ihren vorwurfsvollen Tonfall, dann fiel es ihm wieder ein.

«Herzliche Glückwünsche noch zu deinem 40.!», sagte er wie selbstverständlich, so als habe er in den letzten 14 Tagen an nichts anderes gedacht als an die versäumte Party zum runden Geburtstag.

«Danke! Schade, dass ihr nicht dabei wart. Aber du hattest ja netten Besuch!»

In Monikas Stimme lag noch immer etwas Groll, ihr Blick war auch nicht freundlicher.

«Besuch?», fragte Paul irritiert.

«Na, diese Tusse aus Hamburg.»

Paul wurde heiß und kalt. Er war sprachlos.

«Da hast du dir ja ein Ding geleistet!»

Allmählich dämmerte es Paul.

«Du hast mit ihr gesprochen?»

«Allerdings habe ich das! Sie machte einen ziemlich verwirrten Eindruck.»

Paul fuhr sich durchs Haar. Er musste diese Information erst einmal einsortieren.

«Habt ihr euch getroffen?», fragte Monika neugierig.

Er schaute demonstrativ auf seine Uhr und bekam einen Schreck. Es war bereits kurz vor eins. Leonie musste jeden Moment aus der Schule kommen.

«Wir plaudern ein anderes Mal, Monika. Leonie kommt gleich, und ich wollte schnell ...»

Paul unterbrach sich, weil er in dieser Sekunde das Auto von Nathalies Mutter ankommen sah.

«Na toll», fluchte Paul leise und winkte Frau Niemann zu.

Sie winkte zurück, und es war klar, dass er gleich von zwei neugierigen Frauen umzingelt sein würde.

«Paul!», wurde er enthusiastisch begrüßt, als Veronika Niemann aus ihrem silberfarbenen Mini stieg, damit Leonie von der Rückbank nach draußen klettern konnte.

«Wie schön, dich mal wiederzusehen! Michael und ich wollten euch mal zum Grillen einladen. Hättest du nicht Lust?», fragte sie an Paul gewandt und fuhr sich durchs lange, perfekt frisierte Haar.

«Paul ist immer sehr beschäftigt, mit Schreiben zum Beispiel», sagte Monika mit einem süffisanten Grinsen in seine Richtung.

Paul hoffte, sich verhört zu haben. Doch Frau Niemanns Gesicht hellte sich auf.

«Sie schreiben? Das ist ja spannend! Einen Inselkrimi? Oder ein Sachbuch vielleicht?», fragte sie begeistert und trat einen Schritt näher.

«Ach, das ist nicht der Rede wert», versuchte Paul sich zu retten und winkte ab. Er war froh, dass Leonie auf ihn zukam und ihm einen Kuss zur Begrüßung gab.

«Hallo! Wie war's in der Schule?», fragte Paul.

«Sie kommt! Sie kommt uns besuchen!», entgegnete Leonie glücklich und wartete gespannt auf eine Reaktion ihres Vaters.

Paul blickte unsicher von einer Frau zur anderen. Nun kletterte auch Nathalie aus dem Auto. Offenbar wollte sie genauso wenig etwas verpassen wie die erwachsenen Damen.

«Na, Marie! Sie kommt morgen, um mit Opa zu reden!»

Paul fühlte, wie sich sein Puls beschleunigte.

«Woher willst du das ... », wollte er fragen, unterbrach sich aber. Denn Leonie öffnete bereits bester Stimmung die rosafarbene Außentasche ihres Glitzerranzens, holte sein iPhone hervor und hielt es Paul unter die Nase.

«Sie hat eine ganz tolle SMS geschrieben!», freute sie sich und sah Paul erwartungsvoll an.

«Sie haben Ihrer Tochter ein Smartphone gekauft und erlauben, dass sie es mit in die Schule nimmt?», empörte sich Frau Niemann. Sie bemühte sich um einen freundlichen Tonfall, der ihr Unbehagen jedoch nicht verbergen konnte.

Zwei weibliche Augenpaare sahen ihn mit mahnendem Blick an.

«Das ist mein Telefon, und das heute war eine Ausnahme!», entgegnete Paul streng und nahm Leonie augenblicklich das Handy weg.

«Und jetzt müssen wir. Das Essen steht auf dem Tisch. Danke fürs Bringen und einen schönen Tag noch!», schob er hinterher und nahm Leonie an die Hand, damit sie ihm zum Haus folgte und ja nicht weiteren Schaden anrichten konnte.

«Und was ist mit dem Grillabend?», rief Frau Niemann ihnen hinterher. «Das Wetter soll sich ja halten. Samstag haben wir noch nichts vor.»

«Gerne!», log Paul, als er sich noch einmal umdrehte und sich um ein höfliches Lächeln bemühte.

«Au ja», sagte Leonie begeistert, «kann ich dann bei Nathalie schlafen?»

Paul war nicht entgangen, dass Monika ihn noch immer mit böser Miene anstarrte.

«Wenn ihre Eltern einverstanden sind?», antwortete Paul.

Nachdem Frau Niemann dies bestätigte und sie sich auf eine Uhrzeit geeinigt hatten, schaffte es Paul endlich, sich aus den Fängen der Frauen zu befreien. Sie verabschiedeten sich allesamt voneinander, und als Leonie und er endlich ins Haus gingen und die Tür hinter sich schlossen, konnte Paul beobachten, wie Monika und Frau Niemann die Köpfe zusammensteckten und eine angeregte Unterhaltung führten. Es war offensichtlich, dass sie sich das Maul über ihn zerrissen. Doch das war ihm jetzt vollkommen egal. Er hatte nur noch eines im Sinn, so schnell wie möglich nachzusehen, was Marie geantwortet hatte.

«Da ist ja gar nichts zu essen», hörte er Leonie enttäuscht aus der Küche schimpfen.

«Das war ja auch nur eine Notlüge. Und abgesehen davon, hast du hier heute überhaupt nichts zu melden», rief er zurück, «wir unterhalten uns gleich mal darüber, warum man keine Post von anderen liest.»

Dann öffnete Paul eilig den Eingang für Kurzmitteilungen auf seinem Smartphone, bis er die Nachricht von Marie fand.

Hallo, Paul!

Es tut mir leid, dass es Ihrem Vater so schlecht geht. Leider habe ich morgen Vormittag einen wichtigen Termin. Aber danach kann ich mich auf den Weg machen. Ich rufe Sie an, sobald ich vor Ort bin.

Gruß,
M. Wiedmann

Paul musste grinsen, so sehr freute er sich, dass seine Bitte Marie Wiedmann offenbar doch nicht zu unverschämt erschienen war. Und dass sie anscheinend nicht mehr allzu wütend war, denn sonst hätte sie kaum darauf reagiert. Vielleicht würde er sogar die Chance bekommen, ihr zu erklären, warum er ihr die Briefe geschrieben hatte und warum ihm das so gutgetan hatte. Und vielleicht würde sie ihm verzeihen. Viel wichtiger aber war, dass er nicht länger hilflos mit ansehen musste, wie sein Vater einsam und verloren wie ein verblühtes Pflänzchen einging. Vielleicht konnte Marie ihm tatsächlich helfen, wieder zurück ins Leben zu finden.

«Ist das nicht cool?», fragte Leonie, nachdem sie sich angeschlichen hatte und aufmerksam beobachtete, wie Paul auf die Funktion «Antworten» klickte.

«Das ist nicht cool. Das ist sehr nett von Frau Wiedmann», erklärte er und strich Leonie glücklich über den Kopf. Er hoffte so sehr, dass ihre Freude berechtigt war und es Hoffnung gab, dass sie beide Leonies Opa noch einmal nahe sein und ihm sagen durften, wie sehr sie ihn liebten und vermissen würden, wenn er nicht mehr da war.

Ohne groß nachzudenken, beantwortete Paul Maries SMS sofort:

Danke! Dass Sie kommen, ist überaus nett von Ihnen und die beste Nachricht seit langem!! Wenn Sie mir Bescheid geben, welche Fähre Sie nehmen, hole ich Sie gerne ab.

Herzlich,
Paul

Marie

Was machst du da?», fragte Max und schnappte sich eine Apfelspalte. Marie war gerade dabei, einen weiteren Apfel der säuerlichen Glostersorte aus dem Alten Land zu halbieren, um ihn zu schälen und zu entkernen.

«Finger weg!», entgegnete sie und schlug Max zum Spaß auf die Hand. Doch er ließ sich nicht beirren und stibitzte ein zweites Stück Obst.

«Du backst?», nuschelte er mit vollem Mund und mit einer Spur Spott in der Stimme.

«Ja, stell dir vor: Ich backe!», sagte Marie selbstbewusst und schob Max zur Seite, weil er ihr im Weg stand. Sie musste an den Kühlschrank, um die Eier und die Milch für Annelieses Altländer Apfelkuchen zu holen.

«Du trainierst also schon mal für deine neue Rolle als Hausfrau und Mutter?», stichelte er weiter und grinste.

Marie verdrehte die Augen und grinste zurück. Doch eigentlich fand sie es sehr schön, dass sie beide eine humorvolle Ebene gefunden hatten, um über die Turbulenzen der letzten Zeit zu sprechen.

«Also, ich hätte nichts dagegen, wenn du mich regelmäßig verwöhnst!»

Max legte seine Hände zärtlich um Maries Taille. Sie genoss die Geste, stieß ihn aber bestimmt von sich weg. Es war schon weit nach 22 Uhr. Der Kuchen musste noch über eine halbe Stunde in den Backofen. Und morgen musste sie fit sein – für ihr Meeting mit ihren neuen Mandanten. Und für die Fahrt nach Amrum.

«Bist du sicher, dass du mich schon wieder alleine lassen willst?», fragte Max und machte ein gespielt beleidigtes Gesicht.

Marie verzog amüsiert ihre Mundwinkel.

«Ich meine, du kennst diesen Opa doch nicht einmal! Wenigstens den Kuchen könntest du mir lassen.»

«Seit wann machst du dir was aus Kuchen?», fragte Marie und sah Max schief von der Seite an. Sie freute sich, dass er die etwas kuriosen Umstände ihrer spontanen Reise offenbar auch mit Humor nahm.

«Wieso? Wenn es nicht gerade eine so fette, kitschige und sahnige Angelegenheit ist!», entgegnete Max und setzte sich in seiner lässigen sportlichen Art auf den Hochstuhl am Küchentresen, wo Marie die gefettete Springform bereitgestellt hatte.

Marie warf ihm einen Blick zu, der zeigte, dass sie ganz genau wusste, worauf er anspielte. Am Nachmittag war Constanze plötzlich in der Kanzlei aufgetaucht, weil es ihr offensichtlich eine schlaflose Nacht bereitet hatte, dass sie noch immer keine Hochzeitstorte ausgesucht, geschweige denn bestellt hatten.

Weil Marie wieder daran denken musste, dass eigentlich ihre Oma die Hochzeitstorte hatte backen wollen, und sie darum jede Beschäftigung mit dem Thema traurig machte, hatte sie sich spontan entschlossen, in dieser Angelegenheit Constanze das Zepter zu überlassen. Daraufhin war diese in das Büro ihres Sohnes gegangen, um ihn nach seinen Wünschen zu fragen. Wie Marie ihrer Schwiegermutter zuvor prophezeit hatte, war es Max ganz gleichgültig, wie die Hochzeitstorte beschaffen sein sollte. Nur zu viel Sahne durfte sie nicht haben, hatte er gesagt – sehr zum Bedauern seiner Mutter.

Constanze wiederum hatte sich bei ihrem Konditor aus Blankenese ein ganzes Fotoalbum mit Referenzen aushändigen lassen und ihre Favoriten gleich mit einem Post-it versehen. Doch diese Beispiele waren ausgerechnet jene, die nach Max' Geschmack zu sahnig waren. Da Constanze keine falsche Entscheidung treffen wollte, kam sie doch noch mal in Maries Büro, um etwas Passendes herauszusuchen. Und so war wieder alles wie immer gewesen. Max hatte seinen Willen bekommen, ohne einen Finger zu rühren. Constanze hingegen war ganz in ihrem Element gewesen. Nur Marie hatte dagesessen, um – mit einem Kloß im Hals – in dem Katalog mit lila Rosen verzierten Marzipantorten und jenen mit fünf oder mehr Etagen zu blättern, während sie die ganze Zeit an Anneliese denken musste und daran, wie viel Liebe in deren Hochzeitstorte gesteckt hätte.

Constanze konnte zwar nicht wissen, warum Marie die Begeisterung für ihre Vorschläge nicht teilen konnte. Aber sie wollte nicht schon wieder auf die Tränendrüse drücken oder Constanze einen Grund zur Sorge liefern.

Doch Annelieses Rezepte gingen Marie den ganzen Tag nicht mehr aus dem Kopf und schon gar nicht, nachdem sie die Nachricht von Paul erhalten hatte. Wie durch eine Eingebung hatte sie sofort gewusst, dass sie nicht mit leeren Händen nach Amrum fahren wollte.

Auch wenn ihr Vorhaben etwas Verzweifeltes hatte, fühlte es sich richtig an. Es war nicht schwierig, die Zutaten für dieses simple Rezept im Kopf zu behalten. Und so war Marie, nachdem sie sich gründlich auf den morgigen Termin vorbereitet hatte, in den Supermarkt gegangen, um die Zutaten für den Altländer Apfelkuchen zu besorgen.

«Das ist von Anneliese?», fragte Max endlich, als er kauend auf die Rezeptsammlung deutete.

Marie nickte und füllte den Teig in die Springform. Aus den Augenwinkeln beobachtete sie etwas argwöhnisch, wie Max das aufgeschlagene Apfelkuchenrezept aus dem Ordner nahm und eingehend betrachtete.

«Was hat das zu bedeuten, das mit dem Haus da drauf?», fragte er, als Marie die Apfelspalten ringförmig auf dem Teig anordnete.

«Das soll das Café sein, das Oma zusammen mit ihrem Paul auf Amrum eröffnen wollte. Zumindest glaube ich, dass es das sein soll», erklärte Marie, ohne aufzusehen.

«Und woher weißt du, dass sie so was wollte?»

Marie hielt die Luft an. Sie wusste nicht, wie viel sie Max über die Sache mit den Briefen zumuten konnte, ohne dass er sie für vollkommen übergeschnappt hielt.

«Sie hat es mal erwähnt. Ich wusste nur nicht, dass ihr Traum mit diesem Paul zusammenhing», schwindelte sie.

Ihr war unwohl bei der Sache. Doch obwohl Max eigentlich die Wahrheit verdient hätte und sicher nicht böse oder gar eifersüchtig geworden wäre, zog Marie es vor, ihm weiterhin zu verschweigen, dass sie gar nicht mit dem alten, sondern mit dem jungen Paul Hansen in Kontakt stand. Alles, was Max bereits wusste, war, dass sie wegen Annelieses Jugendliebe Paul nach Amrum reisen würde, weil es ihm sehr schlecht ging.

Nachdem Marie den fertigen Kuchen in den vorgeheizten Backofen geschoben hatte, wusch sie sich die Hände und ging zu Max an den Tresen. Sie umarmte ihren Verlobten von hinten, dessen Aufmerksamkeit noch immer Annelieses Aufzeichnungen galt. Oben rechts stand das Datum 9. 8. 1946, und unter der Überschrift *Altländer Apfelkuchen* waren zunächst handschriftlich die Zutaten aufgelistet und darunter die Zubereitung. Ganz unten hatte sie eine kleine, reetgedeckte Kate gezeichnet, mit kleinen Tischen, Stühlen und Blumenkübeln davor.

«Ihr habt fast die gleiche Handschrift», flüsterte Max nun und lächelte Marie an.

Dieses Kompliment berührte sie sehr. Es war selten, dass Max in solchen Momenten das Richtige sagte.

«Aber ich kann nicht so gut zeichnen wie Oma», sagte sie und betrachtete die liebevollen kleinen Details der Skizze, wie etwa die beiden blühenden Rosenbüsche, die jeweils rechts und links des Eingangs in großen Töpfen Spalier standen.

«Dafür hast du aber ganz andere Qualitäten», sagte Max und drehte sich nun zu ihr um.

Dann vergrub er seine Nase an ihrem Hals, sodass Marie laut auflachte.

«Das kitzelt!», beschwerte sie sich kichernd.

Als Max sie auf den Mund küssen und noch zärtlicher werden wollte, wich Marie ihm aus.

«Tut mir leid. Aber ich habe noch so viel auf dem Zettel!», entgegnete sie behutsam und strich ihm sanft über die Wange.

«Was denn? Socken stricken und Hühnersuppe kochen?» Max kräuselte unzufrieden die Stirn.

«Spinner!», schimpfte Marie und begann, die Eierschalen und Mehlreste zu beseitigen und den Mixer sauber zu machen.

Auch wenn es objektiv betrachtet wirklich nicht mehr zu

tun gab, als aufzuräumen und ein paar Sachen für die Fahrt zusammenzupacken, hatte Marie trotzdem keinen Kopf für Sex. So viele verschiedene Dinge beschäftigten sie. Zum einen versuchte sie in Gedanken, das bevorstehende Meeting in der Kanzlei und all seine Eventualitäten durchzugehen, um ja nicht dumm dazustehen. Zum anderen betete sie innerlich, dass sie es schaffen würde, irgendwie zu Annelieses Paul durchdringen zu können, und wenn es nur der Duft des Kuchens sein würde, den er wahrnahm und der hoffentlich genauso duftete wie damals, als sich die beiden ihre gemeinsame Zukunft ausgemalt hatten. Auch wenn es absurd war, fühlte es sich für Marie so an, als wäre sie es Anneliese schuldig. Das würde Max ganz sicher nicht verstehen, vielleicht aber der junge Paul. Zwar konnte Marie nur hoffen, dass er sich nicht einbildete, er habe mit dem Briefschwindel ein Kavaliersdelikt begangen. Sicher würde es eine Gelegenheit geben, ihm noch einmal deutlich ihre Meinung ins Gesicht zu sagen. Andererseits konnte er kein so schlechter Mensch sein, wenn er sich derart anrührend um das Schicksal seines Vaters sorgte.

Mit einem Seufzer erhob sich Max. Er schnappte sich eine Flasche Wasser, und Marie hörte, wie er ins Wohnzimmer schlenderte und den Fernseher anstellte. So konnte sie die Küche in Ruhe aufräumen und anschließend ihre Sachen packen. Sie hatte eine Übernachtung in dem ihr schon bekannten Hotel gebucht. Aber was sollte sie am Morgen anziehen? Das war keine leichte Entscheidung. Denn sie musste für das Meeting natürlich korrekt gekleidet sein und würde direkt danach aufbrechen. Andererseits wollte sie nicht overdressed auf eine Nordseeinsel fahren, um bei den Hansens ja nicht den Eindruck einer Großstadttussi zu hinterlassen, die jedem Klischee einer Anwältin entspricht und womöglich Ebbe von Flut nicht unterscheiden kann.

Wie Annelieses Paul aussah, konnte sich Marie gut vorstellen – auch wenn er in ihrer Phantasie eher ein stattlicher, kräftiger Mann war, ähnlich wie auf dem Foto von damals. Es war sicher besser, sich darauf einzustellen, dass das Bild von früher nichts mehr mit der Realität zu tun hatte.

Was den jungen Paul betraf, tappte sie vollkommen im Dunkeln. Natürlich hatte sie längst im Internet nach ihm recherchiert. Doch gab es offenbar so viele Paul Hansens wie Kniepsandkörner am Strand von Amrum. Marie hatte also nicht einmal eine Ahnung, ob er blond oder dunkel, groß oder klein, dick oder dünn war. Sie hatte nur eine diffuse Vorstellung von ihm im Kopf, und obwohl sie noch immer enttäuscht und wütend war wegen seiner merkwürdigen Anwandlungen mit den gefälschten Briefen, breitete sich ein warmes und zugewandtes Gefühl in ihr aus, wenn sie an ihn dachte. Er musste etwas älter sein als sie, hatte sie aus den spärlichen Informationen zum Familienleben geschlossen, und auch die gemeinsame Tochter musste schon zur Schule gehen, wenn sie in den Ferien verreisten und im Garten ein Baumhaus stand, das ein Kind gefahrlos allein erklimmen konnte.

Was die Mutter des Kindes wohl für ein Mensch war? Ob Paul ihr überhaupt von den Briefen erzählt hatte? Er hatte sie nie erwähnt, und das erschien Marie ein wenig schmierig. Womöglich hatte Anika recht mit ihrem Verdacht, dass Paul bloß ein durchgeknallter Typ auf der Suche nach einer sehr speziellen Art von Affäre war. Immerhin hatte er versucht, ihre Verunsicherung bezüglich der bevorstehenden Hochzeit zu schüren, und kannte sie bereits von dem Foto, das sie dummerweise mitgeschickt hatte.

Wenigstens wäre es morgen kein Problem, sich am Hafen zu finden, dachte Marie, als sie die Blusen in ihrem Kleiderschrank durchsah und eine erste Auswahl traf. Nach einer Weile entschied sie sich für eine enge, hellblaue und eher elegante Hose, die sie am Vormittag mit einer weißen Bluse mit ebenfalls hellblauen Tupfen und hellen Pumps kombinieren würde. Und für den Nachmittag würde sie einfach ein passendes T-Shirt drunterziehen und ihre Sneaker mitnehmen, mit denen sie ohnehin viel besser Auto fahren konnte. Marie mochte beide Outfits, was wichtig war, damit sie sich sicher fühlte an so einem besonderen Tag. Im Moment fühlte sie sich ein bisschen wie vor einem Vorstellungsgespräch. Hoffentlich würde sie in der Nacht genügend Schlaf finden.

Paul

Nervös ging Paul auf dem großen Parkplatz des Fähranlegers auf und ab. Es nieselte, und obwohl es genügend Unterstände gab, konnte er weder stillsitzen noch sich mit der Lektüre der Tageszeitung ablenken, die er mitgenommen hatte. Seit Marie vor gut einer Stunde eine SMS geschickt hatte, dass sie um 15.35 Uhr mit der Fähre aus Nordstrand kommen würde, konnte Paul keinen klaren Gedanken mehr fassen. Glücklicherweise hatte Christa sich bereit erklärt, auf Leonie aufzupassen. Sie war trotz des Wetters sogar spontan mit dem Fahrrad gekommen, um ihr bei den Hausaufgaben zu helfen. Das wiederum war keine leichte Aufgabe gewesen – Leonie davon zu überzeugen, dass es besser war, wenn er allein mit Marie zu Opa fahren würde.

«Das ist gemein. Ich hab die Idee, sie einzuladen, und jetzt darf ich sie nicht sehen!», hatte sich seine Tochter beschwert. Daraufhin hatte Paul versprochen, Marie ein anderes Mal wieder auf die Insel einzuladen. Aber für den Moment hielt es Paul für keine gute Idee, Marie zu überfordern oder gar Leonies Phantasien bezüglich einer neuen Frau für ihren Vater zu beflügeln.

Paul sah auf die Uhr. Nur eine weitere Minute war vergangen, seit er das letzte Mal draufgeschaut hatte. Sein Blick wanderte zum Horizont in Richtung Osten, doch die Luft war zu diesig, als dass er die Fähre schon von weitem hätte ausmachen können.

So ähnlich musste sich sein Vater gefühlt haben, als er vor fast siebzig Jahren hier auf seine Anneliese gewartet hatte. Zwar hatte sie in ihren Briefen nichts über die Anreise geschrieben. Warum auch, wenn sie damals persönlich und unmittelbar darüber berichten konnte? Doch der Hafen war auch damals schon der erste Anlaufpunkt für die vielen Touristen und Patienten gewesen, die per Schiff auf die Insel kamen.

Ob er Marie sofort erkennen würde?, fragte sich Paul. Und ob sie sich eine Vorstellung davon gemacht hatte, wie er aussah? Auf Facebook war er jedenfalls nicht. Und den Namen Paul Hansen gab es bekanntermaßen mehr als einmal im Norden. Lediglich beim Angelverein hätte man ihn finden können, allerdings auch nur, wenn man die Bildunterschrift *P. Hansen* von der Jahreshauptversammlung entdeckte.

Es war seltsam. Obwohl Marie kaum etwas über sein Leben wusste, hatte er ihr Dinge geschrieben, die er mit niemandem sonst hätte teilen können. Paul seufzte. Wenn er ehrlich war, bezweifelte er, dass Marie tatsächlich etwas bei seinem Vater ausrichten konnte. Aber dann konnte er zumindest sicher sein, alles versucht zu haben, und vielleicht wäre Maries Besuch dann wenigstens dazu gut, sie davon zu überzeugen, dass er wirklich ein harmloser Mann war, der nichts Böses im Sinne gehabt hatte.

Als einige Touristen einer kleinen Gruppe begannen, ihre Rucksäcke aufzuschnallen, bemerkte Paul aufgeregt, dass der Anlass für die aufkommende Unruhe die Fähre war, die endlich, mit ein paar Minuten Verspätung, ankam.

Obwohl Paul wusste, dass es noch eine kleine Weile dauern würde, bis das Schiff festmachen und die Passagiere aussteigen würden, trat er näher, um das Deck nach Marie abzuscannen.

Zur Not konnten sie sich über Handy verständigen. Doch Paul wollte sie lieber direkt in Empfang nehmen. Obwohl sich die Hochsaison mittlerweile dem Ende zuneigte und Amrum wie jedes Jahr in ein paar Monaten in einen tiefen Winterschlaf fallen würde, transportierte die Fährverbindung noch immer etliche Leute von A nach B.

«Moin, moin, Chef!», rief Kapitän Clausen, als er Paul von weitem erkannte. Er wohnte zwar auf dem Festland, aber Paul hatte sich schon häufiger während der Überfahrten mit ihm unterhalten, auch wenn er dessen Humor etwas nervig fand.

Paul nickte ihm zur Begrüßung zu und spürte gleichzeitig, wie seine Knie immer weicher wurden. Für einen kurzen Moment meinte er, Marie erkannt zu haben. Doch die junge Frau war viel fülliger und trug die Haare kürzer als Marie auf dem aktuellen Foto auf der Homepage der Kanzlei.

Doch gleich dahinter trat eine zweite Frau auf den kleinen Steg, der das Schiff mit dem Anleger verband. Sie war eine attraktive, sympathische Erscheinung, trug ihre dunkelblonden Haare zu einem Zopf zusammengebunden, wegen des Windes, wie Paul vermutete. Als er sie anlächelte und sie zurücklächelte, war Paul sich sicher. Das war Marie Wiedmann, die ihrer Großmutter mit ihren strahlend lebendigen Augen zum Verwechseln ähnlich sah. Aus etwa zehn Metern Entfernung konnte Paul sehen, dass sie schick, aber lässig gekleidet war. Allein ihr silberfarbener, eleganter Trolley und die große schwarze Handtasche ließen auf ihren Beruf schließen, der so gar nichts mit der kleinen Welt auf Amrum gemein hatte.

«Sind Sie Paul Hansen?», fragte Marie unsicher. Doch ihr noch immer anhaltendes, zaghaftes Lächeln verriet, dass sie sich bereits sicher war, wem sie ungefragt die Hand entgegenstreckte. Auch Paul reichte seine Hand zur Begrüßung und sagte: «Ganz recht, Paul Hansen, der Seemannsgarnspinner von Amrum.»

Offenbar war der Spruch nicht der dämlichste, denn immerhin hatte er Marie einen Lacher entlockt.

«Bitte nennen Sie mich einfach Paul!»

«Aber nur, wenn Sie mich Marie nennen, so wie in den Briefen auch!»

Für einen kurzen Moment rutschte Paul das Herz in die Hose. Erst als Marie ihre schnippisch klingende Bemerkung mit einem schiefen Grinsen entschärfte, atmete er erleichtert auf. Sie sahen sich freundlich lächelnd in die Augen. Dann bot Paul an, Maries Koffer zu nehmen, was sie jedoch ablehnte, weil er schließlich Rollen hatte. Doch als sie nach wenigen Schritten beim alten Volvo angekommen waren, fragte Paul gar nicht erst, sondern nahm Marie einfach das Gepäck ab, um es in dem großen Kofferraum zu verstauen. Dann ging er auf die Beifahrerseite, um Marie die Tür aufzuhalten. Sie nickte Paul zu und stieg ein.

Marie

Es war ein seltsames Gefühl, nach so kurzer Zeit unter ganz anderen Vorzeichen nach Amrum zurückzukehren, dachte Marie, als sie ihren Blick durch die Straßen von Wittdün wandern ließ. Vorne auf dem Beifahrersitz konnte sie viel mehr von dem bunten Touristentreiben auf den Straßen beobachten als auf ihren Taxifahrten, während derer sie hinten gesessen hatte. Auch wurde sie dieses Mal nicht durch eine Unterhaltung von dem zauberhaften Anblick der vielen kleinen Friesenhäuser abgelenkt. Denn Paul, ihr Fahrer, schwieg.

Marie versuchte ihn so unauffällig wie möglich zu mustern. Der erste Eindruck, als er ihr im Hafen gegenübergestanden hatte, war nicht so unsympathisch, wie sie es sich in ihrer Vorstellung ausgemalt hatte. Auch erschien ihr Paul viel männlicher, als es seine Briefe hatten vermuten lassen. Er trug ein hellblaues Hemd über einer dunklen Jeans. Und seine hellbraunen Haare trug er kurz geschnitten und ungestylt. Er sah nicht aus wie ein typischer Familienvater. Sein alter Volvo dagegen war sofort als Familienkutsche zu identifizieren, da hinten nicht nur ein Kindersitz zu sehen war, sondern überall Krümel, kleine Papierschnipsel und ein paar bunte Bücher verteilt lagen.

«Und Sie waren noch nie auf der Insel? Ich meine, bevor Sie neulich hier waren?», fragte Paul in einer Weise, die erkennen ließ, dass er nicht wirklich an der Antwort interessiert war, sondern nur daran, die unangenehme Stille zu unterbrechen.

Marie schüttelte den Kopf und sagte: «Ich hatte mir mein erstes Mal auch etwas anders vorgestellt.»

Paul warf ihr einen betroffenen Blick zu und verstummte, was Marie amüsiert zur Kenntnis nahm. Ein kleiner Teil in ihr genoss es, dass ihr Gegenüber offenbar ein schlechtes Gewissen hatte und viel dafür tun würde, damit sie sich wohl fühlte.

«Wenn es zieht, mache ich das Fenster zu», sagte Paul auch sogleich.

Marie lachte.

«Also, erstens: Ich bin dafür, dass wir du zueinander sagen. Und zweitens: Meinetwegen können wir die Sache vorerst abhaken.»

Paul war die Situation offenbar äußerst unangenehm. Etwas überfordert sah er wieder zu ihr rüber, sodass Marie es ein bisschen genoss, mit mahnendem Ton weiterzusprechen: «Die Sache mit den Briefen meine ich, falls Sie sich erinnern.»

«Du! Falls du dich erinnerst!», erwiderte Paul und lächelte endlich wieder.

Marie war kurz irritiert. Erst als sie begriff, dass Paul auf das Duzen angespielt hatte, entspannte sich auch ihr Gesicht wieder.

«Also, falls *du* dich erinnerst!», korrigierte sie sich und ergänzte: «Dass die Aktion total daneben war, versteht sich ja wohl von selbst. Aber ich bin ja nicht deswegen hergekommen, sondern wegen deines Vaters, also lass uns keine Worte mehr darüber verlieren.»

Paul grinste mit einer Mischung aus Scham und Schalk im Gesicht.

«Schade, dass du mir so schnell verzeihst! Denn eigentlich hätte ich dich gerne zum Essen eingeladen, als Entschuldigung», sagte er in einer Weise, die Marie nicht richtig einzuordnen wusste.

Versuchte Paul mit ihr zu flirten, oder ging es ihm tatsächlich darum, sich zu entschuldigen und ihre Gunst zurückzugewinnen? Sie beließ es bei einem Lächeln als Antwort und deutete auf ein Café an der Hauptstraße, das offenbar gut besucht und auch auf allen Plätzen draußen vor dem Eingang voll besetzt war.

«Gibt es eigentlich viele nette Cafés auf der Insel? Ich habe bei meinem Aufenthalt nur ein einziges entdeckt, das so richtig typisch und gemütlich war.»

«Du meinst bestimmt das Friesen-Café in Nebel», sagte Paul und bog rechts ab.

Marie nickte.

«Dort habe ich das erste Mal in meinem Leben Friesentorte gegessen. Mir ist fast schlecht geworden, so heftig war die, aber auch lecker.»

Und dann berichtete Paul von Nebel und dem berühmten Friedhof an der St.-Clemens-Kirche, dem Marie zu ihrer Bestürzung bei ihrem letzten Besuch keinerlei Beachtung geschenkt hatte.

«Jedenfalls ist der Standort des Cafés kaum zu toppen, weil eigentlich jeder Tourist dort einfällt, der vorbeikommt», führte Paul weiter aus, als sie durch das Eingangstor des Seniorenheimes einbogen und auf den Parkplatz fuhren.

«Dann war Anneliese vielleicht auch da und hat sich zu der Idee mit dem Inselcafé inspirieren lassen», sagte Marie, während sie sich abschnallte. Sie war froh, dass sie mit Paul über ein so unverfängliches Thema plaudern konnte. Denn allmählich wurde sie unruhig bei der Vorstellung, einem sterbenden Menschen zu begegnen.

«Das glaube ich weniger. Wenn ich die Jahreszahlen in den Briefen nicht durcheinandergebracht habe, war deine Oma ein paar Jahre vor der Eröffnung des Cafés hier. Sie hatte also den richtigen Riecher.»

Sie mussten schmunzeln. Doch weil keiner von beiden etwas sagte, machte sich eine beklemmende Stimmung im Wagen breit.

«Marie», sagte Paul nach einer Weile etwas zögerlich, «ich hoffe, es fällt dir nicht allzu schwer, dort reinzugehen.»

Paul deutete in Richtung des Eingangs, wo gerade ein Krankenwagen hielt. Kurz hielt Paul erschrocken inne. Doch als er sehen konnte, dass eine ältere Dame transportiert wurde, auf die bereits ein Pfleger mit einem Rollstuhl wartete, entspannte er sich wieder.

«Das ganze Gebäude hat schon etwas Bedrückendes», erklärte Marie. Paul lauschte aufmerksam ihren Schilderungen, wie es ihr beim ersten Besuch im Heim ergangen war. Sie berichtete davon, wie eine Dame am Empfang nach Frau Stöver rufen ließ. Gemeinsam waren sie zu Pauls Apartment gegangen. Und als erwartungsgemäß niemand die Tür öffnete, hatte Frau Stöver allein den Wohnraum betreten, um nachzusehen, ob Paul bereit war, Besuch zu empfangen. Doch er hatte geschlafen oder aber vor sich hin gedöst, ohne Notiz von ihr zu nehmen. Also hatte Marie sich dagegen entschieden, auch einzutreten, was durchaus im Sinne von Frau Stöver gewesen war. Und nachdem Marie sich vergewissert hatte, dass der alte Paul Hansen besonders in den letzten Wochen gar nicht in der Lage gewesen war, Briefe zu schreiben, hatte sie endgültig resigniert und entschieden, gleich am nächsten Tag abzureisen.

«Das war echt keine Heldentat, die ich mir da geleistet habe. Und ich kann nur wiederholen, dass keine böse Absicht dahintersteckte. Es hat einfach so gutgetan, sich mit dir auszutauschen …» Paul unterbrach sich. «Genug davon. Jedenfalls bin ich umso dankbarer, dass du dich noch mal auf den weiten Weg gemacht hast. Aber wir sollten vielleicht nicht zu viel erwarten.»

Sie wechselten einen ernsten Blick, ehe Paul ausstieg und ums Auto eilte, um Marie die Tür zu öffnen. Sie stieg aus und kündigte an, vorher noch an ihren Koffer zu müssen.

Nachdem Paul den Kofferraum geöffnet hatte, zog Marie ihren Trolley etwas näher zu sich heran, um das Zahlenschloss besser sehen und bedienen zu können. Dann schnellte der Verschluss nach oben. Bevor sie den Deckel hob, überlegte sie, ob etwas Peinliches zum Vorschein kommen könnte, wie etwa ihre Unterwäsche. Doch die hatte sie, soweit sie sich erinnern konnte, in den unteren Teil des kleinen Koffers gelegt, sodass sie ihn gefahrlos öffnen konnte. Gleich obenauf lag die Tupperdose, in der Marie den Apfelkuchen transportierte. Sie nahm sie heraus, schloss den Trolley wieder und signalisierte Paul, nun startklar zu sein.

«Was ist das?», fragte er gespannt.

«Annelieses Apfelkuchen», sagte sie und konnte ihren Stolz nicht verbergen, auch wenn Marie wusste, wie albern ihr Mitbringsel angesichts der Tatsache war, dass sie einen alten, kranken Mann besuchten, der kaum noch ansprechbar war und nicht mehr aß.

Entsprechend entrückt war auch Pauls Gesichtsausdruck, der Marie aber gleichzeitig das Gefühl gab, dass er diese Geste durchaus zu schätzen wusste.

Gemeinsam betraten sie das dunkle, verwinkelte Gebäude, ohne sich beim Empfang anzumelden. Marie spürte, wie ihre Beine wackeliger wurden, je weiter sie den langen Gang entlanggingen. Aus den Augenwinkeln versuchte sie an Pauls Gesicht abzulesen, wie er mit der Situation zurechtkam. Doch im selben Augenblick kam eine ältere Dame auf sie zu und lächelte freundlich, als sie sagte: «Herr Hansen! Wie schön, Sie zu sehen.»

Paul grüßte ebenso freundlich zurück und stellte Marie Frau Lorenz als Zimmernachbarin seines Vaters vor und umgekehrt sie als eine «Freundin der Familie», wie Marie wohlwollend zur Kenntnis nahm. Irgendwie schmeichelte ihr diese Bezeichnung.

«Es ist ein Jammer», sagte Frau Lorenz und schaute betreten in ihre Gesichter, «diese Krankheit ist schlimm für die Betroffenen. Aber Sie als Angehörige leiden ja nicht weniger.»

Die nette Dame wirkte ehrlich bedrückt, dachte Marie und lächelte sie warm an, als sie von ihrem letzten Gespräch mit dem alten Paul berichtete. Es war keine drei Wochen her, dass er versucht hatte, ihr das Schachspielen beizubringen. Doch die Abstände zwischen den Schüben, in denen diese tückische Krankheit zuschlug, waren immer kürzer und sein Zustand immer hoffnungsloser geworden, bis er keinen Appetit mehr hatte und kein Wort mehr sprach.

Frau Lorenz hatte Tränen in den Augen, als sie das sagte. Paul legte ihr zum Trost die Hand auf die Schulter und meinte: «Es ist lieb von Ihnen, dass Sie sich um meinen Vater sorgen.

Und Sie wissen ja, wenn Sie etwas brauchen, sagen Sie bitte Bescheid!»

Und schon lächelte Frau Lorenz tapfer und berichtete Marie, als wie zuvorkommend Paul sich schon des Öfteren gezeigt hatte, etwa wenn er ihr auf Wunsch Bücher oder ihre Lieblingspralinen mitbrachte. Doch Paul winkte ab, deutete auf Marie und unterbrach höflich: «Es tut mir leid, Frau Lorenz. Unser Besuch ist extra aus Hamburg gekommen. Wir sollten jetzt zu meinem Vater gehen.»

«Aus Hamburg?», kommentierte Frau Lorenz angetan. Doch ehe sie weiterreden konnte, legte Paul seine Hand auf Maries Arm, um sie mit Nachdruck zur nächsten Apartmenttür zu bewegen. Marie spürte, wie ihr Herz seine Schlagfrequenz beschleunigte, und wusste nicht, ob das dieser überraschenden Berührung geschuldet war oder der Tatsache, dass sie nun endlich Annelieses Paul begegnen würde.

Paul junior klopfte an die Tür, stieß sie jedoch sogleich auf, damit Marie als Erste eintreten konnte. Der Geruch in dem dunklen Apartment war etwas unangenehm, auch wenn sie nicht sagen konnte, wonach es roch. In der Mitte des Raums konnte Marie das Bett ausmachen, ähnlich wie in einem Krankenhaus, und darauf eine Gestalt, die zu schlafen schien. Paul Hansen senior. Doch statt auf seinen Vater zuzugehen, trat Paul zunächst ans Fenster, um es zu öffnen, nachdem er die dunkelgrünen Vorhänge aufgezogen hatte.

«Papa?», sagte Paul und setzte sich an den Rand des Bettes. Er griff nach der Hand seines Vaters und schenkte Marie einen aufmunternden Blick, als er sagte: «Ich habe dir Besuch mitgebracht! Marie, die Enkelin von Anneliese, ist hier.»

Marie trat einen Schritt näher und traute sich nun, einen

Blick auf den armen, alten Mann zu werfen, der bis zur Brust in eine dunkelgraue Wolldecke gewickelt war. Sein linker Arm lag über der Decke, eng an seinem Körper. Am Handrücken war die Kanüle für den Tropf befestigt, der ihn mit Flüssigkeit versorgte. Die linke Hand hielt noch immer Paul und streichelte sie etwas unbeholfen.

Marie sah sich in dem recht kahlen Zimmer um und ging an die kleine Tischgruppe, die links vor dem Fenster stand. Dort stellte sie ihre Handtasche und den Kuchen ab. Sie brauchte beide Hände, um einen der schweren Freischwinger auf die andere Seite des Bettes zu stellen. Sie schob den Ständer, an dem der Beutel mit der Flüssigkeit hing, etwas zur Seite, um näher an den alten Paul heranrücken zu können. Dann setzte sie sich, beugte sich behutsam zu ihm herüber und studierte sein Gesicht. Zu Maries großer Verblüffung hatte dieser Mann durchaus noch Ähnlichkeit zu dem einzigen Foto, das sie von ihm kannte. Obwohl die Aufnahme vor über 60 Jahren gemacht worden war, konnte Marie die Gesichtszüge und auch die hohe Stirn wiedererkennen. Sie bedauerte, dass sie ihm nicht in die Augen sehen konnte. Er lag einfach nur da wie ein Komapatient im Tiefschlaf, obwohl Frau Stöver erklärt hatte, es war durchaus möglich, dass er alles mitbekam.

«Hallo, Herr Hansen!», flüsterte Marie.

Als wie erwartet keine Reaktion kam, sah sie hilfesuchend zu Paul.

«Papa? Hörst du mich?», sagte er noch einmal. «Es ist wirklich wahr. Marie ist hier, die Enkeltochter von Anneliese. Wenn du sehen möchtest, wie hübsch sie ist, musst du jetzt die Augen öffnen.»

Paul grinste in Maries Richtung. Doch sie war sich nicht sicher, wie sie mit diesem vollkommen unvermittelten Kompliment umgehen sollte. Entweder, Paul war ein Sprücheklopfer, der sich gar nichts dabei dachte, was er raushaute, oder aber er wollte ihr schöne Augen machen. Das fand Marie in dieser Situation mehr als unangebracht, erst recht für jemanden, der Frau und Kind zu Hause hatte.

Doch statt Paul in die Schranken zu weisen, warf sie ihm einen leicht abschätzigen Blick zu, ehe sie sich noch einmal an Annelieses Paul wandte: «Herr Hansen, ich freue mich so, hier zu sein. Vielleicht können Sie mir etwas von damals und der Zeit mit meiner Oma erzählen, und ich erzähle Ihnen mehr darüber, wie es ihr in all den Jahren ergangen ist.»

Obwohl Marie wusste, dass es ziemlich sinnlos war zu versuchen, Paul mit diesen Worten zu erreichen, wollte sie nicht so schnell aufgeben. Irgendwie hatte sie das Gefühl, dass es einen Grund haben musste, dass sie hier war.

«Und wissen Sie, was?», fuhr Marie unbeirrt fort. «Ich habe Ihnen sogar etwas mitgebracht.»

Paul drehte sich zu ihr um und beobachtete sie aufmerksam, wie sie an den Tisch zurückging und den Deckel ihrer Tupperdose öffnete.

«Gibt es hier irgendwo Teller?», fragte sie.

«Dort drüben im Schrank!», antwortete Paul und deutete in Richtung des kleinen Flures, von dem offenbar das Badezimmer abging. Im Zwischenraum stand eine kleine Pantryküche mit einer Kombination aus Spüle, Kühlschrank und zwei Herdplatten. Darüber im Hängeschrank vermutete Marie das Geschirr. Und tatsächlich, als sie ihn öffnete, präsentierte sich ihr ein buntes Sammelsurium aus Gläsern, Tassen, Tellern und Vasen. Sie schnappte sich ein großes Messer und drei Teller und stellte sie auf dem Tisch ab, um je einen mit einem großen Stück Apfelkuchen zu beladen. Dann balancierte sie diese zurück ans Bett, reichte einen Teller Paul und stellte den zweiten auf dem Nachttisch ab, wo ein Wecker, die Fernbedienung und Taschentücher lagen.

«Ist dein Vater noch in der Lage fernzusehen?», fragte Marie im Flüsterton.

Paul zuckte mit den Schultern.

«Ich weiß nicht, ob und was er mitbekommt. Ich weiß nur, dass es ihn getroffen hat, dass deine Oma …»

Paul unterbrach sich und wandte sich wieder seinem Vater zu.

«Papa, hörst du? Marie hat dir ein Stück von Annelieses Apfelkuchen mitgebracht.»

Als wie befürchtet auch daraufhin keine Reaktion kam, seufzte Paul tief und biss ernüchtert in den Kuchen. Erwartungsfroh sah Marie ihn an.

«Wow!», sagte Paul, höflicherweise erst, nachdem er den Bissen hinuntergeschluckt hatte. «Der ist ja unglaublich!»

Marie lachte auf. Es stimmte ja, Annelieses Rezept war verblüffend einfach und der Kuchen wirklich ein Traum. Aber sie hatte den leisen Verdacht, dass Paul es etwas übertrieb mit seiner Begeisterung.

«Noch immer ein schlechtes Gewissen?», stichelte Marie und schmunzelte.

«Nö, aber einen Mordshunger. Ist noch mehr da?»

Marie musste erneut lachen.

«Eigentlich ist der Kuchen für deinen Vater!»

Paul setzte einen Blick auf, der nach enttäuschtem kleinem

Jungen aussah, nachdem man ihm seinen Lolli geklaut hatte. Überhaupt hatte er etwas Jungenhaftes in seinem Gesichtsausdruck, fand Marie, als sie ihr Gegenüber eindringlicher musterte.

«Wie alt bist du eigentlich?», fragte Marie ungeniert und schob sich nun ebenfalls ein Stück Kuchen in den Mund.

«Steht das nicht in den Briefen? In denen von früher, meine ich?», wich Paul mit einer Frage aus.

Marie seufzte und überlegte, ob es unpassend war, in Gegenwart seines Vaters über dessen Geheimnisse zu sprechen.

«Ich habe sie nicht alle gelesen. Eigentlich wollte ich mir einen pro Woche vornehmen, aber dann hab ich es doch nicht geschafft. Irgendwie hatte ich dabei immer das Gefühl, Annelieses Privatsphäre zu verletzen.»

Marie erhob sich, um Paul ein zweites Stück Kuchen anzubieten, was er mit einem dankbaren Lächeln gerne annahm.

«Wenn deine Oma etwas dagegen gehabt hätte, dass du die Briefe liest, hätte sie sie ja verstecken können.»

In gewisser Weise hatte sie das auch, dachte Marie, als sie unweigerlich den kleinen Karton vor Augen hatte.

«Hattest du keine Bedenken, als du ihre Briefe gefunden hast?»

«Nö, ich kenne deine Oma doch gar nicht!»

Marie rollte mit den Augen. Doch Paul setzte ein so unschuldiges Gesicht auf, dass sie ihm gar nicht richtig böse sein konnte. Sie dachte einen Moment lang nach, bevor sie sich traute nachzufragen: «Hat Anneliese denn irgendetwas geschrieben, was ich besser nicht wissen sollte?»

Paul ließ sich Zeit mit einer Antwort, was Marie durchaus angemessen, aber auch etwas beunruhigend fand.

«Ich glaube nicht, dass sie etwas dagegen hätte, wenn du ihre Briefe liest. Im Gegenteil!», sagte er und sah jetzt gar nicht mehr jungenhaft, sondern ernst und nachdenklich aus. «Sie liegen im Auto. Du kannst sie mitnehmen.»

Marie nickte gerührt. Gerade als sie etwas entgegnen wollte, zuckte sie zusammen. Pauls Vater hatte sich geregt und hustete.

Paul sprang auf. «Papa? Hörst du mich! Papa, ich bin's. Ich habe dir jemanden mitgebracht!»

Marie und Paul hielten den Atem an und tauschten einen angespannten Blick. Doch es tat sich wieder nichts. Wie eh und je lag der alte Mann mit geschlossenen Augen da und bewegte sich keinen Millimeter mehr.

Marie konnte an Pauls Gesicht ablesen, wie enttäuscht er war. Sie zögerte und fragte nach einer kleinen Weile schließlich: «Hättest du etwas dagegen, wenn ich einen Moment allein mit ihm rede?»

Paul sah Marie verwundert an. Aber sie las auch Dankbarkeit in seinem Blick, so als würde sie ihm ein großes, unverhofftes Geschenk machen. Dann ging er aus dem Zimmer, ohne ein Wort.

Nachdenklich sah Marie ihm hinterher, ehe sie sich behutsam seinem Vater zuwandte. Wie in Zeitlupe musterte sie sein friedliches Gesicht, seine Augen, um die etliche, tiefe Lachfalten auszumachen waren, seine hohe Stirn, das leicht stoppelige, markante Kinn, sein noch recht volles, graues Haar und die Nase mit dem gleichen feinen Bogen, die er auch seinem Sohn vererbt hatte.

Was hätte Marie dafür gegeben, einmal mit ihm sprechen zu können! Ihn zu fragen, wie er und Anneliese die kurze gemeinsame Zeit verbracht hatten. Ihm die Rezeptsammlung zu überreichen, die eigentlich allein ihm gehörte.

Unsicher sah Marie sich noch einmal in dem kombinierten Wohn-/Schlafraum um. Das Zimmer hatte etwas Bedrückendes, wenngleich sie gar nicht sagen konnte, woher dieser Eindruck kam. Vielleicht spiegelte die Einsamkeit, die aus jeder der dunklen Ecken zu kriechen schien, die vielen Möglichkeiten wider, die Paul im Leben versagt blieben. Vielleicht wäre er, wenn sich die Dinge anders entwickelt hätten, nicht allein in einem Seniorenheim alt geworden, sondern hätte mit Anneliese einen erfüllteren Lebensabend verbracht. Wer wusste das schon?

«Herr Hansen? Soll ich Ihnen ein Geheimnis verraten?», flüsterte sie. Es kam ihr mehr als seltsam vor, auf einen Menschen einzureden, der sie wahrscheinlich nicht einmal hören konnte. Marie rückte mit ihrem Stuhl etwas näher ans Bett heran.

«Ich glaube, meine Oma hat Sie wirklich geliebt. Und es tut mir in der Seele weh, dass Sie Ihre Liebe nicht leben konnten.»

Plötzlich traten Marie Tränen in die Augen. Nun war er wieder da, dieser nicht auszuhaltende Schmerz, den nur Trauer auszulösen vermochte. Intuitiv griff sie nach Pauls Hand und betrachtete sie. Sie bildete sich ein, auch nach so vielen Jahren noch ablesen zu können, wie viel sie hatte arbeiten müssen. Jedenfalls hatte der alte Mann viel stärkere Hände, als seine schlanke Statur vermuten ließ.

«Herr Hansen? Hören Sie mich?», unternahm sie einen neuen verzweifelten Versuch.

«An Ihrem Bett steht ein Stück Apfelkuchen, wie Sie ihn

damals mit Anneliese gebacken haben. Zumindest glaube ich, dass es so war. Denn sie hat jedes ihrer Rezepte mit einem Datum, Skizzen und ein paar Stichworten versehen.»

Marie schluckte, bemühte sich aber um Fassung.

«Möchten Sie wissen, was sie geschrieben hat?»

Marie erhob sich und ging an den Tisch, wo noch immer Annelieses Tasche stand. Sie öffnete sie und holte den schmalen Ordner hervor. Marie wusste genau, dass der Apfelkuchen ganz unten, als erstes Rezept, abgeheftet war. Sie blätterte sich nach hinten durch, während sie zurück an Pauls Bett ging.

Nachdem Marie sich wieder hingesetzt hatte, las sie vor, was ihre Oma vor fast 70 Jahren in zarter, kleiner Schrift mit einem Bleistift festgehalten hatte:

Ein für alle Zeiten unvergessen bewegender Tag auf Amrum, mit Äpfeln aus der Heimat, die Gefängnis und Geborgenheit zugleich bedeutet – kein Tag des Lebens wird süßer sein als dieser Kuchen.

Paul

Es war ein seltsames Gefühl, Marie und seinen Vater allein in einem Raum zu wissen, dachte Paul, als er auf dem Gang unruhig auf und ab lief. Überhaupt machte ihn diese Frau ziemlich nervös, und das lag mit Sicherheit auch daran, dass sie in natura noch viel attraktiver war als auf den Fotos.

In den ersten Minuten nach ihrer Begegnung hatte er sich selbst überrascht, weil er Marie einen verhältnismäßig souveränen Empfang bereitet hatte. Und das, obwohl es ihm noch immer sehr unangenehm war, unter welchen Umständen sie sich kennengelernt hatten. Doch je länger sie in seinem Auto auf dem Beifahrersitz gesessen hatte, desto unsicherer wurde er. Es war einfach viel zu lange her, dass er sich für eine Frau interessiert hatte. Immer wieder sagte er sich, dass Marie ja nicht einmal frei war. Und doch spürte er deutlich, dass er sich zu ihr hingezogen fühlte. Es wäre verheerend, wenn er jetzt sein Herz verlieren und nach all der schweren Zeit wieder in ein tiefes Loch fallen würde, wie ein Teenager mit Liebeskummer. Doch sprach sicher nichts dagegen, ein bisschen zu flirten, um auszuprobieren, ob er es noch konnte, grübelte Paul weiter. Er war ganz gewiss kein Mann für eine Nacht oder gar eine Affäre und schon gar nicht mit einer Frau, die demnächst heiraten würde. Doch sein Ehrgeiz, den schlechten ersten Eindruck bei Marie wieder wettzumachen, war definitiv geweckt.

Wenn er sich ausmalte, dass er eine Frau wie Marie in ein schönes Restaurant ausführte, waren auf einmal alle Sorgen um seinen Vater vergessen. Vielleicht sollte er sie wirklich zum Essen einladen, damit sie beide nach diesem traurigen Besuch auf andere Gedanken kamen und er sich bei Marie doch noch dafür erkenntlich zeigen konnte, dass sie auf die Insel gekommen war.

Am liebsten jedoch würde Paul Marie einfach schnappen und mit nach Hause nehmen, um sie Leonie vorzustellen. Er war sich sicher, dass sie Marie direkt in ihr Herz schließen und gern haben würde, genauso wie er selbst.

«Ich habe mich verabschiedet.»

Paul schrak auf und drehte sich zu Marie um, die ihn sanft an der Schulter berührte, um auf sich aufmerksam zu machen.

«Ich weiß nicht, ob es was gebracht hat. Aber ich fand es schön, mit ihm …», Marie unterbrach sich, ehe sie weitersprach, «na ja, mit ihm zu reden.»

Die beiden lächelten sich an. Es war klar, dass Marie aufbrechen wollte.

«Und jetzt? Darf ich dich nun als Entschädigung zum Essen einladen?», fragte Paul und grinste.

Doch Marie reagierte nicht so, wie Paul es sich erhofft hatte.

«Ich weiß nicht. Eigentlich bin ich ziemlich erledigt und nehme gleich morgen früh die erste Fähre», sagte sie und wich einen Schritt zurück.

Paul sah auf die Uhr. Der Abend war nicht einmal angebrochen.

«Wie wäre es dann wenigstens mit einem Kaffee?»

Paul schenkte Marie einen flehenden Blick, der sie zum Schmunzeln brachte.

«Du meinst im Friesen-Café?»

Als Paul nickte, zeigte sich Marie einverstanden. Sie verabredeten, dass sie schon mal zum Auto gehen sollte, während er noch kurz nach seinem Vater sehen und Frau Stöver aufsuchen wollte, um zu klären, ob es noch etwas zu besprechen gab.

Als Paul keine fünf Minuten später das Gebäude verließ und schon von weitem beobachtete, wie Marie vergeblich versuchte, die Beifahrertür des Volvos zu öffnen, musste er laut loslachen. Er hatte es versäumt, ihr zu sagen, dass es einen Trick gab, um den Defekt des Türöffners zu umgehen.

Am liebsten hätte Paul sich hinter einem der Hagebuttenbüsche versteckt, um sich weiter daran zu erfreuen, wie putzig diese hübsche Frau bei ihrem verzweifelten Kampf wirkte. Doch Marie hatte ihn längst entdeckt.

«Bin ich nur zu blöd, oder ist das Schloss kaputt?», rief sie lachend über den Parkplatz. Der Zopf ihrer schönen, leicht gewellten Haare hatte sich etwas gelockert, fast so wie die Stimmung zwischen ihnen beiden, dachte Paul amüsiert, als er sich dem Auto mit eiligen Schritten näherte.

Mit einer gekonnten Bewegung, bei der man den Türgriff sehr tief nach innen drücken musste, gelang es ihm, die Autotür zu öffnen. Er hielt sie auf und bedeutete Marie mit einem süffisanten Grinsen, endlich einzusteigen.

«Vielen Dank auch!», kommentierte sie lachend.

Nachdem Paul berichtete, dass er Frau Stöver nicht angetroffen hatte und er sie morgen früh anrufen würde, startete er den Motor und wendete auf dem großen Parkplatz, um das Gelände in Richtung Nebel zu verlassen.

«Seit wann lebt dein Vater eigentlich im Heim?», fragte Marie plötzlich wieder sehr ernst, ohne Paul anzusehen.

Paul zögerte. Er musste aufpassen, was er sagte. Denn über kurz oder lang würde er auf Inken zu sprechen kommen müssen, wenn er bei der Wahrheit bleiben wollte. Schließlich war ihre Diagnose ein weiterer Faktor gewesen, warum sein Vater selbst darauf gedrängt hatte, sich in ein Seniorenheim zurückzuziehen, damit er keine zusätzliche Belastung darstellte

«Seit eineinhalb Jahren etwa. Es war sein eigener Wunsch. Er wurde immer tüddeliger, und, na ja, die Situation zu Hause war ... schwierig», versuchte Paul auszuweichen. Er hielt es für richtig, nicht ins Detail zu gehen. Es musste genügen, dass er Marie in den Briefen angedeutet hatte, dass Leonie und er allein waren. Wer hatte schon Lust, eine solch traurige Geschichte zu hören von einem fast Fremden und dazu noch in einer Phase, in der man selbst in Trauer gefangen war? Außerdem hatte sich die Stimmung zwischen ihnen endlich etwas entspannt, das wollte er nicht mit diesem Thema zunichtemachen.

«Wie traurig!», kommentierte Marie mit leiser Stimme.

Paul sah erschrocken zu ihr rüber. Konnte Marie Gedanken lesen? Aber nein, das konnte niemand. Nicht einmal ein so einfühlsamer Mensch wie sie, resümierte Paul und bog auf die Hauptstraße nach rechts Richtung Osten.

«Wusste meine Oma eigentlich, dass dein Vater ins Heim gegangen ist?», fragte Marie und sah zu Paul herüber.

Er zuckte mit den Schultern.

«Wenn du die Briefe alle gelesen hättest, wüsstest du es vielleicht», stichelte Paul grinsend.

Marie schüttelte betreten den Kopf.

«Ich konnte nicht! Ich meine, die sind ja alle harmlos, aber ich hatte immer Angst, was zu erfahren, was ich gar nicht wissen wollte. Und als dann auch noch rauskam, dass die Zustimmung, alles zu lesen, gar nicht von deinem Vater kam, sondern von dir, habe ich mich richtig geschämt, dass ich überhaupt damit angefangen habe.»

Paul machte ein verständnisloses Gesicht.

«Also, wie gesagt, ich hab alle Briefe von deiner Oma gelesen.»

Er deutete mit einer Geste nach hinten zur Rückbank. Dort lag ein alter Stoffbeutel.

«Für dich, du kannst sie gerne mitnehmen!», schob er aufmunternd hinterher.

Aus den Augenwinkeln konnte Paul sehen, wie Marie sich abschnallte, um sich vorsichtig nach hinten zu lehnen und die Tasche nach vorne zu holen. Sie legte sie behutsam auf ihrem Schoß ab und schnallte sich wieder an. Doch dann geschah nichts. Sie schwiegen.

«Ich habe mir Kopien gemacht», unterbrach Paul die Stille.

Instinktiv zog er seine Schultern an, weil er eine Rüge erwartete. Doch stattdessen lachte Marie laut los.

«Das ist ja ein Ding, ich auch! Ich wollte euch unbedingt die Originale zurückgeben. Ich hätte mich wahrscheinlich nur nicht getraut zuzugeben, dass ich Kopien habe», sagte sie und warf Paul ein entwaffnend befreites Lächeln zu.

Der Knoten schien endgültig geplatzt zu sein, dachte Paul zufrieden, als Marie ihre Handtasche öffnete, um ein Bündel Umschläge herauszunehmen, das wie ein Weihnachtsgeschenk fein säuberlich mit einer roten Schleife versehen war. Für einen Moment hielt sie einen Briefstapel in jeder Hand.

«So ziemlich gleich schwer, würde ich sagen.»

Dann legte sie das Bündel mit den Briefen von Pauls Vater auf die Rückbank und sagte: «Ist es nicht seltsam? Wenn aus den beiden etwas geworden wäre, würde es uns nicht geben.»

Paul nickte.

«Zumindest wären wir jetzt nicht hier.»

Marie schmunzelte, war aber in der nächsten Sekunde abgelenkt, als Paul den Wagen anhielt und den Motor abstellte. Ihr Blick fiel auf die Kirche, die sich unweit des Parkplatzes befand.

«Das ist also die Kirche mit dem berühmten Friedhof?», fragte sie begeistert.

Paul nickte und war froh darüber, in diesem Moment aussteigen und somit einer direkten Antwort ausweichen zu können.

«Mir ist kalt. Ich werde mir eine heiße Schokolade mit einer extra Portion Sahne gönnen», sagte er, als er Marie an der Schulter berührte und sie sanft zum Eingang des Friesen-Cafés schob, das seinem Namen alle Ehre machte. Es sah genauso aus, wie man sich ein typisches Café auf Amrum vorstellte. Das reetgedeckte Dach wirkte wie ein schützender Mantel, der das weiß verputzte Haus mit seinen blau umrahmten Sprossenfenstern zudeckte. Entzückt betrachtete Marie die liebevoll arrangierten Kübel mit blühenden Rosen, die die Eingangstür auf beiden Seiten flankierten.

«Das ist die schönste Zeit, um sich einen gemütlichen Nachmittag in einem Café zu machen», sagte Marie, als sie den behaglichen Gastraum betreten hatten und sich nach dem schönsten Platz umsahen.

Nachdem sie beide sich mit einem Blick auf den Tisch in der rechten Ecke geeinigt hatten, steuerten sie darauf zu. Während Paul Marie den Stuhl heranschob, sprach sie unbeirrt weiter: «Ich finde, man muss sich den Spätsommer etwas versüßen, damit der Übergang zum kalten, dunklen Winter nicht zu fies wird.»

Und dann berichtete Marie munter von ihrer bevorstehenden Hochzeitsreise in die Berge und davon, dass sie viel lieber in die Sonne, etwa an einen romantischen Strand im Indischen Ozean, geflogen wäre. Obwohl die leise Kritik an ihrem Verlobten herauszuhören war, sprach sie durchaus liebevoll über ihn, was Paul mit leichtem Missfallen zur Kenntnis nahm.

Er versuchte, das Gespräch in eine andere Richtung zu lenken, und fragte Marie, ob sie der Meinung sei, dass ihre Oma wohl ein solches Café wie dieses hier im Sinn hatte, als sie ihren Traum mit seinem Vater gesponnen hatte. Sie ließen beide ihre Blicke über die rustikale Einrichtung wandern, entlang der dunklen Holzwand und den vielen unterschiedlichen Teekannen, die sich als originelle Dekoration auf den Regalen darüber aneinanderreihten.

«Ja, ich glaube, genau so ein Café hat Anneliese sich vorgestellt», sagte Marie schließlich mit einem beglückten Lächeln.

Nachdem die junge Kellnerin die Bestellung aufgenommen hatte, zwei Stück Aprikosentorte und zwei Tassen heiße Schokolade mit extra Sahne, stützte Marie ihr Gesicht entspannt auf ihrer Hand ab und sagte: «Ich habe das friesische Teeservice meiner Oma aufgehoben. Jahrzehntelang habe ich bei ihr davon gegessen, ohne zu wissen, was es damit auf sich hat.»

Paul versuchte, Marie aufmerksam zuzuhören, merkte aber, dass er vom Anblick ihres hübschen Gesichts mit den großen grünblauen Augen immer wieder abgelenkt wurde.

Er seufzte. «Dann kannst du das Café ja selbst eröffnen», scherzte er und lehnte sich zurück.

«Das ist ja lustig. Das Gleiche habe ich auch zu meiner Freundin gesagt.»

Als die Bedienung die Torten und Getränke servierte, begann Marie von ihrer Trauzeugin und der gemeinsam gesponnenen Schnapsidee zu erzählen, Annelieses Traum wahr zu machen. Mit dem für sie typischen Leuchten in den Augen sprach sie von Cupcakes und Muffins und kleinen Küchlein in Weckgläsern, die die Gäste mit an den Strand nehmen konnten.

«Wer weiß? Vielleicht ist es wirklich keine schlechte Idee, sich selbständig zu machen», ermunterte Paul Marie zum Weiterträumen. Doch sie winkte ab.

«Das müsste schon ein typisch friesisches Haus sein wie dieses hier, eine Kate mit Reetdach und kleinen Sprossenfenstern. Anika hat schon recht. Ohne Startkapital ist so ein Schritt nicht wirklich realistisch», resümierte sie, ohne darüber allzu traurig zu klingen.

Stattdessen widmete sie sich der üppig verzierten Torte, die ihr offenbar schmeckte, was Paul daran erkannte, dass sie fast doppelt so schnell aß wie er.

«Du willst also wirklich in der Kanzlei deines zukünftigen Mannes bleiben?», traute sich Paul schließlich zu fragen. Natürlich interessierte es ihn, wie groß Maries Zweifel an ihrem Job waren. Noch mehr aber bewegte ihn, was sie über ihr bevorstehendes Eheleben dachte.

«Auch davon ist Anika nicht wirklich überzeugt», antwortete Marie lachend.

Sie berichtete von der beeindruckenden Nüchternheit, mit

der ihre Freundin die Dinge sah. Sie selbst war da leider anders, gab sie zu. In Maries Worten schwang eine Leichtigkeit mit, die Paul gleichzeitig irritierte und faszinierte. Wenn sie sprach, unterstrich sie ihre Äußerungen durch intensives Gestikulieren. Doch bei ihr wirkte es nicht einstudiert, sondern ganz natürlich, was Paul ein bisschen an Inken erinnerte.

«Jetzt haben wir so viel von mir gesprochen. Dabei weiß ich nicht einmal, was du eigentlich machst», forderte sie Paul auf, etwas über sich zu erzählen.

Und dann berichtete Paul artig von seiner Selbständigkeit und davon, dass es für ihn nie zur Debatte gestanden hatte, die Bäckerei seines Vaters zu übernehmen. Er erzählte scherzhaft, dass aus ihm zwar niemals ein guter Bäcker geworden wäre, er aber durchaus eine geeignete Immobilie wüsste, die er zu einem Café ausbauen könnte – nämlich sein Haus.

Marie lachte und schob den leer gegessenen Teller zur Seite.

«Da dürfte deine Frau sicher auch noch ein Wörtchen mitzureden haben.»

Paul fiel die Gabel aus der Hand.

«Was macht sie denn beruflich?», fragte Marie arglos und nahm einen Schluck ihres Kakaos.

«Nichts», sagte er leise und klammerte sich an seine Tasse.

«Es geht mich ja auch gar nichts an», versuchte Marie die Situation zu retten. Sie spürte offenbar, dass dies ein sensibles Thema war.

Dann schaute sie nach draußen durch das kleine Sprossenfenster.

«Es wird bald dunkel. Ich wollte eigentlich noch eine Runde joggen gehen. Dazu komme ich morgen früh bestimmt nicht mehr.»

Paul rettete sich aus seiner Verlegenheit mit einem weiteren Scherz, indem er sie hochnahm und behauptete, mit so schnell inhalierter Torte im Bauch könne sie keinen Schritt joggen.

Nach einer kurzen Diskussion darüber, wer die Rechnung übernehmen durfte, gab Paul schließlich Maries Forderung nach, selbst zu bezahlen. Dafür wollte Paul sie beim Hotel absetzen. Die beiden schlenderten zum Auto und brachen erneut in Gelächter aus, als Paul sich beeilte, Marie die Beifahrertür zu öffnen, und es dieses Mal auch ihm nicht auf Anhieb gelang.

Doch als sie schließlich wieder im Auto saßen, schwiegen sie die ganze Fahrt über, jeder mit seinen trüben Gedanken beschäftigt. Erst als sie am Hotel angekommen waren, flüsterte Marie: «Es tut mir so leid, dass ich nichts ausrichten konnte.»

Paul machte ein betroffenes Gesicht. Was sollte er darauf sagen? Er hatte Leonies Enttäuschung schon vor Augen.

«Danke, dass du es versucht hast», sagte er.

«Gern geschehen. Und ich finde, ich habe den Weg nicht umsonst gemacht. Ich habe mich nämlich sehr gefreut, dass wir uns kennengelernt haben.»

Marie lächelte dabei so warm, dass Paul sie am liebsten in seine Arme geschlossen und nie mehr losgelassen hätte.

Doch als er ausstieg und Marie ihren Koffer aus dem Kofferraum geholt hatte, reichte er ihr zum Abschied bloß die Hand. Was war er doch für ein Idiot!

«Ich wünsche dir nur das Beste. Ich glaube, du hast es verdient», sagte er leise und sah Marie lange an. Sie hielt seinen Blick und antwortete: «Danke, das ist lieb! Vielleicht sehen wir uns einmal wieder. Ihr seid in Hamburg immer herzlich willkommen!»

Paul nickte dankbar, wusste aber insgeheim, dass es nicht besonders realistisch war, zwischen Amrum und Hamburg den Kontakt zu halten. Und wozu auch, schließlich war Marie bald eine verheiratete Frau. Sie würden sich wohl nie wieder sehen.

«Also dann!»

Marie schnappte sich den Griff ihres Trolleys und drehte sich vor der Eingangstür noch einmal nach Paul um. Er war gerade im Begriff, zurück in den Wagen zu steigen, als sein Blick auf den Stoffbeutel im Fußraum fiel.

«Warte! Du hast was vergessen!»

Marie hielt inne. Noch während sie sich umdrehte, rief sie: «Die Briefe!»

Paul holte die Tasche hervor und reichte sie Marie, die auf ihn zugeeilt kam. Für einen kurzen Moment berührten sich ihre Hände, als sie die Briefe entgegennahm.

Dann stutzte Paul.

«Was ist eigentlich mit deiner Erbschaft? Eigentlich müsstest du doch genug Startkapital für ein Café oder eine eigene Kanzlei haben?»

Marie sah so verdutzt aus, dass Paul auf die Briefe deutete und erklärte: «Deine Oma hat doch bestimmt ein gutes Geschäft gemacht, als sie den Hof im Alten Land verkauft hat.»

Maries Gesichtszüge entspannten sich. Soweit Marie wusste, waren Haus und Hof nicht besonders viel wert gewesen. Auch hatte es Hypotheken gegeben. Und dann war da noch Maries Onkel, der erben würde, wenn angesichts der mageren Rente ihrer Großeltern überhaupt noch etwas übrig geblieben war.

«Bald weiß ich mehr. Wenn der Notartermin stattgefunden

hat. Dabei ist mir das Geld total egal. Es bringt mir meine Oma auch nicht zurück», sagte Marie mit glasigen Augen.

Paul nickte. Dann umarmte Marie ihn spontan und ging ohne ein Wort und ohne sich ein weiteres Mal umzudrehen durch die Tür und verschwand im Inneren des Gebäudes.

Marie

Mit einem tiefen Seufzer ließ sich Marie vollkommen erschöpft aufs Bett fallen. Selten hatte sie einen Tag als so anstrengend empfunden. Die Nacht zuvor war viel zu kurz gewesen. Und nach dem zähen Meeting mit dem Vater, Sohn und Schwiegersohn der Jürgensmanns hatte sie nicht einmal sagen können, ob sie sich gut geschlagen hatte.

Immerhin war das Treffen mit Paul viel angenehmer verlaufen, als sie befürchtet hatte, sah man mal davon ab, dass er sich seiner Frau gegenüber dann und wann etwas respektlos verhalten hatte. Jedenfalls hatte sie in einigen Situationen das Gefühl gehabt, er gucke sie einen Moment zu lange an.

Und auch das ein oder andere Kompliment war ihr unangenehm gewesen. Ihr selbst wäre es auch nicht recht, wenn Max einer anderen Frau schöne Augen machte. Selbst wenn es sich nur um einen harmlosen Flirt handelte, war es ihrer Meinung nach nicht weit bis zum ernsthaften Betrug. Marie hatte schon genügend Schwierigkeiten, da konnte sie so kurz vor der Hochzeit die Avancen eines Inselcasanovas nicht gebrauchen. Wenn sie Paul jemals wiedersehen würde, dann nur noch im Beisein seiner Familie. Vielleicht würden sie und Max sogar zur Beerdigung von Paul Hansen senior eingeladen werden, sollte es eines Tages so weit sein. Doch noch war es nicht der Fall; und Marie hoffte inständig, dass Paul und sein Vater noch einmal Gelegenheit haben würden, miteinander zu reden; und der Abschied nicht schon so bald kommen würde.

Maries Handy signalisierte durch einen Piepton, dass eine SMS eingegangen war. Um diese Zeit konnte das eigentlich nur Max sein. Sie wollte ihn schon längst zurückgerufen haben. Doch nach dem Joggen war sie direkt unter die Dusche gesprungen und anschließend schnell noch einen Salat essen gegangen, ehe die Hotelküche Feierabend machte.

Auf Maries Lippen machte sich ein wohliges Lächeln breit, als sie sah, dass die Nachricht tatsächlich von Max war.

> Hast du Opa Paul mit deinem Kuchen verführt? Oder was ist da los? ;-) Gehe jetzt schlafen und träume von meiner Süßen. Gute Nacht!

Typisch Max, dachte Marie amüsiert. Da sie keine Lust mehr hatte, jetzt noch zu telefonieren, tippte sie eilig einen Gute-Nacht-Gruß und machte es sich auf dem Bett bequem. Mit leicht zitternden Händen traute sie sich nun endlich, einen Blick in den Stoffbeutel von Paul zu werfen, den sie auf dem Nachttisch abgelegt hatte. Zum Vorschein kam eine kleine Schachtel, die sie vorsichtig heraushob und auf ihrem Schoß abstellte. Marie schloss die Augen und hielt den Atem an. Es hatte etwas sehr Ehrfurchteinflößendes zu wissen, dass sich darin die Briefe ihrer Oma befanden.

Mit klopfendem Herzen entfernte Marie das dünne, rote Gummiband, das den Deckel der Schachtel fixierte. Sie hob ihn an und blickte zu ihrem Erstaunen auf einen schneeweißen Umschlag, der ganz oben auf dem Stapel lag. *Für Marie* stand darauf. Sie nahm das Kuvert zur Hand. Darunter lag das Bündel mit den Briefen ihrer Oma, und Marie musste schlucken, als ihr Blick auf die ihr so vertraute Handschrift fiel. Doch zunächst wollte sie unbedingt wissen, was es mit dem Umschlag auf sich hatte. Sie öffnete ihn und nahm eine Karte heraus, die wie vermutet von Paul stammte. Neugierig begann sie zu lesen:

Liebe Marie,

anbei erhältst Du nun endlich das, was zu Dir gehört. Einen Teil der Geschichte Deiner liebenswerten Großmutter, die es ganz offensichtlich geschafft hat, Dich zu einem guten Menschen zu erziehen.

Ich hoffe, dass Dir die Lektüre der Briefe hilft, Deine Oma loszulassen, und dass sie Dir vielleicht auch eine Hilfe sein können auf Deinem Lebensweg. Vergiss nicht, dass Anneliese und Paul uns eine wichtige Botschaft hinterlassen: Es ist nie zu spät, auf sein Herz zu hören! Vielleicht hätten die beiden mit mehr innerem Frieden voneinander Abschied nehmen können, wenn sie sich eine Chance gegeben hätten, zusammen zu sein oder sich wenigstens ein einziges Mal wiederzusehen, um – sich in die Augen blickend – auch gemeinsam Abschied zu nehmen von einer Zeit, die unwiederbringlich verloren ist.

Paul

Marie musste diese Sätze zweimal lesen, um sie richtig zu begreifen. Auf solch bewegende Worte war sie nicht vorbereitet gewesen. Sofort war dieses vertraute wohlige Gefühl wieder da, das sie schon bei Pauls früheren Briefen gehabt hatte. Aber es gab auch eine Seite an Paul, die ihr Unbehagen bereitete. Vielleicht war er ihr in den Briefen so nahe, dass es ihr Angst machte.

Marie rieb sich die müden Augen. Behutsam ließ sie ihren

Finger über Annelieses Handschrift gleiten. Sie beschloss, die Zeit während der Überfahrt mit der Fähre morgen zu nutzen, um zunächst alle Briefe zu sortieren. Dann konnte sie alles in einem Rutsch lesen und das bewegende Kapitel abschließen.

Marie machte es sich unter ihrer Bettdecke bequem. Als sie den Schalter der Nachttischlampe suchte, fiel ihr Blick noch einmal auf die Handschrift ihrer wundervollen Großmutter. Marie lächelte tapfer und nahm den obersten Brief zur Hand. Sie konnte sich kaum eine schönere Einschlaflektüre vorstellen als eine erste Kostprobe dieses wertvollen Schatzes. Nachdem sie das gut erhaltene Papier behutsam auseinandergefaltet hatte, begann sie Zeile für Zeile zu lesen:

Jork, den 22. März 1947

Paul, mein Liebster!

Heute will ich Dich noch einmal so nennen, in Zukunft darf ich in Dir nur noch den Freund sehen. Am nächsten Freitag werde ich meinem Verlobten Heinrich das Jawort geben, und ich will ihm nicht – sei es auch nur in Gedanken – untreu sein. Du weißt, wenn ich mich für etwas entschieden habe, stehe ich auch dazu. Der Entschluss, mein Wort gegenüber Heinrich zu halten, ist mir wahrlich nicht leichtgefallen, aber ich glaube zu wissen, dass ich richtig handle.

Uns beiden bleibt die wunderschöne Erinnerung an herrliche Wochen des Glücks, die erfüllt waren von gemeinsamen Tagträumen und langen Strandspaziergängen in der Nacht unter einem Sternenhimmel, der viel mächtiger erschien als alles andere, was ich je gesehen habe. Egal, was auch kommen mag: Diese Erinnerung kann uns keiner nehmen. Ich hoffe, dass Du auf Deiner Insel wohlauf und bei guter Gesundheit bist. In meiner Landrattenvorstellung habt Ihr an der See bestimmt keinen Hunger zu leiden, weil ihr immer genügend Fisch zu essen habt. Wir haben bei uns im Alten Land wenigstens so viel Obst, dass wir es gegen andere Dinge eintauschen können. Sonst sieht es aber immer noch recht traurig aus, die Zeiten sind eben so.

Vater geht es zwar besser, ich merke aber, dass er sich schrecklich überflüssig fühlt, weil er aufgrund seiner Verletzung nichts oder fast nichts zum Lebensunterhalt beitragen kann. Es ist nicht leicht, diesen ehemals so tatkräftigen Mann so flügellahm dasitzen zu sehen.

Meine Mutter bemüht sich redlich, ihm zu zeigen, wie wichtig er für sie und uns alle ist, aber ihre Bemühungen sind nicht gerade von Erfolg gesegnet. Hildegard, meine Schwester, ist nach Hamburg gegangen, sie will sich zur Krankenschwester ausbilden lassen. Ihr Dienst beim Roten Kreuz in den letzten Kriegsmonaten hat ihr offenbar gezeigt, dass ihr dieser Beruf liegt, und es ist gut, dass sie eine Aufgabe hat, schließlich ist sie mit ihren gerade 23 Jahren schon Witwe. Da meine Brüder Georg und Wilhelm beide im Krieg geblieben sind, werden Heinrich und ich nach der Hochzeit die Bewirtschaftung unseres Obsthofes übernehmen, was mich sehr freut. Äpfel anbauen ist fast so schön wie Apfelkuchen backen.

Paul, ich wünsche Dir von ganzem Herzen, dass auch Du Erfüllung findest in Deinem weiteren Leben. Vielleicht gelingt es Dir ja, unseren Traum vom Inselcafé eines Tages wahr werden zu lassen. Das wäre auch für mich ein Glück. Aber denk bitte dran: Bleib nicht mir treu – bleib Dir selber treu!

Deine Anneliese

Paul

Was für ein Tag, dachte Paul, als er sich geschafft aufs Bett fallen ließ. Obwohl er eigentlich hundemüde war, wusste er schon jetzt, dass er noch viel zu aufgewühlt war, um sofort einschlafen zu können. Marie und ihr warmherziger Blick gingen ihm nicht aus dem Kopf. Dazu kreisten die Bilder von seinem bettlägerigen Vater vor seinem inneren Auge.

Auch wenn es noch Wochen oder Monate dauern konnte, bis sein Vater endgültig von ihnen ging, hatte dieser unerträgliche Dämmerzustand schon jetzt etwas Endgültiges. Natürlich war Maries Besuch erfolglos gewesen. In Wahrheit hatte er nie etwas anderes erwartet. Selbst Leonie hatte gefasst auf die Nachricht reagiert. Trotz allem hatte Paul es als sehr tröstlich empfunden, sich mit Marie austauschen zu können. Auch wenn sie sich eigentlich kaum kannten, fühlte er sich ihr seltsam nahe. Es war ein schönes Gefühl. Ein zu schönes Gefühl, hörte er seine innere Stimme mahnen. Es war sicher richtig, dass Paul ihr nicht von Inken erzählt hatte. Er hatte angenommen, dass Marie die vermeintlichen Andeutungen in den Briefen richtig eingeordnet und verstanden hatte, dass sie schon lange keine echte Familie mehr waren. Umso überraschter war er gewesen, als sie sich nach Inken erkundigt hatte.

Paul seufzte und machte es sich auf dem Bett bequem. Dann griff er nach den beiden Bündeln Briefe, die er auf dem Nachttisch abgelegt hatte. Die geradlinige Handschrift seines Vaters flößte ihm Respekt ein. Vielleicht hatte Marie recht. Vielleicht war es falsch, sich in die Angelegenheiten von Anneliese und Paul zu mischen. Doch was damals passierte, war für immer vorbei, und es würde weder für Paul noch für Anneliese etwas ändern, wenn er ihre Briefe las, jetzt, da alles wie ein Puzzle vor ihm lag, zu dem er endlich alle Teile hatte. Ungeduldig suchte er nach dem Brief, der vermutlich das letzte Schriftstück war, das sein Vater jemals zu Papier gebracht hatte. Paul bemerkte, dass seine Hände zitterten, als er ihn fand und auseinanderfaltete. Plötzlich fühlte er sich ihm so verbunden wie lange nicht mehr, was ihm direkt die Tränen in die Augen trieb. Er überflog die Sätze mit angehaltenem Atem.

Sein verschwommener Blick haftete eine quälend lange Zeit auf den letzten Zeilen, die den endgültigen Abschied besiegelten:

Ich habe Angst, aber hoffe das Beste …

Leb wohl!
In ewiger Verbundenheit,
Dein Paul

Es brauchte eine Weile, ehe der Schmerz nachließ. Wie gern würde er seinem Vater noch einmal in das von einem langen Leben gezeichnete Gesicht sehen, in der beruhigenden Gewissheit, dass all das, was er ihm noch zu sagen hatte, auch wirklich ankam. Doch die Chance hatte er aller Wahrscheinlichkeit nach vertan. Nun blieb auch ihm nur noch die Erinnerung an jenen Menschen, der ihn am meisten geprägt hatte. Paul war froh, dass er mit der Briefsammlung eine Art Lebensbericht seines Vaters hatte, den er jederzeit wieder hervorholen konnte, wann immer ihm danach war, sich ihm nahe zu fühlen. So wie heute, an diesem traurigen Tag, der überdeutlich gezeigt hatte, wie vergänglich alles im Leben war.

Paul wühlte sich nachdenklich durch die Sammlung, die auch die Kopien von Annelieses Briefen enthielt. Sie waren in ihrer Reihenfolge etwas durcheinandergeraten, doch das war ihm egal. Ehe er mit dem Lesen begann, schloss er andächtig die Augen. Sofort erschien ihm das warme Lächeln von Marie, das ihn zu ermuntern schien, die Vergangenheit noch einmal aufleben zu lassen. Auch wenn alles in seinem Körper nach Schlaf schrie, konnte er nicht anders, als weiterzulesen und den Stationen im Leben seines Vaters zu folgen:

Amrum, Oktober '50

Mein liebes Lieschen,

zuallererst möchte ich Dir gratulieren zu Eurem Stammhalter. Ich hoffe, Dein Junge entwickelt sich prächtig und bereitet Dir viel Freude.

Der Jahrhundertsommer hat uns dieses Jahr reichlich Besucher auf die Insel gebracht. Bei so hohen Temperaturen hält sich fast jeder gerne am Wasser auf.

Die Bäckerei meines Meisters läuft gut, die Arbeit wird immer interessanter, weil wir nicht mehr nur zum «Sattwerden» backen, sondern auch vieles ausprobieren und besondere Wünsche unserer Kunden erfüllen können.

Viele meiner Bekannten und zwei meiner Freunde scheinen allmählich auch an Heirat und Familiengründung zu denken, es liegen viele Verlobungen in der Luft. Wahrscheinlich möchte jeder – nach all den schweren Jahren – wissen, wohin und zu wem er gehört. Nur bei mir ist es noch nicht so weit. Meine Gedanken gehen lieber ins Alte Land, da weiß ich ein blühendes fleißiges Lieschen, das in weit entfernten glücklichen Wochen mal mein Lieschen war.

Du weißt, Du bist mir jederzeit auf Amrum herzlich willkommen, falls Du Dir eine Pause gönnen möchtest. Es wäre eine allzu wunderschöne Vorstellung, Dir nach all der Zeit wieder in Deine leuchtenden Augen sehen zu dürfen. Wann immer ich an unserem Strand entlanggehe, ist es mir beinahe so, als würden die rauen Wellen unaufhörlich Deinen Namen flüstern.

Sei Dir gewiss, ich bin Dir immer nahe und wünsche Dir nur das Beste!

Dein Bäckerbursche

Jork, den 30. März 1952

Mein lieber Freund und Bäckerbursche!

Heute habe ich Dir wieder wirklich Erfreuliches zu berichten. Vor wenigen Wochen ist meine Tochter Vera zur Welt gekommen. Alle sagen, dass sie mir sehr ähnlich sieht, was bei einem so kleinen Wesen doch noch gar nicht festzustellen ist. Auf jeden Fall ist meine Kleine eine große Freude für uns alle. Lediglich ihr Bruder Johann ist sehr eifersüchtig auf die kleine Schwester, bisher hat er ja auch seine Großmutter und seine Eltern für sich alleine gehabt. Aber er wird sich schon bald daran gewöhnen, dass sich die Familie vergrößert hat.

Ich freue mich, dass Du so in Deiner Arbeit aufgehst. Was macht die Meisterprüfung? Bist Du bald damit durch? Ich drü-

cke dir jedenfalls tüchtig die Daumen. Planst Du, Dich nach bestandener Prüfung gleich auf eigene Füße zu stellen, oder muss das noch warten? Ich verstehe nicht viel davon, wie das bei Handwerkern so vor sich geht.

Schön, dass die Insel sich zum beliebten Reiseziel entwickelt. Es ist doch wie ein Wunder, dass wir wieder einfach zur Erholung und zum Spaß verreisen können, vor fünf, sechs Jahren hätte das wohl niemand für möglich gehalten. Vielleicht kann ich mit meiner Familie auch mal wieder an die schöne See fahren, unsere Insel werde ich aber weiterhin meiden. Es wäre zu schmerzhaft. Ich will es bei den besonderen und wunderschönen Erinnerungen belassen.

Herzlich grüßt Dich bis zum nächsten Jahr,
Dein Lieschen

Amrum, Oktober '55

Mein liebes Lieschen,

es ist aus mit dem Bäckerburschen. Hier schreibt Dir ein ausgewachsener Bäckermeister. Ich habe meine Meisterprüfung mit sehr guten Noten bestanden, und meine Eltern sind wohl stolz auf ihren Sohn.

Zunächst werde ich im alten Betrieb weiterarbeiten, zurzeit ist hier kein Platz für eine weitere Bäckerei. Ich denke aber nicht daran, die Insel zu verlassen. Ich werde einfach abwarten, wie sich Amrum in Zukunft entwickelt. Je mehr Urlauber ihren Weg auf unsere schöne Insel finden, desto mehr Brötchen werden natürlich gebraucht.

Was machen Deine Kinder? Geht Dein Sohn bereits zur Schule? Sieht Dir Deine Tochter immer noch so ähnlich? Ach, Lieschen! Es ist schade, dass ich Dein Leben nur aus der Ferne und auch nur zeitweise teilen darf. Du fehlst mir so … Nun sind schon fast zehn Jahre vergangen, und noch immer ist es mir nicht gelungen, Dich zu vergessen. Wie könnte ich auch!

Doch was nützt alles Jammern. Du kannst und willst es nicht ändern. Du bist überzeugt, das Richtige getan zu haben, und das muss ich akzeptieren. Ich wünschte, eine Frau wie Dich gäbe es ein zweites Mal. Wann immer ich eine andere treffe, bin ich bloß wieder der kleine Junge von damals, der sich älter machte, weil er so verliebt war. Keine Frau ist so schön und so klug wie Du …

Ich denke viel an Dich und grüße als
Dein Bäckermeister

Jork, den 6. April 1959

Lieber Freund und Bäckermeister!

Bei uns gehen die schlechten Nachrichten nicht aus. Meine Schwester ist in Afrika an Malaria erkrankt und einige Wochen später gestorben. Sie ist nach ihrer Ausbildung zur Krankenschwester für das Diakonische Werk nach Tanganjika gegangen und hat dort in einem Hospital gearbeitet. Aus ihren seltenen Briefen ging stets hervor, wie viel Freude ihr die Arbeit dort gemacht hat. So hat sie wenigstens noch einige erfüllte Jahre gehabt. Viel Glück im Leben hatte sie wirklich nicht.

Meine Mutter ist seit Hildegards Tod nicht mehr die Alte.

Es ist ja nun auch schon das dritte Kind, das ihr genommen wurde. Umso mehr hängt sie an ihren beiden Enkelkindern. Meine Kleine geht nun auch schon fast ein Jahr zur Schule, es ist kaum zu fassen. Johann kommt nach Ostern bereits in die sechste Klasse, er besucht mittlerweile die Realschule.

Wirtschaftlich geht es uns gut, die letzten Ernten waren sehr ertragreich, sodass wir uns ein schönes finanzielles Polster schaffen konnten. Geld ist mir nicht besonders wichtig, aber es ist doch beruhigend zu wissen, dass man einen Notgroschen in der Tasche hat.

Ich hoffe, Dir geht es ebenfalls gut. Was machen Deine beruflichen Pläne? Was macht der Fremdenverkehr auf Deinem schönen Amrum? Wächst der Brötchenbedarf immer noch weiter? Ich wünsch es Dir von Herzen.

Wann immer ich die Muße habe, denke ich mir weiterhin Kuchenrezepte aus oder variiere sie für ein gutes Gelingen. Es schmerzt mich, dass ich diese Freude nicht mit Dir teilen kann. Umso mehr wünsche ich Dir auch, mein lieber Paul, nicht länger allein und womöglich einsam durchs Leben zu gehen. Das wäre schade für Dich und würde mir doch ein schlechtes Gewissen machen.

Ich denke auch allzu oft an Dich!
Dein Lieschen

Amrum, Oktober '65

Liebes Lieschen,

nun ist es so weit: Ich habe eine Frau kennengelernt, bei der ich mir vorstellen kann, mit ihr durchs Leben zu gehen.

Edith ist mittelgroß, hat blonde Haare und ein hübsches Lächeln. Sie ist gut zehn Jahre jünger als ich und hat Hauswirtschaft gelernt. Sie stammt aus einer Kleinstadt in Nordhessen und hat im Sommer ihre Ferien hier verbracht. Da es ihr auf Amrum so gut gefallen hat (und vielleicht auch, weil ich ihr so gut gefallen habe), hat sie sich eine Anstellung in einer Pension gesucht. Sie arbeitet und wohnt jetzt also hier auf der Insel. Meine Mutter ist erleichtert, dass aus mir nun vielleicht doch ein rechtschaffener Mann werden könnte.

Mein Chef hat es mittlerweile im Kreuz und will in einigen Monaten seine Bäckerei aufgeben. Einen Nachfolger gibt es nicht, allerdings sind der Ofen, die Einrichtung und Ausstattung veraltet, man müsste da recht viel Geld reinstecken. Vielleicht ist es sinnvoller, woanders ganz neu anzufangen. Das sind so meine Überlegungen.

Der Fremdenverkehr auf der Insel gedeiht, es werden immer mehr Betten angeboten. Wenn ich Geld hätte, würde ich wahrscheinlich in Strandkörbe investieren, ich habe das Gefühl, das sind richtige Dukatenesel. Aber vielleicht täuscht das ja auch.

Das soll es für heute gewesen sein. Wünsch mir Glück, wie auch ich Dir Glück wünsche.

Dein Freund Paul

Marie

Marie schreckte hoch. Im ersten Moment wusste sie gar nicht, wo sie war. Erst die ungewohnt laut raschelnde Bettdecke holte sie in ins Hier und Jetzt zurück. Sie war im Hotel, ihr Handy hatte sie geweckt. Auf der Bettdecke verstreut lagen Annelieses Briefe. Sie musste tatsächlich über der Lektüre eingeschlafen sein. Der Dämmerung nach zu urteilen, hatte der neue Tag gerade begonnen. Es konnte noch nicht weit nach sieben Uhr sein. Für gewöhnlich hatte Max sein Telefon um diese Uhrzeit noch gar nicht eingeschaltet. Irritiert schaute Marie aufs Display.

Eine Nachricht von Paul war gekommen. Mit einem Ruck setzte sie sich auf. Sie spürte, wie ihr plötzlich flau im Magen wurde. Ungeduldig öffnete sie die SMS und las:

> Liebe Marie, du wirst es nicht glauben. Der Kuchen ist aufgegessen! Entweder waren Außerirdische am Werk, oder du hast ein Wunder vollbracht. ☺ 1000 Dank, Paul

Auf Maries Gesicht machte sich ein seliges Lächeln breit. Konnte das wahr sein? War Paul senior tatsächlich aus seiner Lethargie erwacht und hatte Appetit auf Annelieses Kuchen bekommen? Nachdem er wochenlang keinen Bissen angerührt hatte! Glücklich tippte sie eine Antwort.

> Das ist ja phantastisch! Bist du schon bei ihm? M.

Marie sprang auf und lief aufgewühlt durchs Zimmer. Sie wusste gar nicht, wie ihr geschah, so sehr freute sie sich über diese gute Nachricht. Gerade als sie im Bad verschwinden wollte, piepte ihr Handy erneut. Wie elektrisiert lief sie zum Nachttisch zurück, um nachzusehen, was Paul geantwortet hatte:

Fahre gleich zu ihm. Möchtest du mitkommen?

Marie überlegte kurz, wie lange sie brauchen würde, um sich fertig zu machen. Doch selbst wenn sie sich beeilte, würde sie lieber nachkommen oder Paul gar ein anderes Mal einen neuen Besuch abstatten. Das wäre immerhin ein Grund, erneut nach Amrum zu reisen. Und so würden Vater und Sohn erst einmal Zeit allein miteinander verbringen können. Außerdem hatte Marie ein wenig Sorge, dass sich die Lage momentan besser darstellte, als sie wirklich war. Vielleicht hatte das Pflegepersonal den Kuchen entfernt, und es war bloß ein Missverständnis. Aber nein, dachte Marie. Sie ermahnte sich, nicht immer gleich vom schlechtesten Fall auszugehen. Für den Moment wollte sie sich einfach nur freuen, dass bei Herrn Hansen doch noch Hoffnung auf Besserung bestand. Das war das Wichtigste, und sicher war es das Beste, ihn nicht gleich mit ihrer Anwesenheit zu überfordern. Also schrieb Marie in einer nächsten SMS:

Ich glaube, es ist besser, die erste Fähre zu nehmen. Aber ich freue mich sehr über diese tolle Nachricht und hoffe auf weitere. Alles Liebe, Marie.

Paul

Kommt sie nun oder nicht?», fragte Leonie, als sie aufgeregt über den Parkplatz hüpfte.

Paul konnte ihr kaum folgen, weil er mit seinem Handy beschäftigt war. Schon durch die Vorschaufunktion konnte er den Anfang von Maries letzter Nachricht lesen. Enttäuscht steckte er sein Telefon wieder in die Tasche und beeilte sich, zum Eingang des Seniorenheims zu kommen.

Leonie stand bereits vor der Tür und sah Paul fragend an. Er schüttelte den Kopf.

«Nein, sie kommt nicht. Sie muss nach Hause.»

Leonie stöhnte auf. Paul befürchtete, sie würde gleich in Tränen ausbrechen.

«Komm, Schatz! Opa wartet.»

Statt seine Tochter an die Hand zu nehmen, hob er sie hoch und ging eiligen Schrittes mit ihr den Gang entlang, wo das Personal gerade damit beschäftigt war, das Frühstücksgeschirr einzusammeln.

Das ist ja wie im Krankenhaus, dachte Paul und sah auf die Uhr. Es war gerade mal kurz nach acht, und in der Küche wurde sicher schon das Mittagessen vorbereitet.

«Herr Hansen?», hörte Paul eine Stimme rufen.

Er drehte sich um und sah Frau Stöver auf sich zukommen.

«Sie werden es nicht glauben, aber Ihr Vater hat heute Morgen schon Scherze mit uns gemacht», sagte sie mit einem herzlichen Lächeln und streckte sowohl ihm als auch Leonie die Hand zur Begrüßung entgegen. Sie beide lauschten aufmerksam Frau Stövers Bericht, den Paul bereits am Telefon in ähnlicher Weise von einer jungen Kollegin erhalten hatte.

«Überzeugen Sie sich am besten selbst», sagte Frau Stöver lachend, als sie auf die offen stehende Zimmertür zeigte.

Paul nickte Frau Stöver dankbar zu und folgte Leonie, die sich längst losgemacht hatte und vorweg lief.

«Opa?», rief sie und verschwand aus Pauls Sichtfeld.

Als auch er endlich eintrat, blendete ihn die Morgensonne so sehr, dass er kaum etwas sehen konnte. Die Vorhänge waren weit aufgerissen, und sogar das Fenster stand offen, obwohl es draußen noch recht frisch war.

«Papa!», entfuhr es Paul mit einer Mischung aus überwältigender Freude und blankem Entsetzen.

Er sah, wie sein Vater gut gelaunt an seinem Tisch saß und Leonie über die Haare strich.

«Papa? Geht es dir gut?», fragte Paul ungläubig.

Er ging auf ihn zu und drückte ihn kurz, aber fest an sich.

«Ist ja gut, mein Junge!», antwortete er.

Seine Stimme klang sehr schwach, und auch sein eingefallener Körper zeugte nicht gerade von Stärke. Aber sein Gesichtsausdruck war lebendig wie lange nicht mehr.

«Nun sag mir mal, was das zu bedeuten hat?»

Mit einer kleinen Geste, die ihn allerdings anzustrengen schien, zeigte er in Richtung seines Nachttisches. Irritiert griff Paul nach dem Blatt Papier, das darauf lag. Sehr zu seinem Erstaunen handelte es sich um das Rezept von Annelieses Apfelkuchen.

Paul lächelte gerührt und setzte sich auf den freien Stuhl am Tisch, seinem Vater gegenüber.

Auch Leonie war neugierig geworden und sprang auf, um das gezeichnete Haus zu betrachten, das auf dem Blatt zu sehen war.

«Das sieht ja aus wie bei uns», sagte Leonie anerkennend. «Ich hab dir auch ein Bild gemalt, Opa!»

Dann holte Leonie aus ihrer Hosentasche ebenfalls ein Blatt Papier hervor, das mehrfach gefaltet war. Paul hoffte inständig, dass darauf kein sterbender Opa zu sehen war. Sehr zu seiner Erleichterung konnte er auch aus einem Meter Entfernung erkennen, dass Leonie unter anderem einen Regenbogen gemalt hatte, sodass Paul sich keine allzu große Mühe machte, es von seinem Vater fernzuhalten.

Der freute sich offensichtlich über dieses Geschenk, sah Paul aber weiterhin fragend an.

Und dann berichtete Paul davon, dass Marie, Annelieses Enkelin, extra seinetwegen gekommen sei und ihm diesen Kuchen gebacken habe.

Anhand des seligen Schmunzelns seines Vaters schloss er, dass er den Kuchen tatsächlich gegessen hatte.

«Hast du denn keine Bauchschmerzen, Papa?», fragte er besorgt.

Als sein Vater ihn verständnislos anblickte, schilderte Paul, wie die vergangenen Wochen verlaufen waren, und versuchte herauszufinden, ob sein Vater sich tatsächlich an nichts erinnerte.

Ein energisches Klopfen an der Tür unterbrach ihn.

Paul konnte es kaum glauben. Dort stand Marie. Sie trug ihre Haare offen und ein hellblaues, kurzes Leinenkleid. Sie stand einfach nur da und schenkte ihnen allen ihr warmherziges Lächeln.

«Entschuldigung! Ich möchte nicht stören», sagte sie zaghaft.

Doch Paul war bereits aufgesprungen, um Marie ein Stück entgegenzugehen und sie zu ermuntern hereinzukommen.

«Das ist sie, das ist Marie», stellte Paul sie vor.

«Guten Tag, Herr Hansen! Ich freue mich so sehr, Sie kennenzulernen.»

Paul musste schlucken, als er am Gesicht seines Vaters ablesen konnte, wie sehr ihn diese Begegnung berührte. Eine ganze Zeit lang hielt er Maries Hand fest, die sie ihm zur Begrüßung entgegengestreckt hatte.

«Du siehst ihr sehr ähnlich», flüsterte der alte Mann kraftlos. Doch seine Augen funkelten vor Glück, als er das sagte.

«Ich bin Marie, und wer bist du?», fragte sie dann an Leonie gewandt und reichte ihr ebenfalls die Hand, was offensichtlich gut ankam.

«Ich bin Leonie. Ich hab gewusst, dass du doch kommst!»

«Ihr könnt unseren Besuch doch nicht einfach so duzen», rügte Paul. Doch Marie winkte ab und sagte, das wäre absolut in Ordnung.

Paul bot ihr seinen Stuhl an und setzte sich selbst neben sie. Und so saßen sie beinahe wie eine kleine Familie um den Tisch herum und plauderten. Zunächst wollte Paul unbedingt wissen, ob sein Vater tatsächlich den Apfelkuchen ganz allein aufgegessen hatte.

«Es wird einem auch nichts gegönnt», schimpfte dieser darauf ironisch.

Und dann begann er zu erzählen, von damals. Andächtig lauschten alle drei, wie der alte Paul Hansen mit einem sanften Lächeln Episoden aus seinem Leben schilderte, fast so, als wäre er mit einem Koffer Anekdoten von einer langen Reise zurückgekehrt. Er sprach zunächst von seiner Backstube und dass es sich gelohnt hatte, so hart für das Geschäft gearbeitet zu haben.

«Seht ihr diese Hände? Mein alter Freund Jochen sagte immer, das sind die größten Fäuste Amrums», erinnerte er sich lachend. «Wenn wir in der Hafenschänke unsere Skatabende hatten, ging es immer hoch her.»

«Erinnerst du dich eigentlich noch gut an Anneliese?», fragte Paul vorsichtig in einer Gedankenpause, nicht ohne mit Marie einen vielsagenden Blick zu tauschen.

«O ja», antwortete sein Vater. Er schloss die Augen für einen Moment, und als er sie wieder öffnete und Marie und Paul vor Spannung den Atem anhielten, fuhr er fort: «Sie war so ein hübsches Mädchen, dass es sofort um mich geschehen war. Aber da war noch mehr.»

Und dann berichtete er noch einmal in aller Ausführlichkeit, welch wundervolle Zeit sie als jung verliebtes Paar auf der Insel verbracht hatten und wie weit weg all die Schrecken des Krieges auf einmal erschienen waren. Seine Augen glänzten, als er schließlich auf den gemeinsamen Traum von einem Inselcafé zu sprechen kam.

«Leider kam es nicht dazu, und seitdem ist kein Tag vergangen, an dem ich nicht bereut hätte, dass wir nicht mutig genug waren, auf unser Herz zu hören. Kinder, lasst euch gesagt sein: Lebt eure Träume! Und die Liebe, das ist alles, was zählt!»

Als er das sagte, streichelte er Leonie sanft übers Haar. Sie hatte sich längst zu ihm aufs Bett gelümmelt und genauso fasziniert zugehört wie Marie und Paul.

«Und was ist mit Oma? Fandest du sie auch hübsch?», fragte sie mit einer natürlichen Neugier, die nur Kinder imstande waren zu zeigen.

«Natürlich, mein Engel! Aber die Hübscheste von allen bist du.»

Sie lachten. Doch dann schien Pauls Vater einiges durcheinanderzubringen. Einmal sprach er von Edith, dann wieder von Marie und Anneliese und davon, wie nett er es fand, dass diese auf die Insel gekommen waren.

«Ich glaube, Opa braucht jetzt ein bisschen Schlaf!», sagte Paul an Leonie gewandt. Dann half er seinem Vater aufs Bett und legte ihm die Beine hoch. Offenbar war er gleich heute Morgen mit frischer Wäsche versorgt worden, sodass er sich beruhigt auf den Weg machen konnte, um Leonie zum Beginn der nächsten Stunde in die Schule bringen konnte.

«Aber ich muss Opa noch was sagen!», flüsterte Leonie ihm ins Ohr. Und so beschlossen Paul und Marie, schon einmal vorzugehen und Leonie ihren Wunsch zu erfüllen.

Marie verabschiedete sich herzlich, und Paul kündigte an, am Nachmittag noch einmal vorbeikommen zu wollen.

Nachdem sie beide auf dem Gang stehen geblieben waren, wusste Paul nicht so recht, was er sagen sollte. Auch Marie wirkte weitaus unsicherer als am Vortag und schaute etwas betreten zu Boden.

«Wenn es dir nichts ausmacht, dass wir einen Umweg über die Schule machen, fahre ich dich gern zum Hafen», sagte Paul schließlich, froh darüber, einen sinnvollen Gesprächseinstieg gefunden zu haben.

«Das ist nicht nötig, danke. Ich habe dem Taxifahrer schon gesagt, dass ich gleich wieder weitermöchte.»

Marie sah auf ihre Uhr.

«Er wartet draußen auf mich.»

«Schade», sagte Paul und korrigierte sich sogleich, «ich meine, schade, dass du schon abreisen willst. Wir hätten uns noch einen schönen Tag machen können.»

Paul merkte, wie sich sein Puls beschleunigte, umso mehr, als er an Maries Reaktion ablesen konnte, dass sein Vorstoß nicht besonders gut ankam.

«Ich muss heute Mittag wieder in der Kanzlei sein. Mein Chef erwartet mich», sagte sie mit einem energischen Unterton.

«Du meinst, dein Schwiegervater erwartet dich und dein Zukünftiger auch?», stichelte Paul, weil er hoffte, Marie aus der Reserve zu locken.

Doch sie ging nicht weiter darauf ein und sagte stattdessen: «Es ist zeitlich schon eng genug. Eigentlich hätte ich meine Pläne gar nicht so spontan umwerfen dürfen.»

«Na dann, tausend Dank, dass du noch mal hergekommen bist! Das hat mich wirklich sehr gefreut und die beiden da drinnen auch. Und vor allem danke für den Apfelkuchen. Ich bin sicher, dass er ein kleines Wunder bewirkt hat!», sagte Paul mit einem Schmunzeln und deutete in Richtung des Wohntraktes.

«Und dir danke für deine lieben Zeilen», sagte Marie und lächelte ebenfalls.

«Also dann, mach's gut!»

«Du auch!», sagte Paul. Doch er wollte sie nicht einfach so ziehen lassen. Nicht, ohne ihr wenigstens einmal nahe zu sein.

Demonstrativ breitete er seine Arme aus, sodass Marie gar nicht anders konnte, als seine Umarmung zum Abschied zu erwidern.

Versehentlich stießen jedoch ihre Nasenspitzen aneinander, weil beide dieselbe Seite ausgesucht hatten, um sich einen flüchtigen Kuss auf die Wange zu geben. Und dann überkam Paul eine Sehnsucht, die er kaum unterdrücken konnte. Er hielt Marie in seinen Armen und berührte mit seinen Lippen fast unmerklich die ihren. In der Sekunde, als sich ihre Münder trafen, erfüllte Paul ein unbeschreibliches Glücksgefühl. Denn Marie erwiderte seinen Kuss, erst vorsichtig, dann für einen Moment etwas leidenschaftlicher. Die Zeit schien stillzustehen. Doch als er sie näher an sich ziehen wollte, wandte sie sich plötzlich ab und sah ihn entgeistert an.

«Was war das denn jetzt?», empörte sie sich kopfschüttelnd.

Und dann wendete sie sich zum Gehen. Paul blieb starr vor Schreck stehen und konnte nichts anderes tun, als ihr so lange hinterherzusehen, bis sie eilig um die Ecke gebogen und für immer verschwunden war.

Marie

Marie konnte es nicht fassen. Noch immer saß sie einfach nur da und starrte durch die Scheibe nach draußen auf die schier unendliche, graue See. Heute wackelte das Schiff viel stärker als auf der Hinfahrt, dachte sie beunruhigt und hielt das erste Mal Ausschau nach einem Rettungsring. Obwohl sie noch nie in ihrem Leben mit Reisekrankheiten zu tun gehabt hatte, war ihr ein bisschen übel. Dabei hatte sie sich noch heute Morgen auf ein entspanntes Frühstück auf der Fähre gefreut, nachdem sie das Buffet im Hotel geschwänzt hatte. Andererseits passte die aufgebrachte See zum Sturm, der in ihrem Herzen tobte. Denn jetzt bereute sie sogar, dass sie sich so spontan entschlossen hatte, doch noch im Heim vorbeizukommen.

Was war nur ihn gefahren?, fragte sich Marie, als sie über die denkbar peinliche Verabschiedung von Paul nachdachte. Auch wenn ihr allmählich der Verdacht kam, dass es um seine Ehe nicht zum Besten stand, konnte er sie, eine fast verheiratete Frau, doch unmöglich in aller Öffentlichkeit küssen, noch dazu in einer Situation, in der jederzeit seine Tochter hätte dazustoßen können. Marie fand diese Aktion total daneben. Obwohl sie, wenn sie ehrlich zu sich war, zugeben musste, dass sie seine Nähe durchaus ein bisschen genossen hatte. Und dieser Gedanke führte dazu, dass sich ihr Unbehagen noch verstärkte.

Marie schloss die Augen. Doch so wurde das Wanken des

Schiffes noch schlimmer. Also suchte sie weiter den Horizont ab, als hoffte sie, dort Antworten zu finden. Wie nur gelang es Paul, dass sie sich ihm so nahe fühlte, obwohl er sich einen Fauxpas nach dem anderen leistete? Sicher, sie waren beide für immer durch die Geschichte seines Vaters und ihrer Oma miteinander verbunden. Vielleicht hatte Anika recht und all die ach so emotionalen Briefe waren nur eine Masche, weil er sein eintöniges Eheleben mit einer Affäre etwas aufpeppen wollte. Oder vielleicht sah er es auch als eine sportliche Herausforderung an, eine Braut zu verführen. Doch den Gefallen würde Marie ihm nicht tun. Sie hatte sich für einen winzig kurzen Moment dazu hinreißen lassen zu genießen, dass sie von einem anderen Mann begehrt wurde. Anika würde bestimmt behaupten, sie habe kalte Füße so kurz vor der Hochzeit.

Schlecht gelaunt blickte Marie zur Uhr, die über der Theke hing, an der ein paar Leute Schlange standen, um sich mit Snacks oder Getränken einzudecken. Über eine Stunde musste Marie noch hier unter Deck zubringen. Um draußen zu sitzen, tobte der Wind zu heftig. Also konnte sie genauso gut damit weitermachen, die Briefe zu lesen. Weit war sie gestern Abend ja nicht gekommen, und alle würde sie kaum auf einmal schaffen. Aber es war mit Sicherheit die sinnvollste Art, sich die Zeit auf der Überfahrt zu vertreiben. Und jetzt, da sie den alten Paul persönlich kennengelernt hatte, konnte sie sich ihn und seine Stimme viel besser vorstellen. Und es erschien ihr auch gar nicht mehr unanständig, seine Nachrichten an Anneliese zu lesen. Im Gegenteil: Plötzlich spürte sie eine tiefe Gewissheit, dass ihre Oma genau das gewollt hätte. Wahllos pickte sie sich ein Brief nach dem anderen heraus und las:

Jork, den 14. März 1950

Mein lieber Freund und Bäckerbursche!

Heute habe ich Dir eine große Neuigkeit mitzuteilen. Seit vier Monaten bin ich Mutter eines prächtigen Sohnes. Mein Johann kam Anfang Dezember letzten Jahres zur Welt und hat uns sehr glücklich gemacht. Zwar sind die Nächte nun ziemlich kurz, aber das nehme ich gern in Kauf für das Glück, mit einem so munteren und gesunden Kind gesegnet zu sein.

Unser Alltag hat sich durch den Jungen doch stark verändert, aber jetzt im Winter ist auf dem Hof ohnehin nicht sehr viel zu tun, zumindest kann auf die Hilfe meiner Hände im Moment verzichtet werden. Meine Mutter genießt das Zusammensein mit ihrem ersten Enkelkind sehr. Ich glaube, sie fühlt sich wieder gebraucht und freut sich darauf, mir mit dem Kind zu helfen.

Wie ist es Dir im letzten halben Jahr ergangen? Was machen Deine beruflichen Pläne? Lernst du schon für die Meisterprüfung, oder muss das noch einige Zeit warten? Ich wünsche Dir auf jeden Fall viel Freude und Erfüllung bei Deinem Vorhaben und natürlich auch Erfolg, wenn es dann so weit ist.

Zu Deiner Frage: Nein, ich denke nicht, dass wir häufiger schreiben sollten als bisher. Schließlich wollen wir doch die alten Wunden nicht wieder aufreißen und uns nicht in dieser Beziehung verlieren. Wir sollten mit beiden Beinen auf dem Boden der Wirklichkeit stehen bleiben, alles andere würde unser Leben nur noch schwieriger machen.

Lieber Paul, ich muss schließen – bis zum nächsten Jahr!

Dein Lieschen

Amrum, Oktober '67

Liebes Lieschen,

Du darfst mir gratulieren: Ich habe geheiratet! Edith und ich sind im Juni getraut worden und haben wenige Wochen später unsere kleine Bäckerei in Norddorf eröffnet.

Es ist schön, sein eigener Herr zu sein und endlich all die Ideen, die seit Jahren in meinem Kopf gereift sind, umsetzen zu können. Edith ist mir eine große Hilfe, sie steht nicht nur den ganzen Tag im Laden und verkauft, sie unterstützt mich auch beim Vorbereiten des Gebäckteiges und garniert die Sahnetorten.

Es hat ja einige Jahre gedauert, bis ich in der Lage war, meinen eigenen Betrieb zu finanzieren. Ich habe in den letzten Jahren ein schönes Stück Geld zusammengespart, und natürlich musste ich auch noch einen Bankkredit in Anspruch nehmen, aber das bereitet mir keine Kopfschmerzen. Wer hätte direkt nach dem Krieg gedacht, dass es tatsächlich möglich sein würde, einen eigenen Laden zu führen, so wie wir es uns erträumt haben? Natürlich ist es nicht das Gleiche, aber ich bin doch dankbar, dass ich es geschafft habe – wenn auch ohne Dich an meiner Seite.

Du erinnerst Dich an meinen Freund Hannes? Er ist mittlerweile Vater von vier Kindern. Vor drei Jahren hat seine Frau Zwillinge bekommen, zwei Jungen. Jetzt sind zwei Mädchen dazugekommen, da ist ganz schön was los. Wer weiß? Vielleicht ist es mir nun auch vergönnt, doch noch eine eigene Familie zu gründen.

Was machen Deine Kinder? Die sind ja schon bald erwachsen. Und vor allem: Wie geht es Dir? Gedeihen die Äpfel immer noch so schön? Backst Du immer noch unseren Apfelkuchen? Ich habe manchmal das Gefühl, ich könnte den Duft unter allen Gerüchen der Welt erkennen. Magst Du mir vielleicht mal das Rezept schicken? Oder fändest Du es frevelhaft, wenn ich Deinen Kuchen hier anbiete? Aber so wäre wenigstens ein kleiner Teil von Dir bei mir.

Lass es Dir gutgehen und arbeite nicht zu viel. Ich weiß, dass Du dazu neigst.

Es grüßt Dich ganz herzlich
Dein Bäckermeister mit eigenem Betrieb!
Paul

Jork, den 1. März 1973

Lieber Paul!

Herzlichen Glückwunsch zum Stammhalter!

Ich freue mich wirklich sehr, dass Dir, mein lieber Freund, nun auch Vaterfreuden beschieden sind. Genieße die Zeit, die jetzt für Euch kommt, Kinder werden so schrecklich schnell groß und erwachsen.

Mein Sohn ist jetzt bereits 24 Jahre alt, hat seine Ausbildung zum Kaufmann abgeschlossen und bewegt sich auch schon auf Freiersfüßen.

Meine «kleine» Vera ist mit ihren 21 Jahren eine erwachsene Frau, auch wenn die beiden für Heinrich und mich doch immer die Kinder bleiben. Sie ist natürlich auch schon aus dem Haus, sodass wir seit dem Tod meiner Mutter ganz allein auf dem Hof leben. Beide, Sohn und Tochter, haben leider wenig bis gar kein Interesse daran, die Bewirtschaftung des Hofes zu übernehmen. Ich möchte gar nicht daran denken, was eines Tages aus unserem Zuhause wird. Aber bis dahin ist hoffentlich noch viele Jahre Zeit, es dauert ja noch, bis wir das Rentenalter erreichen. Manchmal frage ich mich, ob ich alles richtig gemacht habe auf meinem Weg. Aber Du weißt selbst, wie unnütz diese Gedanken sind.

Ob Dein Sohn einmal in Deine Fußstapfen tritt und auch ein Bäckerbursche aus ihm wird? Was ist eigentlich mit meinem Rezept für den Apfelkuchen? Verwendest Du es in Deiner Bäckerei? Und wenn ja, mögen die Insulaner und die Touristen ihn?

Ich backe immer noch leidenschaftlich gerne, esse auch mit Vergnügen Kuchen. Mein tägliches Kaffeestündchen ist mir heilig.

Ich wünsche Dir ein schönes Jahr mit Deinem Sohn. Bis zum nächsten Frühjahr!

Dein Lieschen

Amrum, Oktober '79

Liebes Lieschen,

mein Sohn Paul geht gerade in die Schule, und Du bist schon Großmutter! Du schreibst, dass Dein Sohn jetzt schon Vater einer zweiten Tochter ist. Siehst Du die beiden kleinen Mädchen denn mal, oder wohnt die Familie zu weit weg?

Und Deine Tochter Vera bekommt auch ein Kind? Hast Du Dich denn nun an den «smarten Geschäftsmann» als Schwie-

gersohn gewöhnt? Ich kann mir denken, dass Dir ein Bauer oder Handwerker eher gepasst hätte. Aber schließlich musst Du die Entscheidung Deiner Tochter akzeptieren. Die Zeiten, wo Eltern die Schwiegerkinder aussuchten, sind ja schon lange vorbei. Was mir wohl mit meinem Sohn da mal blüht? Jedenfalls ist es doch etwas Schönes, dass unsere Kinder ihrem Herzen folgen dürfen! Ein Glück, das uns leider verwehrt blieb. Aber ich will nicht wieder davon anfangen, wie oft ich noch immer an Dich denke …

Der Fremdenverkehr auf der Insel wächst nach wie vor ziemlich schnell, alle Nordseeinseln erfreuen sich großer Beliebtheit bei den Deutschen. Es ist so viel gebaut worden, Du würdest die Insel kaum wiedererkennen. Glück für uns! Beruflich läuft es dadurch bei uns prima, wir haben auch außerhalb der Saison sehr gut zu tun, aber meine Mutter lebt ja bei uns und hilft bei der Hausarbeit und vor allem bei der Betreuung von Paul.

Wie Du aus meinen Zeilen sehen kannst, lebe ich hier auf Amrum recht zufrieden. Ich habe mich arrangiert und bin dankbar für das, was ich habe, auch wenn mir das ganz große, leuchtende Glück verwehrt geblieben ist. Denkst Du auch manchmal daran, wie es uns wohl gemeinsam ergangen wäre? Vielleicht hätte die Wirklichkeit ja auch gar nicht mit unseren Träumen Schritt halten können.

Ich will aber bestimmt nicht philosophieren, schließlich bin ich nur ein einfacher Bäcker, wenn auch immerhin einer mit Meistertitel.

Alles Liebe,
Dein Paul

Jork, den 27. März 1980

Mein lieber philosophischer Bäckermeister!

Mach Dir nicht zu viele Gedanken über das «Was wäre, wenn». Es hilft nichts, zu grübeln und sich auszumalen, wie es anders wäre. Bedenke, wir haben uns über 35 Jahre nicht gesehen, vielleicht würden wir uns nicht einmal mehr erkennen, wenn wir uns über den Weg liefen. Genieße das Leben, das Dir beschert wurde: Deine Ehe, Deinen Sohn, Deinen Betrieb. Und das alles auf der wunderschönen Insel Amrum.

Ich genieße meinerseits mein Leben auf dem Obsthof, meine Kinder und vor allem meine Enkelkinder. Vera hat im letzten Jahr die kleine Marie zur Welt gebracht, sie ist unser aller Sonnenschein. Mein Sohn Johann lebt mit seiner Familie in Frankfurt, wir sehen sie alle ziemlich selten. Meine Tochter hält sich nun schon seit Maries Geburt hier bei uns im Alten Land auf. Ihr Mann ist ständig beruflich unterwegs, und ganz allein wollte sie mit der Lütten dann doch nicht bleiben. Wir freuen uns natürlich sehr, dass wir die zwei bei uns haben.

Ich grüße Dich herzlich!
Großmutter Anneliese

Amrum, Oktober '84

Liebes Lieschen,

dieses Mal habe ich leider wenig erfreuliche Neuigkeiten. Meine Frau und ich haben uns getrennt, sie hat die Insel verlassen und ist in ihre hessische Heimat zurückgekehrt.

Edith und ich haben wohl einfach nicht gut zusammengepasst. Wir hatten zwar die gleiche Vorstellung von unserem Leben, Familie auf der einen Seite, der Aufbau der Bäckerei auf der anderen. Doch Edith hatte sich in den letzten Jahren in diesem Leben immer unwohler gefühlt. So konnte sie in der Bäckerei nur noch teilweise helfen, denn sie hat sich über viele Monate hinweg liebevoll um meine bettlägerige Mutter gekümmert und sie gepflegt bis zu ihrem Tod.

Außerdem war ich ihr mit den Jahren wohl zu sonderlich geworden. So beschäftigte ich mich lieber mit meinen Büchern oder Buddelschiffen, statt sie zu begleiten, wenn sie irgendwo eingeladen war. Sie ist in ihrer Grundhaltung sehr konservativ. Ihr lag viel daran, was die Leute über uns denken. Und auf einer kleinen Insel weiß natürlich jeder über jeden Bescheid, und es wird viel getratscht. Letzten Endes war ihr Amrum zu klein geworden.

Zu meiner Freude hat sich unser Sohn entschieden, nach der Trennung bei mir zu bleiben. Natürlich hängt er auch an seiner Mutter, aber die Insel, seine Freunde und die Schule wollte er nicht verlassen. Er kann sie natürlich jederzeit besuchen, ich habe bestimmt nichts dagegen.

Das soll es für heute gewesen sein!

Dein Bäckermeister

Amrum, April '88

Ach, liebes Lieschen,

dieses Mal konnte ich nicht bis Oktober mit meiner Antwort an Dich warten. Es tut mir so leid, dass Du nun auch noch Deine Tochter verloren hast. Ein Kind zu verlieren ist der größte Schmerz, den sich ein Mensch vorstellen kann. Wie konnte das nur passieren? Wie gerne würde ich Dich in meine Arme schließen und Dich trösten. Ich hoffe, Du findest Halt bei Deinem Mann.

Wirst Du Dich nun wirklich Deiner kleinen Marie annehmen, oder wird ihr Vater das übernehmen? Es ist für ihn bestimmt schwierig, so ein kleines Mädchen allein großzuziehen, zumal er ja – wie Du schreibst – immer noch so viel unterwegs ist. Können Du und Dein Mann Euch das denn leisten? Dass Du Deine Enkelin über alles liebst, verstehe ich nur zu gut, und es spricht für Dein großes Herz, dass Du alles stehen und liegen lassen willst, um für sie da zu sein. Aber ein Kind zu betreuen und zu erziehen ist ja nicht nur eine riesige Verantwortung, sondern auch eine große Anstrengung. Und Ihr habt mit dem Hof sicher reichlich zu tun und auch nicht viel Zeit, Euch intensiv um ein Schulkind zu kümmern.

Liebes Lieschen, ich wünsche Dir ganz viel Kraft, diesen erneuten Schicksalsschlag zu ertragen und die richtigen Entscheidungen für Euer aller Zukunft zu treffen.

Ich bin in Gedanken bei Dir!
Dein Paul

Hamburg, den 30. März 1989

Lieber Paul!

Wie Du vielleicht anhand des Poststempels sehen kannst, schreibe ich Dir aus Hamburg.

Heinrich und ich haben den Obsthof im Alten Land tatsächlich verkauft und wohnen nun ganz in der Nähe unserer Marie, am Stadtrand von Hamburg. Glücklicherweise kam beim Verkauf des Hofes eine so stolze Summe zusammen, dass wir nicht nur unserem Sohn bereits einen Großteil seines Erbes ausbezahlen konnten, sondern auch Marie heute und in Zukunft ein zumindest finanziell sorgenfreies Leben bescheren können, was bereits testamentarisch festgehalten ist. Man weiß ja nie.

Mittags kann Marie nach der Schule zu uns kommen und wird nicht aus ihrem gewohnten Umfeld herausgerissen. Einzig mein Mann tut sich mit der Umstellung noch etwas schwer. Doch ich hoffe, auch er wird irgendwann einsehen, dass es über kurz oder lang der richtige Entschluss war, den Hof zu verkaufen. Das Anwesen ist viel zu groß, als dass wir beide es im Alter noch in Schuss halten könnten.

Wir haben ohnehin ein wirklich schweres Jahr hinter uns. Vera fehlt uns allen sehr, am meisten natürlich Marie. Mein Schwiegersohn lässt sich aufgrund seiner Geschäftsreisen recht selten bei uns blicken, er sagt, dass sein Beruf das eben so mit sich bringt. Zumindest lässt er mir freie Hand in allen Erziehungsfragen, dafür bin ich dann doch dankbar.

Lieber Paul, wenn Du in Zukunft an mich schreibst, verwende bitte die Anschrift meiner Vermieterin Frau Schöneborn, die im selben Haus unter uns lebt. Ich möchte nicht, dass mein Mann zufällig Deinen jährlichen Brief aus dem Kasten nimmt und Fragen stellt. In Jork war das anders, unser Postbote Friedhelm Meyer war ein guter Freund von mir. Ich hatte ihn damals gebeten, mir alle Briefe direkt auszuhändigen. Er hat sich stets daran gehalten, ohne auch nur einmal zu fragen, was dahintersteckt. Er nahm es mit dem Postgeheimnis wirklich sehr genau.

Frau Schöneborn ist eine nette Frau, ich habe mich vor einigen Wochen sehr lange mit ihr unterhalten, und ich denke, dass ich ihr vertrauen kann.

Die Anschrift findest Du unten.

Ich verspreche Dir, die Ohren steifzuhalten.

Dein Lieschen

Hamburg, den 5. April 2003

Lieber Freund!

Heute muss ich Dir mitteilen, dass mein Heinrich von mir gegangen ist. 81 Jahre sind ja schon ein ganz schönes Alter, aber irgendwie kommt der Tod doch immer zu früh.

Ich vermisse ihn wirklich sehr, auch wenn das Zusammenleben mit ihm in den letzten Jahren nicht immer einfach war. Seit wir den Obsthof verkauft hatten und nach Hamburg gezogen waren, litt er zwar nicht gerade unter Langeweile, aber so richtig ausgelastet war er doch nicht mehr. Das führte dazu, dass er dauernd unzufrieden und schlecht gelaunt war.

Ich kann mir vorstellen, dass Du Dich jetzt, wo mein Mann nicht mehr unter uns ist und ich niemandem gegenüber mehr Rechenschaft schuldig bin außer mir selbst, fragst, wie es mit uns weitergehen soll. Glaube mir, es gab wohl keinen Tag in meinem Leben, an dem ich nicht an Dich gedacht hätte. Und Du weißt, wie bitter dieser Verzicht geschmeckt hat. Aber hat es jetzt, nach all den Jahren, noch irgendeinen Sinn, eine alte Leidenschaft aufwärmen zu wollen, die uns das Alter und der Anstand per se versagt? Ich habe lange darüber nachgedacht, ob meine Entscheidung richtig ist, und ich bin zu dem Schluss gekommen, dass ich das Leben, das ich mir hier aufgebaut habe, mit meiner lieben Marie, die jetzt hier in Hamburg Jura studiert und die mich nach wie vor braucht, nicht aufgeben will.

Ich glaube zu wissen, was Du darüber denkst und wie wenig Verständnis Du für meine konsequente Haltung hast. Aber bitte akzeptiere, dass Heinrichs Tod nichts ändert. Ich halte es für besser, Dich nach wie vor nicht zu treffen, sondern uns als das in Erinnerung zu behalten, was wir beide für mich immer waren: zwei verwandte Seelen, die in diesem Leben nicht dafür bestimmt waren, zusammen sein zu dürfen.

Ach, Paul, trotz allen Leids und aller Schwierigkeiten habe ich stets versucht, aus meinem Leben des Beste zu machen. Man muss es einfach so sehen: Es ist und bleibt schon ein Geschenk, am Leben und bei guter Gesundheit zu sein.

Ich hoffe, Du empfindest ebenso.

Alles Liebe,
Dein Lieschen

Amrum, Oktober 2006

Mein liebes Lieschen,

jetzt bin ich auch unter die Großväter gegangen. Mein Sohn Paul ist Vater einer entzückenden Tochter geworden, und ich freue mich an jedem Tag, sie zu sehen und sie auf dem Arm zu halten. Die kleine Leonie sieht ihrer Mutter Inken sehr ähnlich, was heißt, dass sie sehr hübsch ist.

Es ist schon merkwürdig: Deine Enkelin hat bereits ihr Jurastudium abgeschlossen, und meine ist gerade erst auf die Welt gekommen. Rein zeitlich gesehen, ist unser beider Leben nicht gerade in den gleichen Bahnen verlaufen.

Trotzdem fühle ich mich Dir immer noch sehr nah, Du bist täglich in meinen Gedanken, und oft frage ich Dich im Geiste um Rat, bevor ich irgendwelche Entscheidungen treffe oder Beschlüsse fasse. Immer ist in meinem Hinterkopf die Frage: Was würde mein Lieschen wohl dazu sagen?

Du siehst also, dass Du trotz Deines Starrsinns, und das meine ich liebevoll, und der räumlichen Entfernung immer noch eine große Rolle in meinem Leben spielst. Möge das noch recht lange so bleiben!

Auch wenn es mich schmerzt, dass wir uns nicht wiedersehen können, wo wir es doch jetzt dürften.

Sei herzlich gegrüßt von dem stolzen
Großvater Paul

Hamburg, den 1. März 2007

Lieber Großvater Paul!

Ich gratuliere Dir von ganzem Herzen zu Deiner kleinen Leonie und wünsche Dir, dass Du noch recht viele Jahre Freude an ihr haben wirst.

Es ist wirklich kurios, wie weit unsere Enkel altersmäßig auseinanderliegen! Meine Enkelin ist jetzt schon in einer festen Beziehung. Sie hat ihren Freund Max an der Uni kennengelernt, er entstammt einer alteingesessenen Juristenfamilie hier aus Hamburg. Seine Eltern verkehren in «besseren Kreisen», wie man so schön sagt, und ich weiß wirklich nicht, ob das das Richtige ist für meine Marie, die doch eigentlich gar keinen Wert legt auf Geld und Statussymbole. Aber ich bemühe mich, nicht zu sehr gegen die Beziehung zu sprechen, schließlich habe ich sie zu einem selbständigen Menschen erzogen, der wissen sollte, was er tut und was richtig für ihn ist. Doch fürchte ich manchmal, dass sich meine Kleine in dem etwas unterkühlten Klima, das in seiner Familie herrscht, eine seelische Erkältung holt. Und vielleicht habe ich auch Angst, dass Marie den gleichen Fehler begehen könnte wie ich: dass sie sich aus Vernunftgründen auf eine Verbindung einlässt, die sie nicht glücklich macht.

Abgesehen von den kleinen Sorgen und Kümmernissen genieße ich alte Schachtel mein Leben. Ich liebe mein tägliches Kaffeestündchen, meistens am Freitag mit Marie und am Sonntag mit meinen Freundinnen in einem kleinen Café, das so aussieht, wie ich mir unseres immer vorgestellt habe.

Bleib gesund und munter! Das wünscht Dir von Herzen
Dein Lieschen

Amrum, Oktober '12

Mein geliebtes Lieschen,

dies ist der letzte Brief, den ich dir schreiben kann und will. Inzwischen ist viel Schlimmes passiert. Mein Sohn hat seine Frau verloren und somit meine Enkelin ihre liebevolle Mutter und ich eine großartige Schwiegertochter. Sie hat den Kampf gegen den Krebs so tapfer aufgenommen und doch verloren.

Zudem bin auch ich angeschlagen oder vielmehr mein Geist. Wer weiß, vielleicht will er unbewusst so manches vergessen machen. Meine Erinnerungslücken sind inzwischen so groß, dass ich mich selbst und andere in Gefahr bringen könnte, würde ich nicht gesichert in einem Heim leben, wo die Alten ein bisschen so betreut werden wie die ganz Jungen im Kindergarten. Hier und da gibt es Freizeitangebote, die dafür sorgen sollen, dass einem die letzte Zeit, die noch bleibt, so kurz wie möglich erscheint, was ich absurd finde. Aber ich will nicht jammern. Ich bin dankbar für alles, was mir das Leben beschert hat, allen voran die Begegnung mit Dir, die mich nach all den Jahren noch immer im Herzen bewegt.

Dennoch oder gerade deswegen möchte ich Dich bitten, mir nicht mehr zu schreiben. Auch wenn ich die Vorfreude auf Deinen alljährlichen Brief vermissen werde, ist der Schmerz ungleich größer, wenn ich mir vorstelle, dass Deine Zeilen mich bald nicht mehr erreichen werden. Es wird der Tag kommen, an dem ich keinen sinnvollen Satz mehr zu Papier bringen kann. Und ich habe das Gefühl, dass dieser Tag nicht mehr allzu fern ist. Es gibt die Zeiten, in denen ich ganz abtauche, und ich merke, dass die Abstände dazwischen immer kürzer werden. Ich will, dass Du mich als den Mann in Erinnerung behältst, den Du vor so vielen Jahren hier auf unserer Insel kennengelernt hast, und nicht als das, was meine Krankheit aus mir macht. Alles andere wäre mir unerträglich. Ich bitte Dich, liebes Lieschen, meinen Wunsch zu akzeptieren, so wie ich Deinen akzeptiert habe, nicht auf ein Wiedersehen zu drängen. Und so bleibt mir nur ein letzter Herzenswunsch: dass es Dir gut ergeht bis zum Ende Deines Lebens, das hoffentlich noch lange auf sich warten lässt, und dass wir uns – so es einen Gott gibt und er es will – eines Tages an einem anderen Ort wiederbegegnen.

Ich habe Angst, aber hoffe das Beste …

Leb wohl!
In ewiger Verbundenheit,
Dein Paul

Tief ergriffen und vollkommen verheult sah Marie von dem Brief auf. Erst jetzt bemerkte sie, dass ihre Beine eingeschlafen waren. In ihrer Handtasche suchte sie nach einem Taschentuch. Doch als sie sah, dass die Packung bereits aufgebraucht war, durchfuhr sie ein gewaltiger Schauer. Denn plötzlich erinnerte sie sich an das Taschentuch von Anneliese, das sie seit dem Tag der Beerdigung immer bei sich trug. Sie öffnete die Innenseite ihrer Tasche und holte das weiße Tuch aus selbstgehäkelter Spitze hervor. Ihr Blick war durch die Tränen so verschwommen, dass sie die Initialen A. W. eher ertasten als lesen konnte.

Marie brauchte frische Luft und beeilte sich, an Deck zu gehen. Sie spürte, dass ihr die Blicke einiger Mitreisender folgten, die sie vielleicht schon die gesamte Zeit über beobachtet hatten, wie sie einen Brief nach dem anderen verschlungen hatte, bis die Tränen einfach nur ungeniert liefen. Doch jetzt hatte sie das Gefühl, sie musste so schnell wie möglich nach draußen, allein sein – allein sein mit sich und dem Meer und dem unendlichen Schmerz darüber, wie unerbittlich sich das Schicksal seine Wege sucht und wie ohnmächtig der Mensch ihm gegenübersteht.

Am liebsten hätte sie geschrien vor Wut und vor Trauer. Sie heulte noch immer wie ein kleines Kind, das keine Scham kennt, seine Gefühle zu zeigen. Es war, als hätte der gesamte Kummer, der sich in den letzten Wochen angestaut hatte, auf einen Schlag seinen Weg an die Oberfläche gefunden. Sie schmiegte das Taschentuch ihrer geliebten Großmutter an ihre Wange, konnte aber keinen Trost finden. Es brach ihr das Herz, dass ihre Oma eine so große Liebe gefunden hatte, es ihr aber zeit ihres Lebens nicht vergönnt gewesen war, sie zu leben. Wie schlimm es für sie nach Pauls letztem Brief gewesen sein musste, keinen Kontakt mehr zu ihm zu haben! Aber es passte zu Annelieses geradliniger Art, dass sie seinen Wunsch respektiert hatte, so schwer es ihr auch gefallen sein musste. Marie dachte an Anneliese und Paul und daran, dass auch sein Sohn und seine Enkelin einen so schmerzhaften Verlust ertragen mussten.

Nun blieben Marie nur noch wenige Minuten bis zur Ankunft in einem neuen Lebensabschnitt. Mit aller Kraft versuchte sie sich zu beruhigen. Also blickte sie in den Himmel und versuchte sich auf das Rauschen der Wellen zu konzentrieren und darauf, ob es ihr irgendetwas zuflüsterte.

Marie & Paul

Betreff: Ein neuer Anfang

Lieber Paul!

Es tut mir leid! Es tut mir nicht leid auf eine banale Weise – du weißt schon … ;-) Nein, es tut mir von ganzem Herzen leid, dass ich dir unrecht getan und dich bei unserem Abschied vor sechs Wochen als gewissenlosen Ehebrecher verurteilt habe. Und ich möchte dir mein tief empfundenes Beileid aussprechen für den Verlust deiner Frau. Hätte ich schneller kapiert, was dir Schlimmes widerfahren ist, hätte ich umso früher gewusst, dass du weder ein Stalker noch ein Betrüger bist, sondern lediglich ein alleinerziehender Vater und einsamer Witwer, der nichts anderes will, als sich in seiner Trauer verstanden zu wissen. Warum hast du mir nicht einfach erzählt, was passiert ist? Denn glaube mir, mein Lieber! Ich verstehe dich …

Schon als ich auf der Rückreise nach Hamburg war, habe ich begonnen, die Briefe von Paul und Anneliese zu lesen. Zunächst habe ich das ein oder andere Jahr übersprungen. Doch dann bemerkte ich, wie wichtig es war, keine einzige Zeile zu verpassen. Ich saß also total verheult da mit einem Stofftaschentuch meiner Oma und hörte den beiden bei der Unterhaltung ihres Lebens zu. Du kannst dir sicher denken, für wie bescheuert mich die anderen Leute auf dem Schiff gehalten haben müssen. Aber das war mir egal. Ich saß einfach nur da und konnte nicht fassen, wie viel Leid in ein Menschenleben passen kann und wie schmerzhaft eine nicht gelebte Liebe ist

Wie du vielleicht verstehen kannst, haben die Briefe und die Begegnung mit dir und deinem Vater etwas in mir ausgelöst und dafür gesorgt, dass sich meine Haltung zum Leben entschieden geändert hat. Wie konnte ich länger ignorieren, was meine Oma bereits ahnte und ich tief im Herzen schon wusste? Als ich von Amrum nach Hamburg zurückkehrte, war mir klar, dass ich etwas ändern musste, wenn ich nicht den gleichen Fehler machen wollte wie sie. Obwohl es mir in der Seele weh tat, habe ich meine Verlobung mit Max gelöst. Er hat eine Frau verdient, die besser zu ihm passt. Denn mir ist klargeworden, dass ich zwar die ganze Zeit krampfhaft versucht habe, mich in sein Leben und seine Familie einzufinden, dass er aber in Wahrheit nicht der Richtige für mich ist und ich nicht die Richtige bin für ihn. Es versteht sich wohl von selbst, dass ich auch den Job in der Kanzlei aufgegeben habe. Ich weiß, es war die richtige Entscheidung, aber sie tut mir natürlich genauso weh wie Max.

Und stell dir vor, Anneliese hat mir tatsächlich Geld von dem Verkauf des Hofes vererbt, viel mehr, als ich mir jemals hätte vorstellen können. Sie, die immer so bescheiden gelebt hat, muss es all die Jahre zusammengehalten haben. Ich verstehe das als ein Zeichen, dass ich mich für den richtigen Weg entschieden habe. Meine Freundin Anika kümmert sich rührend um mich. Doch auf Dauer ist ihre Wohnung natürlich zu klein für uns beide. Ich werde mir also eine andere Bleibe suchen müssen. Doch vorher würde ich gerne eine längere Auszeit nehmen, um herauszufinden, was ich mit meinem Leben anfangen will. Ich will sehen, wohin mein Herz mich trägt.

Daher meine Frage: Gilt deine Einladung noch? Und viel wichtiger: Wie geht es deinem Vater inzwischen?

Alles Liebe,
Marie

Betreff: AW: Ein neuer Anfang

Liebe Marie,

danke für deine Zeilen, die mich wie jedes Mal sehr bewegt haben. Auch ich habe das Gefühl, durch die Briefe von damals eine ganz neue Seite an meinem Vater kennengelernt zu haben. Und ich glaube auch, dass es nicht schaden kann, die Botschaft, die die beiden uns hinterlassen haben, zu beherzigen.

Danke auch für dein Beileid! Wenn es aus deinem hübschen Mund kommt, weiß ich, dass es keine Floskel ist.

Meinem Vater geht es den Umständen entsprechend gut. Er vertüddelt sich zwar häufig. Aber ich habe den Eindruck, dass ihn eine neue, ganz andere Freude am Leben hält, die wir allein dir zu verdanken haben. Ich habe mich sogar entschlossen, ihn wieder zu uns nach Hause zu holen. Doch mein Vater ist ein alter Sturkopf und sagt, mit unserem großen Haus könnte man etwas viel Sinnvolleres anstellen, als dort rund um die Uhr aufzupassen, dass er keinen Unfug macht. Ich habe fast den Verdacht, er sähe es am liebsten, wenn eines Tages eine ganz besondere Frau auf die Insel kommt, um ein Café zu eröffnen, das durch den Umbau eines gefragten Stararchitekten bald in den Ruf kommt, das schönste und gemütlichste Café in ganz Norddeutschland zu sein …

Jedenfalls steht unser Haus immer für dich offen. Für Arbeits- und Obdachlose haben wir ein großes Herz. ;-)

Gespannte Grüße,
Dein Paul

PS Leonie hat darauf bestanden, dass ich dir dieses Bild einscanne und mitschicke. Falls du die Personen an dem langen Gartentisch nicht identifizieren kannst: Das sollen laut ihrer Aussage Opa Paul, Leonie und du und ich und ein Hund sein, und auf dem Tisch steht ein großer, frisch gebackener Apfelkuchen …

Aus Annelieses Rezeptsammlung

Altländer Apfelkuchen

Zutaten

- 80 g Margarine
- 80 g brauner Zucker
- 1 TL Vanillezucker
- 2 Eier
- 250 g Mehl
- 1 gestrichener TL Backpulver
- ⅛ l Milch
- 4 saure Äpfel
- 200 g Schlagsahne
- Etwas Zimt und Zucker

Zubereitung

Die Äpfel vierteln, entkernen, schälen und in Schnitze schneiden.

Die Margarine mit dem Zucker schaumig schlagen, nach und nach die Eier, das Mehl mit dem Backpulver und die Milch unterrühren. Den Teig in eine gefettete Springform geben und die Äpfel kreisförmig darauf anordnen.

Hitze: 180 °C

Backzeit: 35 Min.

Dazu geschlagene Sahne mit etwas Zimt und Zucker reichen.

Aprikosentorte mit Muscheldekor

Zutaten

Biskuitteig:

2 Eigelb

3 EL heißes Wasser

100 g Zucker

75 g Mehl

50 g Speisestärke

¼ Päckchen Backpulver

2 Eiweiß

Füllung:

750 g Schmand

1 große Dose Aprikosen

2 TL Zitronensaft

ca. 200 g Zucker

6 Blatt weiße Gelatine

Belag:

500 bis 750 g Sahne

Aprikosensaft
(aus der Dose)

3–4 Blatt Gelatine
(je nach Menge)

Zubereitung

Biskuitteig:

Eigelb in eine Schüssel geben und mit heißem Wasser und ⅔ des Zuckers schaumig rühren.
Eiweiße mit dem restlichen Zucker steif schlagen.
Zucker-Eiweiß vorsichtig unter die Eigelbmasse heben.
Das Mehl mit dem Backpulver unter die Eimasse ziehen.
Den Teig in eine mit Backpapier ausgelegte Springform füllen, glatt streichen und im vorgeheizten Backofen auf mittlerer Schiene bei 180 °C backen.
Backzeit: 30 Minuten.
Den Kuchen nach dem Backen erkalten lassen.
Auf eine Tortenplatte legen und einen Tortenrand herumlegen.

Füllung:

Aprikosen abgießen, den Aprikosensaft dabei auffangen. Aprikosen abtropfen lassen und in Würfel schneiden.
Die Gelatine einweichen und auflösen.
Den Schmand mit Zitronensaft und dem Zucker verrühren und abschmecken.
Die aufgelöste Gelatine unter die Schmandmasse rühren und die Aprikosen unterheben.
Die Masse etwas stocken lassen.

Belag:

Die Gelatine einweichen und auflösen.
Die Sahne steif schlagen und die Gelatine und den Aprikosensaft unter die Sahne ziehen.
Die Schmand-Creme auf den Tortenboden füllen.
Im Kühlschrank fest werden lassen.
Dann können die Muscheln (Sahne-Pompons) aufgeschichtet werden.
Die Pompons werden aus der Aprikosensahne geformt. Dazu werden entweder mit 2 TL kleine Häufchen abgesteckt und auf die Schmandmasse gelegt, oder die kleinen Tupfen werden mit einem Spritzbeutel und einer Lochtülle auf die Torte gespritzt.

Ostfriesentorte

Zutaten

Einlage:

250 g Rosinen

½ l Rum (40 % Alkohol)

Biskuitboden:

6 Eier

300 g Zucker

1 Päckchen Vanillezucker

¼ Fl. Zitronen-Öl

200 g Mehl

¼ Päckchen Backpulver

Bestrich:

¼ Glas Aprikosenmarmelade

1 EL Rum

Füllung:

6 Becher Sahne

2 Päckchen Vanillezucker

1 TL Zucker

3 Päckchen Sahnesteif

Dekoration:

Schlagsahne nach Belieben

Rumrosinen

Schokoraspeln und/oder

Schokoblätter

Vorbereitung

250 g Rosinen waschen und mit heißem Wasser überbrühen. Abseihen und zum weiteren Ziehen in ein Schraubglas füllen. Mit ¼ l Rum übergießen.

Zubereitung

Biskuitboden:

Alle Zutaten zu einem glatten Teig verarbeiten.
Die Masse in eine Springform füllen, glatt streichen und abbacken.

Hitze: 175 °C
Backzeit: 35 Min.
Nach dem Erkalten 2 Mal durchschneiden.

Bestrich:
Die Aprikosenmarmelade mit dem Rum glattrühren. Alle 3 Biskuitböden mit der Aprikosenmarmelade bestreichen.

Füllung:
Die Sahne mit dem Zucker, Vanillezucker und Sahnesteif steif schlagen.

Weiterverarbeitung

Den ersten Biskuitboden auf eine Tortenplatte legen und einen Tortenring um ihn herumgeben.
Den untersten Boden mit einer Schicht Sahne bestreichen.
Die Hälfte der Rosinen auf der Sahne verstreuen.
Den nächsten Boden aufsetzen und wieder mit Sahne bedecken.
Nun die andere Hälfte der Rosinen verteilen.
Den letzten Boden darüberlegen.
Auch diesen mit Sahne bestreichen.
Den Tortenring entfernen und den Rand der Torte ebenfalls mit Sahne einstreichen.

Dekoration:
Die Torte wird mit Sahnetuffs, Schokoraspeln, Schokoladenblättern und ein paar zurückbehaltenen Rumrosinen verziert.

Stachelbeertorte

Zutaten

Mürbeteig:

200 g Mehl
150 g Margarine
100 g Zucker
2 Eier
¼ TL Backpulver

Brösel:

2 EL Butter
3 EL Zucker

Belag:

2 Päckchen Tortenguss, weiß
1 Glas gezuckerte Stachelbeeren
½ l Stachelbeersaft

Füllung:

¼ l Sahne
2 Päckchen Sahnesteif

Zubereitung

Mürbeteig:

Alle Zutaten verkneten.
Den Teig teilen und zwei Mürbeböden abbacken.
Hitze: 180 °C
Backzeit: 10 bis 15 Minuten.
Einen der Böden zerbröseln.
Die Brösel mit Butter und Zucker in einer Pfanne bräunen und erkalten lassen.

Belag:

Die Stachelbeeren in ein Sieb zum Abtropfen geben.
Den Stachelbeersaft mit Tortenguss andicken.
In den abgekühlten Guss die abgetropften Stachelbeeren geben.

Füllung:

Die Sahne mit dem Sahnesteif schlagen.

WEITERVERARBEITUNG

Den Mürbeteig auf eine Tortenplatte legen und einen Tortenring umlegen.
Die Stachelbeermasse auf dem Mürbeteig verteilen.
Die Hälfte der Schlagsahne auf den Stachelbeeren verteilen und glatt streichen.
Eine Schicht der Kuchenbrösel einfügen.
Die restliche Sahne einfüllen und glatt streichen.
Zum Abschluss die Sahne mit den restlichen Bröseln verzieren.
Den Tortenring entfernen.
Den Rand mit Sahne bestreichen.
Die Torte bis zum Servieren kühl stellen.

Ellis Heidetorte

ZUTATEN

Biskuit, dunkel:

2 Eier

75 g Zucker

75 g Mehl

15 g Kakao

22,5 g Speisestärke

1 gestr. TL Backpulver

Biskuit, hell:

2 Eier

75 g Zucker

75 g Mehl

22,5 g Speisestärke

1 gestr. TL Backpulver

Füllung:

Karamellbuttercreme:

½ l Milch

¼ P. Karamellpuddingpulver

125 g Butter

2 EL Zucker

Heidelbeer-Schmand-Masse:

200 g TK-Heidelbeeren oder Waldfrüchte

190 g Zucker

150 g Schokoraspeln

Saft einer Zitrone

600 g Schmand

10 Blatt Gelatine

10 cl Cassis

600 g Sahne

Guss:

100 g Waldbeeren

200 ml Rotwein

100 g Zucker

1 Päckchen Rote-Grütze-Pulver

Garnitur:

Zitronenmelisse

Sahne

ZUBEREITUNG

Aus den Zutaten für den dunklen Biskuit einen Teig herstellen, in eine gefettete Springform geben und bei 175 °C ca. 15 Min. backen.

Auskühlen lassen und gerade schneiden.
Mit den Zutaten für den hellen Biskuit ebenso verfahren.
Für die Buttercreme die Milch erhitzen, das Puddingpulver einrühren und die Milch kurz aufkochen lassen.
Den Zucker mit der Butter schaumig schlagen und unter ständigem Rühren langsam die Puddingmasse hinzugeben, bis eine Creme entsteht. Nun um den hellen Biskuit einen Tortenring legen und mit der Buttercreme bestreichen. Den Schokoladenbiskuit darauflegen.
Für die Heidelbeer-Schmand-Masse die Früchte leicht antauen lassen, pürieren und mit Zucker, Schokoraspeln, Zitronensaft und Schmand gut verrühren.
Nun die Gelatine einweichen, auflösen und unterrühren.
Die Masse mit Cassis abschmecken, die Sahne steif schlagen und unter die Schmandmasse heben.
Die Masse auf den Schokoladenbiskuit geben und anziehen lassen.
Für den Guss die Waldbeeren pürieren und mit den restlichen Zutaten und dem Rote-Grütze-Pulver kochen. Danach über die Heidelbeer-Schmand-Creme gießen.
Mit Sahne und Zitronenmelisse verzieren.

Nuss-Marzipan-Torte

Zutaten

Krokantboden:

100 g gemahlene Walnüsse
100 g Butter
100 g Zucker
50 g Mehl

Biskuitboden:

3 Eier
120 g Zucker
50 g Speisestärke
100 g Mehl
¼ Päckchen Backpulver

Füllung:

100 g Schokoladenaufstrich
¼ l Sahne
2 TL Zucker
100 g gehackte Walnüsse

Belag:

½ l Sahne
1 TL Zucker
200 g Marzipanrohmasse
3–4 EL Puderzucker
12 Walnusshälften

Zubereitung

Für den Krokantboden alle Zutaten miteinander verkneten und in eine mit Backpapier ausgelegte Springform geben.
Hitze: 180 °C Umluft
Backzeit: 15–20 Min.
Für den Biskuitboden die Eier trennen.
Das Eiweiß sehr steif schlagen, den Zucker unterrühren und dann das Eigelb einrühren.
Die Speisestärke mit dem Mehl und dem Backpulver mischen und vorsichtig unter die Eiermasse heben.
Den Teig in eine gefettete Springform geben und abbacken.
Hitze: 180 °C Umluft
Zeit: 20–25 Min.

Erkalten lassen und zweimal waagerecht durchschneiden, dabei die oberste Schicht nicht so dick schneiden.
Um den Krokantboden einen Tortenring legen, den Boden mit dem Schokoladenaufstrich bestreichen und einen Biskuitboden drauflegen.
Nun ½ l Sahne mit dem Zucker steif schlagen und die Walnüsse unterheben.
Mit der Hälfte der Nusssahne den Biskuitboden bestreichen.
Den zweiten Boden drauflegen und mit der restlichen Nusssahne bestreichen.
Mit dem letzten Boden (Unterseite nach oben) die Nusssahne abdecken.
Nun ¼ l Sahne mit dem Zucker steif schlagen und die Torte inklusive Rand damit bedecken, etwas Sahne zum Dekorieren zurücklassen.
Das Marzipan auf dem Puderzucker in Tortengröße ausrollen, mit der Springform ausstechen und auf die Torte legen.
Von der zurückbehaltenen Sahne Tupfer auf die Torte spritzen und darauf jeweils eine Walnusshälfte legen.

Sanddorntorte

Zutaten

Rührteig:

100 g Margarine

60 g brauner Rohrzucker

Prise Salz

etwas Zitronensaft

2 Eier

120 g Vollkorn-Weizenmehl

Füllung:

1 Dose Birnenhälften

150 g Sanddornmarmelade

150 g Sanddorngelee

6 Blatt Gelatine

600 ml Sahne

Garnitur:

Schokodekor

Sahne

Pistazien

Zubereitung

Aus den Zutaten für den Teig einen Rührteig herstellen und in einer Springform abbacken und auskühlen lassen.
Hitze: 160 °C
Backzeit: ca. 20 Min.
Etwas Sanddornmarmelade auf den Boden streichen und die Birnenhälften darauf verteilen.
Sahne steif schlagen.
Den Rest der Marmelade zusammen mit dem Gelee und der aufgelösten Gelatine verrühren, die Sahne unterheben und auf den Birnen verteilen.
Nun die Torte 4–5 Std. in den Kühlschrank stellen und anschließend mit geschlagener Sahne, Schokodekor und Pistazien verzieren.

Rhabarbertorte

Zutaten

Biskuitteig:

4 Eier
4 EL kaltes Wasser
200 g Zucker
125 g Mehl
2 gestr. TL Backpulver

Füllung:

750 g Rhabarber
5 EL Zitronensaft
200 g Zucker
5 Blatt rote Gelatine
5 Blatt weiße Gelatine
250 g Schlagsahne
1 Päckchen Vanillezucker

Zubereitung

Die Eier trennen und das Eiweiß mit Wasser sehr steif schlagen.
Zucker und Eigelb im Wechsel unterrühren.
Mehl und Backpulver zugeben und vorsichtig unterheben.
Den Teig in die mit Backpapier ausgelegte Form geben, abbacken und abkühlen lassen.
Hitze: 160 °C, Backzeit: ca. 30 Min.
Gelatine einweichen.
Rhabarber mit Zitronensaft und Zucker weich kochen.
Die Gelatine unterrühren und die Masse erkalten lassen.
Schlagsahne und Vanillezucker steif schlagen und unter die erkaltete Fruchtmasse rühren.
Den Biskuitteig durchschneiden, den unteren Boden auf eine Platte legen und mit einem Tortenring umschließen.
¾ der Rhabarbersahne einfüllen und den zweiten Boden auflegen. Die restliche Rhabarbersahne einfüllen und glatt streichen.

Schneeweisschen und Rosenrot

Zutaten

Rührteig:
100 g Butter
150 g Zucker
1 Päckchen Vanillezucker
3 Eier
80 ml Milch
200 g Mehl
¼ Päckchen Backpulver
1 Glas Sauerkirschen
1 EL Kakaopulver
etwas Rum

Füllung:
250 g Quark
2 EL Milch
500 g Sahne
1 Päckchen Sahnesteif
1 Päckchen Vanillezucker
1 Päckchen roter Tortenguss

Zubereitung

Kirschen abtropfen lassen und den Saft auffangen.
Aus den angegebenen Zutaten außer dem Kakao und dem Rum einen Rührteig herstellen. Die Hälfte davon auf den Boden einer mit Backpapier ausgelegten Springform füllen.
Übrigen Teig mit Kakaopulver und Rum verrühren, auf den hellen Teig geben.
Kirschen auf dem Teig verteilen und bei 175 °C 30 Min. backen, auskühlen lassen.
Für den Belag Quark mit Milch glatt rühren.
Sahne und Zucker steif schlagen und unter den Quark heben.
Die Masse auf den ausgekühlten Boden geben.
Aus ¼ l Kirschsaft und dem Tortengusspulver einen Guss herstellen und esslöffelweise von außen nach innen auf der Quarksahne verteilen. Mit Sahnetupfern und Kirschen verzieren.

Weisse Erdbeertorte

Zutaten

Biskuitteig:
100 g Butter
100 g Zucker
7 frische Eier
300 g gem. Mandeln
1 TL Backpulver
150 g fein geraspelte weiße Schokolade

Füllung:
250 g Schlagsahne
250 g Mascarpone
5 Blatt rote Gelatine
50 ml Erdbeersirup
450 g klein geschnittene Erdbeeren

Belag:
600 ml Sahne
etwas Zucker

Garnitur:
50 g Erdbeeren
gehackte Pistazien
geh. weiße Schokolade

Zubereitung

Für den Teig die Eier trennen.
Das Eiweiß sehr steif schlagen.
Die restlichen Zutaten verrühren und den Eischnee vorsichtig unterziehen.
Die Masse in eine Springform geben und abbacken.
Hitze: 155 °C
Backzeit: ca. 50 Min.
Den ausgekühlten Boden einmal waagerecht durchschneiden.
Für die Füllung die Gelatine nach Anleitung zubereiten und mit den restlichen Zutaten verrühren. Erkalten lassen.
Um den ersten Boden einen Tortenring legen und die Erdbeermasse einfüllen.

Den zweiten Boden drauflegen, mit der Sahne bestreichen und mit Sahnetupfern aus der Spritztüte verzieren.
Mit den Erdbeeren, der weißen Schokolade und den Pistazien die Torte entsprechend dekorieren.

Käsekuchen

Zutaten

Teig:

150 g Weizenmehl

¼ gestrichener TL Backpulver

65 g Zucker

1 Päckchen Vanillezucker

1 Ei

65 g Butter

1 gestrichener EL Weizenmehl für den Teigrand

Käsecreme:

750 g magerer Speisequark

150 g Zucker

1 Päckchen Vanillezucker

2¼ Eigelb

3 Tropfen Backöl Zitrone

½ l kalte Milch

1 Päckchen Käsekuchen-Hilfe

3 Eiweiß

Zum Bestreichen:

¼ Eigelb

1 EL Milch zum Verquirlen

Zubereitung

Für den Teig Mehl und Backpulver mischen und auf eine Backunterlage (oder die Tischplatte) sieben. In die Mitte eine Vertiefung drücken. Zucker, Vanillezucker und Ei hineingeben und mit einem Teil des Mehls zu einem dicken Brei verarbeiten. Darauf die in Stücke geschnittene kalte Butter geben, mit Mehl bedecken und von der Mitte aus alle Zutaten schnell zu einem glatten Teig verkneten. ⅔ des Teiges auf dem Boden einer Springform ausrollen. Unter den Rest den EL Mehl kneten. Dann den Teig zu einer Rolle formen, sie als Rand auf den Boden legen und so an die Form drücken, dass der Rand gut 2 cm hoch wird. Den Teigboden mehrmals mit einer Gabel einstechen.

Hitze: 180 °C
Backzeit: ca. 15 Min.
Für die Käsecreme Quark, Zucker, Vanillezucker, Eigelb und Backöl in eine Rührschüssel geben und unter Rühren mit einem Schneebesen nach und nach die Milch hinzufügen. Dann die Käsekuchen-Hilfe gut unterrühren und zum Schluss das zu steifem Schnee geschlagene Eiweiß unter die Quarkmasse ziehen.
Den Tortenboden wieder in die Springform legen, die Käsecreme gleichmäßig darauf verteilen und sie vorsichtig mit dem verquirlten Eigelb bestreichen. Die Springform auf dem Rost auf die unterste Schiene des Backofens schieben. Achtung: reduzierte Hitze!
Hitze: 140 °C
Backzeit: ca. 90 Min.
Die Käsecreme darf während des Backens nicht aufgehen. Sollte das doch der Fall sein, die Hitze verringern (evtl. die Backofentür einen Spaltbreit geöffnet lassen).
Nach dem Backen die Torte sofort mit einem Messer vom Springformrand lösen, sie jedoch in der Form erkalten lassen.

Moccacremetorte

Zutaten

Teig:

3 Eier

3–4 EL Wasser

150 g Zucker

1 Päckchen Vanillezucker

100 g Weizenmehl

100 g Speisestärke

9 g Backpulver

Füllung:

¼ l Milch

1 Päckchen Tortencremepulver

2 schwach gehäufte TL Kaffee-Extraktpulver

250 g Butter

25 g Puderzucker

Dekoration:

Moccabohnen oder Schokoladenstreusel

Zubereitung

Die Milch in eine Rührschüssel gießen, das Tortencremepulver und den Kaffeeextrakt hinzugeben und mit einem Schneebesen etwa 1 Minute schnell durchschlagen, bis eine gleichmäßige Creme entstanden ist. Die Butter schaumig rühren und die Creme nach und nach unter ständigem Rühren dazugeben. Unter die Moccacreme den Puderzucker rühren.

Den Tortenboden zweimal waagerecht durchschneiden. Den ersten Boden mit einem Viertel der Moccacreme bestreichen, den zweiten Boden auflegen und genauso verfahren. Den dritten Boden obendrauf legen und ebenso wie den Tortenrand mit der restlichen Buttercreme bestreichen. Mit Schokostreuseln oder Moccabohnen garnieren.

Quittenkuchen mit Mandelbaiser

Zutaten

Teig:

250 g Mehl
1 Ei
75 g Zucker
1 Päckchen Vanillinzucker
1 Prise Salz
150 g Butter
1 Eiweiß zum Bestreichen

Belag:

1 kg Quitten
⅛ l Wasser
4 EL Honig
Schale einer Zitrone
4 Nelken
2 cl Cognac oder Weinbrand

Baisermasse:

3 Eiweiß
100 g Zucker
100 g blättrige Mandeln

Zubereitung

Für den Belag Quitten schälen und vierteln und entkernen. Das Fruchtfleisch in dünne Scheiben schneiden.

Wasser und Honig in einem Topf unter Rühren erwärmen, bis sich der Honig aufgelöst hat. Quittenscheiben, Zitronenschale und Nelken zufügen. 20 Minuten zugedeckt leicht kochen lassen.

Quitten auf einem Sieb abtropfen lassen. Nelken und Zitronenschale rausnehmen. Quitten mit Cognac oder Weinbrand beträufeln und 45 Minuten kalt gestellt ziehen lassen.

Teig:

Mehl auf die Arbeitsfläche geben. In die Mitte eine Mulde drücken. Ei hineingeben. Zucker, Vanillezucker und Salz drüberstreuen. Gut gekühlte Butter in Flocken auf dem Mehlrand verteilen. Mit einem großen Messer oder einer Teigkarte von außen nach innen hacken. Dann mit kühlen Händen schnell zu einem geschmeidigen Teig kneten. Zugedeckt 30 Minuten im Kühlschrank ruhen lassen.

Teig auf der bemehlten Arbeitsfläche etwa 1⅛ cm dick rund ausrollen. Springform von 26 cm Durchmesser mit dem Teig auslegen. Einen Rand formen, Boden mit einer Gabel mehrmals einstechen.

In den vorgeheizten Ofen auf die mittlere Schiene stellen.

Hitze: 200 °C

Backzeit: 20 Minuten.

Form aus dem Ofen nehmen. Kuchen mit Eiweiß bestreichen. Kurz trocknen lassen und den noch warmen Boden mit den Quitten belegen.

Für die Baisermasse Eiweiß in einer Schüssel steif schlagen. Dabei langsam den Zucker einrieseln lassen. Zwei Drittel der Mandeln unter den Eischnee heben. Baisermasse auf den Kuchen streichen. Mit den restlichen Mandeln bestreuen und in den vorgeheizten Ofen auf die obere Schiene stellen.

Hitze: 180 °C

Backzeit: 40 Minuten.

MIX
Papier aus verantwortungsvollen Quellen
FSC® C083411

Das für dieses Buch verwendete FSC®-zertifizierte Papier
Holmen Book Cream liefert Holmen, Schweden.